JULIA KRÖHN

Der Pakt der Frauen

von Angelika

JULIA KRÖHN

Der Pakt der Frauen

ROMAN

HEYNE

MIX
Papier | Fördert gute Waldnutzung
FSC® C014496
FSC www.fsc.org

Penguin Random House Verlagsgruppe FSC® N001967

Originalausgabe 03/2024

Dieses Werk wurde vermittelt durch die Literarische Agentur
Thomas Schlück GmbH, 30161 Hannover.
Redaktion: Tamara Rapp
Printed in Germany
Umschlaggestaltung: FAVORITBÜRO, München,
unter Verwendung von © GettyImages (Westend61),
Shutterstock.com (AnnAnastasia)
Herstellung: Mariam En Nazer
Satz: satz-bau Leingärtner, Nabburg
Druck und Bindung: GGP Media GmbH
ISBN: 978-3-453-27421-1

www.heyne.de

PROLOG

Sie räumte die Blechnäpfe ab, die so blank waren, als hätte man sie mit einem Scheuertuch gewienert. Die Frauen hatten sie nach dem Essen gierig abgeleckt, um keine Krume, keinen Tropfen zu verschwenden. Sie wusste trotzdem noch, welche Gerichte sich auf jedem einzelnen Blechnapf befunden hatten. Pierogi waren es in dem einen gewesen – dünne Teigtaschen mit einer schmackhaften Füllung aus Kartoffeln und Quark. Kürtöskalács in dem anderen – Baumstriezel aus Hefeteig, der, auf ein Stück Holz gerollt, über dem offenen Feuer gebacken und mit Zimt und Nüssen bestreut wurde. Ein weiteres Gericht waren Pelmeni gewesen – mit Hackfleisch, Zwiebeln, Sahne und Pfeffer gefüllte Küchlein. Nur die Butter, um sie darin zu schwenken, hatte gefehlt.

Obwohl sie so sauber schienen, waschen wollte sie die Näpfe trotzdem. Es gab in der Baracke kein ordentliches Waschbecken, lediglich einen unförmigen Trog, der einer Viehtränke glich und in dem aus einem Schlauch ein bräunliches Rinnsal floss. Sie schüttelte ihn in der Hoffnung, dass doch noch ein Schwall folgen würde, und bei der heftigen Bewegung entglitt ihr einer der Blechnäpfe.

Ein lautes Scheppern ertönte, als er auf dem Steinboden landete. Fast genauso laut klang ihr eigenes nervöses Auflachen. Sie biss sich sofort auf die Lippen und schalt sich, solchen Lärm gemacht zu haben. Doch ein prüfender Blick zum Kinderwagen verriet, dass ihre kleine Tochter unter dem Faltdach immer noch tief und fest schlief.

Was für ein Glück, dass sie keine Porzellanteller hatten – die hätten den Fall niemals heil überstanden. Gerade als sie den Napf aufheben wollte, zerriss ein ohrenbetäubendes Geräusch die Stille. Sie hatte das Gefühl, dass etwas in ihrem Inneren zerplatzte, und diesmal zuckte sie nicht bloß zusammen, sondern krümmte sich, als hätte sie einen Schlag in die Magengrube erhalten. Wieder ließ sie den Blechnapf los, wollte die Hände unwillkürlich auf die Ohren pressen, hielt mitten in der Bewegung inne.

War das ein Schuss gewesen? Oder war doch nur eine Tür zugefallen?

Obwohl immer noch kein Mucks aus dem Kinderwagen kam, hastete sie darauf zu und beugte sich darüber. Die Tochter atmete tief und regelmäßig, doch als sie die Hand heben, ihr zärtlich über die Wange streicheln wollte, tief den milchigen Geruch einatmen, etwas süßlich, etwas ranzig, tröstlich und wärmend, ertönte noch ein Schuss. Nein, eine ganze Salve.

Die Kleine riss Augen und Mund auf und gab ein Gebrüll von sich, das im Lärm der Schüsse unterging. Kurz darauf verstummte dieser, und aus dem Gebrüll wurde ein nadelspitzer Ton, der auch dann nicht abriss, als die Kleine den Mund zumachte. Er schien zwischen ihren Ohren gefangen zu sein wie eine blindwütige Fliege.

Sie stürzte zur Luke, die kaum breiter als ihre Hand war, starrte hinaus. Beim Anblick der Eiszapfen, die vor dem Fenster hingen, dick wie Gitterstäbe, erschauderte sie unwillkürlich. Nie in ihrem Leben hatte sie so gefroren wie in diesem bitterkalten Februar 1945. Kniehoch ragten draußen die Schneewehen auf, ein weißes Meer, in dem sie vorhin fast versunken war. Als der Mond nun hinter einer Wolke hervorgekrochen kam, konnte sie kurz die Spuren ihrer Stiefel sehen. Sie glichen dunklen Löchern, während die Schwarzpappeln und Ulmen, die das Grundstück begrenzten, vom Mondlicht versilbert wurden.

Die Bäume standen nicht sehr dicht nebeneinander. Bei Tageslicht konnte man in der Ferne das Riesengebirge erahnen, das mit seinen grünen Armen weit ins schlesische Tiefland hineingriff. Und ganz in der Nähe erhoben sich die Türme von Hirschberg. Jetzt verlor sich alles in Schwärze. Eine Wolke schob sich gerade wieder vor den Mond, und eine andere Lichtquelle gab es nicht. Die Straßenlampen waren längst nicht mehr in Betrieb, die Fenster der nahen Häuser mit schwarzen Papierrollos abgedunkelt, wie es Vorschrift war. Und so spät am Abend waren auch keine Autos und Militärwagen mehr unterwegs, die sich tagsüber auf den Straßen stauten, gemeinsam mit unzähligen Pferdewagen, weil jeden Tag neue Flüchtlinge aus dem Osten eintrafen.

Unwillkürlich hielt sie den Atem an, sah nichts, hörte nur Katharinas Wimmern. Sie sollte sie auf den Arm nehmen, sie an sich pressen, ihr beruhigende Worte zuraunen.

Aber als sie sich von der Luke abwenden wollte, fiel plötzlich der Schein einer Taschenlampe auf die Schneewehen. Sie waren blutrot.

1. KAPITEL

1976

Sie war die einzige Frau hier. Irritiert starrte ein Meer von Männern in ihre Richtung, während sie erhaben über sie hinwegblickte. Oder gleichgültig – so genau ließ sich das nicht sagen, schließlich handelte es sich bei der Frau um eine Marmorstatue ohne differenziertes Mienenspiel. Während die männlichen Statuen im Arkadenhof der Universität Wien große Wissenschaftler darstellten, war sie Kastalia, jene Nymphe, die diese zu Dichtung und Weisheit inspirierte.

»Wünsch mir Glück«, flüsterte Katharina ihr zu.

Jedes Mal, wenn sie Kastalia so stoisch im Kreis der Männer stehen sah, tankte sie in ihrem Schatten Mut und Selbstbewusstsein. Und fast immer war ihr zum Scherzen zumute.

»Sei übrigens froh, dass du deinen Kopf behalten hast.«

Die Wiener Universität hatte im Krieg manchen Bombentreffer abbekommen, und anders als bei der Hofburg und der Staatsoper waren die Spuren immer noch gut zu erkennen. Kastalia hatte die Zeit heil überstanden – im Gegensatz zu Kaiser Franz Joseph, der in Form einer übermenschlich großen Steinfigur die Juristenstiege bewachte. Sein Kopf war abgebrochen, und obwohl man ihn mittlerweile wieder draufgesetzt hatte, ließ die gequälte Miene an heftige Genickschmerzen denken. Oder an die erdrückende Last, das riesige Habsburgerreich regieren zu müssen.

Kastalia wirkte dagegen etwas streng, als wollte sie fragen: Was stehst du hier rum, willst du etwa zu spät kommen?

Katharina musste lächeln, legte dann aber einen Zahn zu und nahm die knapp dreihundert Meter, die das Neue Institutsgebäude vom Hauptgebäude der Universität trennten, im Laufschritt. Bevor sie es betrat, verharrte sie kurz auch hier, um sich in einem der Fenster zu mustern. Sie musste sich nicht vergewissern, ob ihre Frisur saß, denn das nussbraune Haar war seit Kurzem nur mehr streichholzlang und konnte nicht mal vom Januarwind durcheinandergebracht werden. Und dass ihre Kleidung perfekt aufeinander abgestimmt war – zu orangefarbenen Lackstiefeln trug sie eine dunkelviolette Röhrenhose und einen Pullunder mit geometrischem Muster, das beide Farbtöne aufgriff –, hatte sie schon zu Hause überprüft. Nun zückte sie den knallroten Lippenstift, um sich die Lippen nachzuziehen. Sie war noch nicht fertig, als sie eine Bewegung aus den Augenwinkeln wahrnahm.

Sanne Laser, eine junge Studentin im ersten Studienjahr. Sehr bemüht, sehr intelligent, sehr schüchtern. Hastig senkte sie den Kopf, als hätte sie Katharina bei einer zutiefst skandalösen Handlung ertappt. Nun gut, vielleicht waren rot geschminkte Lippen in ihren Augen genau das.

Sanne ihrerseits schien ein wenig aus der Zeit gefallen. Mit ihrer weißen Bluse und dem schwarzen Faltenrock wirkte sie, als hätte es die Achtundsechziger nie gegeben. Und wenn ein Professor den Hörsaal betrat, war sie die Einzige, die sich tatsächlich erhob, wie früher in der Mittelschule.

»Kriegsbemalung«, sagte Katharina und tat so, als würde sie die Verlegenheit der jungen Frau nicht bemerken. »Wussten Sie, dass sich früher vor allem Männer geschminkt haben? Die alten Ägypter zum Beispiel stellten Farbe aus Blüten, Baumrinden und Harzen her und dachten, dass sie so das Wohlgefallen der Götter erregen könnten. Oder die Wikinger, die ihre Augen schwarz mit Kohl umrandeten, einem Farbstoff aus gebrannten Mandeln und Blei, bevor sie in die Schlacht zogen.«

Sanne hob den Blick nicht, aber Katharina glaubte zu bemerken, wie ihre Mundwinkel zuckten. Als sie sich vom Fenster abwandte und das Neue Institutsgebäude betrat, folgte Sanne ihr hastig.

»Das wusste ich gar nicht.«

»Dass Geschichte so bunt sein kann? Tja, oft hört man das Vorurteil, dass wir Historikerinnen bloß in einer Mottenkiste Staub aufwühlen. Aber mir ist Geschichte nie grau erschienen, eher farbenfroh und abwechslungsreich wie ein Gemälde von Hieronymus Bosch. Wer sich damit befasst, sollte in meinen Augen nicht herumlaufen, als wäre er zu einem Begräbnis unterwegs.« Verspätet blieb ihr Blick an Sannes dunklem Faltenrock hängen. Sie biss sich auf die Lippen. »Das war ein bisschen überspitzt ausgedrückt. Entschuldigung.«

»Stimmt es, dass Sie heute …«, setzte Sanne an.

»Haben *Sie* diesen Bildwerfer bestellt?«, bellte in diesem Moment eine unwirsche Stimme. Zu dem üblichen knarzenden Ton des Paternosters, der in alle sieben Stockwerke führte, gesellte sich das Quietschen von Rädern.

Katharina fuhr herum und sah Josef Schrattenegger auf sie zukommen. Fast niemand nannte den Hausmeister beim Namen, die Leute sprachen von ihm als Hausdrachen, war er doch bekannt dafür, den Studenten die Hölle heißzumachen, wenn sie einen Kaugummi auszuspucken wagten oder – noch schlimmer – eine Zigarette unter den Schuhsohlen zertraten.

Katharina hatte nichts von beidem verbrochen, dennoch starrte Schrattenegger erst sie vorwurfsvoll an, dann das Corpus Delicti, das in diesem Fall viel größer war als ein Kaugummi oder eine Zigarette. Das, was er Bildwerfer nannte, war ein Overheadprojektor – Schrattenegger verwaltete die Geräte für Forschung und Lehre.

»Ja.« Trotz seiner finsteren Miene lächelte Katharina ihn freundlich an. »Er wird für die Vorlesung von Professor Holacek benötigt. Können Sie ihn bitte in den Hörsaal III im Keller schieben?«

Der pyknische Mann stemmte die Hände in die Hüften und atmete rasselnd ein. Sie war nicht sicher, ob er seine Erschöpfung bekunden wollte oder Luft für einen Wutanfall holte. Auch sein rotes Gesicht ließ beide Interpretationen zu. »Ein Overheadprojektor für eine Vorlesung, seit wann ist das denn notwendig? Die anderen Professoren brauchen so ein Brimborium doch auch nie. Sie sind die neue Sekretärin von Professor Holacek, oder? Sagen Sie ihm, dass die Lampe unter der Kondensorlinse sehr empfindlich ist, gut möglich, dass die nicht mehr lange funktioniert.«

Katharinas Lächeln schwand. »Herr Schrattenegger …«

»Wissen Sie denn nicht, dass Sie es mit Fräulein Dr. Katharina Adler zu tun haben?«, rief Sanne empört. Das vorhin noch so schüchterne Mädchen plusterte sich vor dem mürrischen Hausmeister auf und stemmte nun ebenfalls mit glühend rotem Gesicht die Hände in die Hüften.

Aus dem Konzept gebracht, zuckte Schrattenegger etwas hilflos die Schultern. »Und wenn man die Fokussierung oder den Umlenkspiegel verstellen will …«

»Fräulein Dr. Adler arbeitet schon seit Langem auf der Universität«, fiel Sanne nun ihm ins Wort. »Und das nicht als Sekretärin, sondern als Universitätsassistentin. Sie ist Expertin für Sozial-, Alltags- und Frauengeschichte, einer ganz neuen Disziplin in der Geschichtsforschung. Promoviert hat sie bereits mit fünfundzwanzig – natürlich mit Auszeichnung –, und nun schreibt sie an ihrer Habilitation. Vermutlich wird sie die jüngste Wissenschaftlerin Österreichs sein, die jemals eine solche Arbeit abgeschlossen hat. Letztes Jahr hat sie ein mehrmonatiges Stipendium in den USA bekommen, um von dort wichtige wissenschaftliche Impulse mit nach Österreich zu bringen.«

Der Stiernacken von Herrn Schrattenegger hatte sich einen Ton dunkler gefärbt, sein Gesicht war dagegen etwas blasser geworden. »Ein Verlängerungskabel brauchen Sie aber nicht?«, grummelte er. »Zwei Meter reichen?«

Sanne war noch nicht fertig. »Heute wird sie Professor Holacek vertreten, was bedeutet, dass sie zum ersten Mal hinter dem Katheder stehen wird, ein Anblick, an den wir uns schon bald gewöhnt haben werden.«

»Nach der Lehrveranstaltung lassen Sie das Gerät stehen, den Aufzug zum Lager darf nur ich benutzen«, murmelte Schrattenegger. Auch nachdem er verstummt war, bewegte sich sein Mund noch eine Weile, als wäre ausnahmsweise er derjenige, der einen Kaugummi kaute. Der Blick, den er über Katharina schweifen ließ, bewies, dass Sannes Ausführungen seine Achtung nicht gerade hatten wachsen lassen, im Gegenteil. Vielmehr betrachtete er sie ebenfalls wie ein Gerät, und zwar eines, auf das man gut und gern verzichten konnte und dessen Funktionstüchtigkeit unberechenbar war.

Wieder holte Sanne tief Luft.

»Ich glaube, er weiß jetzt, wer ich bin«, sagte Katharina leise.

Während Schrattenegger das Weite suchte und den Overheadprojektor einfach stehen ließ, wandte sich Sanne etwas beschämt an sie. »Ich habe doch nichts Falsches gesagt, oder?«

»Nein, nein. Nur sollten wir uns jetzt beeilen. Helfen Sie mir, den Projektor in den Hörsaal zu schieben?«

Katharina trat an das Katheder. Sie fühlte sich wie ein angehender Dirigent, der zu seiner ersten Wagneroper den Takt vorgibt.

Sosehr sie es gleich genießen würde, mit ihrem Vortrag zu beginnen, kostete sie doch die Augenblicke gespannter Stille aus, um sich zu sammeln. Das selbstbewusste »Meine sehr geehrten Damen und Herren« war mehr als nur eine Begrüßung, es war eine Ansage.

Bereits zu ihren Studienzeiten hatten ebenso viele junge Frauen wie Männer geisteswissenschaftliche Studiengänge belegt, doch das hielt viele Professoren nicht davon ab, weiterhin nur den Herren einen guten Morgen zu wünschen.

»Willkommen zu ›Geschichte, Quellenkunde und Methodologie‹. Ich weiß, dass Professor Holacek für seine heutige Vorlesung angekündigt hat, über die Kategorisierung von Primär- und Sekundärquellen zu referieren. In enger Absprache mit ihm habe ich mich für eine praktische Übung entschieden. Mithilfe konkreter Beispiele will ich demonstrieren, unter welchen Gesichtspunkten sich historische Quellen auswerten lassen.«

Schon dass sie vorhin den Hörsaal mit dem Projektor betreten hatte, hatte ihr manch verwunderten Blick eingebracht. Jetzt entging ihr nicht, dass etliche von den etwa fünfzig Studenten die Augen verdrehten, weil sie sich nicht ans Skript hielt.

Katharina wandte sich ungerührt dem Projektor zu und erweckte das Gerät mit einem hörbaren Surren zum Leben.

»Die Quellen, die ich Ihnen heute präsentieren möchte, stammen aus einem Ordner, den ich im Archiv der Universität Wien entdeckt habe. Die Schlagworte, mit denen dieser beschriftet wurde, verrate ich Ihnen natürlich nicht. Wir wollen schließlich gemeinsam erarbeiten, auf welchen Sachverhalt sie sich beziehen.«

Die erste Folie wurde auf die Wand über der grünen Tafel projiziert. Sie musste das Gerät etwas justieren, damit das obligatorische Kruzifix und das Porträt von Bundespräsident Rudolf Kirchschläger beim Lesen des maschinengeschriebenen Textes nicht störten. Auf das leise Murren folgten erstaunte Laute. Wenn sich die Studenten mit historischen Quellen befasst hatten, dann immer mit mittelalterlichen Urkunden oder altrömischen Grabinschriften.

»Dieser Text ist weder mit einem Datum noch einem Autorennamen versehen«, erklärte sie, »dennoch lässt eine gründliche Analyse diverse Rückschlüsse zu. Lassen Sie uns ihn zunächst gemeinsam lesen. Wer will ihn vortragen?«

Natürlich meldete sich Sanne als Erste.

»*Übermäßige Gehirntätigkeit macht das Weib nicht nur verkehrt, sondern auch krank. (…) Ließe es sich machen, dass sich der weibliche Intellekt dem männlichen gleich entwickeln würde, so würden die Mutterorgane verkümmern, und wir würden einen hässlichen, nutzlosen Zwitter vor uns haben. Man soll vom Weibe nichts verlangen, als dass es ›gesund und dumm‹ sei. Das ist zwar grob ausgedrückt, aber es liegt in dem Paradoxon eine Wahrheit.«*

Noch bevor Sanne die erste Zeile zu Ende gelesen hatte, war ein Kichern in der dritten Reihe zu hören gewesen. Am Ende war daraus ein unverhohlenes Lachen geworden. Katharina kannte den Studenten: Leopold Pichelsteiner.

Sie ignorierte ihn geflissentlich und musterte die Reihen ausdruckslos. »Was könnte uns Rückschlüsse auf die Datierung dieses Textes geben? Auf die Hintergründe seines Entstehens?«

Das Gelächter erstarb, auch sonst wurde es totenstill. Dass Lehrende während einer Frontalvorlesung Fragen stellten, war regelrecht ungeheuerlich.

Sanne meldete sich wieder, und zu Katharinas Erstaunen hob auch Leopold Pichelsteiner die Hand. Dass der überhaupt hier war! Normalerweise sah man ihn hinter Professor Pokorny herscharwenzeln, seines Zeichens Professor für Osteuropäische Geschichte mit Schwerpunkt Babenberger und Habsburger, der sich gerne in die Pose eines Kaisers oder Fürsterzbischofs warf, während Leopold wahlweise die Rolle des Hofschranzen oder Kreuzträgers zukam. Leopold hatte etwas zu große Zähne für seinen recht kleinen Mund und etwas zu viel Ehrgeiz für seine intellektuellen Möglichkeiten. In zwei Studien – Technik und Jura – war er krachend gescheitert, und in seinem Geschichtsstudium machte er fehlendes Faktenwissen gerne mit übertriebener Lobhudelei der Professoren wett.

Als Katharina in seine Richtung nickte, erklärte er mit nörgelndem Unterton: »Warum beschäftigen wir uns denn mit so einer merkwürdigen Quelle? Im Proseminar von Professor Pokorny haben wir uns mit der Monumenta Germaniae Historica und dem Babenberger Urkundenbuch befasst, um uns in Siegelkunde, Paläografie und Chronologie zu perfektionieren.«

Es mussten mindestens zwei weitere Hofschranzen anwesend sein, die Pokorny diese Aussage zutragen würden. Katharina machte sich nicht die Mühe, die entsprechenden Studenten ausfindig zu machen, stattdessen erklärte sie ruhig: »Alles, wirklich alles, ob ein Text, ein Bild oder ein Gebrauchsgegenstand, kann Auskunft über die Vergangenheit geben, nicht nur etwas, was in Minuskeln auf Pergament geschrieben und in einer beleuchteten Vitrine ausgestellt steht. Fräulein Laser?«

Sanne erhob sich wieder. »Dieser Text könnte im Zuge der Debatte verfasst worden sein, ob Österreich dem Beispiel Preußens folgt und Frauen zum Hochschulstudium zulässt – was erstmals 1897 passiert ist. Damals wurden Frauen aber nur zum Studium am Philosophischen Institut zugelassen. Es dauerte weitaus länger, bis sie auch Naturwissenschaften studieren durften, ebenfalls nach einer längeren Debatte. Der Text könnte also vor 1897 oder rund um das Jahr 1918 verfasst worden sein.«

Katharina nickte. »Ein durchaus einleuchtendes Argument. Allerdings: Jede Quelle ist wie ein Mosaikstein. Wenn wir vom Wiener Wald nur einen Baum sehen, können wir nicht bestimmen, ob der nicht vielleicht auch in der Steiermark wächst. Erst wenn wir einen größeren Ausschnitt des Gesamtbilds präsentiert bekommen, können wir Aussagen über die Umgebung treffen. Wir schauen uns also weitere Dokumente an, die ich in besagtem Ordner gefunden habe.«

Ehe sie die nächste Folie auf den Projektor legen konnte, gesellte sich zum üblichen Surren des Geräts ein unangenehmes Klackern, als würde sich ein Pulsschlag beschleunigen. Irrte sie sich, oder war das Licht, in dem der Staub tanzte, vorhin noch etwas heller gewesen?

Sie beschloss, die Geräusche zu ignorieren, und konzentrierte sich auf die Quellen: das eigenhändig ausgefüllte Inskriptionsblatt einer gewissen Elise Richter vom Sommersemester 1898, deren Ansuchen um einen Termin für ihr Rigorosum vom 30. April 1901, schließlich die Erlaubnis zur Lehre im Bereich

Romanische Philologie, die ihr 1907 nach der erfolgreichen Habilitation verliehen wurde.

»Was verraten uns diese Dokumente?«

Leopold rutschte unruhig hin und her und platzte plötzlich und ohne sich vorher zu melden heraus: »Soll ich jetzt auch mein Volksschulzeugnis mitbringen? Oder eine Kindergartenzeichnung?«

Wieder ertönte Gekicher. Mit ungehaltenem Blick in seine Richtung erklärte Sanne: »Es scheint sich zu bestätigen, dass die Dokumente in Verbindung mit der Debatte rund ums Jahr 1918 stehen. Die Befürworter der Zulassung von Frauen zu naturwissenschaftlichen Studien haben das Argument von ihrer intellektueller Minderbegabung nicht gelten lassen, sondern auf erfolgreiche Absolventinnen wie Elise Richter verwiesen.«

Katharina nickte wieder. »Sehr gut, vielen Dank. Lassen Sie uns noch eine weitere Quelle betrachten, um eine dezidierte Einordnung vornehmen zu können.«

Diesmal las sie den Text, der auf die Wand projiziert wurde, selbst vor: »*Die hormonellen Wellenbewegungen, die durch die Menstruation hervorgerufen werden, tangieren die weibliche Psyche dermaßen, dass man von einer Verminderung ihrer Verstandeskräfte ausgehen muss. Fragt man überdies die vergleichende Anatomie um Rat, so kommt diese eindeutig zum Schluss, dass das Gehirn, der Sitz des Verstandes, bei Frauen weniger ausgebildet ist als bei den Männern.*«

Schon die ersten Worte waren in allgemeinem Raunen untergegangen. Noch nie hatte jemand in diesen Gemäuern das Wort »Menstruation« in den Mund genommen.

Sogar Sanne schien es kurz die Sprache verschlagen zu haben, nur Leopold rief spöttelnd: »Das dürfte ein Zeitgenosse verfasst haben, der sich recht gut mit Frauen auskennt.«

Sanne warf ihm einen giftigen Blick zu, Katharina blieb gelassen. »Dass er auf die Anatomie verweist, lässt Rückschlüsse auf seinen Hintergrund zu. Dieser Text stammt offensichtlich aus der Feder eines Arztes. Gut möglich, dass er Professor am Medizinischen Institut war. Was bedeuten könnte, dass damals nicht nur allgemein der Zugang von Frauen zu naturwissenschaftlichen Fächern, sondern zum Medizinstudium diskutiert wurde. Schauen wir, ob die nächste Quelle diese Vermutung bestätigt.«

Nun wanderte ein Prüfungsprotokoll auf den Overheadprojektor. Täuschte sie sich, oder flackerte das Licht mittlerweile? Unauffällig kontrollierte Katharina das Stromkabel, aber es schien fest verankert.

»Hier haben wir das Zeugnis einer gewissen Gabriele Possanner nach dem Ablegen ihrer mündlichen Prüfungen. Sie hat in der Schweiz Medizin studiert, wie der Verweis am Ende des Zeugnisses zeigt. Dort war es für Frauen schon länger möglich, Medizin zu studieren. Im Fach Chirurgie hat sie eine Fünf bekommen, in Geburtshilfe mit Einschluss der Frauenkrankheiten ebenfalls eine Fünf, in Hygiene eine Fünf und in Gerichtlicher Medizin eine Fünf.«

Pichelsteiner klopfte auf das Pult, wie es Studenten normalerweise nach der Vorlesung als Zeichen des Respekts machten. »Na also, quod erat demonstrandum! Frauen sind für ein Medizinstudium nicht geeignet. Wie denn auch, man nennt sie ja nicht grundlos das schwächere Geschlecht.« Wieder ertönte das Trommeln, während Sanne ihre Hände zu Fäusten ballte.

»Ich freue mich, dass Sie sich langsam für Quellen jenseits der Babenberger Urkunden erwärmen«, warf Katharina ein. »Aber ob das hier wirklich die Rückschlüsse zulässt, die Sie ziehen, bezweifle ich. Fällt noch jemandem etwas dazu ein?«

Sie sah förmlich, wie es in Sannes Kopf ratterte und wie verzweifelt sie sich wünschte, etwas beizutragen, doch vor ihr meldete sich eine Studentin in der letzten Reihe. »Wie Sie schon sagten, das Zeugnis wurde in der Schweiz ausgestellt, was bedeutet, dass es sich hierbei um ein eidgenössisches Diplom handelt. Und das Notensystem ist dort diametral zu unserem. Die Note Fünf ist in Wahrheit ein Sehr gut.«

»Und das bedeutet …«

»Das bedeutet, dass Gabriele Possanner ihre Prüfung mit Auszeichnung abgelegt hat, nämlich ausschließlich mit Bestnoten«, rief Sanne.

»Das bedeutet, dass wir heute anstelle einer normalen Vorlesung nur Emanzengeschwafel geboten bekommen«, grummelte Pichelsteiner.

»Ich bitte doch sehr, ernsthafte Forschungen nicht als Geschwafel zu diskreditieren«, mahnte Katharina kühl. »In unserem Kreis befindet sich schließlich kein Fachfremder. Der Historiker weiß, dass das Quellenstudium nicht nur Fundament unserer Disziplin, sondern eine exakte Wissenschaft ist. Es geht darum, diese Quelle einzuordnen, nicht etwas in sie hineinzuinterpretieren. In der Tat handelt es sich bei dem einen Text um das Gutachten eines medizinischen Professors für den Akademischen Senat. Bei der Frage, ob Frauen Medizin studieren dürfen, bedient er sich wie viele seiner Zeitgenossen des Arguments der ›zerebralen Unterkapazität‹, aber …«

Sanne blieb ausnahmsweise sitzen, als sie ihr ins Wort fiel: »Aber der Akademische Senat machte nicht nur dieses Gutachten zur Grundlage seiner Entscheidung. Die Fürsprecher des Frauenstudiums verwiesen zum einen auf die erste österreichische Studentin, die derart hochbegabt war, dass sie nicht nur überdurchschnittlich schnell die Doktorwürde, sondern sogar eine Lehrerlaubnis erlangte. Und zum anderen auf eine der ersten Medizinerinnen des deutschsprachigen Raums, die auf dem Feld der Naturwissenschaften Großes zu leisten imstande war.«

Katharina nickte. »Eine sehr gute Zusammenfassung. Dem ist nichts weiter hinzuzufügen. Damals war es ungewohnt, Frauen im Hörsaal anzutreffen, aber aus guten Gründen hat sich ihre Präsenz durchgesetzt. Sehen wir uns die nächste Quelle an.«

Sie war noch dabei, eine weitere Folie aus ihrer Mappe zu ziehen, als das Summen und Klackern des Geräts plötzlich verstummten. Stattdessen war eine Art verzweifeltes Quieken zu hören. Nicht nur begann der Umlenkspiegel, der das Bild auf die Wand projizierte, mit einem Mal zu sinken, auch die Lampe zuckte wie eine Kerze im Zugwind – und dann war es schlagartig finster. Das Kruzifix und Bundespräsident Kirchschläger hatten die Wand wieder für sich allein. Den Umlenkspiegel wieder zu fixieren war für Katharina ein Leichtes, aber das Gerät blieb auch tot, nachdem sie die Stromverbindung überprüft und es mehrfach ein- und ausgeschaltet hatte.

»Frauen und Technik halt.«

Sie musste nicht aufschauen, um zu wissen, dass Leopold Pichelsteiner grinste.

Sie grinste ebenfalls. »Und dabei wollte ich Ihnen gerade ein handschriftliches Dokument von Käthe Böhm präsentieren. Sie war die erste Studentin, die an der Technischen Hochschule Wien das Studium Elektrotechnik abgeschlossen hat und zu einer der größten Expertinnen in Sachen Elektrifizierung wurde. In den USA hat sie dieses Thema erforscht, später die neuesten Elektrogeräte nach Wien gebracht – die Waschmaschine, den Kühlschrank, den Staubsauger, den Mixer und ja, auch den Vorläufer des Overheadprojektors. Ich gestehe, mir fehlt die entsprechende Kompetenz hierfür, deswegen muss ich mich wohl mit der Tafel begnügen. Herr Pichelsteiner, Sie sind doch sicher so nett, den Projektor nach der Vorlesung zu Herrn Schrattenegger zurückzubringen und ihm in meinem Auftrag mitzuteilen, dass er leider beschädigt wurde? Er wird ein wenig ärgerlich sein, aber da Sie zum *starken* Geschlecht gehören, bin ich überzeugt, Sie treten ihm heldenhaft entgegen.«

Hilflos sah Leopold Pichelsteiner sich nach Verbündeten um, doch niemand bot ihm an, sich an seiner statt mit einem kaputten Gerät vor den Hausdrachen zu wagen. Die strebsame Sanne lachte unterdrückt, und Katharina entging es nicht, dass auch viele andere grinsten.

»Bevor wir uns der nächsten Quelle widmen, möchte ich Ihnen eine wichtige Lektion mitgeben«, fuhr Katharina mit gleichmütiger Miene fort. »Legen Sie den Tunnelblick ab. Nicht nur alte Chroniken und Annalen, die bewusst für die Nachwelt verfasst wurden, sind wertvolle Quellen, nicht nur die Mächtigen, ob Könige und Kaiser oder Päpste, Objekt der Geschichtswissenschaft. Bei mir lernen Sie nicht Herrschergeschichte, sondern Menschengeschichte, und ich fühle mich nicht erst in meinem Element, wenn ich ein Museum betrete. Ja, bringen Sie ein Volksschulzeugnis oder eine Bedienungsanleitung für eine Trockenhaube, einen Liebesbrief Ihrer Urgroßmutter oder ein altes Kochbuch mit. Nichts davon ist wertlos. All das sollten wir vorurteilsfrei betrachten, um herauszufinden, was es uns über die Vergangenheit erzählen kann.«

2. KAPITEL

1932–1936

Jule lernte an ein und demselben Tag zu lesen und einen Apfelstrudel zu backen.

Das Lesen lernte sie nicht von ihrer Lehrerin. Die war streng und ungeduldig. Wenn ein Mädchen etwas nicht sofort begriff, strafte sie es, indem sie an seinen Zöpfen zog. Jules Zöpfe waren lang und glänzend, an denen zog sie besonders gern. Jule schluckte dann die Tränen hinunter – und die Wörter gleich mit dazu. Buchstaben blieben für sie ein riesiger Heuhaufen aus Strichen und Kreisen. In einem Heuhaufen konnte man keine Stecknadel finden, im Buchstabenberg keinen Sinn.

Backen lernte sie nicht von ihrer Mutter. Die war zwar nicht streng, aber ungeduldig. Ruckzuck musste alles gehen.

»Wer weiß, was er vom Leben will, der fackelt nicht lange«, sagte Lia Gartner oft.

Vor allem wusste sie, was sie vom Leben *nicht* wollte – eine dumme, arme, ausgebeutete Frau bleiben wie so viele Fabrikarbeiterinnen in Niklasdorf, jenem kleinen Ort in der Steiermark, wo sie geboren war und sterben würde. Sie las viel, engagierte sich für die Partei, hasste es zu warten. Waren die Kirschen im Garten im August noch nicht rot, verfluchte sie den Baum und begann die noch grünen zu pflücken. Wenn die Hasen, die allesamt Hansi hießen und vor Kurzem noch liebevoll von Lia gestreichelt worden waren, groß und rund waren, hielt sie sich nicht mit Sentimentalitäten auf. »Zeit wird's«, sagte sie und drehte ihnen das Genick um. Verweigerten die Töchter den Hasenbraten, den Lia aus ihren geliebten Haustieren gemacht hatte, knallte sie ihnen die volle Gabel gegen die Zähne. »Gegessen wird.«

Nur einmal bedauerte sie eine Entscheidung. Nach zwei Töchtern sollte es keine weiteren Kinder geben. Die Kirschen, die Hasen, der karge Lohn in der Fabrik, das alles reichte nicht für mehr Nachwuchs. Ruckzuck griff sie dann immer zur Stricknadel – »Wenn's sein muss« –, ruckzuck kam's zur Blutung, und die leidige Sache war erledigt. Eine Schwangerschaft aber hatte sie zu lange übersehen. Wie dumm – als würde man dunkelrote Kirschen am Baum hängen lassen. Wieder griff sie zur Stricknadel, musste etwas stärker als sonst die Zähne zusammenbeißen und deutlich länger warten, bis die Blutung einsetzte. Das Kind war groß genug, um zu erkennen, dass es jener Sohn gewesen wäre, den sie sich immer gewünscht hatte.

Ausnahmsweise nahm sie sich die Zeit, den Ungeborenen unterm Kirschbaum zu vergraben, sonst landeten die Klumpen im Plumpsklo. Und sie nahm sich Zeit zu weinen, verlor allerdings bald die Geduld mit den Tränen. Wofür brauchte sie einen Sohn, solange sie ihre Hasen hatte und ihren Mann, den Franzl, ja auch.

Nein, in ihrem Leben fehlte es nicht an Männern, sondern an Unterhaltung. Von klein auf hatte sie gerne Fortsetzungsromane in Zeitungen gelesen, jetzt gründete sie die erste Arbeiterinnenbibliothek von Niklasdorf.

»Und die Jule kann noch gar nicht lesen?«, fragten die hämischen Verwandten.

Ein paarmal knallte die Mutter ihr die Buchstaben um die Ohren – wie die Gabel gegen die Zähne. Bei der Gabel nutzte es etwas, die Schranke im Kopf blieb.

»Wird schon werden«, sagte Lia und fand, dass das im Grunde nicht ihre Angelegenheit war. Sie sorgte dafür, dass ihre Töchter genug zu essen bekamen und immer sauber gekleidet waren, das musste reichen.

»Und die Jule kann noch gar nicht backen?«, fragte die Verwandtschaft noch hämischer, das war 1932, als Jule acht war.

Die Mutter zuckte die Schultern. Mit dem Backen hatte sie keine Freud, erst recht nicht, wenn's um Apfelstrudel ging. Mit so viel Bedacht musste man Zutaten abwiegen, verkneten, behutsam den Strudelteig ausziehen. Kirschmarmelade einkochen – darin war sie besser, das machte nicht so viele Umstände. Sie übersah dabei sowohl Kerne als auch Würmer, und wenn die Töchter darüber klagten, sagte sie: »Schluck's oder spuck's aus.« Sie selbst hielt es mit allem, was ihr das Leben auftischte, schließlich auch so und kam bestens durch damit. Nach der ersten Arbeiterinnenbibliothek rief sie das erste sozialistische Arbeiterinnentheater ins Leben und spielte begeistert Bäuerinnen und Wirtinnen.

Die Großmutter war sanfter. Sie weihte Jule in die Geheimnisse des Apfelstrudels ein, als die sie einmal in Bruck an der Mur besuchte. Von Niklasdorf war es ein langer Fußweg dorthin, nicht ungefährlich, manchmal traf man fahrendes Volk auf der Straße, von dem es hieß, dass es kleine, blonde Mädchen raubte.

Jule kam sicher in Bruck an.

»Schau«, sagte die Großmutter und zeigte ihr das alte Rezeptbuch, das sie von ihrer Mutter geerbt hatte. Eigentlich hatte sie es längst ihrer Tochter geben wollen, aber die interessierte sich nur für ihre Fortsetzungsromane. Sehnsüchtig schaute die Enkeltochter auf die Bilder und traurig auf die Buchstaben.

»Ich kann doch noch nicht lesen.«

»Dann lese ich dir eben vor. Und danach backen wir gemeinsam den Strudel.«

Sorgfältig vermischte sie Weizenmehl, Wasser, Öl und Salz, knetete alles zu einem weichen Teig, wischte den Küchentisch blitzblank, stäubte Mehl darauf und begann den Teig erst auszuwalken, dann auszuziehen. »Strudelteig ist erst dann dünn genug, wenn er auf allen Seiten über der Tischkante hängt und man eine Zeitung darunter lesen kann. Immer weiter muss man daran ziehen, ganz vorsichtig, damit er nicht reißt. Willst du es probieren?«

Ganz langsam wurde der Teig immer dünner, während die Großmutter Äpfel entkernte und fein schnitt – die eine Hälfte war frisch, die andere Hälfte lange im Keller gelagert und darum schon mürbe. Außerdem mahlte sie Brösel aus zwei Tage alten Semmeln und verrührte sie mit Zimt, Zucker und Butter und natürlich Rosinen.

Als die Füllung fertig zubereitet war, schob Jule eine Zeitung unter den Teig.

»Da steht, dass am 24. April 1932 die Nationalsozialisten bei den Gemeinderatswahlen in der Steiermark starke Stimmengewinne eingefahren haben.«

Die Großmutter ließ fast die Schüssel mit der Strudelfüllung fallen. »Du lieber Himmel, du kannst ja lesen!«

»Ja«, sagte Jule stolz, »weil der Teig dünn genug ist.« Und weil die Buchstaben plötzlich einen Sinn ergaben. Nun ja, fast. Wer die Nationalsozialisten waren, wusste sie nicht.

Sie verteilten die Füllung auf dem Teig, rollten ihn vorsichtig ein, bestrichen ihn mit Butter, und im Backrohr färbte er sich langsam goldgelb. So knusprig war der Teig, so saftig und süß das Innere.

Feierlich übergab die Großmutter ihrer talentierten Enkelin das Familienkochbuch. Und Jule machte weiter – mit dem Lesen und mit dem Backen.

Die Lehrerin zog Jule immer noch an den Zöpfen. Zwar konnte diese jetzt lesen, mit der Zeit auch halbwegs flüssig, aber sie schrieb nicht schön. Das kleine B geriet zu dickbäuchig, das kleine I war fast so lang wie das L. Sie schluckte Schmerzenslaute und Tränen hinunter, aber ihre Hände verkrampften sich. Die nächsten Buchstaben waren dann nicht mehr zu dick und zu lang, sondern klein und gekrümmt. Mit dem Lineal schlug die Lehrerin ihr auf die Finger.

Diese hörten nur zu schmerzen auf, wenn sie einen Teig kneteten. Es war so viel leichter, ihm die richtige Form zu geben als den Buchstaben. Ihre Finger kneteten in den Teig Eier und Mehl, Butter und Zucker, Leid und Freud. Das Kochbuch der Großmutter kannte Jule irgendwann auswendig, und schon früh machte sie die Erfahrung, dass die meisten Frauen Kochbücher auf zwei Beinen waren. Jede hatte mindestens ein Lieblingsrezept im Kopf, das von Generation zu Generation weitergegeben wurde, und wenn Jule mit schüchternem Lächeln danach fragte, wurde nicht nur das Rezept preisgegeben, sondern auch eine ganze Menge an Lebensgeschichten. Wie der Tropfen Mandellikör im Rahmschmarrn verliehen sie dem Gericht erst seinen unvergleichlichen Geschmack.

Eine ihrer Tanten war bekannt für ihren köstlichen Heidelbeerkuchen. Einen hatte sie gebacken, als ihre kleine Schwester Martha nach Amerika ausgewandert war. Hier in Niklasdorf hätte sie keine Zukunft gehabt, die Männer soffen und prügelten sich zu viel und verdienten zu wenig in der Fabrik – oder waren leidenschaftliche politische Schwafler wie Jules Vater Franz, der gerne erzählte, dass Jesus der erste Kommunist gewesen sei und auf der Welt Frieden herrschen würde, wenn alle die gleiche Sprache sprächen, weswegen er Esperanto lernte. Jules Mutter jagte ihn kurzerhand aus dem Haus, wenn ihr seine Vorträge zu bunt wurden. Dann machte er sich auf zu langen Märschen auf der Mugel, dem höchsten Berg in der Nähe, was für Stille im Haus sorgte, aber nicht für Geld.

In Amerika hingegen wuchs das Geld auf der Straße. Nur bücken müsse man sich und es aufheben. Das behauptete jedenfalls der windige Geselle, der in Niklasdorf auftauchte und Martha umgarnte, dem sie erst ihr Herz anvertraute, dann die heimlichen Ersparnisse und zuletzt ihre Zukunft. »Er heiratet mich und nimmt mich mit nach Amerika«, verkündete sie.

Die Familie ahnte, dass das nicht gut ausgehen würde, vor allem, als nur mehr vom Mitnehmen die Rede war, nicht mehr vom Heiraten. Davon abbringen ließ Martha sich trotzdem nicht, also backte die Tante einen ihren viel gerühmten Heidelbeerkuchen und gab ein großes Fest für sie. Wieder soffen und prügelten sich die Männer, Jules Vater hielt seine Reden. Nur konnte Lia ihn diesmal nicht auf die Mugel schicken, denn von dort war er gerade erst heimgekommen. Die Heidelbeeren hatte er mitgebracht, kein Heidelbeerkuchen schmeckte so gut wie der mit den Beeren von der Mugel. Von nun an stiegen der Tante immer Tränen in den Augen, wenn sie diesen Kuchen backte. Aus Genua hatte Martha noch eine letzte Postkarte geschickt, danach hörten sie nie wieder von ihr.

Eine weitere Tante, die einen hellsichtigen Mann hatte, kannte das Rezept für herrliche Nusspotize. Kurz bevor ihr Bruder bei einem Fabrikunfall starb, hatte ihr Mann ihn an seinem Bett stehen sehen, und dass der Schwager zwischen Auto und Friedhofsmauer eingeklemmt wurde, hatte ihm bereits eine weitere Vision verraten, als er eine Woche zuvor die Stiefmütterchen am Grab der Mutter gießen gegangen war. Der Tante war das unheimlich. Welcher Mann sah solche Dinge? Welcher Mann goss Stiefmütterchen am mütterlichen Grab? Welcher Mann heulte so viel? Denn schwermütig war er auch. Manchmal band er sich einen Strick um den Hals, stellte sich auf den Tisch in der Stube und machte den Strick am Lampenhaken fest. Kam seine Frau dazu, schrie sie jedes Mal entsetzt auf und flehte ihn an, sie nicht allein zu lassen. Heulend schnitt er dann den Strick durch, und sie machte ihm Nusspotize mit Nüssen und Kürbiskernen.

Eines Tages war es anders. Jules Tante war seiner schon recht überdrüssig, weil er die Toten besser sah als die Lebenden. Sie zumindest sah er nicht, erst recht nicht all die Lasten, die sie trug, um die Familie zu ernähren. Als er einmal mehr auf dem Küchentisch stand, sagte sie daher trocken: »Dann bring dich halt um, aber die Lampe ist leichter als du, der Haken wird nicht halten.«

Da wurde er wütend. Mit dem Strick um den Hals sprang er vom Küchentisch und verpasste ihr eine Ohrfeige. Noch nie hatte er sie geschlagen, doch sosehr es auch schmerzte, insgeheim war die Tante erleichtert. Ein Mann, der seine Frau schlug, war normaler als einer, der Stiefmütterchen goss, Tote sah und weinte. Nun weinte *sie*, und er tröstete sie hilflos. Die Nusspotize, die sie an diesem Abend mit besonders vielen Nüssen und Kürbiskernen machte, schmeckte so köstlich wie noch nie.

Jule hatte keine Mühe, sich all die Rezepte zu merken und nachzubacken. Doch als sie zwölf war, kam der Tag, als Hildchen starb, ihre Lieblingscousine. Zum Spielen hatte Hildchen nie Lust, und so schwammen sie gern in der eiskalten Mur, jenem Fluss, der Niklasdorf teilte, ließen den jeweiligen Hansi von Lia auf der Wiese Löwenzahn mümmeln, jagten ihm hinterher, wenn er ausbüxte, und plünderten heimlich die Speisekammer der Mutter. Es gab nicht viel zu plündern, die Kirschmarmelade mit Kernen und Würmern hasste auch Hildchen. Dafür mochte sie den Ribiselsaft, obwohl der sauer war, weil die Mutter immer am Zucker sparte. Hildchen brauchte Süße so wenig wie Wärme oder einen festen Boden unter den Füßen. Sie liebte es, auf den Kirschbaum zu klettern, und als Jule den Mut gefasst hatte, ihr auf den höchsten Ast zu folgen, schlug ihr Hildchen einen Pakt vor.

»Dass wir zusammenhalten, egal was kommt.«

Für Jule war das selbstverständlich, dafür musste sie keinen Pakt schließen. Sie tat es dennoch, weil Hildchen darauf beharrte. Ihrerseits wollte sie Hildchens Rezept für ihren Lieblingskuchen wissen.

»Nach Rezept zu backen ist doch langweilig!«, rief Hildchen. Dann eilte sie in die Küche, um frei nach Lust und Laune zusammenzuschütten, was immer ihr in die Hände kam, und heraus kam ein wunderbarer Gugelhupf.

»Siehst du? Manchmal muss man sich auf ein Abenteuer einlassen!« Sie aßen den Kuchen schmatzend, und Jule verschwieg, dass sie heimlich die Mengen im Kopf überschlagen und sie sich gemerkt hatte.

Sie backte den Gugelhupf am Tag von Hildchens Beerdigung.

Irgendwann hatte diese es nicht mehr in der kalten Mur ausgehalten und es auch mit dem ausbüxenden Hasen nicht mehr aufnehmen können. Leukämie, diagnostizierte der Arzt.

Einen ganzen Sommer noch hatte es den Anschein, als würde es der Cousine wieder besser gehen und sie zu alten Kräften kommen, doch am Ende war sie, die sie immer schneller gewesen war als die Hansis, selbst der Hase. So viele Haken sie auch schlug, der Tod packte sie am Genick und zog ihr das Fell ab. Ruckzuck.

Draufgängerin hatte man Hildchen oft genannt, und Jule hatte gedacht, damit seien besonders unbezähmbare, mutige, starke Frauen gemeint. Nun erst verstand sie, was Draufgehen bedeutete.

Bei Rezepten gab es solche Mehrdeutigkeiten nicht. Drei Esslöffel Zucker waren drei Esslöffel Zucker. Jules Brust verkrampfte sich, doch ihre Hände arbeiteten weiter und backten gegen den Schmerz an. Der Gugelhupf, den sie nach Hildchens Tod zubereitete, schmeckte genauso, wie diese ihn damals frei nach Lust und Laune gebacken hatte, was bedeutete, dass sie die Mengen noch richtig im Kopf hatte. Um sie nicht doch noch zu vergessen, setzte sie sich hin und schrieb das erste Rezept ihres Lebens auf. Ihre Buchstaben waren so schwungvoll und schön wie noch nie.

»Aber im Rechnen bist du immer noch schlecht«, sagte die Lehrerin und zog sie so lange an den Zöpfen, bis ihr alles Unbezähmbare, Starke, Mutige, das sie sich von Hildchen abgeschaut hatte, verging.

3. KAPITEL

1976

Katharina wollte Professor Holacek so schnell wie möglich berichten, dass die Vorlesung hervorragend gelaufen war. Sie wartete nicht auf den Paternoster, sondern stieg zu Fuß in den sechsten Stock hoch – lagen die Geschichtsinstitute doch unter dem Dach. Schwungvoll öffnete sie die schwere Glastür, die zum Institut für Sozialkunde führte. Die erste Tür stand wie immer weit geöffnet, und schon schallte ihr von dort eine Stimme entgegen.

»Sie können jetzt nicht zu Professor Holacek!«

Katharina verharrte an der Schwelle des Vorraums von Professor Holaceks Büro. Dies war das Reich von Gertrud Schiller, der Institutssekretärin, auf deren Schreibtisch stets alles millimetergenau in Position gerückt war: die Adressiermaschine, das Telefon, außerdem eine elektrische Schreibmaschine, um die sie manche Kollegin, die sich immer noch auf der mechanischen die Fingernägel ruinierte, glühend beneidete. Mit gleicher Akribie kümmerte sich Gertrud Schiller um ihr Erscheinungsbild: Zum schwarzen Kostüm trug sie stets eine hochgeschlossene weiße Bluse, an der Katharina nie auch nur die kleinste Falte entdeckt hatte, und das sorgfältig ondulierte graue Haar war zum unbeweglichen Helm niedergesprayt. Ihre Miene war so streng, dass man unweigerlich an eine Zeremonienmeisterin in der Hofburg denken musste, die den Kaiser höchstselbst zur strikten Einhaltung des Protokolls gemahnte.

Die Professoren waren dafür zuständig, die Studenten zu bilden. Gertrud Schiller hingegen war diejenige, die sie *erzog*, und das mit einer Unbarmherzigkeit, die sogar einen Adolph Knigge nervös gemacht hätte.

Katharina hatte schon mehrmals die Geschichte eines Erstsemesters gehört, den es nach der Inskription hierherverschlagen hatte. »I wü mi fiers Prosöminar onmölden.«

Gertrud Schiller, ohne hochzublicken: »Draußen neben der Tür.«

Wenig später war besagter Erstsemestriger zurückgekehrt. »Durt hengt ober gor ka Zettl.«

»Nein, aber dort bleiben Sie stehen und denken über Ihr schlechtes Benehmen nach, ehe Sie es noch einmal versuchen. Sie klopfen, bevor Sie den Raum betreten. Sie sprechen, nachdem ich es Ihnen erlaube. Und Sie bedenken, dass die Konversation auf einer Universität ausschließlich auf Hochdeutsch erfolgt.« Sie sprach stets seelenruhig, aber mit einer Messerschärfe, die selbst den eingebildetsten Schnösel zurechtstutzte.

Katharina hatte es während der eigenen Studentenzeit geschafft, ihren Unmut nicht auf sich zu ziehen, doch bei ihrer ersten Begegnung als Universitätsassistentin war sie weniger glimpflich davongekommen. Gertrud Schiller hatte sie von oben bis unten gemustert.

»Hosen sind für das Personal nicht vorgesehen. Ich bin verpflichtet, Sie darauf hinzuweisen.«

Katharina hatte schlucken müssen. Frau Schiller erinnerte sie an ihre Mittelschuldirektorin, die die Mädchen gerne in einer Reihe antreten ließ und sie zusammenstauchte, wenn um ihren Hals eine jener langen Halsketten baumelte, wie sie gerade in Mode waren. Katharina wiederum war das erste Mädchen gewesen, das sich je in Hosen vor sie wagte.

»Eines Tages wird aus dir ein Blaustrumpf«, hatte die Direktorin mit derart vernichtender Stimme verkündet, als spräche sie ein Todesurteil aus.

Katharina hatte an das strikte Gebot gedacht, wonach die Mädchen selbst im Hochsommer Strümpfe zu tragen hatten. »Wenn ich es mir aussuchen könnte, wäre ich lieber ein Ohnestrumpf.« Das hatte sie aber erst genuschelt, als die Direktorin schon fünf Schritte weitergegangen war und sie nicht mehr hören konnte.

Gegenüber Gertrud Schiller hatte sie sich als mutiger erwiesen.

»Das Personal darf also keine Hosen tragen?«, hatte sie betont nachdenklich gefragt. »Ich würde Herrn Professor Holacek natürlich gerne im Schottenrock sehen, aber da ich meinerseits so freundlich bin zu ignorieren, dass er einen schwarzen Anzug bevorzugt, hoffe ich auch selber auf Nachsicht.«

Gertrud Schiller hatte ihre Miene genauso im Griff gehabt wie ihr Haar. »Ich sprach selbstverständlich vom *weiblichen* Personal.«

»Mir wurde an meinem ersten Arbeitstag erklärt, dass alle Frauen an der Universität einen männlichen Amtstitel zu führen haben – ob auf dem Türschild oder dem offiziellen Briefpapier. Wenn ich eines Tages endlich eine Frau Universitätsassistentin sein kann, überlege ich es mir mit dem Rock.«

Einmal mehr hatte Gertrud Schillers Contenance die Irritation aufgewogen, aber Katharina fragte sich seitdem manchmal, ob sie sich mit ihrer vorlauten Art womöglich eine Feindin gemacht hatte. Allerdings hatte sie an genügend anderen Fronten weit tödlicheren Pfeilen auszuweichen gelernt und fand es nicht weiter tragisch, bei der Zuteilung von Büroklammern womöglich als Letzte vom Platz zu gehen.

Und vor Kurzem hatte Gertrud Schiller sie immerhin vor Professor Holacek in Schutz genommen.

An seiner Lobeshymne, weil sie ihn bei einem Artikel über Quantifizierung und Makroanalyse als neue Methoden der historischen Sozialwissenschaft unterstützt hatte, hatte sie zwar nichts auszusetzen gehabt, umso mehr aber daran, dass diese mit einem vertraulichen »Mein Mädchen« geendet hatte. Er konnte es sich einfach nicht abgewöhnen, sie so zu nennen, obwohl Katharina es schon häufig moniert hatte.

»Katharina Adler ist ein Fräulein Doktor, kein Mädchen«, hatte sie schneidend verkündet.

»O ja, richtig, Frau Schiller, was wäre ich nur ohne Sie. Ich würde mich andauernd danebenbenehmen.«

Obwohl er so tat, als wäre das »Mädchen« eine Unart wie eine schlecht gebundene Krawatte, für die er bekannt war und auf die Frau Schiller ihn beharrlich hinwies – kaum war er mit Katharina allein, kehrte er wieder zu dieser Anrede zurück. »Frau Schiller hört ja nicht zu.«

Sie ärgerte sich zwar darüber, war heute aber so begierig darauf, über die Vorlesung zu berichten, dass sie das *Mädchen* geflissentlich überhören würde.

»Ich muss dringend mit Professor Holacek sprechen«, erklärte sie.

»Er hat darum gebeten, nicht gestört zu werden.«

Katharinas Blick wanderte zur Uhr. »Die Sprechstunde ist doch schon vorbei.«

Für diese kam Professor Holacek regelmäßig auf die Uni. Seine Forschungen hingegen verfolgte er in seiner Privatwohnung, die wie eine riesige Bibliothek aussah – und wie eine Altkleidersammlung, weil er, der eiserne Junggeselle, sämtliche Stuhlrücken so lange mit seinen Anzugjacken behängte, bis sich sein kompletter Schrank geleert hatte.

»Herr Professor Pokorny hat um eine Unterredung gebeten. Eine sehr dringende.« Gertrud Schiller machte eine kurze Pause. »Es geht um Sie«, fügte sie schließlich hinzu.

Unwillkürlich sank Katharina an den Türrahmen von Frau Schillers Büro. Neben dem Tipp-Ex stand eine Kaffeetasse, deren Inhalt so schwarz war wie Gertrud Schillers Kostüm. Sie war immer exakt zu zwei Dritteln gefüllt, als wäre sie bloß eine Attrappe.

»Um mich?«, fragte Katharina und ärgerte sich wegen des bangen Untertons.

Sie wusste natürlich, dass sie Professor Pokorny, dem Leiter des Instituts für Osteuropäische Geschichte, ein Dorn im Auge war. In den letzten Wochen hatte er sich oft darüber echauffiert, dass der Posten der Assistenzprofessur, vom Bildungsministerium jüngst neu geschaffen, an das Institut für Wirtschafts- und Sozialgeschichte und folglich an sie gehen sollte, damit sie sich in Ruhe habilitieren und mehr eigene Lehrveranstaltungen leiten konnte.

Sollte er ruhig schimpfen. Selbst Historikerfürsten wie er, voller Sehnsucht nach Zeiten, in denen noch von Lehrkanzeln herab doziert worden war, mussten einsehen, dass sich die Geschichtswissenschaft im Wandel befand. Mochte er weiterhin im Jahreszahlenkarussell sitzen und um Kaiserwahlen, Kriege und Fürstenhochzeiten kreisen – die fortschrittlichen Kollegen wussten, dass nicht bloß die Geschichte gekrönter Häupter zählte, sondern die der einfachen Leute. Es war nicht mehr die Zeit der grauen Eminenzen, endlich waren die bunten Vögel an der Reihe. So zumindest hatte er sie einmal abfällig genannt – was sie allerdings gar nicht als Beleidigung empfand.

Während sie noch überlegte, ob sie hier oder in ihrem Büro warten sollte, öffnete sich die Tür zu Holaceks Büro, und ein misstrauisch dreinblickender Professor Pokorny trat in den Vorraum. Wortlos schritt er auf den Gang zu.

Katharina widerstand dem Impuls zu grüßen. Gertrud Schiller hingegen konnte nicht aus ihrer Haut. Sie erhob sich sogar.

»Grüß Gott, Herr Professor Pokorny.«

Keine Reaktion.

»Einen schönen Tag noch, Herr Professor Pokorny.«

Weg war er. Er hatte nicht einmal ordentlich die schwere Glastür hinter sich geschlossen, sondern sie einfach zufallen lasen. Gertrud Schillers Lippen bebten.

»Unmöglicher Typ!«, rutschte es Katharina heraus.

Frau Schillers Gesicht wurde rasch wieder ausdruckslos. »Es steht mir nicht zu, das Verhalten von Professor Pokorny zu beurteilen.« Als sie sich wieder setzte, nahm sie zu Katharinas

Erstaunen einen Schluck aus ihrer Kaffeetasse. Also befand sich darin doch echter Kaffee, nicht nur mit schwarzer Tinte gefärbtes Wasser, wie manche Studenten schon wegen des stets gleichbleibenden Pegels spöttisch gemutmaßt hatten.

Im nächsten Augenblick war der Kaffee vergessen, denn Holacek erschien auf der Schwelle seines Büros. Die Krawatte war wieder einmal falsch gebunden, das Hemd aus dem Hosenbund gerutscht, weil der zu locker saß.

»Ich fürchte, wir haben ein Problem, mein Mädchen.«

Wie betäubt stand sie hinterher auf dem Gang. Gegenüber Holacek hatte sie noch um Fassung gerungen, zumal er sich mit der gleichen Unbeholfenheit um Zuversicht bemühte wie um den richtigen Krawattenknoten.

»Es ist ja noch nichts endgültig entschieden, wir müssen uns jetzt noch keine Sorgen machen. Wir denken erst einmal in Ruhe nach, wie wir damit umgehen. Wir wissen ja, es ist ein unhaltbarer Zustand, dass sich unter den sechzehn Professoren am Historischen Institut keine einzige Frau befindet.«

Katharina war nicht sicher, wen das »Wir« im letzten Satz einschloss. Die anderen fünfzehn Professoren wohl nicht. Nie hatte sie einen von ihnen daran Anstoß nehmen hören, dass die Zahl weiblicher Studentinnen zwar rasant wuchs, die der weiblichen Assistenten aber nur extrem langsam und die der Professorinnen gar nicht. Und der Besetzung der Assistenzprofessur durch Katharina hatten sie nur zugestimmt, weil sich kein anderer Kandidat fand. Also eher aus Gleichgültigkeit – und nicht, weil sie geschlossen hinter Holacek und seinem Wunsch, sie zu fördern, standen.

»Ja, ja, es stimmt schon«, hatte Holacek zunehmend kleinlaut gestammelt und sich gewunden. »Wir waren uns unserer Sache wohl zu sicher. Haben nicht erwartet, dass es einen Kampf um die Stelle geben würde. Professor Pokorny hat beim Bildungsministerium Einspruch dagegen erhoben, dass sie unserem Institut zugesprochen wird. Und konnte dabei einen Trumpf ausspielen. Schließlich hat nicht nur unser Institut, sondern auch das für Osteuropäische Geschichte seit Langem Anspruch auf eine Stelle. Und dort, so hat er behauptet, gelte es, den neuen Schwerpunkt unserer Fakultät zu stärken, die Erforschung der Zeitgeschichte.«

Die Geschichte des 20. Jahrhunderts war für einen Pokorny eigentlich wie eine Badewanne für einen Tiefseetaucher. Auf deren Grund konnte ein kleines Kind schauen, der wahre Forscher hingegen tauchte mit angehaltenem Atem in tiefste Schwärze, um die Perlen herauszufischen. Wer nicht mindestens ein paar Jahrhunderte zurückging, landete womöglich in den Untiefen aktueller politischer Diskussionen, und über die fühlte sich jemand wie ein Pokorny erhaben.

Aber wenn man die Gelegenheit hatte, nicht nur die Erforschung der Zeitgeschichte, sondern auch den männlichen Personalschlüssel zu stärken, war dies eine Pille, die man zu schlucken bereit war. Hauptsache, dieses Fräulein da, das nach akademischen Weihen strebte, trieb weiterhin auf der Oberfläche wie ein Korken, dem vielleicht nicht der lange Atem, jedoch das notwendige Gewicht fehlte, um zum Meeresgrund vorzustoßen.

»Wie … wie gehen wir denn nun weiter vor?«, hatte Katharina gefragt.

Das »Wir« erwies sich wie befürchtet als etwas brüchig. Holacek begann unsicher an seiner Krawatte zu zupfen und sein Hemd in die Hose zu stopfen. Bei aller Liebe zu seinem Mädchen – Personalbesetzungen, Intrigen und überhaupt Menschen waren vor allem eins: ein Hindernis, das zwischen ihm und seinen Forschungen stand.

»Ich muss jetzt wieder zurück an die Arbeit … Sie wissen ja, ich schreibe an einem Aufsatz über Wiener Stadtgeschichte, aber nein, nein, mein Mädchen, nicht traurig sein, wir finden schon eine Lösung. Welchen Monat haben wir jetzt, Dezember?«

»Januar«, antwortete Katharina und unterdrückte ein Seufzen. Bei Wochentagen lag er meist um zwei daneben.

»Na also, dann haben wir noch Zeit. Die endgültige Personalentscheidung fällt erst Ende des Sommersemesters. Solange können wir uns beweisen … das heißt, *Sie* können sich beweisen.«

»Nämlich wie?«

Seine Worte wurden erst wirrer, dann knapper, schließlich schob er sie aus seinem Büro.

Als sie im Gang stand, sagte sich Katharina, dass sie sich eigentlich freuen sollte. Immerhin hatte Holacek ihr soeben eine eigene Übung angeboten – jene Form der Lehrveranstaltung, die man, anders als das klassische Seminar, auch als Assistentin leiten durfte. Und wenn sich erst einmal herumsprach, dass sie nicht nur in Sachen Forschung, sondern auch in der Lehre brillierte, würde die Mehrheit des Professorenkollegiums doch ihr die Stimme geben, nicht Pokornys Schützling.

Allerdings: Wann hatten gute, nein, sehr gute, nein, außergewöhnliche Leistungen sie je vor Verachtung und männlicher Arroganz geschützt? All dem war sie im Laufe ihrer Karriere immer wieder begegnet, egal wie unantastbar ihre wissenschaftliche Arbeit war, wie souverän ihr Auftreten, wie stabil ihr Selbstbewusstsein.

Mit der Enttäuschung, dass es mit der Stellenbesetzung nicht glattlief, wäre sie fertiggeworden. Der große Klumpen in der Kehle, die kalten Hände, dieser Druck auf der Brust rührten schlichtweg von der Ohnmacht.

Ohnmacht, wie sie sie schon in der achten Klasse erlebt hatte.

Damals hatten sie einen Aufsatz zum Thema »So denke ich mir mein Leben« schreiben müssen. Die meisten Klassenkameradinnen gingen danach von der Schule ab. Sie schrieben, dass sie für ein paar Jahre als Sekretärin oder Verkäuferin arbeiten, bald aber einen lieben Mann kennenlernen und Hausfrau und Mutter werden wollten. Katharina schrieb, dass sie immer nur die besten Noten abliefern wollte, um dann die Matura zu absolvieren, zu studieren und Hochschulprofessorin zu werden.

Bei den Rechtschreibfehlern der anderen drückte die Lehrerin beide Augen zu. »Sehr gut«, meinte sie begeistert.

Katharina hingegen bekam für ihren Aufsatz nur eine Zwei. Sie hatte keinen einzigen Rechtschreibfehler gemacht, aber vergessen, das Löschblatt einzulegen, und das gab – leider, leider – eine schlechtere Note.

Und als sie dann später auf ihrer Olympia Monika an ihrer Dissertation geschrieben hatte … Eine hoch konzentrierte Angelegenheit war das, die sie ganze Nächte wach hielt. Nicht so sehr der Inhalt war die Herausforderung, sondern vielmehr, dass sie die Arbeit in dreifacher Ausfertigung abgeben musste. Nicht selten verrutschten Originalseite, Kohlepapier und Durchschlagpapiere, sodass sich Zeilen verschoben oder das Kohlepapier dunkle Flecken hinterließ. Besonders schlimm war, dass man einen Tippfehler nur auf der Originalseite mit Tipp-Ex korrigieren konnte, nicht auf dem Durchschlag. Ein Fehler in der letzten Zeile bedeutete, dass sie alles noch einmal schreiben musste.

Wenn sie nach Mitternacht immer noch auf die Tasten einhämmerte, stand gerne der Nachbar vor der Tür. Jetzt sei es doch mal gut, bei diesem Lärm könne keiner schlafen, den Liebesbrief könne sie auch morgen schreiben.

Katharina entschuldigte sich vielfach und versuchte ihm begreiflich zu machen, dass sie keinen Liebesbrief schrieb, sondern ihre Dissertation.

Es blickte sie verständnislos an.

»Na, meine Doktorarbeit.«

»Für was brauchen Sie denn so was? Sie sind doch recht hübsch.«

Von da an drohte er ab 22 Uhr wegen Ruhestörung mit der Polizei. Einen Liebesbrief hätte er ihr ja noch nachgesehen, aber das …

Idiot, dachte Katharina. Wer schrieb denn Liebesbriefe auf einer Schreibmaschine?

Als ihre Dissertation fertig war, galt es, sie im Rigorosum vor einer Runde Professoren zu verteidigen. Ein Experte aus Deutschland wurde ebenfalls hinzugezogen. Die ganze Zeit lächelte er anzüglich. Schließlich erklärte er, an der Arbeit könne er nichts aussetzen, und ja, es stimme schon, von allen eingereichten Dissertationen der Universitätsassistenten sei ihre die beste. »Aber bitte versprechen Sie mir, dass Sie's jetzt gut sein lassen. Für ein kluges, anständiges Mädel mag die Uni der rechte Ort sein, sich nach Heiratskandidaten umzuschauen. Aber wenn man zu lange bleibt, dann endet man noch als Dekanin. In Heidelberg gibt's gerade eine, die ist eine solche Katastrophe.«

Nun lächelte er nicht mehr, und alle anderen starrten verlegen auf die Tischplatte, widersprechen wollte niemand. Das tat man erst, als er hinzufügte: »Ich finde, die hübschen, häuslichen Studentinnen, die im Allgemeinen ohnehin bald weggeheiratet werden, müssten eigentliche höhere Gebühren bezahlen, da die für sie verausgabten Staatsgelder ja keine Gegenleistung erbringen werden.«

»Aber, aber, werter Herr Kollege, in Österreich wurden die Studiengebühren kürzlich abgeschafft.«

»Ein Verlustgeschäft bleibt es trotzdem.«

»Nicht in meinem Fall«, warf Katharina ein. »Ich strebe weiterhin eine wissenschaftliche Laufbahn an.«

Nun kehrte das Lächeln zurück, diesmal mitleidig. »Sie wollen doch wohl nicht ein Leben lang einem Ordinarius dabei helfen, seine Bücher zu schreiben? Wenn Sie schon nicht heiraten, gehen Sie in den Lehrberuf, da sind Sie selbstständig und gut aufgehoben.«

Dieses Lächeln hatte noch den ganzen Tag an ihr geklebt, egal, wie herzlich Holacek gratuliert und wie ausgelassen sie mit Kolleginnen beim Trzesniewski in der Dorotheergasse mit den berühmten Brötchen für fünfzig Groschen und einem Glas Sekt feierte. Das Lächeln war wie der schwarze Teerfleck an der Fußsohle, den sie als Jugendliche einmal im Sommerurlaub in Jesolo abbekommen hatte. Je länger sie daran herumgerieben hatte, desto größer war er geworden, und am Ende waren auch noch ihre Hände schwarz.

»Gratuliere«, riss eine Stimme sie aus ihren Erinnerungen. Katharina blickte hoch.

Das anzügliche Lächeln des Mannes, der ihr im Gang des Instituts entgegenkam, erinnerte sie sofort an den deutschen Professor, obwohl er sonst keine Ähnlichkeit mit ihm hatte: Er war deutlich jünger, besser aussehend, mit dem dunklen, fülligen Haar, den markanten Zügen, die im Profil an einen römischen Kaiser erinnerten – nicht an die wahnsinnige Sorte, sondern an die listigen Eroberer. Außerdem war er sehr groß, weswegen er gerne den Kopf einzog, zumindest solange er sich in der Nähe von Professor Pokorny aufhielt. Wenn er dann auch noch die Schultern hochzog, hatte man den Eindruck, sein Anzug wäre zu eng, obwohl er tadellos saß und keiner auf der Uni so stilsicher rostbraunen Schnürlsamt trug.

In Katharinas Gegenwart machte er sich nicht kleiner, im Gegenteil. Das Selbstbewusstsein, die Siegesgewissheit waren fast eine Nummer zu groß dafür, dass seine Anzahl an wissenschaftlichen Publikationen deutlich den ihren hinterherhinkte und er sein Rigorosum mit schlechteren Noten abgeschlossen hatte.

»Gratuliere?«, fragte Katharina gedehnt.

Sein Name war Dr. Florian Bruckmann, aber insgeheim bezeichnete sie ihn als »Grinsekatze«, denn er erinnerte sie genau an diese Figur aus *Alice im Wunderland*. Als Kind hatte sie das immer gern gelesen, ausgenommen jene Kapitel, wo Alice diesem heimtückischen, unberechenbaren Kater gegenübertrat. Ein wenig Unbehagen stieg auch jetzt in ihr hoch bei dem Anblick, wie er sich lässig an die Wand neben ihr lehnte und so tat, als hätte er alle Zeit der Welt für ein Kollegengespräch.

»Die Studenten waren wohl von Ihrer Vorlesung heute recht angetan. Und Sie haben eine eigene Übung bekommen, wie ich höre?«

Überrascht blickte Katharina ihn an. Die Übung hatte Holacek ihr gerade erst angetragen, warum wusste Bruckmann davon?

»Ich werde kommendes Semester ja auch eine Lehrveranstaltung abhalten«, fuhr er selbstzufrieden fort. »Das Thema meiner Übung werden die Frontverläufe in der Bukowina während des Ersten Weltkriegs sein.«

Obwohl sie Historikerin war, brachte sie es in diesem Moment nicht zustande, die Bukowina vor ihrem inneren Auge auf einer Europakarte zu verorten. In ihren Gedanken blieb alles ein großer grauer Fleck. Klar wurde ihr nur, dass eine Front auch zwischen ihr und Bruckmann verlief, dass er die ersten Geschütze bereits in Stellung gebracht und schon über eine Taktik hatte nachdenken können, während sie und Holacek noch leichtsinnig vom Besitz eines Landes geträumt hatten, das es in Wahrheit erst zu erobern galt.

»Und Sie? Was wird das Thema Ihrer Übung sein?«

Wenn sie zugab, dass sie noch keine Ahnung hatte, wäre offensichtlich, wie sehr sie überrumpelt worden war und dass sie bis zu diesem Moment nicht einmal geahnt hatte, er könnte mit ihr um die begehrte Stelle konkurrieren.

»Na ja, Sie müssen es mir ja nicht unbedingt verraten. Ich wollte nur gratulieren und Ihnen zur Feier des Tages ein kleines Geschenk überreichen.«

Katharina hatte nicht bemerkt, dass er mit einer Hand etwas hinter seinem Rücken verborgen hielt. Schwungvoll zog er es nun hervor und überreichte es ihr mit einem kleinen Diener, den sonst nur Professoren zu sehen bekamen.

Ein Buch, immerhin, wenn auch eher eine Blattsammlung, nicht einmal richtig gebunden.

Sie schlug es auf.

Die halbe Stunde vor dem Essen gilt stets als die große Bewährungsprobe für die Hausfrau, die sie entweder mit fliegenden Fahnen besteht oder bei der sie einen Teil ihrer Lorbeeren einbüßt.

»Ein … Kochbuch?«

Er nickte eifrig. »*Beeton's Book of Household Management* aus dem 19. Jahrhundert. Ein Klassiker.«

Mittlerweile hatte sie ihre Mimik etwas besser im Griff. Vage erinnerte sie sich daran, was sie heute in ihrer Vorlesung verkündet hatte: Alles konnte zur historischen Quelle werden. Ein Volksschulzeugnis, eine Bedienungsanleitung für eine Trockenhaube, ein Liebesbrief der Urgroßmutter. Und … ein Kochbuch.

Leopold Pichelsteiner war zweifellos empört über die Aussage gewesen, wohingegen Florian Bruckmann nur ein gönnerhaftes Lächeln dafür übrig hatte. *Lass sie nur machen*, sagte dieses Lächeln, *wir brauchen sie ja nicht ernst zu nehmen. Das, was die da treibt, hat mit historischer Hilfswissenschaft so viel zu tun wie Puppen mit einem echten Baby. Einer Puppe kann man schon mal den Arm verdrehen, ohne dass sie weint. Aber ein Mädchen wird nicht automatisch zur guten Mutter, nur weil es seiner Puppe hübsche Kleidchen anzieht. So wie eine Frau keine Assistenzprofessorin wird, nur weil sie vor Studenten über hochbegabte Frauen an der Universität Wien referiert.*

Katharina blätterte weiter, und sei es nur, um zu verbergen, wie überfordert sie sich fühlte. *Im Gespräch sollten unbedeutende Vorkommnisse wie kleine Enttäuschungen, geringfügige Ärgernisse und andere alltägliche Vorkommnisse Ihren Freunden gegenüber niemals erwähnt werden.*

Nun, ihr Ärgernis war kein geringfügiges und er kein Freund – dennoch beschloss sie, sich diesen Rat zu Herzen zu nehmen. Sollte er nur nicht denken, dass er sie bloßgestellt hatte. Dass sie sich verhöhnt fühlte. Vorgeführt. Dass sein siegessicherer Gesichtsausdruck ihren Mund sauer machte.

Entschlossen schluckte sie dagegen an. Während er betont gelassen davonschlenderte, straffte sie ihren Rücken.

»Ach, wissen Sie, Herr Kollege«, rief sie ihm hinterher. Sie war nicht sicher, was sie ritt, aber sie konnte ihn nicht einfach schweigend ziehen lassen. »Dieses Geschenk kommt mir gerade recht.«

Er drehte sich um, mehr denn je die Grinsekatze.

»Wie ich meinen Studenten heute schon sagte«, fuhr sie fort und klang schon selbstbewusster. »Alles kann zur Quelle werden. Und insbesondere Kochbücher sind sehr unterschätzt. Mein Schwerpunkt ist bekanntlich Frauengeschichte, die sich seit einiger Zeit insbesondere in Amerika zu einer anerkannten Disziplin entwickelt. Ich hoffe, das wird auch hierzulande der Fall sein. Erfreulicherweise sind Sie ja der gleichen Meinung wie ich: dass dies ein von der Historiografie vernachlässigtes Terrain ist und welch bahnbrechende Erkenntnisse man versäumt, wenn man vermeintlich typisch weibliche Quellen mit spitzen Fingern anfasst. Kochbücher erzählen Frauengeschichte und somit Kultur-, Sozial- und Alltagsgeschichte, nur leider steckt die systematische Untersuchung dieser Art von Quellen noch in den Kinderschuhen.« Sie machte eine kurze Pause und stellte befriedigt fest, dass sein albernes Grinsen erstarrt war. »Und deswegen werde ich meine Übung zum Thema Kochbücher abhalten.«

4. KAPITEL

1937–1938

Jule hörte mit der Schule auf, da war sie knapp vierzehn. Bei einer Familie im nahen Leoben würde sie als Haushaltshilfe arbeiten, morgens und abends gab es eine Zugverbindung. Die Familie besaß eine kleine Schuhfabrik und den klangvollen Namen Birnbaum. Als sie sich an ihrem ersten Arbeitstag auf den Weg dorthin machte, hatte sie ein Rezept für saftigen Birnenkuchen im Kopf. Die Birnen versanken fast gänzlich im goldgelben Teig, der nach dem Backen mit Staubzucker bestreut wurde.

Als sie das Haus am Abend wieder verließ, dachte sie nicht an Kuchen, denn sie musste ständig die neuen Schuhe aus dunklem Lack betrachten. Sie hatte noch nie so feines Schuhwerk besessen, wobei Frau Birnbaum nicht von feinem Schuhwerk sprach, sondern von Schuhen, die gut zum Fuß waren.

Von den Stiefeln, mit denen Jule aufgekreuzt war, konnte man das nicht behaupten, die scheuerten die Ferse wund und quetschten die Zehen. Frau Birnbaum ließ sie die Stiefel ausziehen und schenkte ihr die Lackschuhe.

Dann zeigte sie ihr die Küche und meinte, dass sie wahrscheinlich noch nie einen Haushalt wie den ihren gesehen habe und viel lernen müsse.

Vielleicht, dass Speisen gut zum Magen sein sollten, überlegte Jule, aber das sagte sie nicht laut. Im Unterricht hatte sie den Kopf irgendwann nur noch dann gehoben, wenn die Lehrerin sie an den Zöpfen zog. Auch hier hielt sie ihn sicherheitshalber gesenkt, nahm nur aus den Augenwinkeln wahr, dass es in der Küche nicht bloß einen, sondern zwei Schränke gab und fremde Schriftzeichen auf diesen standen.

In dem einen befänden sich die fleischigen Lebensmittel und in dem anderen die milchigen, erklärte ihr Frau Birnbaum. Beide dürfe man unter keinen Umständen gemeinsam aufbewahren, gemeinsam kochen und essen natürlich erst recht nicht. Es gab nicht nur zwei Schränke, auch zwei Arbeitsplatten, zwei Tischdecken, separate Fächer für die Töpfe und Pfannen. Nie und nimmer dürften Töpfe, worin man Fleisch angebraten oder Milch erwärmt habe, im selben Abwaschwasser landen. Wäre sie sich einmal nicht sicher, ob sie versehentlich einen Fehler gemacht hätte, müsse sie das Geschirr in kochendes Wasser legen. Das sähen die Kaschrut, die Speisevorschriften, so vor.

»Und jetzt sage ich dir, was Herr Birnbaum besonders gerne isst«, schloss Frau Birnbaum ihren Vortrag. Die Gerichte, die sie aufzählte, klangen genauso fremd in Jules Ohren wie all die komplizierten Essensregeln. Jule wagte immer noch kaum, den Blick zu heben, aber immerhin gelang es ihr, schüchtern hervorzupressen: »Darf ich es aufschreiben, damit ich es mir merke?«

Sie setzte sich an den Küchentisch, nahm ihr altes Schulheft zur Hand, in dem schon etliche Seiten mit Rezepten beschrieben waren, und ließ sich von Frau Birnbaum erklären, wie man Karpatkakuchen zubereitete, dass man den gerne in Galizien esse und dass in der dortigen Stadt Brody so viele Juden lebten wie kaum anderswo. Schon vor vielen Jahrhunderten habe ein polnischer König versprochen, dass sie unter seinem Schutz ständen. Wobei man sich nicht auf einen König verlassen konnte, Könige kamen und gingen, es war nicht einmal sicher, zu welchem Land Galizien gehörte, mal wurde es von dieser, mal von jener Großmacht Europas beansprucht. Es war leicht, eine Nationalität zu wechseln, eine Sprache ließ sich hingegen nicht an- und ablegen wie ein Hut. Manche Juden in Brody sprachen polnisch, andere deutsch, und ob das mehr Nutzen oder Schaden brachte, war wechselhaft wie das Glück im Kartenspiel. Gleich welche Sprache sie benutzten, es gab immer Leute, die die Juden hassten, aber nach dem Großen Krieg wurden die, die Deutsch sprachen, ein bisschen mehr gehasst, und deswegen hatte ihr Mann Galizien verlassen müssen.

»Aber den Karpatkakuchen, den isst Herr Birnbaum immer noch gern. Wenn er ihn isst, schließt er die Augen und ist dann in Gedanken wieder dort.«

Über den vielen Erzählungen verging Stunde um Stunde – und Jules Schüchternheit. Sie blickte immer öfter hoch und irgendwann Richtung Uhr. »Wir haben ja ganz die Zeit übersehen«, rief Frau Birnbaum entsetzt, die ihrem Blick folgte, »jetzt kommt gleich Herr Birnbaum aus der Schuhfabrik, die Kinder kommen aus der Schule, und nichts steht auf dem Tisch.«

Jule klappte das Rezeptbuch zu und schlug vor, Gulasch zu machen. Als Frau Birnbaum sie etwas zweifelnd musterte, erklärte sie, dass man hierfür nicht Fleisch und Milch vermengte – ganz anders als beim Schnitzel, in dessen Panier Eier und Milch gehörten.

»Du lernst schnell«, sagte Frau Birnbaum anerkennend.

Jule freute sich, weil das noch nie jemand zu ihr gesagt hatte, trotzdem schwirrte ihr von all den Geschichten und Regeln der Kopf.

»Schöne Schuhe«, sagte die Mutter am Abend, »das sind aber liebe Leute.« Und als sie von Speisevorschriften berichtete, sagte sie: »Was für ein Unsinn, zweimal Geschirrwasser einzulassen. Das sind aber seltsame Leute.«

Der Vater sah hoch. »Den Juden sind ihre strengen Speisevorschriften heilig«, erklärte er.

Lia zuckte die Schultern »Ja, aber uns doch nicht. Für Extraarbeit wird Jule nicht bezahlt. Wenn Frau Birnbaum nicht hinschaut, legst du alles ins gleiche Abwaschwasser. Das fehlt ja noch, Wasser und Zeit zu verschwenden!«

Jule widersprach nicht, aber sie fand durchaus, dass sie extra bezahlt wurde – mit den schönen Schuhen, die sie erhalten hatte, und dem freundlichen Lächeln, mit dem Frau Birnbaum sie am nächsten Tag begrüßte, mit noch mehr Geschichten aus Galizien und einer Unmenge an Rezepten, die ihr Schulheft füllten. Nur eines vertraute Frau Birnbaum ihr nicht an. Kurz vor dem Wochenende köchelte eines Tages etwas über dem Herd, von dem ein verführerischer Duft nach Paprika und Zwiebeln aufstieg. Als Jule den Topfdeckel heben wollte, ging Frau Birnbaum dazwischen. »Das ist Tscholent, ein Eintopf aus Bohnen und Graupen, Karotten und Kartoffeln und viel fettem Rindfleisch. Was sonst noch hineinkommt, ist ein Geheimnis. Jede Jüdin kocht Tscholent, wie sie es von ihrer Mutter gelernt hat, und ich gebe mein Rezept später nur an meine Tochter weiter, an sonst niemanden.«

Jule verstand das, sie hatte ja bereits das Rezept für Karpatkakuchen erfahren, für Bulbenik, einen Kartoffelkuchen, für Golabki, spezielle Kohlrouladen, für Kascha, ein Gericht aus Buchweizen. Einmal bot ihr Frau Birnbaum sogar Challah an, ein Zopfbrot, das für den Sabbat gebacken wurde.

»Dass du mir nicht zu dünn wirst, Mädchen. Dass du ja nicht frierst, deine Hände sind ja ganz rot. Und dass du mir nicht zu viel schuftest, ausruhen muss man sich dann und wann auch.«

So viel Gedanken hatte sich seit Hildchens Tod niemand mehr um sie gemacht, und manchmal musste sie vor Rührung weinen. Frau Birnbaum tätschelte dann ihre Schulter. »Aber, aber, es gibt ja gar keinen Grund zu weinen. Der einzige Grund zu weinen sind kalte Füße, und die brauchst du nie wieder haben. Solange du bei uns arbeitest, bekommst du von uns Schuhwerk, das gut zu deinen Füßen ist.«

An einem Abend im Februar des Jahres 1938 war es Frau Birnbaum, die weinte. Draußen war es eisig kalt, aber Jule schwitzte, weil sie nicht sicher war, ob die Gabel, mit der sie einen Kuchen im Rohr angestochen hatte, um seine Konsistenz zu überprüfen, nicht womöglich eine Fleischgabel gewesen war. Sie wollte doch keinen Fehler machen!

Während sie noch hilflos die Gabel betrachtete, vernahm sie jäh ein Klirren, gefolgt von einem spitzen Aufschrei und wieherndem Gelächter.

Normalerweise betrat sie das Wohnzimmer nur, wenn sie half, Speisen aufzutragen. Bis sie jetzt in den Raum gestürzt war, war das Klirren verstummt, auch das Geschrei, nur das Gelächter war immer noch zu hören. Ein Stein war durch die Fensterscheibe gekracht und in der Mitte des Wohnzimmers liegen geblieben. Um den Stein gebunden war ein Stück Papier. *Juda verrecke*, stand darauf, mit einer krakeligen Schrift, die Jule genauso bekannt vorkam wie das Gelächter. Leichenblass starrte Frau Birnbaum darauf, und eine einzelne Träne bahnte sich langsam wie ein Wachstropfen ihren Weg. Während sich die Kinder aneinanderklammerten, lugte Herr Birnbaum vorsichtig aus dem Fenster, konnte aber nichts sehen. Jule auch nicht, aber hören konnte sie.

Sie stürmte nach draußen in die eisige Nacht. »Brandstätter-Tonerl«, brüllte sie, »du bist so ein Trottel.«

Gegenüber Erwachsenen war sie immer schüchtern gewesen. Aber vor den Jungs, die am Marktplatz von Niklasdorf den Mädchen auflauerten, um ihnen unter die Röcke zu spähen, hatte sie sich stets zu schützen gewusst. Nie hatte sie sich ihnen genähert, ohne sicherheitshalber einen Stein in der Schürzentasche zu haben, den sie drohend hob. Auch jetzt hob sie die Hand. »Die Faust kriegst du auf deinen Schädel, Brandstätter-Tonerl, wenn du das noch mal machst.«

Das Gewieher ertönte allerdings nicht nur aus einem Mund, im Licht der Straßenlaterne zählte sie insgesamt drei Gestalten, von denen zwei auch schon losrannten. Nur einer blieb noch stehen und rief ihr abfällig zu: »Schäm dich, Gartner-Jule, dass du bei den Blutsaugern arbeitest.«

Wie schwer sich die Hand plötzlich anfühlte, obwohl sie gar

keinen Stein hielt. Trotzdem, ihr Mundwerk funktionierte noch. »Meine Mutter hat auf dich aufgepasst, als du ein Säugling warst, und dir deine vollgeschissenen Windeln gewechselt. Wenn ich ihr das erzähle, haut sie dir heute noch den Orsch aus!«

Der Brandstätter-Tonerl verschwand.

Frau Birnbaum weinte immer noch, als Jule zurück ins Wohnzimmer kehrte, die Kinder klammerten sich immer noch aneinander, und der Vater zerschnitt ein Stück Pappkarton, in dem sonst Stiefel und Schuhe aufbewahrt wurden, um das kaputte Fenster zu verkleben. Jule floh in die Küche. Plötzlich schien es nicht mehr so wichtig, ob die Fleischgabel den Kuchen berührt hatte oder nicht.

Die Rezepte aufzuschreiben, war auch nicht mehr so wichtig. Anstatt sich mit ihr am Küchentisch darüber auszutauschen, stand Frau Birnbaum nun oft übers Radio gebeugt. Die eigenen Eltern erwischte Jule ebenfalls dabei, wie sie die Ohren daranpressten, weil manchmal das Rauschen die Worte übertönte.

Frau Birnbaum blieb immer stumm, die Eltern begannen immer zu schimpfen. Eine Schande sei diese Achse Italien und Deutschland. Dass die Nazis in Österreich immer stärker würden. Und dass die Bürgerlichen hierzulande die Sozialisten noch mehr hassten als das braune Gesocks. Wenn die Bürgerlichen und die Roten gemeinsam kämpfen würden, stünde das Gesocks schön blöd da, aber die Angst vor den Arbeitern sei noch größer als die Angst vor diesen Bluthunden. Was für eine verrückte Welt, in der sich zwei Gockel gegenseitig den Kamm blutig hackten, anstatt gemeinsam auf den Fuchs loszugehen.

Während Jule diesen Reden lauschte, fühlte sie sich wie damals in der Schule, als Buchstaben nur Kreise und Striche waren und keinen Sinn ergaben. Die Fülle an lauten, verärgerten Worten war wie Wurzeln und Gestrüpp auf einem Weg, auf dem sie nicht vorankam.

Nicht nur der Vater schrie immer öfter herum – die Zeitungsverkäufer, die am Bahnhof Extraausgaben anpriesen, auch. *Bundeskanzler Schuschnigg mit Hitler in Berchtesgaden. Österreichs Unabhängigkeit wird garantiert, wenn Nazis in Kabinett aufgenommen werden. Inhaftierte Nazis müssen freigelassen werden.*

Ein paar junge Männer von der Gewerkschaft schrien zurück, dass sie sich das nicht bieten lassen würden. Die Sozialisten seien bereit zum Kampf. Wären die österreichischen Arbeiter bewaffnet, dann würde Hitler es nicht wagen, auch nur den großen Zeh über die Grenze zu setzen. Keiner wolle ihn in Österreich haben, die Volksabstimmung werde das schon beweisen. »Rot-Weiß-Rot bis in den Tod!«

Das Flugblatt, das die Gewerkschafter Jule an diesem Tag in die Hand gedrückt hatten, war umsonst, das Blatt, das der Zeitungsjunge ein paar Tage später vor ihrer Nase schwenkte, nicht. Aber er posaunte ja ohnehin heraus, was darin zu lesen stand. Dass die Arbeiter keine Waffen bekämen. Dass Hitler Schuschnigg ein Ultimatum gestellt habe. Von großen Zehen, die sich unerlaubt über die Grenze schoben, war darin nicht die Rede, sondern von deutschen Panzern und Soldaten, die nur darauf warteten, Österreich zu besetzen.

Noch lauter als der Zeitungsjunge brüllte eines Abends der Brandstätter-Tonerl. »Gebt's auf, die Deutschen kommen!« Um den Oberarm trug er eine Hakenkreuzbinde. Bevor er sie erkennen konnte, zog Jule den Kopf ein und lief zurück zu den Birnbaums, obwohl sie eigentlich auf dem Heimweg gewesen war.

Vorhin hatte sie alles Geschirr abgewaschen und weggeräumt, jetzt war die Arbeitsfläche schon wieder voll, und es roch nach Muskat und Piment, Paprika, Lorbeer und Zwiebel.

Frau Birnbaum weinte heute nicht. »Ach, die Jule ist zurück«, sagte sie und winkte sie zu sich. Dann huschte sie in der Küche umher auf der Suche nach Gewürzen, während sie ihr das Tscholent-Rezept ihrer Mutter verriet.

Weil Jule an diesem Tag ihr Schulheft nicht dabeihatte, versuchte sie verzweifelt, sich alles zu merken. »Einen Tag vor der Zubereitung des Tscholent muss man weiße Bohnen sechs Stunden lang einweichen. Die Zwiebeln werden in einem großen Topf im Fett angebräunt; dann legt man Fleisch und Knochen hinein und ordnet Bohnenkerne und Graupen rund um das Fleisch herum. Mit kochendem Wasser wird alles bedeckt und schließlich gewürzt – mit Paprika, Lorbeer, Piment, Muskat. Das große Geheimnis sind ein paar klein geschnittene Datteln, die man ebenfalls hinzufügt. Leider gibt es die hierzulande so gut wie nie, jetzt erst recht nicht. Danach muss man den Deckel fest verschließen.« Frau Birnbaum setzte sich jetzt doch noch an den Küchentisch. »Am wichtigsten ist die Geduld. Der Tscholent muss sehr lange auf niedriger Temperatur köcheln, mindestens sechs Stunden lang, aber noch besser die ganze Nacht über. Wenn die Nacht vorbei ist, ist der Tscholent fertig.«

Doch diese Nacht war noch lange nicht vorbei. Um sieben Uhr abends kam aus dem Radio eine Extra-Durchsage.

»Österreicher und Österreicherinnen!«, ertönte die Stimme von Bundeskanzler Schuschnigg. »Der Herr Bundespräsident beauftragt mich, dem österreichischen Volke mitzuteilen, dass wir der Gewalt weichen. Wir haben, weil wir um keinen Preis, auch in dieser ernsten Stunde nicht, deutsches Blut zu vergießen gesinnt sind, unserer Wehrmacht den Auftrag gegeben, für den Fall, dass der Einmarsch durchgeführt wird, sich ohne wesentlichen Widerstand zurückzuziehen. So verabschiede ich mich in dieser Stunde von dem österreichischen Volke mit einem deutschen Wort und einem Herzenswunsch: Gott schütze Österreich!«

Langsam kroch die Hand von Frau Birnbaum über den Tisch, umfasste Jules, drückte immer fester zu. Fast tat es weh, aber irgendwie tat es auch gut.

Wie wohl Datteln rochen und schmeckten? Sie konnte es sich nicht vorstellen. Sie konnte sich auch nicht vorstellen, dass es kein Österreich mehr gab.

Im Wohnzimmer zerschnitt Herr Birnbaum noch mehr Pappkartons und klebte sie vor die Fenster. Bis auf die eine Scheibe waren alle heil, aber draußen zog eine Unmenge junger Männer vorbei, die brennende Fackeln schwangen und an jeder Straßenlaterne Flaggen anbrachten, auf denen sich das schwarze Hakenkreuz vom leuchtend roten Grund abhob. »Sieg heil, Sieg heil«, grölten sie.

»Bald wird es Frühling, da brauchst du neue Schuhe, du kriegst noch welche, bevor wir die Fabrik schließen und nach Amerika gehen.« Sie hatte Jules Hand längst losgelassen, verkrallte die Finger ineinander. »Es ist so schlimm, seine Heimat zu verlieren, mein Mann hat nie aufgehört, Galizien zu vermissen. Da nützte selbst der Karpatkakuchen nichts. Schau, dass du heimkommst, Mädchen, es soll niemand sehen, dass du unser Haus verlässt, pass gut auf dich auf, ja? Gerate mir nicht in Schwierigkeiten und denk dran: Beim Tscholent kommt es nicht nur auf die rechten Zutaten an, auch auf die Geduld. Man muss nur lange genug waren, dann wird er gut. Wer weiß, vielleicht muss man auch jetzt nur lange genug warten, dann wird alles gut.«

Aber nichts war gut, in der Küche stank es plötzlich nach Verbranntem. Jule ging mit Tränen in den Augen, ohne vom Tscholent gekostet zu haben.

Einen Tag vor der Zubereitung des Tscholent muss man weiße Bohnen sechs Stunden lang einweichen. Die Zwiebeln werden in einem großen Topf im Fett angebräunt.

Wort für Wort schrieb sie die Zeilen in ihr Heft, während der Vater längere und wütendere Reden als Hitler hielt und die Mutter von schlimmen Gerüchten berichtete, die die Runde machten.

Dass man Juden aus Kaffeehäusern geworfen und draußen angehalten habe, Kniebeugen zu machen, bis sie zusammenbrächen. Dass sie ihre Betschals hätten nehmen müssen, um damit die Böden der lokalen SA-Kommandanturen zu reinigen.

Mit kochendem Wasser wird alles bedeckt und schließlich gewürzt – mit Paprika, Lorbeer, Piment, Muskat. Das große Geheimnis sind ein paar klein geschnittene Datteln, schrieb Jule.

Sie schloss das Schulheft mit dem Gedanken, dass es nicht genügte, dieses Rezept nur aufzuschreiben. Um sich an die Familie Birnbaum zu erinnern, wollte sie es immer wieder kochen. Und es an möglichst viele weitergeben.

5. KAPITEL

1976

Als Katharina das Institut für Sozialkunde betrat, richtete sich ihr erster Blick auf das Postfach. Sie zählte gerade mal drei Bücher.

Mist, Mist, Mist.

Es fiel ihr schwer, das freundliche Lächeln zu bewahren, erst recht als sie sich an Gertrud Schiller wandte, die ihrerseits gerade die Post holte und sie fixierte.

»Das ist alles, was für mich angekommen ist?«, fragte Katharina betont freundlich.

»Davon ist auszugehen.«

Drei Bücher waren zwar mehr als nichts, aber zu wenig für eine wissenschaftliche Studie.

»Ich verstehe«, sagte sie knapp, ehe sie die Bücher nahm.

Mist, Mist, Mist.

Sie hatte die vorlesungsfreie Zeit im Februar genutzt, um sich gründlich auf ihre Lehrveranstaltung im Sommersemester vorzubereiten. Gegenüber Grinsekatze Bruckmann hatte sie so getan, als wäre sie mit Kochbüchern als historischer Quelle vertraut. Gegenüber Holacek hatte sie später nicht ganz so dreist übertrieben und dennoch zu einer Notlüge greifen müssen, um ihn von dem Thema überzeugen: dass sie während ihres Stipendiums in den USA an der Katalogisierung von Kochbüchern mitgearbeitet habe. Genau genommen waren das Haushaltsbücher gewesen, in denen fein säuberlich die Ausgaben festgehalten wurden, sodass man Rückschlüsse auf die finanzielle Situation von Familien, auch auf die Art des Wirtschaftens ziehen konnte.

Also tat sie, was sie immer tat, um fehlendes Wissen und fehlende Erfahrung wettzumachen – sie widmete sich der gründlichen Recherche und durchstöberte das Verzeichnis der Österreichischen Nationalbibliothek nach Kochbüchern. Leider kam sie dabei nicht weit, musste sie doch erfahren, dass Kochbücher nicht zu jener Art von Büchern zählten, die im deutschsprachigen Raum von Universitätsbibliotheken katalogisiert wurden. Und unter der Handvoll derer, die sie ausleihen konnte, befand sich keine für ihr wissenschaftliches Anliegen unverzichtbare Erstauflage. Ein süddeutsches Kochbuch lag überhaupt nur in der 14. Auflage vor. Nie würde sie eine der üppigen Literaturlisten zustande bringen, die bei manchen Seminaren ausgeteilt wurden – Professor Pokorny beispielsweise schockte Studienanfänger gerne mit neun Seiten.

Am Ende entschied sie sich, aus der Not eine Tugend und die Probleme bei der Beschaffung von Recherchematerial zum Thema der Übung zu machen. Bald hatte sie eine Idee, welche Strategie sie den Studenten vorschlagen würde. Doch als sie Anfang März – vor nunmehr zwei Wochen – den Seminarraum betrat, traf sie gerade mal zwei Studenten an, und einer davon war auch noch Leopold Pichelsteiner. Er tat, als wäre er überrascht, sie zu sehen. »Ach?«, fragte er und bleckte sein Gebiss. »Habe ich mich etwa im Seminarraum geirrt? Hier findet gar nicht die Lehrveranstaltung von Dr. Bruckmann über die Frontverläufe in der Bukowina im Ersten Weltkrieg statt?« Er erhob sich so langsam, als dränge diese Tatsache nur in Zeitlupe in sein Gehirn vor. »Oh, da muss ich mich aber sputen, sonst finde ich keinen freien Platz mehr.«

Er umrundete die vielen freien Stühle so weiträumig, als würden dort Studenten sitzen und ihm ein Bein stellen.

Bis er an ihr vorbei war, hatte sie bereits drei Dankgebete

zum Himmel geschickt, weil das großzügig aufgetragene Make-up die Röte auf ihren Wangen verbarg.

Als er endlich verschwunden war, wandte sie sich Sanne Laser zu, die ihr schon vor der vorlesungsfreien Zeit beteuert hatte, sich unbedingt anmelden zu wollen. Wie ungewöhnlich das Thema, wie spannend die Geschichte! Mit der gleichen Lobeshymne begann sie auch jetzt, und bevor sie im leeren Raum verpuffte, öffnete sich die Tür, und es erschienen zwei Studentinnen. Sie wirkten zögerlich, als hätten auch sie sich im Raum geirrt.

»Nur herein«, rief Katharina betont herzlich. »Wir befassen uns mit Kochbüchern als bedeutende kultur- und frauengeschichtliche Quelle. Legen Sie doch Ihre Mäntel ab.«

Die zwei jungen Frauen setzten sich zwar auf zwei Stühle – diejenigen, die am nächsten bei der Tür standen –, behielten die Mäntel aber an. Schließlich wüssten sie nicht, ob die Lehrveranstaltung überhaupt zustande käme. »Die Mindestzahl ist fünf, oder?«

Nach fünf Minuten waren sie immerhin vier.

Und dann – aus der üblichen akademischen Viertelstunde waren längst zwanzig Minuten geworden – kam Rettung in Form einer fünften Teilnehmerin. Sie steckte den Kopf durch den Türspalt, und der schwarze Pagenschnitt verbarg fast ihr ganzes Gesicht. »Bin ich hier richtig?«

»Wenn Sie Interesse an Kochbüchern haben, dann ja.«

»Ich habe Interesse an Frauengeschichte.«

Erst jetzt trat sie ein und schüttelte sich das Haar aus dem Gesicht. Ihre Lippen waren in noch knalligerem Rot geschminkt als Katharinas, doch während sie sich bei ihr von einer gelb geblümten Tunika abhoben, trug die Frau ein Nihilistenschwarz, das ihr Gesicht noch blasser wirken ließ. Katharina ging erst jetzt auf, dass sie deutlich älter war als der Rest. Schon zuvor war ihr aufgefallen, dass sie mit französischem Akzent sprach.

»Gestatten, Aurélie Menard.«

»Sind Sie Studentin?«

»Nicht wirklich. Kann ich trotzdem mitmachen?«

Nicht wirklich hieß übersetzt, dass Aurélie am Institut für Romanistik als Lektorin angestellt war und Sprachkurse gab. Wenn sie nicht gerade damit beschäftigt war, arbeitete sie mit ein paar Kolleginnen von der Germanistik an einem Lexikon weiblicher Literatinnen im binationalen Vergleich. »Die Professoren dürfen nichts davon wissen, in der Germanistik gelten ja alle Texte, die übers Alt- und Mittelhochdeutsche hinausgehen, als verpönt.« Sie verdrehte theatralisch die Augen.

Katharina mochte sie sofort, sie war sich nur nicht sicher, ob Aurélie als ordentliche Hörerin durchging.

Doch dann wurde die Tür aufgerissen, und es erschien der einzige männliche Student. Er brauche für den Abschluss des ersten Studienabschnitts ganz dringend einen Schein, der sei hier doch halbwegs billig zu bekommen, wie lange müsse die Abschlussarbeiten sein, zehn Seiten reichten? Die Note sei ihm egal, Hauptsache, positiv.

Schon lagen Katharina gereizte Worte auf den Lippen. Aber als sie bemerkte, dass die zwei Studentinnen ihre Mäntel ablegten, sagte sie nur: »Fangen wir an.«

Eigentlich hatte sie mit der Herausforderung der Quellenbeschaffung beginnen wollen, aber bevor sie darauf zu sprechen kam, meldete sich Sanne und zog die Kopie eines alten Faksimile hervor.

»*Man sol nemen ein lebern vnd herte eyer die sol man stoezzen in einem morser. Vnd daz sol man mengen mit luterm tranke oder mit wine*«, begann sie daraus vorzulesen.

Die beiden Studentinnen bei der Tür wirkten verdrossen – Germanistik war ihr Zweitfach, eigentlich hatten sie dem Alt- und Mittelhochdeutsch entkommen wollen.

Der Student, der es auf einen billigen Schein abgesehen hatte, rief ebenfalls irritiert: »Was wird denn das für ein komisches Gericht?«

»Eine Soße für Wildbret«, erklärte Sanne bereitwillig. »Noch spannender ist ein Rezept für Kalbshirn mit Kapern. Das Hirn wird abgehäutet, gewaschen und …«

»Nicht sehr appetitanregend«, warf der Student ein.

»… und gesotten«, brachte Sanne den Satz zu Ende. »Dann hackt man Zwiebel, außerdem Petersilie, Thymian, Zitrone. Als weitere Zutat wird *basili* genannt, ich bin nicht sicher, ob damit Basilikum gemeint ist.«

Der Student schüttelte sich. Auch auf Aurélies Stirn bildeten sich Falten. »Basilikum fürs Kalbshirn? Kein französischer Koch würde das dem armen Tier jemals antun. Ein Rezept meiner Familie sieht vor …«

Sie war noch dabei, sämtliche Zutaten aufzuzählen, als Sanne stolz erklärte: »Ein Rezept für Sawkopf, also Saukopf, und Kälberfleisch gibt es in dem Buch auch.«

Diesmal war es eine der Studentinnen, die ihren Ekel mit einem durchdringenden »Igitt!« ausdrückte.

»In diesem Fall lässt sich wenigstens ergründen, was damit gemeint ist«, fuhr Sanne ungerührt fort, »sonst sehe ich große Schwierigkeiten, ein Glossar zu erstellen. Mit dem Wort *becklein* ist wahrscheinlich die Hinterbacke der Tiere gemeint und mit *grens* Grünes, aber was heißt *binetsch?*«

Aurélie schien weniger über *binetsch* nachzudenken als über ein französisches Rezept mit Hinterbacke. Der Student schien zu dem Schluss zu kommen, dass der Schein doch nicht so billig zu haben war.

»Verraten Sie uns, um welches Kochbuch es sich handelt?«, versuchte Katharina, weitere kulinarische Diskussionen im Keim zu ersticken.

Sanne sprang auf und brachte ihr die Kopien. »Es ist 1544 in Augsburg entstanden. Interessant finde ich, dass es zu Beginn einen Verweis auf die Zielgruppe gibt: *Ein nützliches Kochbuch für Mannen vnd Frawn personen.* Hier müsste man untersuchen, ob es in diesem Zeitraum üblich war, sich an beide Geschlechter zu richten oder nur an Männer oder nur an Frauen und …«

Katharina hob die Hand. »Ich danke Ihnen sehr für Ihren Beitrag, aber bevor wir uns einem bestimmten Kochbuch widmen, müssen wir unseren Forschungsgegenstand sowohl in zeitlicher als auch in thematischer Hinsicht klar definieren und eingrenzen. Es ist etwas schwierig, weitere Quellen aus dem süddeutschen Raum zu organisieren, erst recht, wenn es sich um keine gedruckten Bücher, sondern um Faksimiles handelt, deswegen würde ich vorschlagen, dass wir uns vor allem auf den Wiener Raum konzentrieren. Da es wiederum vor allem um Kochbücher gehen soll, die nicht bloß *für* Frauen, sondern *von* Frauen verfasst wurden, würde ich frühestens zu Beginn des 19. Jahrhunderts ansetzen.«

Sanne wirkte sichtlich enttäuscht, als sie ihre Unterlagen nahm und damit an ihren Platz trottete. Der Student hingegen machte ein zufriedeneres Gesicht. Die Beschäftigung mit Gulasch und Schnitzel ging für ihn offensichtlich in Ordnung.

»Und wie genau beschaffen wir die Quellen?«, wollte Aurélie wissen.

»Kochbücher stehen selten in öffentlichen Bibliotheken, oft werden sie innerhalb der Familie weitergereicht, wo sie dann nicht selten ganz hinten im Bücherregal oder gar auf dem Dachboden landen. Aus diesem Grund werde ich in mehrere Wiener Zeitungen Inserate stellen, in denen ich um die Unterstützung für unser Forschungsprojekt werbe. Ich bin optimistisch, dass uns genügend Material zugesandt wird.«

Am Ende des Tages war sie auch optimistisch, doch noch mehr Studenten für die Übung gewinnen zu können, wenngleich der Grund dafür ein Ärgernis war.

Als sie den Seminarraum verließ, lief sie fast in Florian Bruckmann hinein, der von einer Traube Studenten umgeben war. Erst ließ er seinen anzüglichen Blick über sie schweifen, dann über die überschaubare Anzahl ihrer Hörer. Bei jedem Einzelnen, den er zählte, wurde das Grinsen breiter.

Hocherhobenen Hauptes marschierte sie an ihm vorbei.

»Haben Sie nicht Lust, mich zur Mensa zu begleiten? In der WÖK in der Schottengasse gibt es heute Augsburger mit gerösteten Erdäpfeln.«

Katharina blieb stehen. »Wenn, dann hätte ich gerne Sawkopf oder Hinterbacke.«

Ob seiner Irritation musste nun auch sie lächeln.

Er fing sich aber rasch wieder. »Dann eben nicht. Ich wollte nur sagen, wie leid mir das tut. Ich meine, dass das mit Ihrer Lehrveranstaltung schiefgegangen ist.«

»Schiefgegangen?«, wiederholte sie gedehnt.

Erst folgte ein Schulterzucken, dann ein Augenzwinkern. »Dass sie nicht ins kommentierte Vorlesungsverzeichnis der Universität Wien aufgenommen wurde, sondern nur im Institutsverzeichnis steht – das ist doch ein richtig dummer Fehler. Ich frage mich nur, wer ihn gemacht hat. Sie haben doch sicher das Formular ausgefüllt. Wer hat es nicht weitergegeben? Professor Holacek? Frau Schiller?«

Oder hatte er selber seine Hände im Spiel gehabt, um ihre Lehrveranstaltung zu boykottieren? Das erschien ihr am wahrscheinlichsten, aber sie wollte sich nicht anmerken lassen, dass er sie kalt erwischt hatte.

»Gut, dass Sie mich darauf aufmerksam machen«, sagte sie schnell. »Dann werde ich noch einen Aushang am Schwarzen Brett machen, um für die Lehrveranstaltung zu werben.«

Ein Funkeln tanzte in seinen Augen. »Na, dann viel Spaß mit Herrn Schrattenegger, der übers Schwarze Brett wacht.«

Mit dem missmutigen Hausmeister wurde sie fertig. Er nahm das Formular zwar nur widerwillig entgegen, widersetzte sich ihrer Anweisung aber nicht. Frau Schiller wiederum beteuerte, dass sie das Formular für das Vorlesungsverzeichnis selbstverständlich weitergegeben habe. Worum sie sich allerdings nicht kümmern könne, seien Zeitungsannoncen, da die Buchhaltung einen solchen Geschäftsposten nicht vorsehe. Unlängst hatten auf der naturwissenschaftlichen Fakultät mehrere Assistenten und Professoren Gelder zusammenlegen müssen, um ein neues Mikroskop zu kaufen.

»Annoncen sind Gott sei Dank billiger als ein Mikroskop«, meinte Katharina. »Dann mache auch ich das auf eigene Kosten.«

Der Aushang am Schwarzen Brett lohnte sich tatsächlich. In der nächsten Woche erschienen immerhin schon zehn Studenten in ihrem Seminarraum – wenn auch kein zweiter Mann. Das hieß, Leopold schaute kurz vorbei, diesmal nicht, weil er sich vermeintlich im Seminarraum geirrt hatte, sondern um sich Stühle auszuleihen. »Bei uns werden sie knapp.«

Katharina hielt seinem Spott mit ebenso undurchdringlicher Miene stand wie den Zweifeln ihrer Studenten, als sie berichten musste, dass ihre Annonce noch keine Resonanz erfahren hatte. Sie erklärte, man müsse der Sache Zeit geben, schon jetzt gelte es, Kriterien zu erstellen, um die Quellen später auszuwerten. Zu diesem Zweck schlug sie eine Gruppenarbeit vor. Zu dritt oder viert sollten die Seminarteilnehmer einen Fragenkatalog erstellen, wobei das jeweilige Kochbuch wie ein Interviewpartner zu behandeln war.

Die Zweifel blieben, und dem Gemurmel entnahm sie, dass keiner von den Anwesenden auf der Uni je an einer Gruppenarbeit teilgenommen hatte.

Am Ende aber fügten sie sich, formulierten nicht nur einen Fragenkatalog, sondern teilten diesen auch nach Themen wie Wirtschaftsgeschichte, Sozialgeschichte, Frauengeschichte und politische Geschichte ein. Beim Hinausgehen hörte sie die beiden Studentinnen begeistert diskutieren.

»Eine Quelle als Interviewpartner – so was könnten wir unseren Schülern im Geschichtsunterricht anbieten, um das Ganze interaktiver zu gestalten.«

»Ich glaube, ich habe heute zum ersten Mal etwas gelernt, das mir später beim Unterrichten hilft. Sonst heißt es ja immer, hier werde Wissenschaft geboten, und dafür, dass wir gute Lehrerinnen werden, seien wir selber zuständig.«

Katharinas Befriedigung war etwas schal. Schließlich wollte sie sich ebenfalls auf die Wissenschaft konzentrieren. Nur mit welchen Quellen?

Am Ende der Woche hatte endlich jemand auf ihre Annonce geantwortet – sie hatte das erste Buch im Postfach vorgefunden. Heute – nach dem Wochenende und einen Tag vor der nächsten Übung – folgten dann diese drei. Aber das war immer noch zu wenig.

Mist, Mist, Mist.

Sobald sie vom Postfach zurücktrat, hatte sie Gefühl, die Bücher würden noch schwerer in ihrer Hand wiegen. Worauf hatte sie sich nur eingelassen? Warum hatte sie ausgerechnet Kochbücher zum Forschungsgegenstand erkoren? Warum hatte sie sich von Bruckmann provozieren lassen, war so bereitwillig über das Stöckchen gesprungen, das er ihr hingehalten hatte?

Am liebsten hätte sie sich an die graue Wand gelehnt. Sie unterließ es nur, weil Professor Pokorny auf sie zugerauscht kam, den Kopf hoheitsvoll gereckt, als führte er eine weihrauchumnebelte Prozession an, obwohl weit und breit keiner der Speichellecker, die sonst den unsichtbaren Talar wie die Schleppe eines Hochzeitskleides trugen, zu sehen war.

Katharina wusste, dass er an Studenten grundsätzlich grußlos vorbeiging. Ob Vertreter des Mittelbaus ein Grüß Gott abbekamen, entschied das Zufallsprinzip. Für ihren Teil hätte sie eigentlich auf diese Gunstbezeugung verzichten können, aber zugleich wollte sie sich nicht wie ein Möbelstück behandeln lassen. Selbstbewusst trat sie in die Mitte des Gangs und rief laut: »Guten Morgen.«

Irritiert bremste er ab, rang wohl mit der Entscheidung, ob er rechts oder links an ihr vorbeigehen sollte, und ließ dann ebenso unvermittelt wie unzusammenhängend einen Wortschwall vom Stapel: »Die Theorie der Geschichtswissenschaft kommt neuerdings auf den Begriff der Alltagserzählung zurück und abstrahiert damit in erkenntnislogischer Absicht einen

Terminus, der letztlich nur im bildungssprachlichen unwissenschaftlichen Sprachgebrauch seinen poetologischen Bedeutungsgehalt hat.«

Bitte ... was?

Die Bücher in ihren Händen schienen schwerer zu werden, der Fluchtreflex verstärkte sich. Dennoch straffte sie den Rücken. Sie war kein Erstsemester, das sich von einem Tsunami an Fachbegriffen einschüchtern ließ. »Die Historiografie hat seit ihrem Bestehen durchaus produktive Transformationsprozesse durchlaufen«, entgegnete sie seelenruhig. »Der explizite Androzentrismus, der Frauenwelten die potenzielle Majorität abspricht und sie als marginale Minderheit diffamiert, hat zu einer verengten ideengeschichtlichen Perspektive geführt, die letztlich nur Reproduktion und Manifestation bestimmter Erkenntnisse anstatt neuer Hypothesen hervorbringt.«

Ein irritierter Ausdruck huschte über sein Gesicht. Verdankte er sich bloßem Erstaunen, weil sie so mühelos mit seinen Waffen parierte, oder etwa gar Verständnisschwierigkeiten?

»Jeder geschichtswissenschaftliche Text folgt einem narrativen Schema, welches den diskursiven Elementen des Textes übergeordnet ist. Wer auf der Ebene anthropologischer Tatsachen verharrt, erliegt der Versuchung, den politischen und kulturellen Präferenzen Vorschub zu leisten und einen hermeneutischen Fehlschluss zu riskieren.«

Sie ließ sich nicht anmerken, dass sie ein paar Sekunden länger als zuvor brauchte, um seine Worte zu übersetzen: dass es wohl reines Wunschdenken von Emanzen wäre, Frauen als ergiebiges Objekt der Geschichtsschreibung zu betrachten. Nun gut, ihr Quellenmaterial war in der Tat nicht ausreichend, aber wenn es um scharfen Verstand ging, konnte sie ihm ohne Weiteres das Wasser reichen.

»Der wissenschaftstheoretische Begriff der Alltagserzählung und seine geschichtslogische Verwendung stehen selbstverständlich vor der Notwendigkeit, sich mit den historischen Konnotationen des Begriffs auseinanderzusetzen. In Hinblick auf Frauengeschichte bedeutet das, dass sich selbige weder auf Kritik an bisheriger Männerdominanz und weiblicher Kollusion noch Viktimisierung reduzieren lässt.«

Wieder dieser irritierte Ausdruck. Nicht ohne Genugtuung erkannte sie, dass wohl auch in seinem Gehirn die Übersetzungsmaschine ratterte, als gälte es, in einem imaginären Wörterbuch nachzuschlagen, um für eine Antwort gerüstet zu sein. Sie nutzte die Zeit, um sich noch ein paar Phrasen zurechtzulegen, aber zu ihrem Erstaunen kam von ihm nur ein knappes »Guten Morgen«, dann marschierte er an ihr vorbei.

War das schon ein Sieg? Und wenn ja, ein echter Triumph oder die verlustreiche Pyrrhusvariante? Oder war er einfach nur weitergegangen, weil er früher als sie gesehen hatte, dass sie sich nicht länger allein im Flur befanden?

Hinter ihrem Rücken war Herr Schrattenegger erschienen, und dem gestrengen Hausdrachen ging auch ein Historikerfürst lieber aus dem Weg.

»Fräulein Adler!«, rief er schnaufend. Sie war nicht sicher, ob sie positiv überrascht sein sollte, weil er ihren Namen kannte, oder negativ, weil er ihren Doktortitel ignorierte. »Wirklich eine Unverschämtheit vom Postboten, das Paket einfach bei mir abzuliefern, anstatt es selbst hochzuschaffen.« Erst jetzt sah sie, dass er einen riesigen Pappkarton hinter sich herzog. »Das nächste Mal geben Sie dem Absender die entsprechende Anweisung, es persönlich an Sie zuzustellen.«

»Das ist für mich?«, entfuhr es ihr.

»Unten sind noch zwei weitere Kisten. Sogar noch schwerer.« Ein paar Meter vor ihr ließ er das Paket stehen, offenbar in der Erwartung, dass sie es das letzte Stück bis zu ihrem Büro selber schleppte.

Undeutlich nuschelte er etwas von einem Antiquariat, das eine ganze Abteilung mit Kochbüchern und Haushaltsratgebern besaß, nun aber aufgelassen wurde; dann zog er grußlos, aber laut schnaufend von dannen.

Katharina stürzte auf die Kiste zu, riss sie auf.

Das war ein Sieg. Oder wie Professor Pokorny gesagt hätte: ein durch die Bezwingung des Kombattanten erreichter effektiver Ausgang einer Kollision.

Sie packte die Kisten gemeinsam mit ihren Studentinnen und Studenten aus. Es waren unglaublich viele Bücher, kleine und große, dicke und dünne, manche mit festem Einband, teilweise durch eine zusätzliche Schutzfolie verstärkt, andere eher Broschüren gleichend und kaum umfangreicher als Zeitschriften. Einige hatten blütenweiße Seiten, als wären sie kaum benutzt worden, bei anderen klebten sie aufeinander, und hier und da verriet ein verkrusteter Fleck, dass sie einst aufgeschlagen neben einem Herd gelegen hatten.

»Dass das Antiquariat sie uns so großzügig überlässt, ist ein Segen!«, rief Sanne mehrmals.

In dem Begleitbrief, der ganz unten in der größten Kiste lag, war es wiederum als glückliche Fügung bezeichnet worden, dass die alten Bücher nicht auf dem Flohmarkt landen mussten, sondern nun Forschungszwecken dienten.

Für Katharina war die Schenkung vor allem eins: ein Zeichen, dass es doch kein Fehler gewesen war, dieses ungewöhnliche Thema zu wählen.

Nach einer gewissen Zeit erinnerte sie sich und die Teilnehmenden ihrer Lehrveranstaltung daran, dass bloßes Schwelgen in Büchern und neugieriges Durchblättern nicht ausreichten. Sie würden systematisch an die Sache herangehen müssen und die Bücher nach bestimmten Kriterien ordnen.

Bald hatten sie eine zeitliche Sortierung vorgenommen – das älteste stammte aus dem Jahr 1910, das jüngste war Ende der Fünfzigerjahre verfasst worden. Außerdem galt es, eine Liste der Autorinnen zu erstellen, zu denen nicht nur leidenschaftliche Hobbyköchinnen und Besitzerinnen bekannter Restaurants gehörten, sondern auch, wie sie feststellte, Frauenrechtlerinnen, die Bäuerinnen und Fabrikarbeiterinnen lehren wollten, möglichst effizient zu kochen, um nicht nur Geld, sondern vor allem auch Zeit zu sparen. Diese, so hieß es im Vorwort eines Buchs, könnten sie stattdessen zum Lesen nutzen.

Ein weiteres Buch, 1940 entstanden, war weit weniger sympathisch. Auf der Titelseite zeigte es eine Frau unter der Hakenkreuzfahne, und im Vorwort wurde nicht bloß der Herd als Teil der Heimatfront bezeichnet, sondern die nationalsozialistische Frau auch gemahnt, im deutschen Haushalt ausschließlich deutsche Erzeugnisse zu verwenden und so das Ringen des deutschen Volkes um Nahrungsfreiheit zu unterstützen.

»Das ist ebenfalls ein Kriterium, das wir beachten müssen – wie viel Ideologie, ja, wie viel Propaganda in Kochbüchern steckt.«

Katharina schrieb diesen Punkt gerade neben weiteren auf die Tafel, als Aurélie Menard an sie herantrat.

»Das hat nichts mit Ideologie zu tun, ist aber auch spannend. Sehen Sie nur.«

Dieses Kochbuch wies nicht nur die üblichen Gebrauchsspuren in Form von Fettspritzern auf, der Text war obendrein durch handschriftliche Notizen ergänzt worden – allerdings keine Geheimtipps zu den einzelnen Rezepten, sondern Ratschläge, die eine Mutter der Tochter erteilte: »Immer geht die Liebe durch den Magen – drum koche nur mit Liebe.« »Die Arbeit soll dein Pferd sein – nicht dein Reiter.«

Katharina lachte kurz auf. Für sie selbst galt, dass sie sich von Arbeit durchaus stark vereinnahmen ließ, allerdings hielt sie die Zügel fest in der Hand.

»Familiengeschichte ist ebenfalls ein Feld, über das Kochbücher Auskunft geben, und eines, das in der Forschung viel zu wenig berücksichtigt wird, obwohl es sehr ertragreich ist, die Zusammenhänge zwischen innerfamiliären Strukturen und gesellschaftlichen sowie politischen Rahmenbedingungen zu erörtern.«

»Und zu analysieren, für welche Produkte auf den Werbeflächen der Kochbücher geworben wurde – hier für eine Pfaff-Nähmaschine –, ist wiederum wirtschaftshistorisch interessant.«

Diese Bemerkung kam von ihrem männlichen Studenten, der

zum ersten Mal echten Eifer erkennen ließ und nicht nur seinen Teilnahmeschein im Kopf zu haben schien.

»Ich werde eine Liste anfertigen, in der jeder eintragen kann, für welchen Aspekt der Thematik er sich besonders interessiert«, sagte Katharina. »Darüber wird dann die Abschlussarbeit verfasst. Der erste Schritt ist, ein Quellenverzeichnis zu erarbeiten. Bei gedruckten Büchern ist die größte Herausforderung, die Erstauflage ausfindig zu machen, bei handschriftlichen Kladden gilt es, möglichst viele Informationen über die mögliche Urheberin zusammenzutragen.«

Die Lehrveranstaltung neigte sich langsam dem Ende zu, dennoch herrschte immer noch emsiges Treiben im Seminarraum, und Katharina ließ wohlwollend ihren Blick schweifen. Das … ja, das war es wert. Alle unangenehmen Begegnungen mit den Pokornys, Bruckmanns, Leopolds dieser Welt. All die Rückschläge, die Versuche, sie lächerlich zu machen oder ihre Fähigkeiten herunterzuspielen.

»Schauen Sie mal«, riss Sanne sie aus den Gedanken. »Dieses Buch erscheint mir besonders interessant.«

Wieder kitzelte ein Lachen ihre Kehle, weil Sanne das bislang noch über jedes Buch gesagt hatte, doch diesmal konnte sie es unterdrücken. »Stammt es auch aus der Feder einer glühenden Nationalsozialistin?«

»Nein, es wurde erst nach dem Krieg verfasst. Spannend finde ich, welche Gerichte hier aufgelistet wurden.«

Gemessen an den anderen Büchern war es unauffällig. Der graue Leineneinband war an mehreren Stellen eingerissen, vor allem an den Ecken und Kanten. Mit seinen nicht einmal achtzig Seiten war es nicht sonderlich dick, und mit der Größe eines Briefkuverts ließ es eher an ein Notizbüchlein denken. Die Schrift, die beim Druck genutzt worden war, kam Katharina fremd vor. Für die anderen deutschsprachigen Bücher aus dieser Zeit hatte man fast immer die Schriftart Linotype verwendet, nachdem die Nazis die bis dahin übliche Frakturschrift als zu jüdisch anmutend verboten hatten.

Katharina blätterte auf die erste Seite, um das Impressum zu lesen, und ihr Blick fiel gerade auf das Erscheinungsjahr – 1947 –, als Sanne ihr das Büchlein wieder aus der Hand riss.

»Diese Rezepte! Es scheinen polnische zu sein … doch das Kochbuch wurde auf Deutsch verfasst.«

Nahezu alle Kochbücher, die sie mittlerweile gesichtet hatten, hatten sich auf deutsche oder österreichische Spezialitäten konzentriert. In einigen wurde die Zubereitung möglichst einfacher oder billiger Gerichte beschrieben, deren Namen Katharina alle schon mal gehört hatte. Die Gerichte, die in diesem Büchlein hier versammelt standen, klangen dagegen fremd.

»Hier steht ein Rezept für Bigos«, Sanne blätterte auf Seite zwölf, »und hier eins für Wareniki. Ich glaube, von Piroggen habe ich schon mal gehört, aber von Awanturka – Käsecreme mit geräuchertem Fisch – noch nie.«

Katharina nahm ihr das Buch wieder ab und blätterte sich durch mehrere Seiten.

»Wie merkwürdig«, murmelte sie. »Ein polnisches Kochbuch auf Deutsch – und das so kurz nach dem Krieg.«

»Eben!«, rief Sanne. »Nach allem, was während des Kriegs geschehen ist, waren die Deutschen in den osteuropäischen Ländern extrem verhasst und wurden insbesondere aus Polen systematisch vertrieben. Ich kann mir auch nicht vorstellen, dass es im deutschsprachigen Raum Interesse an polnischen Gerichten gab, nachdem man den Menschen zwölf Jahre eingetrichtert hat, die Slawen wären gegenüber dem arischen Menschen minderwertig.«

»Wer schreibt in solchen Zeiten so ein Buch?«

»Der Autorenname steht erst ganz hinten. Als würde sich die Verfasserin hinter den Gerichten verstecken.«

Katharina war nicht sicher, warum ihr Finger plötzlich zitterten, aber sie konnte nicht mehr so schnell weiterblättern wie zuvor. Sie war noch nicht bei der letzten Seite angekommen, als Sanne hinzufügte: »Gedruckt wurde es übrigens in Hirschberg im Riesengebirge. Wissen Sie, wo das liegt?«

Der Name des Ortes klang wie die vertraute Melodie eines Lieds, das Katharina früher einmal sehr oft gehört hatte und dann nie wieder. Es vermischte sich mit der gepressten Stimme ihrer Mutter, als Katharina sie einmal gefragt hatte, ob sie eigentlich in Wien geboren war. Wie lange die Antwort auf sich hatte warten lassen. Geflüstert hatte ihre Mutter sie schließlich, als wäre sie ein Zauberspruch, den nur Eingeweihte aussprechen durften, während alle anderen riskierten, einen Fluch auf sich zu ziehen. »Zur Zeit deiner Geburt waren wir doch noch in Hirschberg …«

Sanne war wohl nicht entgangen, wie das Blut aus Katharinas Gesicht schwand. »Haben Sie eine Erklärung für ein Kochbuch dieser Art?«

»Hirschberg ist eine kleine Stadt in Niederschlesien«, hörte sich Katharina mechanisch murmeln, »ein Gebiet, das im heutigen Polen liegt, während es in der NS-Zeit zum Deutschen Reich gehörte.«

»Das erklärt zumindest, warum es dort einen deutschsprachigen Verlag gab. Lange kann er den Krieg aber nicht überlebt haben. Die Verfasserin scheint auch eine Deutsche gewesen zu sein. Schauen Sie, hier hinten steht ihr Name …«

Den Rest hörte Katharina nur noch gedämpft, als wäre sie unter Wasser.

»Juliane Gartner«, brachte sie mühsam hervor.

»Fräulein Dr. Adler?«

Katharina spürte, wie sie noch blasser wurde. Stakkatoartig stiegen Fragen in ihr auf, knallten aneinander wie Murmeln.

Warum stand hier der Mädchenname ihrer Mutter? Wie konnte sie das als Zufall abtun, wenn ausgerechnet jener Ort ins Spiel kam, in dem sie geboren worden war? Und warum hörte sie zum ersten Mal davon, dass ihre Mutter ein Kochbuch verfasst hatte, das noch dazu ausschließlich polnische Gerichte beinhaltete?

So leidenschaftlich sie als Historikerin auch stets die Vergangenheit erforschte, einen Aspekt davon hatte sie bisher immer sorgfältig ausgespart: die Geschichte ihrer eigenen Familie. Die war ihr nie wie ein verlockendes, buntes Gemälde erschienen, das man mit Freude erkundete, eher wie ein schwarzes Loch, in das man besser nicht zu lange starrte.

»Kennen Sie diesen Namen?«, fragte Sanne. »Haben Sie ihn schon mal gehört?«

Sie fühlte nun nicht nur Sannes Blick auf sich ruhen, sondern auch die der anderen, neugierig, befremdet. Mittlerweile schien ihr alles Blut aus dem Kopf nach unten gesackt zu sein, und ihre Lippen fühlten sich so taub an, als wären sie aus Gummi.

»Dieses Buch tanzt etwas aus der Reihe«, erklärte sie um Fassung ringend. »Das werde ich mir gesondert vornehmen. Machen Sie mit den übrigen weiter … und damit sind wir heute am Ende unserer Übung. Kann mir jemand helfen, alles in mein Büro zu bringen?«

Sie riss Sanne das kleine Kochbuch förmlich aus der Hand. Danach trat sie rasch zur größten Kiste und beugte sich so tief darüber, dass niemand sah, wie fest sie die Lippen zusammenpresste. Nur so konnte sie ein Zittern verhindern. Allerdings fühlten sie sich dadurch nur noch tauber an.

6. KAPITEL

1942–1943

Jule misslang nie ein Rezept. Bis sie im Alter von knapp achtzehn Jahren Carl kennenlernte.

Sie trafen sich in einem Zugabteil, wo er mit ausgestreckten Beinen auf dem Fensterplatz saß. Rasch zog er sie zurück, als er Jule erblickte. Bis auf die Beine sah sie nicht viel von ihm, weil sie den Blick wie üblich gesenkt hielt. »Ist da noch frei?«, murmelte sie verlegen. Wäre sie nicht so in Gedanken versunken gewesen, sie hätte sich nie allein zu einem Mann ins Abteil gesetzt und sich erst recht nicht so eindringlich mustern lassen.

Er nahm alles wahr: den blauen Rock, die weiße Bluse, die brünetten, zu Zöpfen geflochtenen und um den Kopf gewickelten Haare, die hohe Stirn, die feinen Züge. Sein erster Gedanke, das sagte er ihr später, war, dass er diese Frau heiraten wollte.

Ihr ging nur immer wieder durch den Kopf, was sie letzte Woche angerichtet hatte. Diese Peinlichkeit! Diese Schande! Röte schoss ihr ins Gesicht. Gewiss sah ihr jeder an, was sie verbrochen hatte. Auch dieser junge Mann, der sich soeben hilflos räusperte.

Nun ließ sie doch kurz den Blick über ihn schweifen. Seine Augen waren dunkel und warm, dabei ein wenig zu groß in einem Gesicht, das sonst vor allem spitz und eckig war. Er hatte ebenfalls eine hohe Stirn, allerdings nur, weil bei ihm bereits der Haarausfall begonnen hatte. Dabei wirkte er noch gar nicht so alt, sie schätzte ihn auf Anfang, Mitte zwanzig. Die Lippen schmal, das Lächeln breit und gewinnend, seine Hände, die schönsten, die sie je bei einem Mann gesehen hatte, feingliedrig und lang. Solche Hände konnte sie sich nicht mit einer Harke, einer Axt oder einem Hammer vorstellen, ihr kam vielmehr eine Uhr in den Sinn, die er behutsam aufzog.

Jetzt wurde sie noch röter und starrte rasch hinab auf ihre eigenen Hände. Das wäre ja noch schöner, wenn sie nach allem, was sie angerichtet hatte, auch noch den Eindruck erwecken würde, sie wolle kokettieren.

Er wollte nicht kokettieren. Reden wollte er. »Wohin fahren Sie?«

Diese Frage musste sich an vielen von Jules Gedanken vorbeizwängen: Wie konnte sie nur so dumm sein, warum hatte sie sich dazu hinreißen lassen, sie war doch kein kleines Kind mehr, sondern schon achtzehn, und was würden die Eltern sagen? Irgendwann kam die Frage schließlich doch bei ihr an. »Nach Niklasdorf.«

»Das kenne ich gar nicht. Aber Bruck an der Mur ist nicht weit davon entfernt, oder? Ein hübsches Städtchen, ich kann mich gut an den Eisernen Brunnen am Hauptplatz erinnern. Er hat so schöne schmiedeeiserne Ranken, wie gerne würde ich ihn wiedersehen.«

Erneut traten seine Worte in Wettstreit mit ihren Gedanken.

Die Eltern würden sie nicht schimpfen, die Mutter sich nur wundern: dass sie für so einen Blödsinn am Ende eines langen Arbeitstages noch die Kraft gehabt hatte.

Es war doch kein Blödsinn, würde der Vater sagen, sondern ein Akt des Widerstands.

Die Leiterin des Müttererholungsheims hatte das auch so gesehen und mit Gefängnis gedroht. Ein Auge würde sie zwar zudrücken, das zweite aber nicht. Die unehrenhafte, sofortige Entlassung sei das Mindeste, was Jule und ihre Freundin verdient hätten.

Dabei hatte sie so gerne dort gearbeitet, die Frauen und Säuglinge mit Hingabe aufgepäppelt. Obwohl sie sich nun fast im vierten Kriegsjahr befanden, waren die Vorratskammern immer gefüllt gewesen.

»Sie kennen Bruck an der Mur also nicht?«

Unbehaglich zog sie die Schultern hoch. »Doch, doch.«

»Und was halten Sie vom Eisernen Brunnen?«

An dem Brunnen war sie sicher schon zigmal vorbeigegangen, aber jetzt schienen lauter Löcher in die Erinnerungen gestanzt.

»Dort sind diverse Inschriften angebracht. Sie erzählen von den Vorlieben des Brucker Steinmetzes Hanns Prasser:

Ich Hanns Prasser
Trinck Lieber Wein Als Wasser
Trinck Ich das Wasser
So Gern als Wein
So Kundt Ich Ein Reicherer Prasser Sein.«

Jule musste unwillkürlich kichern.

»Wo sind Sie denn losgefahren?«, fragte er, und prompt versiegte ihre Redebereitschaft.

Sicher wusste er, dass es auf dem Semmering ein Müttererholungsheim gab. Und da sie keinen Säugling bei sich hatte, würde er zu dem Schluss kommen, dass sie keine Patientin, sondern eines jener jungen Mädel war, die dort als Küchenhilfe arbeiteten.

Allerdings würde er nie erraten, was sie getan hatte. Wer kam schon auf so eine Idee? Trude und sie hatten sich eigentlich nicht viel dabei gedacht, wollten einfach nur ein bisschen Spaß haben.

»Ich bin aus Wien«, sagte er, und aus seiner Stimme klang mittlerweile leise Verzweiflung. »Ich fahre nach Zeltweg, weil ich dort eine Ausbildung zum Feinmechaniker mache.«

Jule war so verblüfft darüber, wie richtig sie mit ihrem Uhrenbild gelegen hatte, dass sie kurz von ihrer Misere abgelenkt war. Als er fortfuhr, sprach er allerdings nicht von Uhren, sondern von Flugzeugen und deren Motoren, wie sehr sie ihn faszinierten und dass er sich kaum einen schöneren Ort als einen Fliegerhorst vorstellen konnte, wo man sie erprobte. »Na ja«, fügte er lächelnd hinzu, »ein Zugabteil mit so einem lieben Mädchen ist natürlich ein noch schönerer Ort.« Jetzt befleckte Röte auch seine Wangen. Sie dagegen war nicht mehr ganz so peinlich berührt, sondern genoss es, ihm zuzuhören, weil Flugzeuge so gar nichts mit ihrem Leben zu tun hatten.

»Sie bauen also Flugzeuge?«

»Das würde ich zumindest gern. Noch erlaubt man mir bestenfalls, bei der Wartung mitzuarbeiten. Die Me-262 HG II – das ist ein Gerät! Ihre Flügel haben einen geringeren aerodynamischen Widerstand und größere Tragflächen als …« Er brach ab, verknotete nervös die Hände ineinander.

Fast erschien es ihr wie eine Sünde, dass er diese schönen Hände kleiner machen wollte. Viel besser hätte es ihr gefallen, wenn sie mit lebhafter Geste sein Gespräch untermauert hätten.

»Ich langweile Sie«, sagte er kleinlaut, wandte den Kopf ab und starrte aus dem Fenster.

»Das ist es nicht«, rutschte es Jule heraus. Und obwohl sie eigentlich nichts über den peinlichen Vorgang hatte verraten wollen, verhielt es sich mit Worten ein wenig so wie mit einem Murenabgang auf der Mugel: Kam *ein* Stein ins Rollen, riss er andere mit. »Ich bin da nur in eine Sache hineingeraten … Ach, es ist mir ja so unangenehm.«

Sie erzählte, was sie und Trude getan hatten. Ein weiteres Mädel war auch noch dabei gewesen, die Gisi, aber die traf die geringste Schuld. Sie hatten einfach noch jemanden gebraucht, damit aus der Flagge eine Hängematte wurde. Zwei hielten sie abwechselnd, die Dritte lag darauf und wurde geschaukelt.

Es war eine Hakenkreuzfahne, und sie war aufgrund eines großen Jubiläums auf dem Dach des Müttererholungsheims gehisst worden. Am Abend hatten Trude und sie den Auftrag erhalten, sie einzuholen. Genau das hatten sie auch getan, nur dass sie die Flagge danach noch etwas zweckentfremdet hatten.

»Wie konntet ihr nur!«, hatte die Heimleiterin sie zusammengestaucht. »Die Flagge behandelt man mit heiligem Ernst, wie ein Altartuch des Vaterlands! Wer sie entwürdigt und verspottet, der begeht Verrat an ebendiesem Vaterland.«

Und überhaupt, das Hakenkreuz sei die Sonne, alles andere, das seien Mächte der Finsternis und der Dunkelheit.

»Wir haben uns wirklich nichts dabei gedacht«, stammelte Jule. »Wir haben einfach nur geschaukelt. Ich meine, am Ende ist es ja nur ein Stück Stoff.«

So zumindest würde die Mutter es sehen. Die sollten sich bloß nicht so anstellen, die Braunen. Der Vater würde höhnen, dass er beim Anblick des Hakenkreuzes immer an zwei Bretter denke, die man den Menschen vors Gesicht genagelt habe. Ihm allerdings nicht. Schon seit Jahren sah er es ganz deutlich: Österreich und die Nazis, das ging nicht mehr lange gut.

In den Augen der Heimleiterin wären wohl auch die Eltern Vaterlandsverräter. Und womöglich fand das auch der junge Mann.

Man durfte seine Gedanken ja nicht mehr so offen aussprechen. Die kleine Schwester war fast von der Schule geflogen, als sie einmal gefragt hatte, warum der Führer für die arische Rasse den Ural erobern wolle, in Österreich gebe es doch genug Platz.

Jule hielt angespannt den Atem an.

Die Mundwinkel des jungen Mannes zuckten. »Wegen so einer Lappalie macht man Ihnen die Hölle heiß?«

Sie war nicht sicher, was genau eine Lappalie war. Und ob seine Worte eine Fangfrage sein konnten. Mechanisch ratterte sie herunter, was die Heimleiterin zuletzt gesagt hatte: »Die Hakenkreuzflagge ist das Heil bringende Symbol des Kampfes für den Sieg des arischen Menschen.«

Sein Lächeln wurde breiter. »Schön und gut, aber wie Sie richtig sagten: Am Ende ist es ja doch nur ein Stück Stoff.«

Sie lachte auf und hielt sich erschrocken die Hände vor den Mund. War Lachen nicht noch schlimmer, als eine Flagge zur Hängematte umzufunktionieren? Sie versuchte die Lippen zusammenzupressen, aber das Lachen war erst zur einen Hälfte draußen, die andere drängte mit Macht aus dem Mund.

Vertraulich neigte er sich vor: »Scheiß-im-Quadrat.«

Sie riss die Augen auf. »Wie bitte?«

»Arthur Seyß-Inquart, vor einigen Jahren der Reichsstatthalter der Ostmark. In unserer Familie nannten wir ihn alle Scheiß-im-Quadrat. Ich finde, gemessen daran ist Ihr Vergehen nichts. Ich käme viel länger ins Gefängnis. Am Tag, als der Führer in Wien einmarschiert ist, sind meine Brüder und ich – ich habe fünf, müssen Sie wissen – zum Heldenplatz schauen gegangen«, fuhr er fort. »Es muss ja nicht alles schlecht sein, haben wir uns gedacht. Wir hatten ja alle keine Arbeit, und vielleicht würde er sie uns bringen. Viel haben wir nicht gesehen. Der Hansel ist zwar auf die Statue vom Prinz Eugen geklettert, aber bald wieder runtergefallen. Als wir heimkamen, hat uns die Mutter schon an der Wohnungstür erwartet. Jedem Einzelnen hat sie eine Ohrfeige verpasst. ›Schamt's euch‹, hat sie gesagt. ›Aus meinen aufrechten roten Söhnen werden keine kümmerlichen Braunen, habt's mich verstanden?‹«

Jule legte den Kopf schief.

»Keine Angst, ich habe die Ohrfeige verkraftet«, fügte er spitzbübisch hinzu, und jetzt tanzte ein Schalk in den großen, dunklen Augen. »Schlimmer wäre es gewesen, wenn sie uns ein Stück vom Sonntagskuchen verweigert hätte. Der Marillenkuchen meiner Mutter schmeckt nämlich himmlisch.«

Wieder musste Jule auflachen – ein befreiendes Lachen, das lange zwischen Mund und Brust festgesteckt hatte, bedrängt von Angst, Misstrauen und schlechtem Gewissen. Hoch klang es, fröhlich. Und selbst als es verklungen war, kehrte die Angst nicht wieder zurück.

»Verwendet Ihre Mutter für den Kuchen Biskuitteig oder Sandteig? Und serviert Sie dazu Schlagobers oder Sauerrahm?«

Er zuckte die Schultern. »Ich liebe Schlagobers. Über den Teig kann ich nichts anderes sagen, als dass er köstlich ist.«

»Ich würde auch gerne mal wieder einen Marillenkuchen backen.«

»Krieg ich dann ein Stück?«

»Im Zug werden wir uns nicht mehr treffen, weil ich nicht wieder zum Semmering fahre.«

»Aber in Bruck an der Mur könnten wir uns verabreden. Vor dem Eisernen Brunnen.«

Plötzlich sah sie den Brunnen ganz deutlich vor sich mit seinen Ranken und – ganz oben – dem heiligen Georg. Und genauso deutlich sah sie den jungen Mann und sich selbst davorstehen.

»Ich bin der Carl«, sagte er.

»Und ich bin die Juliane, aber alle sagen Jule zu mir.«

Der Marillenkuchen misslang ihr auf ganzer Linie. Sie schlug das Eiklar viel zu lang, sodass es zu gerinnen begann. Und als sie es unter den Teig hob, ließ der sie augenblicklich an Mörtel denken. Aus dem Backrohr kam dann ein Ziegelstein, wie Jules kleines Schwester Ilse spottete, nachdem sie ein Stück stibitzt hatte.

Jule schlug ihr auf Finger. »Der ist eh nicht für dich.«

»Für wen ist er denn dann?«

Jule wischte sich die Hände an einem Küchentuch ab, ehe sie in die Schürzentasche griff. Dort steckte der Brief, der vor zwei Tagen eingetroffen war: Carl bedankte sich für das nette Gespräch, erklärte, wie gerne er sie wiedersehen würde, und schlug vor, sich am nächsten Sonntag in Bruck an der Mur zu treffen. Er wandte sich auch an ihre Eltern, stellte sich in knappen Worten vor und schickte ein Foto von sich, damit sie sich ein Bild von dem jungen Mann machen konnten, mit dem die Tochter Zeit verbringen würde. Bis jetzt hatte Jule ihnen weder den Brief noch das Foto gezeigt und war auch nicht sicher, ob sie das überhaupt tun würde. Mit diesem vermaledeiten

Marillenkuchen konnte sie ohnehin nicht vor Carl treten. Ihr war auch aufgefallen, wie schön er schrieb, seine großen, etwas nach links strebenden Buchstaben bekamen allen Platz, den sie brauchten. Wenn sie auf den Brief antwortete, würde er merken, dass sie nicht annähernd so schön schreiben konnte. Und überhaupt, auf ihrer Stirn blühte ein großer Pickel.

»Lass mal sehen!« Ilse riss ihr den Brief samt dem Foto aus der Hand.

»He!«, rief Jule. »Das geht dich nichts an.«

Ilse machte ein bockiges Gesicht, während Jule ihr beides wieder entwand. Sie war nicht sicher, wie lange sie sich die Schwester vom Leib halten konnte, überlegte schon, Brief wie Foto in den Ofen zu werfen.

»Was macht's ihr für Sachen«, schaltete sich da die Mutter ein und warf einen Blick auf das Foto.

»Der schaut doch lieb aus! Jung und gesund.« Sie überflog ein paar Zeilen des Briefs. »Er macht keine Rechtschreibfehler, und lustig schreibt er auch.« Lächelnd steckte sie beides wieder in Jules Küchenschürze.

»Den nimmst du.«

»Wie … nehmen?«

»Na, warum will er sich wohl mit dir treffen? Um Gänseblümchen zu pflücken?«

»Er will sich den Eisernen Brunnen mit mir anschauen.«

»Ach was, ein Mädel zum Heiraten sucht er.«

»Ich bin doch grade erst achtzehn.«

»Ja, eben, deswegen wird's Zeit. Junge, hübsche Mädchen, die wollen sie unten in Graz. Dort gibt's ein Haus, wo sie die SS zum Kindermachen hinschicken. Sie züchten erbgesunden Nachwuchs wie Hasen, da hoppelt unsereins lieber davon.«

Tatsächlich hatte Jule im Müttererholungsheim schon Gerüchte wie diese gehört. Frauen würden angesprochen, ob sie das große Glück erleben wollten, dem Führer einen Sohn zu gebären. Wenn man fragte, mit welchem Ehemann, hieß es immer, dafür brauche es keinen Ehemann, sondern einen

Soldaten. Im Strammstehen seien die ja viel besser. Spöttisches Gelächter.

Sie hatte immer gedacht, das wäre eine Übertreibung. Aber die Mutter übertrieb nie, Lia Garner nannte alles beim Namen.

»Ich hab ja gar keinen Kuchen zum Mitbringen«, murmelte Jule kleinlaut.

»Dann back ich einen.«

Gut wurde er nicht, Lia schlug den Eischnee nicht zu lange, sondern zu kurz, ruckzuck musste es gehen, wie immer. Der Teig glich im Rohzustand einem Pudding, und gebacken war er wie aus Gummi, aber zumindest war er kein Ziegelstein.

Jule wollte noch nicht heiraten, und diese Meinung änderte sie nicht ruckzuck.

Als sie sich vor dem Eisernen Brunnen trafen, hielt sie den Kopf ständig etwas zur Seite gedreht, damit Carl den Pickel auf ihrer Stirn nicht sah, und tat so, als würde sie jede einzelne der eisernen Blumen auf den eisernen Ranken mustern. Er redete viel und schnell, vom Brunnen und von Bruck und davon, was er sich vom Leben erwartete, und das wirkte alles so durcheinander, als würde man die Semmelbrösel, die man fürs Schnitzel brauchte, mit dem Kakaopulver für die Sachertorte vermischen.

»Das Kornmesserhaus auf dem Marktplatz ist einer der schönsten gotischen Profanbauten Österreichs. Schon beeindruckend, aber diese ganzen Wappen und Säulen braucht's nicht. In einem Palast würde ich gar nicht wohnen wollen. Wenn man ein kleines Haus mit rotem Dach und Garten davor und einer lieben Frau darin hat, dann ist man daheim. Und wenn man Berge zum Wandern in der Nähe hat, erst recht. In Wien kann man höchstens im Wienerwald wandern oder hoch zum Kahlenberg, und von dort sieht man nur ein Häusermeer, nicht so viele Wälder wie hier, aber wenn man ein liebes Mädchen an der Seite hat, dann ist es egal, welche Aussicht sich einem bietet, dann ist alles schön. In Zeltweg, wo ich arbeite, gibt es Schloss Farrach, das hat nicht so viele Wappen auf der Fassade, aber ist aus Steinen in unterschiedlichen Farben errichtet, gelblichen und bräunlichen, ein bisschen sieht das aus wie eine Giraffe im Tiergarten von Schönbrunn. Ich fühle mich dort oft so allein. Wie sehr wünsche ich mir jemanden, der zu mir gehört.«

Jule starrte immer noch angestrengt auf die Eisenranken. Anfangs hatte er Abstand gehalten, jetzt trat er etwas näher. *Wenn er versucht, meine Hand zu nehmen, dann bin ich weg,* dachte sie.

Aber er nahm ihre Hand nicht. »Was schauen wir uns als Nächstes an?«

Sie gingen zur Mur, zum Fluss, der Bruck seinen Beinamen gab und in dem Hildchen früher so lange geschwommen war, bis die Fingerknochen erst weiß, dann gelblich waren. Das könne nicht gesund sein, hatte ihre Großmutter gesagt und recht behalten.

Hildchen war ein Mensch gewesen, der zu ihr gehört hatte und den sie immer noch so sehr vermisste. Der Marillenkuchen, den sie aßen, schmeckte irgendwie salzig, weil er sich mit unterdrückten Tränen vermischte.

»Woran denkst du?«, fragte Carl mit sanfter Stimme.

An meine Cousine, die gestorben ist.

Sie brachte es nicht über sich, über Hildchen zu sprechen, aber wie er sie da so mitfühlend von der Seite betrachtete, wurde der riesige Bissen Marillenkuchen etwas kleiner und der Schmerz auch.

»Du hast viele Brüder, hast du gesagt.«

Sechs waren sie insgesamt, er war der Jüngste, danach kam noch ein Mädchen. Die Brüder hätten ihn auch wie eins behandelt. An ihr vergriffen sie sich nicht, während sie sich gegenseitig die übelsten Streiche spielten. Als einer von ihnen, der Sepp, als junger Bursch damit gehadert hatte, dass ihm noch kein einziges Brusthaar gewachsen war, hatten die anderen ihm im Schlaf das Fell eines Ziegenbocks angeklebt.

Jule prustete los. »Und er ist gar nicht wach geworden davon?«

»Vermutlich schon, aber sie haben ihn eben festgehalten.«

Carl wurde ernst, starrte auf die Mur, die laut rauschte.

Dann erzählte er, dass fast alle Brüder im Krieg waren, zwei an der russischen Front. Am längsten hatte er den Gottfried nicht gesehen, der klügste und strengste von ihnen, der sich immer eingemischt hatte, wenn die Großen den Kleinen den Knödel vom Teller zu klauen versuchten. Beim Essen hört der Spaß auf. Gottfried machte nicht den Eindruck, als würde der Spaß für ihn bei vielen anderen Dingen anfangen, aber vor dem Krieg, da war er glücklich gewesen. Er hatte ein Mädchen, die Annelie, die er heiraten wollte, doch dann war er einberufen worden.

Nun war es Jule, die Carl mitleidig von der Seite ansah.

»Ich hoffe, ich muss nicht in den Krieg«, sagte Carl leise. »Ich hoffe, ich muss kein Mädchen auf mich warten lassen.«

Immer noch starrte er auf die Mur, redete wieder von Dingen, die nicht zusammenpassten, erzählte, dass kürzlich das Jagdgeschwader JG 103 zur Ausbildung von Jagdpiloten nach Zeltweg gekommen sei. Dass dieses mit französischen Jägern der Type Dewoitine D.520 ausgestattet gewesen sei. Dass er so eine große Familie haben wolle wie die, aus der er stamme. Es müssten keine sechs Söhne sein, eigentlich wünsche er sich als Erstes ein Mädchen, hübsch wie ein Pupperle mit seinen eigenen großen dunklen Augen. Er würde sie in die Luft werfen, als wäre auch sie ein Flugzeug, und sie sicher wieder auffangen, unter der Nase kitzeln und Späße machen.

Wie vorhin am Brunnen rückte er etwas näher an Jule heran. *Wenn er mir jetzt den Arm um die Schultern legt, dann bin ich weg,* dachte sie.

Aber das tat er nicht, er fragte nur noch einmal: »Woran denkst du?«

»An meine Cousine«, hörte sie sich sagen, »die immer in der Mur geschwommen ist, bis die Fingerknöchelchen gelb und die

Lippen blau waren. Das kann nicht gesund sein, hat unsere Großmutter immer gesagt, und es war auch nicht gesund. Gestorben ist sie, aber wie man einen Gugelhupf macht, den besten auf der Welt, das hat sie mir noch beigebracht. Ich hab sie so lieb gehabt, und ich wünsch mir so sehr jemanden, den ich genauso lieb haben kann. In den Gugelhupf gehört ein bisschen Eierlikör, das habe ich aufgeschrieben, ich schreibe ja alles auf. Wenn sie nicht so viel im kalten Wasser geschwommen wäre, dann könnte sie vielleicht noch leben, aber meine Mutter sagt, es nützt ja nichts zu überlegen, was schiefgelaufen ist, sondern man muss in die Zukunft schauen. Und wenn ich in die Zukunft schaue, sehe ich einen großen Herd mit vielen Töpfen. In jedem Topf köchelt was, und im Ofen backt etwas, und unter dem Küchentisch spielen meine vielen Kinder, und aus meinen Rezepten wird irgendwann ein Kochbuch.«

Wie konnte sie nur so viel Unsinn plappern!

Wenn er lacht, bin ich weg, wenn er meine Hand zu nehmen oder mich auf die Wange zu küssen versucht, bin ich weg.

Aber er blieb, wo er saß, nur durch eine Handbreit Luft von ihr getrennt, und blickte versonnen auf die Mur.

»Ich habe noch nie mit jemandem darüber gesprochen, was ich mir vom Leben wünsche«, murmelte er.

»Ich auch nicht«, erwiderte sie. Das Rauschen der Mur war fast lauter als ihr Flüstern, aber nur fast.

Sie trafen sich nun regelmäßig am Sonntag, wenn er freihatte. Von Zeltweg fuhr er nicht immer nach Bruck, sondern auch nach Leoben, wo es ebenfalls einen berühmten Brunnen gab, bewacht von einem hübsch anzusehenden, steinernen Bergknappen. Irgendwann brachte Jule ihn nach Niklasdorf mit. Dort erzählte Carl der Mutter Witze, bis diese Tränen lachte, und dem Vater von der Bebe-Sprache – ein Geheimcode von ihm und seinen Brüdern –, und später gingen sie einen Waldweg hoch bis zu einem Bänkchen. Von dort aus schauten sie zu, wie auf dem Bahnhof von Niklasdorf die Züge kamen und gingen.

Frühsommer 1943 war es jetzt schon, und kürzlich hatte Jule einen Brief erhalten, der sie zum Reichsarbeitsdienst verpflichtete. Carl hatte sie noch nicht davon erzählt, nur der Mutter.

»Weißt du«, hatte die gesagt, »das Leben hat viel mit Schwammerlpflücken gemein. Wenn du die Schwammerl zu spät entdeckst, sind sie schon von Schnecken angeknabbert und voller Würmer. Und wenn du so dumm bist, den Pilz am Wegrand stehen zu lassen, um ihn erst auf dem Rückweg mitzunehmen, dann findest du ihn nicht wieder, weil ihn ein anderer gepflückt hat.«

Jule hatte ihre Mutter erstaunt angestarrt. Schwammerlpflücken war doch etwas für den Vater. Stundenlang durchstreifte er die Wälder, lugte unter jedes Blatt, unter jede Wurzel. Der Mutter fehlte die Geduld dafür.

Carl blickte nachdenklich auf die Züge. »Bald ist meine Lehre zu Ende«, murmelte er, »dann bin ich Feinmechaniker. Ich bin nicht sicher, wohin sie mich schicken.«

»Aber doch nicht in den Krieg!«

»Nein, jemanden wie mich braucht man in Fabriken.«

»Das heißt, du gehst zurück nach Wien?«

»Da hab ich meine Schwester und meine Mutter, aber ich fürchte, es gibt nicht viele Fabriken dort, wo ich arbeiten könnte. Und wenn man mich anderswo hinschickt, bin ich dort wieder ganz allein.«

Eine Handbreit war zwischen ihnen, wie immer.

Jetzt tu es schon, dachte Jule plötzlich. *Leg mir den Arm um die Schulter, press dich an mich, gib mir einen Kuss auf die Wange, dann auf die Lippen – sonst bin ich weg.*

So lange hatte sie Angst davor gehabt, aber jetzt gab es nichts, was sie sich mehr wünschte. Er blieb steif sitzen.

Doch, dachte sie. Doch, ich bin gut im Schwammerlpflücken.

»Ich würde so gerne den Marillenkuchen deiner Mutter kosten«, sagte sie. »Wenn sie mir ihr Geheimrezept verrät, wird er mir sicher gelingen.«

Er hob den Blick von den Zügen und sah sie an. »Meine Mutter würde dich recht gernhaben, genauso wie ich.«

»Na, dann muss ich wohl unbedingt nach Wien fahren.«

Er beugte sich etwas vor, noch fühlte sie nur seinen warmen Atem. »Wirklich?«, fragte er heiser.

»Ich würde überall mit dir hinkommen, damit du nicht mehr allein sein musst. Ich will auch nicht allein sein.«

Ein Fingerbreit war sein Gesicht vor ihrem. Sie beugte sich blitzschnell vor, küsste ihn auf den Mund. Ebenso blitzschnell wich sie zurück, die Wangen glühten. Hatte sie wirklich gerade einen Mann geküsst?

»Ich bin mir nicht sicher, ob meine Mutter dir das Geheimrezept verraten wird.«

»Wenn wir heiraten, dann hoffentlich schon.«

Hatte sie wirklich gerade seinen Antrag vorweggenommen?

»Ich fürchte, es gibt gar kein Geheimrezept, sie backt nach Lust und Laune. Ihre größte Leidenschaft ist nämlich eine andere.«

»Welche denn?«

Bevor er antwortete, rückte er zu ihr und legte ihr den Arm um die Schulter, presste sie an sich und küsste sie erst auf die Wange und dann auf den Mund. Nichts daran war zum Davonlaufen, alles daran war zum Bleiben.

7. KAPITEL

1976

Katharinas Niklasdorfer Großmutter Lia Gartner hatte immer gerne gelesen. Noch lieber aber las ihre Wiener Omama. Kristin Adler behauptete oft, sie habe nur deswegen so viele Kinder bekommen. Jeden der sechs Söhne habe sie zwei Jahre gestillt, nur die Jüngste, das einzige Mädel, habe nach einem Jahr die Lust darauf verloren. Die Buben waren darauf geeicht, einen kleinen Schemel zu besteigen, damit sie an ihre Brust reichten und eigenständig ihre Bluse aufknöpfen konnten, und während sie hingebungsvoll nuckelten, vertiefte Kristin sich in einen Wälzer. *Krieg und Frieden, Kristin Lavranstochter, Der Kurier des Zaren,* je dicker, desto besser.

Jedes Mal, wenn Katharina sie im Sandleitenhof im 16. Bezirk besuchen kam, wo sie als Witwe im Haushalt ihres dritten Sohns und seiner Familie lebte, jauchzte Kristin begeistert auf, denn jedes Mal brachte Katharina ihr ein Buch mit. Dann musste Katharina erst einmal ausführlich erzählen, wie's auf einer Uni zuging. Kristin stellte sich die wie eine Kirche vor, wo es nicht nach Weihrauch, sondern nach dem Staub von Büchern roch und es ebenfalls verboten war, laut zu niesen oder zu lachen.

Selber lachte sie gerne, und Katharina auch. Wenn sie nicht über die Uni sprachen, dann darüber, wie sie sich in der kleinen Wohnung fühlte, die sie in der Nähe der Uni gemietet hatte, ob sie manchmal Zeit fand, ein Kaffeehaus in der Innenstadt zu besuchen – Kristin liebte die Topfengolatschen der Café-Konditorei Aida auf der Mariahilfer Straße –, und wie oft sie sich mit ihren Freundinnen traf. Sie habe doch nicht mehr viele, erklärte Katharina oft. Die aus der Schulzeit seien mittlerweile verheiratet und hätten Kinder. Wie empört Kristin dann den Kopf schüttelte: »Die dummen Madeln! Nachdem sich dein Großvater in meinen Hintern verliebt hat, habe ich nicht Nein sagen können, und wie man verhindert, dass Kinder kommen, wusste man damals auch noch nicht so recht. Aber heutzutag muss man sich doch nicht mehr ins Unglück stürzen!«

»Er hat sich nicht in deinen Hintern verliebt, sondern in dich.«

»Von wegen! Als er immer älter und narrischer wurde, da sagte er, mein Hintern habe ihm das Leben ruiniert. Wenn er nicht davon verführt worden wäre, wäre er ein freier, ungebundener Mann geblieben. Wie das klingt! Die Wahrheit ist doch: Ohne meinen Hintern wäre ich eine freie, ungebundene Frau geblieben. Wie schön, dass du ungebunden bleibst. Was natürlich nicht nur daran liegt, dass du nicht meinen Stockerlhintern, sondern den flachen von deiner Mutter hast. Du hast einfach viel im Kopf! Das muss erst rein, dann muss es raus, und darüber hat man nun mal keine Zeit für Mann und Kinder. Ich hätte auch viel lieber Zeit gehabt zu lesen. Wie gut, dass Hochschullehrerinnen nicht heiraten dürfen …«

Oft unterbrach Katharina sie an dieser Stelle, um einzuwenden, dass das sogenannte Hochschullehrerinnenzölibat, wonach weibliche Universitätsbedienstete am Hochzeitstag ihre Stelle verloren, seit über einem Vierteljahrhundert abgeschafft war. Manchmal erklärte sie auch, dass sie Mann und Kinder nicht entschieden ausschloss, sie war schließlich erst einunddreißig, beides konnte noch kommen. Aber meistens ließ sie Kristin reden, weil sie aus den Monologen über Stockerlhintern und Bücherliebe vor allem einen Satz heraushörte: Du machst alles richtig.

Und dieser Zuspruch, den sie nicht oft zu hören bekam, war mindestens so köstlich wie die Topfengolatschen von der Aida.

Heute war sie nicht sicher, ob es richtig gewesen war herzukommen. Sie war mit der Straßenbahn bis zur Liebknechtgasse gefahren, von der es nur ein winziges Wegstück zur Wohnung war. Selten hatte sie es so langsam zurückgelegt. Irgendwann hielt sie ganz inne, um sich umzublicken. Wie immer hatte sie das Gefühl, die Zeit sei hier stehen geblieben, und gleich käme jemand vom Republikanischen Schutzbund um die Ecke, um die Arbeiterschaft gegen die Regierung Dollfuß zu schützen. Während des Bürgerkriegs im Februar 1934, so hatte die Großmutter oft erzählt, waren etliche Gemeindebauten von der Polizei und dem Bundesheer beschossen worden, im Park vor Sandleiten hatte man sogar Kanonen in Stellung gebracht. Sensationslüstern klang sie dann, auch betroffen, so viel Mut hätten die Sozis bewiesen und die Diktatur trotzdem nicht verhindern können.

Kaum einen Tag schien es auch her zu sein, dass sie als Kind die riesige sozialistische Wohnhausanlage erforscht hatte. Damals hatte an jeder Ecke irgendein Händler seine Ware auf flachen Handwagen verkauft – der Sauerkräutler, der Plätschentandler, der Pracker.

Sie war wohl sechs oder sieben gewesen, als ihre Mutter sie zum ersten Mal ganz allein zum Einkaufen schickte. Oder nein, mindestens acht, denn erst 1953 löste ja Geld die Lebensmittelkarten ab. Mit den Münzen, die ihr die Mutter in die Hand gedrückt hatte, war sie immer sehr sparsam. Wenn sie in einer der Greißlereien einkaufen ging, wo es Krakauer, Rama und offene Milch gab, hatte sie immer den Kopf geschüttelt, sobald der Greißler auf die Zuckerldose deutete. Voller bunter Bonbons, Krachmandeln und Zuckerstangen war diese, und all das wurde mit einer silbernen Schaufel in Tüten aus Wachspapier gefüllt. Drei Stück gab's für zehn Groschen, aber das war ihr immer noch zu viel. Katharina wollte sparen.

Da man vom Sparen allein nicht zu besonders viel Geld kam, versuchte sie, andere Einnahmequellen aufzutun. Wie alle Kinder sammelte sie Teile von Bomben- und Granatsplittern, die allerorts vergraben lagen. Die Jungs waren besonders wild auf die scharfen und spitzen. Normalerweise tauschten sie sie mit Mädchen gegen Glasmurmeln, doch Katharina wollte keine Murmeln haben, sondern zwei Groschen.

Sie wanderten in das kleine Stoffsäckchen, dessen Inhalt mit der Zeit immer lauter klimperte und schwerer wurde. Leider nicht schwer genug. Einmal nahm sie sämtliche Spielsachen – sie besaß nicht viele, sie fanden in einer einzigen flachen Lade Platz –, legte sie unten im Hof auf ein Holzbrett und fragte jeden Passanten, ob er sie ihr abkaufen wolle. Die Menschen schüttelten mitleidig den Kopf, bis die Mutter kam.

»Um Himmels willen, du kannst doch nicht deine Puppe verkaufen!«

Mit der Puppe hatte sie ohnehin keine Freude. Sie hatte sich immer eine schwarze gewünscht, wie die Freundin eine hatte, mit dichten Locken und dunklen Augen, aber bis sie endlich gewagt hatte, den Wunsch zu äußern, meinte die Mutter, sie sei zu alt dafür.

»Ich muss doch Geld sparen«, erklärte sie ihr unten im Hof.

»Mein Gott, bist du lieb. Du weißt, dass der Papa nicht viel verdient und ich oft keine Ahnung habe, wie wir bis zum Monatsende durchkommen. Und da willst du mir helfen, damit immer genug da ist zum Kochen und sich sogar noch der Sonntagskuchen ausgeht.«

Schweigend sammelte Katharina ihre Spielsachen ein. Obwohl es nur ein paar Schritte zurück zur Wohnung waren, fühlten ihre Beine sich so schwer an wie Blei. Noch schwerer wog die Wahrheit, die sie nicht über die Lippen gebracht hatte.

Es stimmte nicht, dass sie Geld sparte, damit sie sich Geselchtes für die Erbsensuppe leisten konnten oder Rum für die Malakofftorte. Nein, für die Großmutter sparte sie, ihr wollte sie ein Reclamhefterl kaufen. Aber das würde sie ihrer Mutter niemals verraten. Jule meinte nämlich, es sei Unsinn, Bücher zu kaufen, wenn man sie sich doch auch kostenlos in der Städtischen Bücherei ausleihen konnte.

Mittlerweile konnte sie ihr Geld nach Lust und Laune für Bücher ausgeben und die Großmutter beschenken, wann immer sie wollte. Das Kochbuch, das sie heute dabeihatte, war jedoch eine genauso unangenehme Last wie damals die ungeliebte Puppe mit dem langweiligen blassen Porzellangesicht. Sie hatte beschlossen, als Erstes nicht mit der Mutter darüber zu reden, sondern Kristin danach zu befragen, doch als die ihr die Wohnungstür öffnete – die Großmutter war allein, am Freitagnachmittag machten Katharinas Eltern immer den Wocheneinkauf im Konsum –, ließ sie es vorerst in der Tasche.

Anders als sonst fragte Kristin nicht, was sie ihr mitgebracht hatte. Sie stieß nur einen schweren Seufzer aus, ehe sie vom schmalen, langen Gang ins Kabinett traten, das sie bewohnte. Es war der kleinste Raum in der Dreizimmerwohnung, außerdem vollgestellt mit vielen Möbeln – neben der Schlafcouch in Safrangelb gab es noch eine riesige Glasvitrine, die mitsamt den Gläsern darin erzitterte, wenn man zu kräftig auf den Dielenboden trat.

»Einmal keine Schmerzen haben, das wär was«, stieß die Großmutter aus.

Die dunklen Augen, die sonst niemals ruhig standen, sie immer gründlich und neugierig musterten, wirkten merkwürdig verschleiert.

»Ist es heute so schlimm?«, fragte Katharina sanft. Sie reichte ihr den Arm, damit die Großmutter langsam auf das Sofa sinken konnte.

»Früher sind die Schmerzen gekommen und gegangen, das war ja noch interessant, weil nicht vorhersehbar. Dass ich sie nun ständig habe, ist langweilig. Auch sonst ist mir immer fad.«

Katharina war nicht sicher, wann Kristins Lese-Leidenschaft nachgelassen hatte.

»Bietet der Sozialistische Frauenverein nicht mal wieder eine Ausflugsfahrt an? Oder die katholische Pfarrgemeinde?«

Das Parteiabzeichen, das sie mit Stolz trug, hatte für Kristin auch dann keinen Widerspruch zum Rosenkranzgebet am Donnerstag dargestellt, als man den Begriff »roten Katholizismus« noch nicht erfunden hatte.

»Ach, das ist doch auch fad, weil die immer nur zum Neusiedler See ins Burgenland fahren. Wenn es wenigstens mal auf den Großglockner ginge.« Der Großglockner war der höchste Berg Österreichs.

»Was willst du denn auf dem?«

»Na, mich runterstürzen.«

»Omama!«

»Das wär doch ein sensationeller Abgang. Ein schneller, plötzlicher Tod, und alle wären furchtbar erschüttert. Wenn ich dagegen noch ein paar Jahre dahinvegetieren muss, werden sich irgendwann alle fragen, ach, die hat noch gelebt? Das passiert, wenn man zu alt wird. Es fällt niemandem mehr auf, wenn man da ist. Und noch weniger fällt's auf, wenn man weg ist.«

»Mir würde es auffallen, Omama, und so alt bist du noch nicht«, widersprach Katharina energisch.

In den dunklen Augen glomm nun doch ein Funken. Die Großmutter packte ihre Hand. »Aber jung bin ich ganz sicher nicht mehr, das bist du, also erzähl. Ich finde, wenn Menschen zusammentreffen, sollten nur die Jungen reden, sonst wird's fad. Hat deine Lehrveranstaltung schon begonnen, was gibt's Neues auf der Uni? Das finde ich ja gut, dass Geschichte nicht mehr nur Geschichte bedeutet, sondern Geschichte und Sozialkunde. Dass auch die Geschichte der kleinen Leute und nicht nur die der Hochwohlgeborenen zählt. Ach, jetzt sage ich, du sollst erzählen, und dann lass ich dich gar nicht zu Wort kommen. Das hat man davon, wenn man sich nicht rechtzeitig vom Großglockner stürzt. Oder in eine Gletscherspalte. Wusstest du, dass sich die alten Leute in Grönland in eine Gletscherspalte stürzen, damit sie niemandem zur Last fallen? Vom ewigen Eis werden sie verschluckt, sodass man nicht einmal das Gscher hat, sie bestatten zu müssen. Das wär's doch. Wobei man erst mal zur Gletscherspalte hochkommen muss, und … ach du lieber Himmel, wie ich es hasse, wenn die alten Leute ihren Mund nicht halten können. Red endlich du jetzt!«

Katharina lächelte, aber reden konnte sie nicht. Wann immer sie an dieses Kochbuch dachte, fiel ihr nichts ein, aus dem man einen vernünftigen Satz bauen konnte.

Am Ende zog sie es einfach aus der Tasche und legte es auf den Tisch.

»Ist das … nur Zufall?«, fragte sie und schlug das Buch auf der letzten Seite auf.

Die Großmutter ließ ihre Hand los und beugte sich vor. Sie trug keine Brille, sodass Katharina nicht wusste, ob sie den Namen der Autorin, Juliane Gartner, überhaupt lesen konnte. Schweigend starrte sie eine Weile darauf, strich dann darüber, als könnte sie den Buchstaben erst trauen, wenn ihre Fingerkuppen sie berührten. Mit einem Ächzen, zu dem sie nicht einmal die schlimmsten Rückenschmerzen je gezwungen hatten, zuckte sie zurück. Sie klappte das Buch schnell wieder zu und ballte die Hände zu Fäusten.

Nun sprudelten die Worte nur so aus Katharina hervor. »Dieses Büchlein, es wurde in Hirschberg im Riesengebirge gedruckt … das … das ist im heutigen Polen. Ich weiß, dass ich dort geboren wurde, aber als ich Mutti mal nach dieser Zeit gefragt habe, meinte sie nur, Hirschberg gebe es jetzt nicht mehr. Was für ein Unsinn, es ist ja nicht die Stadt verschwunden, nur ihr Name. Und ihre Erinnerungen an die Zeit dort können auch nicht verschwunden sein. Was mich am meisten verwirrt: Das Buch wurde 1947 gedruckt, aber das passt doch vorne und hinten nicht zusammen. Da war ich schon zwei Jahre alt, da haben wir längst in Wien gewohnt, und Mutti war schon mit Papa zusammen …«

Wie seltsam das klang, wenn das entscheidende Wort fehlte. Jule war mit dem *neuen* Papa zusammen gewesen. Aber weil Katharina mit dem alten nur die ersten Wochen ihres Lebens verbracht und keinerlei Erinnerungen an ihn hatte, war der neue Papa für sie immer der einzige gewesen. Außerdem war Jules zweiter Mann Gottfried der Bruder von Carl, folglich kein Fremder, sondern der Schwager. Alles blieb in der Familie, ob nun Papa oder Onkel, blutsverwandt waren sie auf jeden Fall. Der winzige Unterschied hatte nie eine Rolle gespielt. Carl Adler hatte in Katharinas Leben nie eine Rolle gespielt. Warum auch? Viele ihrer Klassenkameraden hatten Väter, die im Krieg geblieben waren, das war nichts Ungewöhnliches. Katharina hatte Kristin nie trauern gesehen, nie weinen, nie über ihren Jüngsten auch nur sprechen hören. Immerhin hatten seine fünf Brüder überlebt.

Jetzt schlug sich Kristin die Hände vors Gesicht, als könnte sie sich so vor den Erinnerungen schützen, die das Büchlein auslöste.

Betroffen über die heftige Reaktion, steckte Katharina das Buch hastig wieder in die Tasche.

»Ein Omen, es war ein schlechtes Omen …«, begann die Großmutter stockend zu reden und ließ langsam die Hände sinken. »Die Hochzeit von Jule und Carl hier in Wien war eine echte Kriegshochzeit. Wir konnten uns kein Brautkleid leisten, nur eins ausleihen, es war um die Taille ein wenig zu weit, weil deine Mutter so dünn war. Aber hübsch sah sie trotzdem aus, diesem Mädel stand ja alles. Und gestrahlt hat sie übers ganze Gesicht, auch auf dem Foto, obwohl der Fotograf gesagt hat, feine Leute bleiben ernst. Wir haben kaum was zum Essen gehabt, aber ich dachte, wenigstens eine Kutschfahrt muss sein. Meinem Ältesten, dem Willi, habe ich gesagt, du organisierst uns einen Fiaker, damit das Paar durch Wien fahren kann. Und er hat gesagt, ach, Mutter, es gibt doch keine Fiaker mehr, die

Pferde werden an der Front gebraucht, und die Kutschen liefern den Verpflegungsnachschub. Aber am Ende hat er mir versprochen, irgendwas aufzutreiben. Und so haben sie tatsächlich eine Kutschfahrt gemacht. Die Kutsche war schwarz, das Pferd war schwarz – normalerweise wurde die Kutsche nämlich als Leichenwagen genutzt. Ich habe mir damals schon gedacht, dass das nichts Gutes mit sich bringen kann, aber alle haben gelacht. Das Pferd ist doch froh, hat der Carl gesagt, dass es einmal ein hübsches Mädel und keine Leich' ziehen darf. Und der Willi hat gesagt, dass er den Leichenwagen ganz billig gekriegt hat, es wär sogar noch eine Nacht im Hotel drin. Ein junges Paar will seine Hochzeitsnacht schließlich nicht in einer winzigen Wohnung verbringen, wo in jedem Raum drei andere schlafen.«

Kristins Blick fuhr unruhig umher, blieb schließlich an Katharina hängen, fragend, als könnte sie etwas Sinnvolles zu dieser Geschichte beisteuern. Dabei hörte sie sie zum ersten Mal und wusste von ihrem leiblichen Vater nicht viel mehr, als dass er Feinmechaniker gewesen, nach Niederschlesien versetzt worden und von dort nie wieder zurückgekehrt war nach Wien.

Das war zu wenig, um zu verstehen, woher sie kam, um ihre eigene Geschichte zu erforschen und um zu begreifen, warum die Großmutter nun hochfuhr, nicht so steif wie eben noch, sondern ganz schnell. Sobald sie stand, wankte sie, und Katharina bot ihr rasch den Arm als Stütze an. Wieder umklammerte sie ihn, nur diesmal war der Griff nicht warm und fest, sondern kalt und schmerzhaft.

»Ich weiß nicht, was es mit diesem Buch auf sich hat. Aber nimm's wieder mit, zeig's deiner Mutter nicht, zeig's niemandem aus der Familie. Es würde sie zu sehr aufregen. Wir haben kaum je über die Zeit in Hirschberg geredet, und das hat einen guten Grund. Weißt du, wenn man Pudding kocht, dann muss man kräftig umrühren, damit er nicht anbrennt. Aber wenn er mal angebrannt ist, dann darf man gar nicht mehr rühren, sondern muss die oberste Schicht abschöpfen, um wenigstens die zu retten ...«

Sie hielt inne, als sie hörte, wie der Schlüssel im Wohnungsschloss gedreht wurde.

»Wir sind wieder da!«

Das Rascheln von Einkaufstüten war zu hören, dann die Stimme von Gottfried Adler: »Ich geh noch mal runter, das Wasser holen.«

Kristins Griff war nun so fest, dass Katharina die Nägel spüren konnte. »Kein Wort!« Die Großmutter flüsterte nur, dennoch waren ihre Worte eindringlich. »Du zeigst ihr dieses Buch nicht! Du wühlst sie nicht auf! Du weckst keine Erinnerungen an Carl, denn was bringt das schon! Versprich's mir!«

Die Kraft verließ sie schnell, der stechende Schmerz in Katharinas Unterarm ließ nach. Trotzdem hörte sie sich selber sagen: »Ich versprech's.«

Bis Katharina sich von der Großmutter verabschiedet und den schmalen Gang betreten hatte, hatte sich die Mutter bereits umgezogen. Zu Hause trug sie immer eines ihrer praktischen Hauskleider, meist aus Flanell und mit großem Blumenmuster. Vorne befand sich eine einreihige Knopfleiste, und einen Gürtel gab es auch, nur dass der oft verloren ging. Jule machte dann eine Häkelkordel – so wie früher, wenn der Gürtel von einem von Katharinas Kleidern verschwunden war.

»Das passt doch nicht zusammen«, hatte sich Katharina immer gewehrt.

»Aber es ist praktisch.«

Ein prüfender Blick huschte über Katharina und ihren Strickanzug in Dottergelb mit grünen Rändern.

»Du schaust gar nicht gut aus, Kind«, sagte sie, »komm schnell in die Küche, da kriegst du eine Kleinigkeit zum Stärken.« In Jule Adlers Augen sah niemand gut aus, der nicht gerade mindestens drei Kilo zugenommen hatte. Und niemand verließ ihre Wohnung, ohne dass ein Stück Kuchen aufgetischt wurde.

»Ich habe eigentlich keine Zeit«, hielt Katharina dagegen, aber da zog Jule sie schon durch den schlauchförmigen Gang in die ebenfalls schlauchförmige Küche. Bei jedem Schritt spürte sie das Gewicht des Kochbuchs – und das Gewicht des Versprechens, das sie ihrer Großmutter gegeben hatte.

»Ach«, sagte Katharina, bloß um irgendetwas zu sagen, »ihr habt einen neuen Duschvorhang?«

Die Dusche war selbst ziemlich neu – sie war erst vor einem guten Jahr in der Küche eingebaut worden, womit es erstmals eine ordentliche Waschgelegenheit in der Wohnung gab.

Als Katharina ein Kind gewesen war, waren sie regelmäßig ins Tröpferlbad gegangen, alle vierzehn Tage gab es dort Freikarten, und einmal in der Woche war eine Zinnbadewanne mit Wasser aus dem Boiler gefüllt worden. Der wurde mit Kohle befeuert, meist dauerte es Stunden, bis das Wasser heiß genug war.

Die Mutter strich stolz über den Vorhang mit einem Muster aus Seesternen, doch ihr Gesichtsausdruck wurde rasch sorgenvoll. »Und du hast immer noch Bad und Klo im Gang? Wann wird das endlich in die Wohnung eingebaut?«

Als Jule zum ersten Mal Katharinas kleine Wohnung im dritten Bezirk besichtigte, hatte sie nicht die vielen Bücherregale bewundert, sondern nur die Sorge geäußert, dass ihr im Gang ein Sittenstrolch auflauern könnte. »Wenn du in der Nacht aufs Klo musst, gehst du aber nicht raus in den finstern Gang, sondern benutzt einen Nachttopf, ja?«

Katharina wollte dieses Gespräch jetzt nicht aufwärmen. Über ihre Wäsche reden wollte sie auch nicht, dennoch konnte sie nicht verhindern, dass die Mutter ihr einmal mehr anbot: »Deine Wäsche kannst du gerne bringen, ich wasche und bügle sie dir.«

Wieder glitt ein prüfender Blick über sie. Dass man den Strickstoff nicht bügeln musste, schien Jule nicht zufriedenzustellen.

»Das kann ich selbst, Mutti.«

»Aber kochen tust du anscheinend nicht viel.«

Jule trat zum Küchenregal, schnitt ein großes Stück vom gedeckten Apfelkuchen ab und brachte den Teller zum Küchentisch. In dem schmalen Raum fand nur ein winziger Tisch Platz, an den höchstens zwei Personen passten. Katharina setzte sich, während Jule durch die Küche rotierte, um die Einkäufe einzuräumen.

Der Kuchen schmeckte köstlich, da sich die herbe Säure der Äpfel perfekt mit dem Vanille- und Zimtgeschmack vermischte und der Teig weich und saftig war. Trotzdem war Katharinas Kehle so eng, dass ihr das Schlucken schwerfiel.

Weil sie nicht nach dem Kochbuch fragen konnte.

Aber auch weil ihre Mutter nichts fragte. Nächtliche Toilettengänge und Gewichtsabnahme – das waren für Jule Themen, aber was die Tochter dachte und fühlte, woran sie forschte, wogegen sie kämpfte, meist nicht.

»Ich hab jetzt eine eigene Lehrveranstaltung«, sagte Katharina.

Keine Antwort. Ein Porzellanbehälter, auf dem groß »Mehl« stand, wurde befüllt, danach der mit Grieß.

»Interessiert dich das denn gar nicht?«, fragte Katharina. »Willst du nichts von meiner Arbeit wissen?«

Jule hielt inne, starrte erst sie verwundert an, dann etwas missbilligend den Teller. Katharina nahm pflichtbewusst einen weiteren Bissen.

»Natürlich interessiert's mich. Leider hast du schon lange nichts mehr von dem netten Professor erzählt.«

Katharina brauchte eine Weile, um zu begreifen, dass nur Professor Holacek gemeint sein konnte, der Einzige, den sie der Mutter persönlich vorgestellt hatte, als die sie einmal in der Uni besuchte. Jule hatte sich sichtlich unwohl gefühlt, immer wieder erklärt, dass sie nicht hierhergehöre. »Aber ich«, hatte Katharina energisch geantwortet, sie mit sich gezogen und mit einem aufgesetzten Lachen hinzugefügt: »So viel kann man im Neuen Institutsgebäude nicht falsch machen. Wenn du willst, müssen wir nicht mal mit dem Paternoster fahren. Manche Studenten erlauben sich den Spaß, beim Runterfahren einen Handstand zu machen und beim Aussteigen zu behaupten, sie wären oben nicht rechtzeitig ausgestiegen.«

Jule hatte nicht nur dem Paternoster misstraut, sondern jeden Schritt so vorsichtig auf den grauen Linoleumboden gesetzt, als bewegte sie sich auf Eis. Und als Holacek um die Ecke gekommen war, hatte sie den Kopf so tief eingezogen, als drohte sie unter seinem neugierigen Blick zu Staub zu zerfallen.

Dabei war der Professor so zerstreut, dass er Jule gar nicht bemerkte. Katharina hatte zweimal darauf hinweisen müssen, dass ihre Mutter sie besuchte.

»Ach, das freut mich aber, gnädige Frau«, hatte er gedankenverloren gemurmelt und war weitergehuscht. Dennoch hatte die kurze Begegnung genügt, damit Jule wochenlang ins Schwärmen kam.

»So ein netter, kluger Mann.«

»Woher weißt du, dass er klug ist?«

»Na ja, er würde ja nicht an der Uni arbeiten, wenn er das nicht wäre.«

Nachdem der Grießbehälter gefüllt war, hielt Jule kurz inne.

»Was willst du denn über Professor Holacek wissen?«, fragte Katharina. »Dass er gerade einen Artikel über Wiener Stadtgeschichte schreibt?«

»Damit kenn ich mich nicht aus. Aber … könnte das nicht … ein Mann für dich sein?«

Katharina verschluckte sich fast am Apfelkuchen. Obwohl Jule sorgfältig die Gehäuse entfernt hatte, hatte sie das Gefühl, dass etwas Hartes, Spitzes in ihrer Kehle kleben blieb. »Holacek soll ein Mann für mich sein?«

»Er ist so nett und klug.«

»Er ist fünfundzwanzig Jahre älter!«

»Das ist gar nicht mal ein so schlechter Altersabstand für eine Frau, da profitiert man enorm von der Lebensweisheit des Mannes. Du erst recht, du bist so anders als Frauen in deinem Alter. Ein Gleichaltriger könnte nicht mithalten, aber ein reiferer Mann versteht, dass du so viele Bücher liest. Und es wär ja auch praktisch.«

Praktisch wie eine Häkelkordel, die nicht zum Hauskleid passte?

»Inwiefern?«

»Für eine gute Ehe ist es wichtig, dass man gemeinsame Interessen hat, dann gehen einem nie die Gesprächsthemen aus. Und so ein Universitätsprofessor, das ist doch ein verlässlicher, gediegener Mann, nicht so ein Lotter, der ständig schönen Frauen nachstarrt. Außerdem könntest du eine Frau Professor sein.«

Katharina schob den Teller zurück und stand auf. »Ich werde tatsächlich eine Frau Professor sein«, erklärte sie energisch, »aber nicht, weil ich einen Professor heirate, sondern weil ich eine Habilitation schreibe und einen Lehrstuhl bekomme. Ich bin auf dem besten Weg dorthin.«

Dass sie gerade erst auf ein Hindernis gestoßen war, wollte sie nicht zugeben. Jule hatte ohnehin nicht weiter zugehört.

»Wenn du ihn nicht gleich essen magst, packe ich ihn dir ein«, sagte sie mit Blick auf den Kuchen.

Obwohl sie kaum etwas vom Kuchen gegessen hatte, lag er ihr plötzlich wie ein Stein im Magen. Und obwohl sie der Großmutter versprochen hatte, Jule das Kochbuch nicht zu zeigen, wollte sie nicht völlig unverrichteter Dinge wieder gehen, mit diesem nagenden Gefühl, nicht nur nicht verstanden zu werden, sondern selber so viel nicht zu verstehen.

»Stell dir vor«, hörte sie sich sagen. »Unlängst habe ich auch einen Apfelkuchen gegessen. Keinen, wie du ihn machst. Eher einen Pudding. Geschmeckt hat er aber gut. Žemlovka hieß er. Ich nehme an, das Café gehört Polen.«

Falls die Mutter nach dem Namen des Cafés fragte, wäre sie

aufgeschmissen. Denn das gab es natürlich nicht – Žemlovka war eines der Gerichte in dem Kochbuch. Vorerst schien seine Erwähnung allerdings nichts zu bewirken. Während sie sprach, trat Jule mit ausdruckslosem Gesicht zum Tisch, nahm den Teller, stellte ihn neben den Abwasch. Aus einem der Schränke zog sie danach Melitta-Butterbrotpapier und packte den Kuchen darin ein. Ihre Bewegungen waren mechanisch, und sie zuckte nicht einmal mit der Wimper. »So bleibt er lange frisch«, murmelte sie geistesabwesend.

Katharina hatte instinktiv den Atem angehalten, ließ ihn nun aber laut entweichen. »Hast du denn nicht gehört, was ich gerade erzählt habe? Kennst du Žemlovka? Oder hast du irgendein anderes polnisches Gericht …«

Jule rieb mit einem Lappen über die Arbeitsfläche, obwohl dort keine Krümel lagen. »Warum denn polnisch?«, fiel sie ihr mit ganz fremder Stimme ins Wort. »Žemlovka ist doch kein polnischer, sondern ein tschechischer Kuchen.«

Wieder hielt Katharina die Luft an. Bevor sie die Erkenntnis verdauen konnte, dass das Kochbuch auch tschechische Gerichte beinhaltete, fügte die Mutter nahezu lauernd hinzu: »Hat er dir denn besser geschmeckt als meiner?«

Eigentlich hatte sie Jule einer Prüfung unterziehen wollen. Aber als die nun den Lappen sinken ließ und sie eindringlich musterte, fühlte sie sich selbst bloßgestellt. Eine Spannung lag in der Luft, die es ihr, die sonst nie auf den Mund gefallen war, plötzlich unmöglich machte, offen zu reden. »Natürlich nicht«, presste sie hervor, verlegen wie ein Kind, das bei etwas Verbotenem ertappt wurde und dankbar jede Gelegenheit nutzt, um davon abzulenken.

Jule nickte langsam, und ihre Lippen verzogen sich zu einem Lächeln. Es hatte nichts Warmes, Aufmunterndes, diente eher als Riegel, den sie vor ihre wahren Gefühle schieben konnte. Sie überreichte Katharina das Päckchen mit dem Apfelkuchen, und die steckte es in ihre Tasche gleich neben das Buch.

Wenig später hatte sie das Gefühl, die Wohnung mit doppelter Last zu verlassen. Und doppelt so vielen Fragen. Allerdings auch mit einer Idee, wo sie ein paar Antworten finden könnte.

Anstatt heimzufahren, nahm sie die Straßenbahn zum Schottenring und brachte von dort rasch die Strecke zum Neuen Institutsgebäude hinter sich. Sie hatte kaum das Institut für Sozialgeschichte erreicht, als Sanne auf sie zugestürmt kam.

»Aus Sauce wird Soße. Und aus Gelee wird Sulz.«

Katharina starrte sie verwirrt an. In Gedanken war sie immer noch beim mutmaßlichen Kochbuch ihrer Mutter, und in ihrem Mund schmeckte es noch immer säuerlich nach deren Apfelkuchen.

»Bitte was?«

»In dem Kochbuch aus dem Jahr 1916. Die französische Sauce wird zur Soße und das Gelee zu Sulz eingedeutscht. Das ist doch spannend, wie da in einem Kochbuch der Nationalismus und folglich der Krieg angeheizt wird. Die Sprache des Feindes soll ausgemerzt werden.«

Katharina blickte auf die Uhr, es war lange nach achtzehn Uhr. »Was machen Sie eigentlich noch an der Uni?«

»Sie sind doch auch noch da.«

Aber nicht, um mit einer Studentin zu diskutieren, ging es ihr durch den Kopf. Sie klang etwas ungeduldig, als sie erklärte: »Sie könne gerne den Ansatz weiterverfolgen, wie stark sich die gerade vorherrschende politische Ideologie auf das Alltagsleben ausgewirkt hat und inwiefern Kochbücher das widerspiegeln, aber ich kann wirklich nicht …«

»In einem weiteren Buch aus dem 1938 habe ich ebenfalls was Spannendes gefunden. Darin wird die Leserin darüber belehrt, dass einheimischem Obst wie dem Apfel Vorzug vor der Banane gegeben werden muss.«

Immer noch war da der säuerliche Nachgeschmack in ihrem Mund. »Wir können das beim nächsten Mal gerne vertiefen, aber jetzt …«

»Wer vollwertige und preiswerte Zutaten wählt, wahrt nationale Interessen.«

»Aber jetzt lassen Sie mich …«

»Auch Topfen, entrahmte Milch und Buttermilch werden empfohlen, natürlich von der deutschen Kuh.«

»Für heute reicht es, ja?«

Katharinas Stimme hatte an Schärfe gewonnen, aus dem säuerlichen Geschmack im Mund war plötzlich ein galliger geworden. Eine Ahnung von Schmerz wanderte ihren Nacken hoch bis zur Schläfe.

»Natürlich.« Sanne wirkte enttäuscht, auch etwas gekränkt. Sie murmelte eine halbherzige Entschuldigung und machte kehrt, ehe Katharina noch ein versöhnliches Wort nachschieben konnte.

Voller Bedauern blickte Katharina ihr nach. Eine begeisterte Studentin vor den Kopf zu stoßen war wirklich das Letzte, was sie wollte. Aber der Blick auf die Uhr verriet ihr, dass sie sich wirklich sputen musste. Bald war es neunzehn Uhr, und die Institutsbibliotheken schlossen um zwanzig Uhr, diese eine Stunde wollte sie noch nutzen. Sie würde Sanne bei der nächsten Übung loben und sie bitten, ihre Ergebnisse anderen Studenten zu präsentieren.

Der Gedanke an die junge Studentin verlor sich endgültig in den langen, schmucklosen Gängen mit den flackernden Neonleuchten und dem grauen Linoleumboden, die sie hastig durchschritt. Eigentlich war sie hergekommen, um die Jacke in ihrem Büro abzulegen, aber nun eilte sie direkt ins Institut für Zeitgeschichte, das sich seine Institutsbibliothek mit jener der osteuropäischen Geschichte teilte.

Sie war nicht oft hier gewesen. Als das Institut 1966 als das jüngste der sechs Geschichtsinstitute der Philosophischen Fakultät Wien gegründet worden war, war sie zwar erst im zweiten Studienjahr gewesen, doch anders als ihre begeisterten Studienkollegen ließ es sie weitgehend kalt, dass nun auch in Österreich endlich der Nationalsozialismus in den Blick genommen wurde. Sie hatte sich nicht sogleich für sämtliche Seminare, Übungen und Vorlesungen zu diesem Thema angemeldet, denn Holaceks nicht minder revolutionärer neuer Ansatz, der Sozialgeschichte mehr Gewicht zu geben, war ihr als der vielversprechendere erschienen.

Jetzt musste sie sich eingestehen, dass nicht nur ihre Familiengeschichte ein Buch mit sieben Siegeln war, das sie nie geöffnet, sondern hatte verstauben lassen – auch ihr Wissen um jene Zeit, als ihre Eltern jung gewesen waren, wies deutliche Lücken auf. Gut möglich, dass sie es nicht zuletzt darum so irritierend fand, in diesem Kochbuch nicht bloß polnische, sondern auch tschechische Gerichte vorzufinden. Wenn sie aber erst einmal überprüft hatte, wie lang die Grenze zwischen Niederschlesien und dem Sudetenland gewesen war, und sie mehr über die Zusammensetzung der Bevölkerung des damaligen Hirschberg herausfand, kam sie der Klärung des Rätsels wohl näher. Gewiss, warum die Mutter so ein Kochbuch geschrieben und veröffentlicht hatte, würde dann immer noch keinen Sinn machen, aber sie hatte während ihrer wissenschaftlichen Laufbahn gelernt, sich immer erst einen Überblick über eine Epoche zu verschaffen, ehe sie ein konkretes Thema anging und sich in Details verbiss.

In der Bibliothek durchsuchte sie den großen Zettelkatalog – bestehend aus etlichen Schubladen voller mit Maschine beschriebener Katalogkarten in alphabetischer Reihenfolge, anhand derer sich die entsprechenden Bücher finden ließen.

Literaturrecherche hatte schon immer zu Katharinas Lieblingstätigkeiten als Historikerin gehört. Für sie fühlte sich das wie eine Schatzsuche an. Und so wie der, der nach einem solchen Schatz fahndet, genau überlegen muss, unter welchem Stein oder unter welcher Wurzel er zuerst gräbt, galt es in diesem Fall zu entscheiden, mit welchem Stichwort sie am schnellsten weiterkam. Nie konnte sie sicher sein, auf welche Ausbeute sie stieß – ob auf ein, zwei uninteressante Monografien, die so gut wie keine Antworten auf offene Fragen lieferten, oder auf eine Fülle von hilfreichen Titeln.

Die heutige Ausbeute blieb ernüchternd mager. Sie fand zwar ein paar Werke unter dem Stichwort »Hirschberg im Riesengebirge«, aber keine sehr ergiebigen:

Der Hirschberger Gnadenkirchhof mit seinen Grufthäusern

Die Preussische Staatsbibliothek in Hirschberg im Riesengebirge zur Zeit des zweiten großen Krieges 1944–1945

Die Hirschberger Kaufmanns-Sozietät im Rahmen der österreichischen Merkantilpolitik in Schlesien

Nichts, was in irgendeiner Weise weiterhalf.

»Na, so spät noch fleißig, Frau Kollegin?«

Sie war derart zielstrebig auf jene Laden zugesteuert, die die Karteikarten mit den Stichworten von A bis H beherbergten, dass sie nicht bemerkt hatte, wie sich jemand auf der Rückseite des Zettelkatalogs, wo die Werke von J bis Z katalogisiert waren, zu schaffen machte.

Dr. Florian Bruckmann, ausgerechnet. Und wieder einmal machte er auf Grinsekatze, wenngleich sie nicht sicher war, ob sein Lächeln spöttisch, anzüglich oder siegesgewiss wirkte. Die Botschaft dahinter war jedenfalls unmissverständlich.

Als er langsam um den Zettelkatalog geschlendert kam, um sich angelegentlich gegen die Schublade mit dem Buchstaben E zu lehnen, fühlte Katharina sich ertappt.

»Hirschberg im Riesengebirge«, las er vor.

Plötzlich musste auch sie grinsen. Sollte er sich doch ruhig den Kopf darüber zerbrechen, warum sie sich neuerdings für Grufthäuser interessierte und wie das mit ihrer Lehrveranstaltung zusammenpasste.

Doch dann murmelte er erstaunlicherweise ganz ernsthaft: »Hirschberg war ein wichtiger Verkehrsknotenpunkt in Niederschlesien. Meines Wissens ein hübsches Städtchen, es wurde ja fast nichts zerstört, ausgenommen in den letzten Kriegstagen, als noch ein paar russische Bomben fielen. Aber bis dahin war das Gebiet der Luftschutzkeller des Deutschen Reichs.«

Bei ihren bisherigen Begegnungen war Katharina vor allem aufgefallen, was sie voneinander unterschied – seine Arroganz und seine Selbstgefälligkeit. Jetzt huschte ihr erstmals der Gedanke durch den Kopf, dass es auch Ähnlichkeiten gab. Dieses Interesse für Geschichte, dieser Impuls, über ihre Lieblingsthemen stets gleich einen Monolog zu halten.

»Der Luftschutzkeller des Deutschen Reichs?«, entfuhr es ihr. »Das habe ich ja noch nie gehört.«

Wenn er nun doch wieder grinste, würde sie sich für dieses spontane Eingeständnis verfluchen und ihn mit dazu. Doch er blieb im Modus des wandelnden Lexikons, das nicht nur jede Menge Informationen parat hatte, sondern eine gewisse Dankbarkeit empfand für jeden, der es aufschlug.

»Nun, Niederschlesien war weitab vom Schuss, es ist während des gesamten Kriegs so gut wie nie bombardiert worden, galt folglich als bombensicher. Und das ist der Grund, warum es dort nicht nur etliche Lazarette gab und viele schlesische Kurorte Kriegsflüchtlinge aus dem Westen zur Erholung aufnahmen, sondern zahlreiche Fabriken ihren Sitz dorthin verlegten. Baumwoll- und Chemiebetriebe, vor allem die Rüstungsindustrie. Für die Waffenproduktion im Dritten Reich war Niederschlesien sozusagen der Schlüsselpunkt, der eine ähnliche Bedeutung erlangte wie zuvor das Ruhrgebiet.«

Katharina lauschte zwar mit Interesse, hatte aber dennoch das Gefühl, dass diese Information ähnlich hilfreich war wie die über die Kaufmannssozietät oder die Hirschberger Gruftháuser. Mit Waffenproduktion hatten ihre Eltern ganz sicher nichts zu tun gehabt.

»Im Krieg wurde in Schlesien auch die Produktion von Flugzeugen vorangetrieben. Junkers Flugzeug- und Motorenwerke hat zum Beispiel dort seinen Düsenjäger Messerschmitt produzieren lassen.«

»Flugzeuge?«, entfuhr es ihr.

Sie war nicht sicher, woher die Stimme tief in ihr drinnen kam, ob sie der ihrer Mutter oder eher der ihrer Großmutter ähnelte. *Carl war ein leidenschaftlicher Feinmechaniker. Er hatte so schöne, feine, behutsame Hände. Und wie sehr er sich für Flugzeuge begeistern konnte.*

Florian nickte. »U-Boote wurden übrigens auch dort hergestellt.«

»Aber Niederschlesien grenzt doch nicht ans Meer.«

»Das war kein Hindernis. Man produzierte U-Boot-Module, auch Torpedorohre und die Buge. Gleich mehrere Firmen waren dafür zuständig, aber deren Namen bringe ich nicht aus dem Kopf zusammen. Jedenfalls wurden die U-Boote oder U-Boot-Teile über die Oder Richtung Ostsee transportiert.«

Katharina nickte wie betäubt. Gut möglich, dass ihr leiblicher Vater für eines dieser Werke gearbeitet hatte. Aber natürlich hieß das noch lange nicht, dass sie sich einen Reim auf dieses Kochbuch machen konnte.

»In Niederschlesien wurde offenbar auch an der sogenannten Wunderwaffe gewerkelt«, fuhr Florian fort. »Es gibt sogar Gerüchte, dass im Eulengebirge, das gar nicht so weit von Hirschberg entfernt liegt, in einem unterirdischen Stollensystem nicht nur mit chemischen und biologischen Waffen experimentiert wurde, sondern sogar der Bau einer Atombombe vorangetrieben wurde. Als Indiz dafür gelten Berichte über den Abbau von Uranerzen in der Nähe, aber ein endgültiger Beweis lässt sich nicht erbringen. Nach allem, was ich darüber gelesen habe, ist die wahrscheinlichere Option, dass die Stollensysteme im Eulengebirge keine unterirdischen Industrieanlagen, sondern das größte aller Führerhauptquartiere werden sollten. Diese Gigantomanie muss man sich mal vorstellen: Auf über tausend Quadratmetern verteilt sollte die ganze Machtzentrale quasi unter Tage verlegt werden. Allein die Wohnungen, die für Hitler, Göring, Goebbels geplant waren, kamen auf Hunderte von Quadratmetern.«

»Aber dieses Führerhauptquartier wurde doch nie fertiggestellt?«

»Nicht einmal ansatzweise. Dennoch, die kilometerlangen

Stollen gibt es immer noch. Kaum auszudenken, wie viele Menschen bei der Arbeit dort ihr Leben gelassen haben, für nichts und wieder nichts. Diese Leute hatten damals einfach keinen Wert. In der Rüstungsindustrie wurden sie schließlich auch verheizt, all die Polen, Ungarn, Tschechen, Russen, die oft ohne die geringste Schutzmaßnahme schuften mussten.«

Katharina blickte starr auf die Lade mit den Stichwörtern. Die Buchstaben verschwammen vor ihr. Etwas anderes stand ihr dagegen ganz klar vor Augen – ein entscheidendes Detail, wie ein Puzzlestück, das endlich das Gesamtmotiv erahnen ließ.

»Ich verstehe«, murmelte sie, obwohl es weit mehr als das war. Etwas breitete sich in ihrer Magengegend aus, etwas, von dem sie nicht sagen konnte, ob es Hitze oder Kälte war – als würde man eiskalte Hände in warmes Wasser tauchen.

»Schön, schön.« Das Grinsen kehrte zurück. »Kann es sein, dass Sie auf Zeitgeschichte umsatteln wollen? Gar keine so schlechte Idee, würde ich sagen. Demnächst wird ja eine Assistenzstelle frei.«

Ganz in Gedanken versunken, spürte Katharina diese Spitze kaum. Und als ihr endlich aufging, was er da gesagt hatte – besagte Stelle würde nur dann frei, wenn er die Assistenzprofessur ergatterte –, war der richtige Augenblick verflogen, um Paroli zu bieten.

»Wenn Sie noch mehr wissen wollen, können wir unser Gespräch gern auch in gemütlicherer Atmosphäre fortsetzen. Wollen wir noch was trinken gehen? Im Kleinen Café am Franziskanerplatz? Dort trifft man ganz sicher auf keinen Professor.«

Katharina hätte viel gegeben für eine gelassene, schlagfertige Antwort auf sein gönnerhaftes Getue. Aber sie begnügte sich damit, die Lade mit einem lauten Rumms zu schließen.

»Tut mir leid, ich habe noch zu tun.«

Mit aufrechtem Kopf marschierte sie an ihm vorbei. Es wirkte wie eine Flucht, doch sie wollte einfach so schnell wie möglich dem neuen Anhaltspunkt nachgehen, den sie aus diesem Gespräch mitgenommen hatte.

»Schade«, sagte Florian und hob eine Braue, als wäre seine Einladung nur ein Witz gewesen.

8. KAPITEL

1943

Jule saß mit den anderen Frauen im Wintergarten, holzgetäfelt wie die meisten Räume im Haus, nur dass die Deckenbalken deutlich dunkler waren und obendrein wurmstichig. Jule fand es gemütlich. Als sie vor ein paar Wochen erstmals das Fachwerkhaus betreten hatte, in dem Carl und sie ein Zimmer unter dem Dach zugewiesen bekamen und wo noch drei weitere Familien wohnten, hatte sie sich sofort heimisch gefühlt. Auf ihren ersten Erkundungsgängen durch Hirschberg hatte sie sich regelrecht in das Städtchen verliebt. Die vielen Villen in ihrem Viertel mit den spitzen Giebeldächern, den prächtigen Fassaden und den Balkonen mit aufwendigen Holzschnitzereien schienen ebenso aus einer anderen Zeit zu stammen wie die Laubengänge auf dem Marktplatz. Efeu und Rosenstöcke rankten sich dort, und sie hatte stets das Gefühl, dass jederzeit ein Tuchhändler aus dem 16. Jahrhundert um die Ecke kommen könnte.

Nicht, dass sie das laut aussprach. Ihre steirische Familie, die mehr als genug Erfahrung mit hellsichtiger Verwandtschaft hatte, würde sich nicht an ihrer Fantasie stoßen, aber die Frauen, die sie hier kennengelernt hatte, waren sehr nüchtern. Frau Bedenstett durfte man zum Beispiel nicht dafür bemitleiden, dass sie nach schlimmen Bombardierungen aus Berlin hierher hatte fliehen müssen.

»Jeder muss ein Opfer bringen«, hatte sie Jule knapp erklärt.

Frau Zingel wiederum wurde nicht müde zu betonen, dass Schlesien ein durch und durch deutsches Land war. Dass daran kein Zweifel aufkam, war auch jenen zu verdanken, die sich bereits hier niedergelassen hatten, als die Polacken sich noch wichtigmachten. Sämtlichen Beleidigungen und Anfeindungen hatte sie in den Zwanzigerjahren eisern getrotzt, und jetzt sahen die Polacken ja endlich, welchen Platz auf dieser Welt die Deutschen verdienten und welchen sie.

Jule hatte unbehaglich den Kopf eingezogen und schnell das Thema gewechselt. »Was kocht man hier?«, hatte sie gefragt, und seitdem redete sie mit ihren Mitbewohnerinnen fast nur noch über Rezepte.

»Schlesische Buchteln«, erklärte Frau Bedenstett eben, »haben entweder die Form einer doppelt gelegten Flechte oder der schlesischen Babe.«

Jule lachte. »Was ist denn eine Babe?«

Frau Zingel, die das Kochen und Backen, wie generell alles im Leben, als todernste Angelegenheit betrachtete, musterte sie mit strengem Blick.

Frau Bedenstett hingegen erklärte gutmütig: »So was wie ein Tannenzapfen. Die Bratpfanne, in der die Buchteln eng aneinandergelegt gebacken werden, hat diese Form.«

Jule hätte gerne gefragt, ob die Füllung aus Powidl war, ähnlich wie beim Germknödel, und ob dazu Vanillesoße gereicht wurde wie zu den österreichischen Buchteln, aber sie hatte gelernt, dass der Austausch von Rezepten nach strikten Regeln ablief. Jede kleinste Information wurde auf die Waagschale gelegt, und wehe, diese senkte sich bei einer von ihnen zu tief nach unten.

»Ich könnte gern mal einen Apfelstrudel backen«, schlug sie vor. »Natürlich vertraue ich Ihnen dann auch mein Rezept an.«

Frau Bedenstett nickte begeistert, aber ihr Nacken schien zu erlahmen, als Frau Zingel finster einwarf: »Strudel? Ich bitte Sie! Im Deutschen Reich backt man Streuselkuchen.«

Noch vor ein paar Wochen hätte sie vermutet, dass Frau Zingel scherzte. Dann aber hatte diese einmal erklärt, die Eiche sei ein typisch deutscher Baum, während die Weinrebe mit den kleinen blauen Trauben zu den artfremden Gewächsen nichtarischen Ursprungs zählte, deren Verzehr der Gesundheit schade. Noch schlimmer als die Franzosentraube sei im Übrigen die Amerikanertraube, die noch rammdösiger mache. Jules Lippen hatten gezuckt, aber unter Frau Zingels vorwurfsvollem Blick hatte sie rasch eine gleichmütige Miene aufgesetzt.

Frau Bedenstett war immerhin so nett, vom Thema abzulenken. »Haben Sie denn mittlerweile schon die Hirschberger Knacker probiert?«

Ausnahmsweise hellte sich Frau Zingels Miene etwas auf. »Hierzulande werden die Würste gerne aus Schweinebauch ohne Schwarte gemacht.«

»Und ebenfalls eine hiesige Spezialität ist Marzipan«, fuhr Frau Bedenstett fort. »In der Form von Rübezahls Hosenknöpfen nämlich.«

Als Jule sich vorbeugte und sah, dass die Tassen leer waren, erhob sie sich schnell.

»Ich mache uns frischen Tee.«

Der Austausch von Rezepten fand auf Augenhöhe statt. Wenn es darum ging, Tee und Gebäck zu reichen, war es für Frau Zingel selbstverständlich, dass sie, die man in der Volksliste von 1941 als Schlesierin deutscher Abstammung unter der Gruppe I führte, bedient wurde.

Die Treppe knarrte, als Jule nach unten stieg. In den ersten Tagen hatte sie wegen der zahlreichen verwinkelten Räume manchmal die Orientierung verloren: Als sie einmal die Vorratskammer gesucht hatte, war sie in Frau Bedenstetts Schlafzimmer gestolpert. Auch in Hirschberg selbst hatte sie sich des Öfteren verirrt, zumal Carl keine große Hilfe bei der Eingewöhnung war. Frühmorgens verließ er das Haus, um im Werk zu arbeiten, wie er jene große Fabrik nannte, in der Zellwolle hergestellt wurde, und wenn er abends zurückkehrte, war es oft schon finster. Dann wollte sie ihn mit köstlichen Gerichten verwöhnen, nicht mit ihren Problemen belasten, zumal diese, wie sich zeigte, kaum der Rede wert waren. Mittlerweile fand sie sich schließlich gut zurecht – nur manchmal hatte sie das Gefühl, ihr Leben wäre auf eine Filmrolle gepresst und diese viel zu schnell abgespult worden, sodass selbst die gemächlichsten Schritte noch wirkten, als würde man rennen.

Wie schnell seit dem Heiratsantrag alles gegangen war! Allein am Tag ihrer Hochzeit waren so viele Eindrücke gleichzeitig auf sie eingeprasselt. Die Erinnerungen an das zu weite Brautkleid, die schwarze Hochzeitskutsche, die zahlreiche Verwandtschaft erschienen ihr hinterher wie Fotografien, die fremde Menschen und nicht sie selbst zeigten.

Nur die erste Nacht im Hotel stand ihr deutlich vor Augen, als sie mit roten Wangen auf der Schwelle des Hotelzimmers verharrt war, erstmals an diesem Tag ganz allein mit Carl.

»Das Zimmer ist ja winzig«, hatte er gemeint, »man kann keinen Schritt außerhalb des Betts machen. Und wenn man sich im Bett umdreht, fällt man raus.«

Er hatte so getan, als würde er sich die schmerzenden Knochen reiben, und prompt hatte sie lachen müssen. »Dann müssen wir uns wohl fest aneinanderkuscheln«, hatte sie gesagt, und dann war sie doch über die Schwelle getreten und fand es gar nicht mehr seltsam, mit ihm allein zu sein. Der wenige Platz störte nicht, im Gegenteil.

Sie hatte es gerne gemütlich. Wenn sie sich die Zukunft ausgemalt hatte, dann hatte sie immer eine bescheidene Wohnung voller Kinder vor sich gesehen – und ein Büchlein mit ihren Rezepten im Regal. Auch eine kleine Küche, so wie die, die sie jetzt betrat. Nun gut, diese gehörte nicht ihr allein, die Bewohner des Hauses teilten sie sich, aber in dem Schrank mit dem karierten Vorhang hatte sie ein eigenes Fach – randvoll mit Kompott- und Marmeladengläsern, die sie selbst eingerext hatte, sowie Porzellanbehältern für Mehl, Zucker und dergleichen –, und den Kohlenofen beheizte zweimal pro Woche sie.

Obwohl sie hier oft eine ihrer Mitbewohnerinnen antraf, war sie verdutzt, jetzt eine ihr völlig fremde Person stehen zu sehen, gleich bei der Arbeitsfläche neben dem Abwasch. Nur der raue, zigfach geflickte Kittel deutete darauf hin, dass es eine Frau war. Ihr Haar war nicht zu sehen, sondern unter einer grauen Kappe verborgen, der Körper dürr wie der eines Knaben und die Haut so durchsichtig, dass die Äderchen durchschimmerten. Selbst Hildchen auf ihrem Sterbebett hatte nicht so elend gewirkt. Nur dass diese kaum mehr ihren Arm hatte heben können, während die Frau nun ein großes Glas mit eingelegten Gurken öffnete. Als sie Jule bemerkte, hielt sie inne.

»Ich wollte keine essen«, sagte sie schnell, »nur prüfen, ob sie noch frisch sind.«

Sie sprach mit starkem Akzent und flackerndem Blick. Jule senkte rasch den ihren.

Erst jetzt bemerkte sie, dass die Frau unförmige Holzpantoffeln trug, die viel zu groß waren und schmerzhaft am Rist reiben mussten.

Unwillkürlich empfand sie das Bedürfnis, ihr Socken anzubieten. Hinzu kam Verwirrung – wer lief denn jetzt, da der Herbst nahte, mit nackten Füßen herum?

»Sie … Sie können gern eine Gurke essen«, murmelte sie und dachte: *Noch besser wäre ein Butterbrot.*

»Die Gurken sind für die HJ«, flüsterte die Frau. »Wenn ich nicht gerade bei den Familien hier im Haus aushelfe, arbeite ich dort in der Küche. Frau Zingel hat gesagt, ich kann den Jungs die Gurken bringen.«

Jule konnte sich vage erinnern, auch in Hirschberg Umzüge von der Hitlerjugend in ihren hellbraunen Uniformen und mit den Hakenkreuzbinden am linken Oberarm gesehen zu haben. Wenn irgendjemand diese Frau zu Hilfsarbeiten für die HJ, aber auch für Frau Zingel, Frau Bedenstett und die anderen Bewohner des Hauses eingeteilt hatte, dann hatte das sicher seine Richtigkeit. Nur fühlte es sich so gar nicht richtig an, wie die Frau da stand und nun wieder das Gurkenglas schloss, ohne auch nur daran gerochen zu haben. Erst als sie sich leicht zur Seite drehte, nahm Jule wahr, dass nicht alles an ihr weiß oder grau war. Auf dem Rücken war ein Stück Stoff in Form eines gelb-violetten P aufgenäht.

»Ich habe wirklich keine gegessen«, beteuerte sie.

»Das habe ich auch nicht vermutet, und selbst wenn …« Jule machte nur einen winzigen Schritt auf sie zu, doch schon zuckte die Frau zusammen, als wäre sie mit Fäusten auf sie losgegangen. Hätte sie es nicht mit beiden Händen umklammert, das Gurkenglas wäre ihr wohl vor Schreck entglitten. Hastig wich sie in den hinteren Teil der Küche zurück.

»Wie heißen Sie denn?«, fragte Jule behutsam.

Ihre Bewegungen wirkten furchtsam, doch als sie jetzt den Blick hob – die hellblauen Augen waren so wässrig, als wäre sämtliche Farbe aus ihnen gesogen worden –, las Jule darin keine Angst, sondern ein anderes Gefühl. Kälter. Mächtiger: mühsam unterdrückte Wut.

Wortlos stellte die Frau das Gurkenglas auf die Arbeitsfläche und zog etwas unter ihrem Kleid hervor, das an einem Lederfaden um ihren Hals hing, ein fleckiges, graues Stück Papier, an den Seiten eingerissen. Jule konnte es aus der Entfernung nicht lesen, wagte es aber nicht, näher zu treten, um die Frau nicht noch mehr in die Enge zu treiben.

»Nummer 7/102/14748«, erklärte die Frau. Sie las die Nummer nicht ab, sie kannte sie auswendig.

»Aber … aber das ist doch kein Name. Das ist nur …«

»Frau Adler!«, unterbrach sie eine schrille Stimme.

Frau Zingel war in der Küchentür erschienen. Ihr Blick ruhte missbilligend auf Jule – und verächtlich auf der Frau. Ein Zischen folgte, dann eine Handbewegung, als gelte es, ein Insekt zu vertreiben. Schon ließ die Frau das Papier wieder unter dem Kleid verschwinden, nahm das Gurkenglas und hastete wortlos auf den schmalen Ausgang zu, der die Küche mit dem Garten verband.

Frau Zingel verdrehte die Augen, als wäre es eine Zumutung, auch nur hören, wie sich die Schritte der anderen langsam entfernten.

»Sie wissen aber schon, Frau Adler, dass man mit diesen Leuten nicht spricht.«

»Diese Leute? Wer sind denn diese Leute?«

»Im Grunde sind es ja gar keine Leute – Tiere sind's, und genauso zu behandeln. Der Generalgouverneur sieht das ebenso.«

»Wie kann man denn …«

»Es gibt nur eine Pflicht, die die zu erfüllen haben – arbeiten. Und nur einen Grund, weswegen man ihnen die Existenzberechtigung nicht völlig abspricht – dass sie brav bleiben und nicht aufbegehren. Sonst …«

Wieder dieses Zischen, ein Laut, den Jule nicht nur hörte, sondern auch spürte. Ihre Nackenhärchen richteten sich auf, ihre Zunge fühlte sich mit einem Mal taub an. »Sie sah so hungrig aus.«

»Soll sich denn der Deutsche für diese Brut das Brot vom Mund absparen? Die Krumen, die von unserem Tisch fallen, stehen ihnen zu, mehr nicht.« Frau Zingel machte einen Schritt auf Jule zu, und diese musste sich zusammenreißen, um nicht ebenso zurückzuweichen wie vorhin die junge Frau. »Wer freundlich zu den Polacken ist, begeht ein schlimmes Vergehen. Wer sich gar mit ihnen verbrüdert, wandert dafür lange Jahre ins Gefängnis.«

»Ich habe doch gar nicht …«

»Man grüßt sie nicht, man berührt sie nicht, man spricht nicht mit ihnen, es sei denn, man erteilt Befehle.« Frau Zingel beugte sich vor, und als sie erneut mit einem Zischen fortfuhr, traf Jule ihr warmer Speichel. »Sie müssen auch bedenken, dass viele von ihnen das Fleckfieber einschleppen. Und Sie wollen doch nicht krank werden. Mir wäre es lieber, man würde alle aus Hirschberg vertreiben, aber man braucht sie ja zum Schuften. Wenn die da nicht im HJ-Hauptquartier kocht, macht sie sich hier nützlich, immerhin … Aber lassen wir dieses leidige Thema.

Bereiten Sie uns nun frischen Tee zu, und hinterher erkläre ich Ihnen, wie man einen ordentlichen Apfelstreuselkuchen backt. Das müssen die Frauen aus der Ostmark ja erst lernen.«

Stumm setzte Jule Wasser auf, unendlich erleichtert, dass Frau Zingel die Küche verließ, ehe es kochte. Sie würde den Tee nach oben bringen, Frau Zingel einschenken und ihr zuhören. Doch das Rezept für den Apfelstreuselkuchen würde sie niemals in ihr Rezeptbuch schreiben. Sie wollte es dort nicht stehen haben.

An diesem Abend stritt sie zum ersten Mal mit Carl.

Er kam viel später als sonst nach Hause. Längst hatte sie das Abendbrot fertig, eine kräftige Nudelsuppe, zu der sie schlesisches Landbrot aus Roggen reichen wollte – mit krosser Rinde, weichem Teig und verführerischem Duft. Wie immer hatte sie den Tisch in ihrem kleinen Zimmer liebevoll gedeckt, und normalerweise betrachtete sie ihn glücklich und mit Vorfreude auf Carl, während sie auf ihn wartete.

Heute hingegen konnte sie nicht ruhig sitzen, es schien, als wäre der Sessel voller Nägel, die sich in ihr Fleisch bohrten. Immer wieder eilten ihre Gedanken zu der bleichen, dürren Frau, immer wieder echoten Frau Zingels Worte in ihrem Ohr.

Darüber wuchs in ihrer Brust ein Schmerz, und etwas erträglicher wurde der erst, als sie ein kleines Stück vom Roggenbrot abbrach, es in den Mund steckte, kaum kaute, rasch schluckte. Und weil die Wirkung nicht lange währte, brach sie das nächste Stückchen ab. Schon war die erste Scheibe verzehrt, dann die zweite, und als Carl schließlich heimkehrte – immer schon vernahm sie von Weitem seinen schnellen Schritt –, war nur mehr eine halbe Scheibe übrig.

Als sein Blick auf sie fiel, brach sie in Tränen aus.

»Ach, Julchen«, er stürzte auf sie zu, »was ist denn los? Hast du Heimweh?« In den ersten Tagen hatte er das oft gefragt und ganz schuldbewusst dreingesehen, weil sie seinetwegen in einem fremden Land leben mussten.

Vor lauter Schluchzen konnte sie nichts sagen, deutete nur mit dem Kinn auf die halbe Scheibe.

»Gab es heute nicht mehr Brot?«, fragte er.

»Doch, aber ich hab alles aufgegessen.«

Er lachte erleichtert auf. Dabei war er doch so dünn, seine Augen wirkten noch größer als früher in seinem spitzen Gesicht.

»Du arbeitest den ganzen Tag, und ich tu rein gar nichts, und dann esse ich dir alles weg.«

»Ach herrje.« Sein Lachen erstarb, aber immer noch umspielte ein Grinsen seine Lippen. »Mein Bruder Gottfried hat uns Jüngeren oft Geschichten erzählt. Am meisten liebten wir die von der dicken Frau und dem dünnen Mann. Ich weiß gar nicht mehr genau, worum es ging, aber meist stolperte eine unermesslich dicke Frau und fiel auf einen unermesslich dünnen Mann, und der wurde dann noch dünner und sah am Ende aus wie eine Seite Papier.«

Kurz kitzelte ein Lachen ihre Kehle, aber bei der Erwähnung eines papierdünnen Menschen musste sie gleich wieder an die Frau denken, die statt eines Namens eine Nummer trug.

Sie wischte sich die Tränen ab, und obwohl keine neuen kamen – das Unbehagen konnte sie nicht bändigen. Anstatt die Suppe aufzuwärmen, hörte sie sich plötzlich sagen: »Heute war eine ganz dürre, blasse Frau in der Küche. Offenbar hilft sie regelmäßig hier im Haus aus. Sie ist Polin, und du kannst dir gar nicht vorstellen, wie …«

Als sie angefangen hatte zu sprechen, hatte er noch interessiert gewirkt. Doch ihr entging nicht, wie er jäh zusammenzuckte und seine Miene sich verschloss.

»Kennst du sie womöglich?«, fragte sie lauernd. »Bist du ihr schon mal begegnet?«

Er schüttelte zaghaft den Kopf. »Ihr nicht, aber … anderen.«

Nach allem, was Frau Zingel angedeutet hatte, hätte es sie nicht weiter erstaunen dürfen, dass viele andere Polen hier für Deutsche arbeiteten. Dennoch versetzten seine Worte ihr einen

Stich. Wie konnte ihr das bis heute verborgen geblieben sein? Hatte sie sich womöglich einfach blind gestellt, sich einlullen lassen von der eigenen kleinen heilen Welt?

»Arbeiten Polen denn auch bei euch im Werk?«, hörte sie sich plötzlich fragen.

Kurz weitete sich sein Blick, dann sah er rasch weg. »Ach, Julchen, ich finde nicht …«

»Was genau machen sie dort? Was genau machst *du* eigentlich dort?«

Immer noch wich er ihrem Blick aus. »Das weißt du doch.«

Wie sollte sie es wissen, wenn er ihr doch nie etwas von seinem Arbeitsalltag erzählte – nicht an den Tagen, nicht in den Nächten, die sie eng aneinandergekuschelt verbrachten, obwohl das Bett viel breiter war als im Hochzeitshotel.

»Ich weiß nur, dass du für die Askaniawerke arbeitest«, sagte sie. »Ihr Sitz befindet sich eigentlich in Berlin, aber wegen der vielen Bombenangriffe wurden sie hierherverlegt. Die Askaniawerke haben die Gebäude der Schlesischen Zellwolle A. G. übernommen. Aber ich weiß nicht, warum du in einer Zellwollfabrik arbeitest, wenn du doch eigentlich gelernt hast, Flugzeuge zu bauen.«

»Das hat dich bis jetzt doch auch nie interessiert.«

Dass er mit diesem Einwand völlig richtiglag, nahm der Wut, die sie plötzlich empfand – auf ihn, aber auch auf sich selbst –, nicht die Spitze, im Gegenteil. »Jetzt will ich es aber wissen!«

Endlich suchte er wieder ihren Blick, aber er starrte sie ausdruckslos an wie ein Fremder. »Nun, in jeder Fabrik gibt es Maschinen, die gewartet werden müssen.«

Das klang vernünftig. Dafür war ein Feinmechaniker ja da. Aber warum fühlte sie jäh das Brot in ihrem Bauch rumoren, als hätte sie stattdessen ein verdorbenes Ei gegessen?

»Und beim Warten der Maschinen arbeitest du also mit Polen zusammen?«

Er zuckte die Schultern, als wüsste er nicht einmal, dass es ein solches Land gab. Nun, es gab Polen tatsächlich nicht mehr, das Deutsche Reich hatte es einfach verschluckt, samt den Menschen, die dort lebten.

»Nun sag schon! Wie kann es sein, dass Polen für die Deutschen arbeiten, aber dafür kaum was zu essen bekommen?«

»Ich kriege heute anscheinend auch nichts zu essen.«

Wenn die Lage angespannt war, scherzte er oft, dann musste sie prompt kichern, und alles war wieder gut. Aber heute riefen seine leichtfertigen Worte nur Empörung in ihr hervor.

»Verkauf mich nicht für dumm! Meine Lehrerin hat schon immer behauptet, ich wär's. Aber Hildchen meinte, das würde man uns Frauen bloß einreden, um uns kleinzuhalten.«

»Ich verkauf dich doch nicht für dumm, Julchen. Aber es gibt Dinge, die ich dir nicht sagen darf, das sind Werkgeheimnisse. Und dann gibt es Dinge, die verstehe nicht mal ich, warum sollst du dir also deswegen den Kopf zerbrechen?«

»Etwa, dass die französische Rebe einen rammdösig macht, weil sie keine arische Pflanze ist?«

Seine hohe Stirn legte sich in Falten. »Wo hast du denn das her?«

»Frau Zingel hat es mal erwähnt.«

Ein vorsichtiges Lächeln zupfte an seinem Mund. »Ich fürchte, ich weiß noch nicht mal, was rammdösig bedeutet. Ich hab das nie zuvor gehört.«

»Ich doch auch nicht. Aber manche Dinge erahnt man, ohne dass man sie erklärt bekommt.«

Wieder hatte ihre Stimme an Schärfe gewonnen, und wieder entging ihr nicht, wie er erst zusammenzuckte und dann ihrem Blick auswich. Vorhin hatte er vor allem schuldbewusst gewirkt, jetzt wiederum sah er müde aus, was sie nicht wütend machte, nur hilflos.

»Ach, Julchen, müssen wir wirklich ausgerechnet jetzt ...«

Es gab noch vieles, was sie ihn fragen wollte. Aber zugleich war sie sich nicht mehr sicher, ob sie auch wirklich die Antworten hören wollte.

»Du hast recht«, murmelte sie. »Es ist spät. Besser, ich geh ins Bett.«

Sie wusch sich weder das Gesicht, noch kämmte sie sich das Haar. Er indes beschwerte sich nicht über sein halbes Roggenbrot oder darüber, dass sie ihm die Suppe nicht warm machte. Er saß da, den Kopf tief über die Tischplatte gebeugt, und löffelte die kalte Suppe. Als sie ihn dabei beobachtete und er später zu ihr ins Bett kam, sie sich aber nicht an ihn kuschelte, sondern an die äußerste Kante rutschte – da fühlte sich das Brot, das sie gegessen hatte, nicht länger an wie verdorbene Eier, sondern wie Wackersteine.

Am nächsten Tag backte sie schlesischen Mohnkuchen. Frau Bedenstett hatte ihr das Rezept verraten, und die Bäckerin hatte ihr eine Extrapackung Mohn überlassen. In der Küche war sie weder der Polin noch Frau Zingel über den Weg gelaufen, sodass sie ganz allein war, als der Geruch nach Germteig jeden Winkel erfüllte und ihr das Wasser im Mund zusammenlaufen ließ. Nicht, dass sie auch nur einen Bissen vom Kuchen kosten würde. Carl sollte zuerst davon bekommen, sie würde ihm den Kuchen ins Werk bringen. Bis zum Abend konnte sie einfach nicht auf ihre Aussprache warten.

Mit dem in ein kariertes Geschirrtuch eingeschlagenen Mohnkuchen lief sie durch den Ort, bis die Schlesischen Zellstoffwerke in einem Gebäude aus rotem Backstein vor ihr aufragten. Bevor sie auf das breite Tor, über dem gut sichtbar das Namensschild hing, zutreten konnte, schnitt ihr ein Auto den Weg ab.

»Ach, die Juliane Adler, das ist ja schön, dass ich Sie wiedersehe.«

In dem Auto saß Harald Puck, ein junger Österreicher, der mit Carl seine Ausbildung in Zeltweg absolviert hatte und mit ihm nach Hirschberg versetzt worden war. Die Zugfahrt hatten sie in seiner Begleitung hinter sich gebracht, und die ganze Fahrt über hatte sich Harald nicht beruhigen können, weil Carl ja eine derart hübsche Frau abgekriegt habe. Mit jedem weiteren Kompliment war Carl ein wenig verdrossener geworden, und als Jule später einmal vorgeschlagen hatte, seinen Kollegen zum Essen einzuladen, hatte er gemeint, ein Junggeselle sei kein rechter Umgang für sie.

Nun hob sie den Korb. »Ich will Carl eine Jause bringen, seine Arbeitstage sind ja so lang.«

Der Blick von Harald war ebenso sehnsuchtsvoll wie neidisch. »Da wird er sich aber freuen. Nur ist Carl heute gar nicht in Hirschberg im Einsatz, sondern in Gebhardsdorf. Wir werden immer häufiger dort eingeteilt. Gerade bin ich auf dem Weg dahin, ich kann Sie gerne mitnehmen.«

Er sprang aus dem Auto, um die Beifahrertür zu öffnen, und machte dabei einen Diener. Und weil es für ihn so selbstverständlich war, sie nach Gebhardsdorf zu bringen, war es für sie, die seinen Worten so perplex gelauscht hatte, in dem Moment selbstverständlich, ins Auto zu steigen.

Hinterher war es zu spät, um es sich anders zu überlegen. Schon fuhren sie los und ließen Hirschberg hinter sich. Erstmals seit der Bahnfahrt sah Jule mehr von Niederschlesien als nur das Städtchen: riesige Getreidefelder, die jetzt im Herbst ebenso abgeerntet waren wie die unzähligen Kleefelder, kleine Dörfer mit Häusern aus Feldsteinen statt Ziegeln, aber allesamt mit einem gepflegten Garten, in dem jeweils mindestens ein Obstbaum stand.

Verspätet bekam sie Angst vor der eigenen Courage, aber jetzt gab es kein Zurück. Sie wollte auch nicht fragen, was genau Carl in Gebhardsdorf machte. Wie peinlich zuzugeben, dass sie es nicht wusste.

Nur gut, dass Harald ununterbrochen redete. Er erkundigte sich, ob sie sich eingelebt habe, wartete ihre Antwort aber nicht ab, sondern erklärte, dass Carl ein Glückspilz sei und wie sehr er selbst die Steiermark vermisse. Als sie vor einem Bahnübergang warten mussten, weil gerade ein Güterzug vorbeirauschte, rief er: »Schauen Sie nur, Frau Adler, was da alles rangeschafft wird: diese Berge an Ziegeln, Sand und Zement, Hunderte von verschiedenen Maschinen, Kräne, Bagger und Betonmischer. Und natürlich auch Bahnquerstreben, eiserne Konstruktionen, Fensterrahmen.«

»Wofür braucht man denn so viel Baumaterial? Das schaut ja aus, als wollte man eine ganze Stadt bauen.«

»Eine ganze Stadt, das ist gut!« Er lachte. »Aber so abwegig ist das gar nicht. Erst mal gilt es natürlich, die Stollen anzulegen. Das dauert, kann ich Ihnen sagen, bis die Eisenkeile eingeschlagen und die gewaltigen Eichenpfähle, die die Decken stützen, aufgestellt sind. Dann müssen die Gänge betoniert werden, kilometerlang, und erst danach entstehen die unterschiedlichen Räumlichkeiten.«

Als er Stollen erwähnte, dachte sie an den Erzberg in der Nähe von Leoben, wo Eisenerz abgebaut wurde. Aber als er von Räumlichkeiten sprach, gelangte sie zu dem Schluss, dass er auf etwas grundlegend anderes hinauswollte.

»Es soll ja alles unter Tage verlegt werden«, fügte er hinzu.

»Alles?«

»Nun, falls es hart auf hart kommt, werden die Rüstungsbetriebe, die unsere Waffen herstellen, in die Tiefe verlegt. Auch der Führer höchstpersönlich und seine wichtigsten Leute könnten alle im Eulengebirge in riesigen unterirdischen Stollenanlagen Unterschlupf finden. Aber haben Sie bloß keine Angst, Frau Adler, noch sind wir hier in Schlesien sicher.«

Sie hatte nicht bloß Angst. Was da ihre Kehle hochkroch, war noch etwas anderes. Schleichender, quälender. Sie nickte, als wäre es nicht vollkommen unfassbar, was er da schilderte, als hätte Carl ihr längst von diesem monströsen unterirdischen Reich erzählt. Und auch von den Rüstungsbetrieben, nicht nur den Zellwollwerken.

Endlich war der Güterzug vorbeigefahren. »Jetzt ist es nicht mehr weit, Frau Adler.«

Harald raste die kurvenreiche Straße in hohem Tempo entlang, bremste nur dann und wann scharf ab. Zusammen mit unzähligen Fragen stieg Übelkeit in Jule auf. Doch sie hielt sich zurück. Er würde offener reden, wenn sie so tat, als wüsste sie Bescheid.

»Es ist wirklich unglaublich, was Sie leisten«, sagte sie leise.

Er nickte begeistert, ließ kurz das Lenkrad los. »Ja, nicht wahr? In Zeltweg haben Carl und ich davon nur träumen können, und jetzt bauen wir selber daran. Nicht nur an den modernsten Jagdflugzeugen, auch an Fernlenkwaffen! Mindestens zwanzig Arten von Sprengköpfen mit Zielsuchlenkung sind entworfen worden. Damit werden wir den Feind endgültig bezwingen.«

Obwohl keine Kurven mehr folgten, wuchs Jules Übelkeit weiter.

»So, und hier sind wir schon. Gebhardsdorf ist ja nur einen Katzensprung von Hirschberg entfernt. Ich muss manchmal noch weitere Strecken zurücklegen – es gibt so viele Werke, die über ganz Niederschlesien verstreut sind. Grünberg erreicht man ebenfalls schnell, aber nach Litzmannstadt ist man sehr lange unterwegs – und nach Breslau erst! Trotzdem, es lohnt sich, der Marktplatz und der Dom sind mit das Schönste, was ich je gesehen habe. Und das heißt was, wenn das ein Österreicher sagt …«

Diesmal bremste er so heftig, dass Jule nach vorne kippte. Harald fluchte leise. Ein Zug von Menschen blockierte die Straße – allesamt Frauen und noch blasser und magerer als die Polin, der Jule in ihrer Küche begegnet war. In der grau gestreiften Kleidung schienen sie regelrecht zu verschwinden. Allen war ein Zeichen aufgenäht, allerdings nicht immer das gleiche. Jule erkannte das ihr schon vertraute gelb-violette P, aber auch weiße Buchstaben auf blauem Untergrund: OST. Um den Hals der Frauen baumelten Blechplaketten mit eingestanzten Nummern.

Ungeduldig trommelte Harald aufs Lenkrad.

»Woher … woher kommen denn all diese Frauen?«, entfuhr es Jule.

»Na, aus dem Lager.«

Flüchtig deutete er mit dem Kinn in eine Richtung, und als sie sich etwas vorbeugte, sah sie einen Stacheldrahtzaun vor einem einstöckigen würfelförmigen Gebäude mit flachem Dach und vergitterten Fenstern.

»Arbeiten sie etwa im Werk?« Jeder Buchstabe dieses schon oft gesagten Wortes schien sich nun wie etwas Spitzes, Kantiges in Jules Gaumen, Zunge und Lippen zu graben.

»Die meisten von ihnen sind noch nicht richtig angelernt«, sagte Harald verdrossen. »Vorher waren sie in der Spinnerei, Spulerei und Weberei der Erdmannsdorfer Leinenfabrik tätig. Von Flugzeugen haben sie keine Ahnung.«

Er tat so, als wäre das ein schweres Vergehen. Aber er tat ja auch so, als wäre es boshafte Absicht, dass die Frauen hier die Straße überquerten. Dabei bewegten sie sich im Laufschritt, angetrieben von lauten Schreien. Die Holzpantoffeln klapperten auf dem Asphalt.

»Das sind doch nicht alles Polinnen.«

»Natürlich nicht. Tschechinnen, Ungarinnen, Russinnen, Ukrainerinnen sind auch dabei, man kann sich das gar nicht alles merken, muss man ja auch nicht. Man nennt sie einfach Ostarbeiterinnen.«

Langsam setzte sich das Auto wieder in Gang, doch unvermittelt bremste er ab, als eine Nachzüglerin vor das Auto lief. Harald fluchte einmal mehr, Jule, die wieder in den Sitz gepresst wurde, brachte kein Wort mehr hervor.

9. KAPITEL

1976

Etliche Bücher stapelten sich auf Katharinas Schreibtisch. Ein Großteil entstammte der Institutsbibliothek, doch um sich gründlich mit dem Thema osteuropäische Küche auseinanderzusetzen, hatte sie auch ein paar über die Fernleihe bestellt. Zu ihrer Überraschung waren diese schneller eingetroffen als üblich. Sonst galt es oft, eine Woche zu warten, diese Bücher jedoch hatten bereits nach zwei Tagen in ihrem Fach gelegen. Und während Fernleihen normalerweise auf drei Exemplare beschränkt blieben, hatte sie diesmal alle sechs Bestellungen sofort erhalten.

Sie hatte keine Zeit, darüber nachzudenken, wer oder was dieses Wunder bewirkt hatte. Wenn sie nicht gerade mit ihrer Übung, mit Arbeiten für Professor Holacek oder Verwaltungsaufgaben beschäftigt war, widmete sie sich ihrer Recherche seit Tagen so akribisch wie sonst nur ihrer Habilitation. Neben den vielen Bibliotheksbüchern studierte sie auch das mutmaßliche Kochbuch der Mutter immer wieder. Als sie es zum ersten Mal in der Hand hielt, hatte sie es nur oberflächlich durchgeblättert und Sannes Behauptung, dass es ausschließlich polnische Gerichte beinhalte, einfach hingenommen. Doch nach den Gesprächen mit ihrer Mutter und Florian war sie Seite für Seite durchgegangen, Gericht für Gericht. Beim Lesen war sie mit den Fingerkuppen über die Zeilen gefahren, als könnte es der Sinn der Wörter dadurch noch schneller in ihr Denken schaffen. Und immer wieder hatte sie tief diesen süßlich-modrigen Geruch eingesogen, der von dem alten Papier ausging. Später hatte sie die einzelnen Gerichte mit ihrer Rechercheliteratur abgeglichen. Nicht, dass sie immer sofort fündig wurde, zumal es vor allem für Gerichte aus dem russischen Sprachraum mehrere Schreibweisen gab, wenn man sie von kyrillischer in lateinische Schrift übertrug. Aber nach und nach war eine Liste entstanden. Und die machte deutlich, dass das Buch nicht nur polnische und tschechische Gerichte beinhaltete, es waren auch ungarische dabei, russische und ukrainische.

Zunächst war sie tief befriedigt, dass sich ihre erste vage Vermutung bestätigt hatte, auch begeistert, weil dies das Kochbuch noch außergewöhnlicher machte. Allein schon, dass in der Nachkriegszeit Rezepte für polnische Gerichte in einem deutschen Kochbuch zusammengetragen wurden, war überraschend genug. Dass nun noch mehr Länder dabei waren, die damals gerade um eine eigene nationale Identität gekämpft hatten, aber oft vom Regen in die Traufe gekommen waren, weil auf die Schreckensherrschaft der Nazis die von Stalin folgte, war regelrecht unglaublich. Es hätte keinen schlechteren Zeitpunkt geben können, um Rezepte aus aller Herren Länder zusammenzutragen und damit nicht nur ein Fest der Sinne zu feiern, sondern dem Wunsch nach kulturellem Austausch, nach Grenzüberschreitung, nach Internationalität Ausdruck zu verleihen. Und das machte das Rätsel, warum das ausgerechnet ihre Mutter getan haben sollte, noch größer.

Dank Florians Andeutungen und ihren eigenen anschließenden Recherchen hatte sie inzwischen eine Hypothese aufgestellt: dass nämlich die Mutter die Rezepte von Zwangsarbeitern erfahren haben musste, weil diejenigen, die damals in Niederschlesien zum Einsatz kamen, aus den gleichen Ländern stammten wie die Gerichte. Und dass Jule sie wohl von Frauen erfahren hatte, da diese sich mit Rezepten besser auskannten als ihre männlichen Mitbürger. Doch noch stand diese Theorie auf wackligen Beinen. Wie hatte Jule, die Hausfrau, mit Zwangsarbeiterinnen in Kontakt treten können?

Gestern hatte Katharina beschlossen, auch dieses Fragezeichen in bewährter Manier aus der Welt zu schaffen: Einmal mehr hatte sie die Bibliothek vom Institut für Osteuropäische Geschichte aufgesucht, um sich diesmal jene Lade des Zettelkastens vorzunehmen, in der Bücher zu Stichwörtern mit Z aufgelistet waren. Die Suche war ergiebig gewesen, sodass sie die Bibliothek mit einem riesigen Berg an Büchern über Zwangsarbeiter in der NS-Zeit verlassen konnte. Doch nachdem sie einen Großteil von ihnen quergelesen hatte, hatte sie das Gefühl, zwar viel gelernt zu haben, aber nicht unbedingt klüger geworden zu sein.

Ja, sie wusste jetzt, dass im Deutschen Reich ein großer Bedarf an Zwangsarbeitern bestanden hatte, weil viele Jahrgänge zur Armee gerufen worden waren. Dass insgesamt zwölf Millionen Menschen in die deutsche Kriegswirtschaft gezwungen worden waren – vor allem in Niederschlesien, wohin so viele Industrieanlagen verlegt worden waren.

Aber es fehlte dieses eine entscheidende Verbindungsglied, das die allgemeinen Fakten mit der Lebenswelt ihrer Eltern verknüpfte.

Es war, als hätte sie einen äußerst starken Scheinwerfer, mit dem sie noch den dunkelsten Winkel ausleuchten konnte – der ihr aber nichts nutzte, solange sie nicht wusste, worauf sie ihn richten sollte.

Weitermachen, sagte sie sich stoisch und nahm das nächste Buch zur Hand. Irgendwann würde sie schon auf den entscheidenden Hinweis stoßen. Und sie war entschlossen, das ganz alleine zu schaffen. Warum auch nicht? Schon während des Studiums war sie als Einzelkämpferin gut gefahren und danach erst recht. In den USA war sie zwar erstmals einem Kreis Frauen begegnet, die wie sie die Frauengeschichte in den Mittelpunkt ihrer Forschungen rückten, von ihnen war sie inspiriert und bestärkt worden. Aber sie hatte keinen Augenblick lang vergessen, dass sie irgendwann ohne diese Frauen nach Österreich zurückkehren würde. Mitstreiterinnen waren das gewesen, keine Freundinnen. Wenn sie sich daran gewöhnte, sich im Windschatten anderer zu bewegen, würde sie den kalten Gegenwind, der ihr hierzulande entgegenschlug, nicht verkraften. Sie tat gut daran, Bücher zu befragen und nicht etwa Florian Bruckmann, der ihr gestern über den Weg gelaufen war und süffisant gefragt hatte, ob sie noch mehr über Niederschlesien wissen wolle. Ganz der überhebliche Nachhilfelehrer, der der armen Schülerin mit der Fünf auf die Sprünge hilft.

»Sollte dringender Bedarf bestehen, weiß ich ja, wo sich Ihr Büro befindet«, hatte sie ihn so gestelzt beschieden, wie man es sonst nur von Gertrud Schiller kannte.

Er besaß vielleicht einen noch stärkeren Scheinwerfer, weil er mit der osteuropäischen Geschichte des 20. Jahrhunderts besser vertraut war, aber er wusste erst recht nicht, worauf er zu richten war.

Sie begann die Bücher systematisch zum Thema weibliche Zwangsarbeiter zu durchforsten und erfuhr aus einem Buch, dass das größte Konzentrationslager von Niederschlesien, Groß-Rosen, nach Ravensbrück und Stutthof dasjenige gewesen war, in dem die meisten Frauen untergebracht waren, fast sechsundzwanzigtausend.

Groß-Rosen unterstanden insgesamt an die hundert über die ganze Region verteilte Außenlager, die meisten von ihnen in unmittelbarer Nachbarschaft von Fabriken, und in knapp der Hälfte davon wurden ebenfalls Frauen interniert und ausgebeutet.

Ob einer dieser Orte gut von Hirschberg aus erreichbar gewesen war? Jedenfalls klang keiner vertraut, und keiner ließ sich auf einer aktuellen polnischen Landkarte finden, hatte er damals doch einen deutschen Namen getragen.

Verdammt! Selbst wenn sie mühsam rekonstruierte, wo sich welches Lager befunden hatte – es blieb trotzdem offen, was ihre Mutter dorthin verschlagen haben mochte.

Sie atmete tief durch. Und wenn sie doch wieder nach Sandleiten fuhr und ihrer Mutter gegenüber ganz nebenher erwähnte, auf einen interessanten Artikel über Zwangsarbeiterinnen in Niederschlesien gestoßen zu sein?

Sie wusste nicht, was sie mehr fürchtete: Lügen, Ausflüchte oder die Wahrheit.

Außerdem hielt sie auch der Ehrgeiz der Wissenschaftlerin davon ab. Als solche war sie es gewohnt, auf erprobte Forschungsmethoden zu setzen und sich durch Quellen zu arbeiten, die schön geordnet vor ihr lagen – anstatt in dem Nebel zu stochern, der sich über ihre ersten Lebensjahre gelegt hatte, eine tränenlose Trauer, geflüsterte Andeutungen, rasch gesenkte Blicke. Sie würde es nicht ewig hinausschieben können, ihre Mutter zu konfrontieren, und dann wollte sie mit der mächtigsten Waffe gerüstet sein, die sie kannte: Wissen.

Sie griff zum nächsten Buch und schlug das Kapitel auf, in dem es um Kontakte zwischen Zwangsarbeitern und der Zivilbevölkerung ging. Da die SS vor der Bevölkerung zu vertuschen versuchte, was sich in den Lagern abspielte, machten ständig bloß Gerüchte die Runde. Nicht immer befanden sich die Baracken unmittelbar neben dem Fabrikgelände, oft galt es, von dort auch längere Fußmärsche zurückzulegen, und die führten nicht selten an Siedlungen und Dörfern vorbei. Überdies wurden die Lager von ortsansässigen Betrieben mit Holz, Kohle und Nahrungsmitteln versorgt, weswegen immer wieder Zivilisten dort erschienen. Und obwohl es den Zwangsarbeitern streng verboten war, mit Fremden Kontakt aufzunehmen, und umgekehrt die sogenannte Polenfreundschaft unter Strafe stand, schauten nicht alle verlegen weg. Es hatte sehr wohl Menschen gegeben, die einem Häftling ein Stück Brot zusteckten. Einen wesentlichen Schritt weiter gingen jene, die Flüchtige bei sich verbargen – unter Lebensgefahr. Und es gab solche, die nicht selber handelten, aber das Schweizer Rote Kreuz mobilisierten. In ein Lager namens Kratzau schickte dieses einmal einen Lastwagen mit Kleidern und Nahrung und forderte bessere Lebensbedingungen für die Häftlinge.

Was hätte wohl eine Frau wie Jule Adler getan, wenn sie Zwangsarbeiterinnen begegnet wäre?

Katharinas Mutter war zweifellos eine hilfsbereite Frau. Wenn der Nachbarin die Milch ausging, fertigte sie sie nicht mit einer Flasche an der Türschwelle ab, sondern bat sie auf ein Stück Kuchen herein. Eine gutmütige Frau war sie auch. Katharina hatte es so gut wie nie erlebt, dass sie beim Streit die Stimme erhob oder einen Fremden anders als höflich behandelte. Und obwohl sie als Kind oft Prügel bezogen hatte, hatte sie den eigenen Nachwuchs nie geschlagen. Letztlich konnte sie nicht dem kleinsten Tier etwas zuleide tun: Wenn ihr im Haus der Eltern in Niklasdorf, wo Gottfried und sie die Sommer verbrachten, eine dieser Spinnen mit langen, behaarten Beinen über den Weg lief, dann wies sie ihr mithilfe eines Besens den Weg ins Freie. Nie käme sie auf die Idee, einfach draufzutreten.

Aber ob auch Mut zu ihren guten Eigenschaften gehörte? Widerstandskraft?

Oft ärgerte sich Katharina darüber, dass sich die Mutter Fremden gegenüber nicht nur entgegenkommend, sondern regelrecht unterwürfig benahm, in der Öffentlichkeit so wenig Selbstbewusstsein an den Tag legte, gerne vorschnell den Kopf einzog, als gälte es, sich unsichtbar zu machen. Katharina versuchte ihr sehr offensiv vorzuleben, dass sich auch eine Frau beim Kellner beschweren durfte, wenn der sie geflissentlich ignorierte – doch damit erreichte sie meist nicht mehr, als dass sich Jule in noch größerer Verlegenheit wand. Auch die Ordination eines Arztes betrat sie nie als forsche Patientin, sondern immer mit dem Habitus der Untertanin. Kaum vorstellbar, dass sie Obrigkeiten je getrotzt, Verboten bewusst zuwidergehandelt hatte oder …

»Fräulein Dr. Adler!« Eine bekannte Stimme riss Katharina aus ihren Gedanken. Sie zuckte zusammen und schlug das Buch zu, als wäre sie bei etwas Verbotenem ertappt worden.

Dass Sanne in ihrem Büro erschien, war nicht ungewöhnlich – erst Ende letzter Woche hatte Katharina sich berichten lassen, welche Rezepte sie in ihrem Nazi-Kochbuch gefunden hatte – »von der Baumrinde bis zur Eichel«. Ungewohnt war vielmehr, dass Sanne nicht anklopfte und auch kein schlechtes Gewissen zeigte, als Katharina irritiert aufsah.

»Haben Sie nicht gemerkt, wie spät es ist?«

Katharinas Blick wanderte zur Uhr, es war zwanzig nach zehn. Noch immer verstand sie nicht, der Schock traf sie erst, als Sanne hinzufügte: »Heute ist doch Dienstag.«

Wie konnte ausgerechnet ihr das passieren?

Rasch sprang Katharina auf, nuschelte ein »Ich komm schon« und schlüpfte hastig in ihre Jacke. Verspätet stellte sie fest, dass sie am Morgen zu wenig darauf geachtet hatte, ob sie zur restlichen Kleidung passte. Ein Grünton hätte wunderbar ihr orangefarbenes Ensemble aus Hose und Bluse ergänzt, doch die Jacke war hellblau. Und sie hatte keine Zeit mehr, den Lippenstift zu zücken.

»Ich komme schon!«, wiederholte sie.

Auch abseits der Uni war sie stets überpünktlich – sie kam zu keinem Arzttermin je zu spät und hatte noch nie einen Zug verpasst. Und nun, ausgerechnet wenn es um die eigene Lehrveranstaltung ging, unterlief ihr dieser Lapsus!

Während sie im Laufschritt den Gang durchquerte, schob Sanne noch eine Hiobsbotschaft nach: »Ausgerechnet heute sind Professor Holacek und Professor Pokorny im Seminarraum erschienen, um Ihre Übung zu begutachten.«

Katharina riss die Tür zum Seminarraum auf. Als sie ansetzte, zum Pult neben dem Schreibtisch zu stürmen, hielt sie mitten in der Bewegung inne: Das Pult war schon besetzt.

Aurélie Menard stand dort und referierte mit französischem Akzent, aber ganz ohne Blick auf ihren Spickzettel über jenes Kochbuch, dem sie sich seit dem letzten Mal ausführlich gewidmet hatte.

»Es gab viele Frauenrechtlerinnen, so zum Beispiel Ida von Kortzfleisch, die sich für Wanderkochkurse von Landfrauen engagierten oder auch Abendkurse für Fabrikarbeiterinnen anboten. Ihr Ziel war nicht nur, die Zubereitung von günstigen, nahrhaften Mahlzeiten zu ermöglichen, sondern auch die Kochzeit so knapp wie möglich halten. Ein Kapitel widmete sich speziell der Beschaffung und Lagerung der Zutaten, ein weiteres dem Anrichten, galt doch trotz der Einfachheit das Motto: Das Auge isst mit.«

Während Sanne mit gesenktem Kopf zu ihrem Platz in der ersten Reihe huschte, richteten sich alle Blicke auf Katharina.

Obwohl ihr Selbstbewusstsein in diesem Moment nur gespielt war, versuchte sie so souverän wie möglich zu klingen. »Vielen Dank für diesen interessanten Einblick«, erklärte sie und nickte Aurélie entschieden zu – ein Zeichen, dass sie das Pult wieder für sich beanspruchte.

Das allein half allerdings nicht weiter, ein paar kluge Gedanken hätte Katharina auch gebrauchen können. Und Holaceks irritierter Blick ließ sie zusätzlich ins Stocken geraten. Die Evaluierung von Lehrveranstaltungen gehörte zu jenen lästigen Pflichten, vor denen er sich gerne wegduckte.

Professor Pokornys Gesichtsausdruck war nicht so leicht zu deuten, verfügte er doch nur über ein reduziertes Mienenspiel, das zwischen Missachtung und Verachtung kaum unterschied. Was jetzt allerdings hinzukam, war eine Mischung aus Selbstgefälligkeit und Schadenfreude.

Leopold Pichelsteiners Lächeln war auch nicht gerade variantenreich; es waren stets mehr Zähne als Lippen im Spiel, und es triefte vor Hohn. Schwänzte der doch tatsächlich Florian Bruckmanns Lehrveranstaltung, um sich an die Fersen des Historikerfürsten zu heften! Nun gut, die Frontverläufe in der Bukowina hatten sich übers Wochenende nicht verschoben, und hier vor Ort konnte man eine mögliche Niederlage live bezeugen.

Katharina war fest entschlossen, diese nicht einzugestehen, doch die fünf Sekunden, die sie brauchte, um eine glaubwürdige Ausrede für ihre Verspätung vorzubringen, waren zu viel.

Schon erhob sich Professor Pokorny und begann einen Vortrag, den zu übersetzen auch in weniger abgehetztem Zustand ein Kraftakt für ihre grauen Zellen gewesen wäre.

»Die Kriterien, nach denen eine Quelle kategorisiert wird, sind für deren wissenschaftliche Einordnung konstituierend. Die Priorisierung entsprechend dem Stoff der Quellen, der Zwecksetzung beziehungsweise dem wissenschaftssystematischen Ort sowie der Aussageform ist der Erörterung des Sujets doch sicher vorausgegangen. Ebenso die Entscheidung, ob wir es mit Überresten oder Tradition zu tun haben, richtig?«

Sie hätte schwören können, dass auch Pichelsteiner die Stirn runzelte, aber er war ja nur Zuschauer, sie dagegen stand auf der Bühne. Bei der letzten Begegnung dieser Art hatte sie locker über ihren Texthänger hinwegimprovisiert, aber in diesem Moment wollte ihr einfach nichts Geistreiches einfallen.

Dann hielt Pokorny auch noch ein Blatt Papier in die Höhe – das Verzeichnis aller Kochbücher, die sie das letzte Mal verteilt hatte –, und seine Miene war so vorwurfsvoll, als hätte sie eine Seminararbeit abgegeben, die ausschließlich aus Rechtschreibfehlern bestand.

»Die Quellenkritik konzentriert sich essenziell auf die Feststellung des Erkenntniswerts nach inneren Merkmalen, wozu unter anderem Zuverlässigkeit und Bildungshorizont des Verfassers zählen. Inwiefern haben Sie selbige einer Prüfung unterzogen? Und inwiefern unterscheiden Sie das Ihnen vorliegende Material in primäre und sekundäre Überlieferung, selbstverständlich auf Basis der Hypothese, dass nicht immer die Primärquelle die exaktere ist, weil ein zeitlicher Abstand einen besseren Querschnitt erlaubt?«

Katharina ahnte, dass mit jeder Sekunde, die sie um eine Antwort rang, nicht nur Pokornys Genugtuung und Leopolds Schadenfreude wuchsen, sondern auch Holaceks Überdruss.

»I-i-im Moment widmen wir uns der Analyse der Pri-primärquellen entsprechend …«, begann sie stockend. Himmel, die Herausforderung war nicht nur, die frauengeschichtliche

Perspektive zu rechtfertigen, sondern den Satz mit zahlreichen unnötigen Fremdwörtern zuzupflastern!

Bevor sie fortfahren konnte, sprang Sanne auf. »Hier, bitte! Ich habe eine Liste mit Sekundärliteratur erstellt.«

Katharina wusste, die übereifrige Studentin meinte es gut; sie hatte eine Aufgabe erledigt, die Katharina ihr niemals aufgetragen hatte. Sie wusste aber auch: Dass Sanne diese Liste nun Professor Pokorny überreichte, ohne sie zuvor von ihr überprüfen zu lassen, war, als würde man dem Feind die Koordinaten fürs eigene Munitionsdepot verraten.

Pokorny überflog die Liste nahezu gierig nach Fehlern – und das triumphierende Leuchten in seinem Blick verriet, dass er recht schnell ein Erfolgserlebnis verbuchen konnte.

»Bei Beiträgen aus einem Sammelband werden die Initialen des Herausgebers vor seinen Namen gestellt. Die Namen der Autoren des Artikels hingegen folgen erst zum Schluss«, erklärte er siegessicher. »Das wurde an dieser Stelle versäumt, was dem primären Zweck der Invertierung zuwiderläuft, nämlich der Sortierung des Literaturverzeichnisses.«

Ein lächerlicher Fehler, wie eine winzige Laufmasche, die mit bloßem Auge nicht zu erkennen war. Für jeden sichtbar war hingegen, dass Sanne rot anlief. Katharina teilte ihre Scham, doch zugleich packte sie nun der Zorn.

Energisch schritt sie auf Pokorny zu. »Es handelt sich hierbei um eine provisorische Liste, die sich im Modus steter Aktualisierung befindet.«

Hatte sie sich kompliziert genug für diesen Wichtigtuer ausgedrückt?

»Aber eine solche Liste ist doch das Fundament!« Pokorny hob das Blatt nun wie eine Anklageschrift. »Im Übrigen vermisse ich eine Struktur. Die bloße Aneinanderreihung der Sekundärliteratur ohne Beachtung von Selektionsprinzipien legt die Vermutung nahe, dass Ihre Forschung weniger theoriegeleitet ist, als willkürlichen Sinnentwürfen folgt.«

Mit einem entschiedenen Nicken legte er das Blatt auf den

Tisch, bekundend, dass er hier mehr als genug bezeugt hatte. Dann erfolgte sein Abgang, wobei er nicht nur von Leopold flankiert wurde, sondern auch von Professor Holacek, weil der lieber jede Gelegenheit nutzte, um sich wieder seiner eigenen Forschung zu widmen, als sich für seinen Schützling starkzumachen und Katharinas Versagen auszubügeln.

Die Tür fiel hinter ihnen zu, während Pokornys Fremdwörtergebilde noch in Katharinas Kopf echote. Diesmal hatte sie keine Mühe, es zu übersetzen.

Du hast es versemmelt. Du hast ihm eine Steilvorlage geboten, um die Frauengeschichtsforschung als unwissenschaftlich zu diffamieren. In dieser Lehrveranstaltung hättest du nicht nur deren Wert, sondern auch deinen eigenen beweisen können. Stattdessen widmest du dich einer Privatangelegenheit und vergisst darüber die Zeit. Und bist so durch den Wind, dass du es nicht gebacken bekommst, dein Projekt und deine Studentin zu verteidigen.

»Es tut mir leid«, sagte Sanne leise. »Ich wollte nicht …«

Katharina wusste, dass sie in bester Absicht gehandelt hatte. Etwas skeptischer war sie, was Aurélie anbelangte. Als die nun auf Katharina zutrat und ein »Geht's?« murmelte, ging ihr verspätet auf, dass sie sich schwer auf den Tisch stützte, wo die Liste mit der Sekundärliteratur lag.

»Natürlich geht es«, sagte sie schnell, und was an ihrer Stimme kratzte, war neben der Wut auf sich selbst auch Irritation.

Was genau hatte Aurélie eigentlich bezweckt, als sie vorhin eingesprungen war? Hatte sie ihr wirklich helfen wollen? Oder die Gelegenheit genutzt, um sich selbst zu profilieren? Katharina konnte es ihr nicht einmal verdenken. Wenn sie an ihrem Institut bestehen wollte, kam sie nicht umhin, die Ellbogen auszufahren, um sich ein winziges Flurstück zwischen den riesigen Pfründen, die sich die männlichen Kollegen zuschanzten, zu erobern.

»Solange ich die Lehrveranstaltung leite, bestimme ich, wann welche Teilnehmerin über ihr Thema referiert«, erklärte sie, schneidender als notwendig. Sie trat zum Pult. »Machen wir nun weiter, vielleicht kann Fräulein Laser ihre Liste mit der Sekundärliteratur vorstellen. Ich verspreche auch, dass ich mein Augenmerk nicht auf die richtige Zitation lege, sondern auf den Inhalt.« Ihr Lächeln sollte die angespannte Stimmung lösen, aber es geriet nur halbherzig.

Aurélie kehrte stumm und mit ausdrucksloser Miene zu ihrem Platz zurück, während Sanne nach vorne trat, aber weit entfernt vom Pult stehen blieb.

Wie Katharina es bereute, dass sie sich derart hatte ablenken lassen! Sie wollte ihrer Familiengeschichte immer noch auf den Grund gehen, nicht zuletzt, um sie ein für alle Mal ad acta zu legen und sich nie wieder von ihr durcheinanderbringen zu lassen. Aber das würde nicht mehr heute geschehen und auch nicht morgen. Um die Idee, die ihr durch den Kopf ging, umzusetzen, musste sie bis nächsten Montag warten.

10. KAPITEL

1943

Jule hatte noch nie eine derart primitive Küche gesehen. Die zwei Waschbecken waren so tief, dass man sich entweder hinknien oder sehr tief bücken musste, um Geschirr abzuwaschen, und aus dem rostigen Hahn tröpfelte lediglich kaltes Wasser. Auf dem Herd stand der größte Topf, den sie je gesehen hatte, nur war der halb leer, und was darin köchelte, glich eher Abwaschwasser, in dem faulige Gemüseschalen schwammen, als etwas Nahrhaftem. In der Kaffeekanne sammelte sich ganz unten ein undefinierbares Pulver, und das Wasser darüber hatte die Farbe von sehr schwachem Tee angenommen. Die Holzgestelle verdienten den Namen Regale nicht und das, was darin aufbewahrt wurde, nicht den Namen Geschirr. Als einziges Besteck gab es Löffel – an einer Seite angeschliffen, um hartes Brot damit schneiden zu können. Die Blechnäpfe wiederum waren so verdreckt, dass sie sie nicht einmal einem Hund hingestellt hätte.

Jule hatte die Küche nahezu lautlos betreten, weswegen die Frauen in gestreifter Kleidung, die hier arbeiteten, sie nicht bemerkt hatten. Jetzt sog sie scharf den Atem ein, aber weiterhin rührte sich niemand, eine jede beugte sich nur noch tiefer über Waschbecken, Schneidebrett oder Topf, als wäre es ein Vergehen, den Blick auf die Tür zu richten.

Und das war am schlimmsten. Dass nicht nur die Küche ein fahler Abglanz von dem war, was eine Küche sein sollte, sondern auch die Personen darin mehr Schattenwesen als Menschen glichen.

Am liebsten hätte Jule sofort wieder die Flucht angetreten. Aber nachdem sie sich bis hierher gewagt hatte, konnte sie nicht einfach wieder gehen.

»Ach, weißt du«, hatte sie zu Harald Puck gesagt, bevor sie das Fabrikgebäude erreichten. »Nach der langen Autofahrt würde ich gerne noch ein paar Schritte gehen und frische Luft schnappen. Fahr du schon mal vor, ich komme zu Fuß nach.«

Ehe er Einspruch erheben konnte, war sie samt ihrem Korb mit dem schlesischen Mohnkuchen ausgestiegen. Von wegen frische Luft. Ein Gestank hing hier über ihr, wie sie ihn noch nie wahrgenommen hatte, nach Schweiß, Exkrementen, Hunger und Elend. Und von wegen, sie wollte ein paar Schritte gehen. Alles in ihr war wie erstarrt. Als sie sich schließlich doch steif in Bewegung setzte, folgte sie nicht dem Auto, sondern nahm die Richtung, aus der die Ostarbeiterinnen gekommen waren. Vorhin hatte sie nur eine Baracke mit vergitterten Fenstern gesehen. Als sie nun eine kleine Anhöhe erklommen hatte, zählte sie fünf. Die Wände bestanden aus dünnem Sperrholz, das dem Wind wenig Widerstand entgegenzusetzen hatte. Nicht nur die oberste Latte des Zauns, auch das breite Tor war mit Stacheldraht umwickelt. Obwohl Jule es nicht gewagt hätte, daran zu klopfen, zog es sie genau dorthin. Was ihr da die Herrschaft über die eigenen Schritte raubte, konnte sie nicht benennen – mit Neugier jedenfalls hatte es so viel gemein wie diese Baracken mit einem warmen, gemütlichen Heim.

Als sie vor dem Tor stand, war sie insgeheim fast erleichtert, nichts weiter zu sehen als Holz, doch plötzlich traf sie eine Stimme: »Sind Sie etwa die neue Köchin?«

Als das Tor geöffnet wurde, stand eine Frau vor ihr, einen Schäferhund an der Leine, der ungeduldig daran zerrte. Das gefurchte Gesicht und die grauen Strähnen im dunklen Haarknoten verrieten, dass sie auf die fünfzig zuging, die einer Uniform gleichende Kleidung, dass sie hier eine bestimmte Funktion innehatte. Über einem Hosenrock trug sie eine graue Bluse und eine Drillichjacke, außerdem einen Tuchmantel mit Kapuze und eine Mütze in Schiffchenform. Auf beide Jackenärmel war ein Reichsadler aufgenäht und darunter ein Streifen, der wahrscheinlich ihren Rang verriet.

Jetzt ... jetzt war der beste Zeitpunkt umzukehren, erst recht, als der Schäferhund ein leises Knurren ausstieß. Doch dann sah Jule eine zweite Frau näher kommen, etwas jünger, etwas freundlicher, in der gleichen Uniform, nur ohne den Streifen am Oberarm. Und als auch sie fragte, ob sie die neue Köchin sei, konnte sie nicht einfach den Kopf schütteln. Eine leidenschaftliche Köchin – das war sie doch.

»Sie haben die Unterlagen dabei?«, fuhr die Strenge sie an. »Arbeitsbuch, Lohnsteuerkarte, polizeiliches Führungszeugnis, Geburtsurkunden der Kinder, sofern Sie welche haben – all das muss vorliegen. Ich kann die Papiere aber erst später inspizieren, jetzt steht die Kontrollrunde an.«

Wäre Jule noch länger dem stechenden Blick ausgeliefert gewesen, sie wäre endgültig eingeknickt. Aber schon zog die Frau ab, und das Halsband des Hundes grub sich so tief in seinen Hals, dass er ein Jaulen von sich gab.

Die andere winkte sie mit sich. »Essbesteck bekommen Sie später von mir, eine Uniform werden Sie nicht tragen, schließlich verrichten Sie nur Hilfsdienste. Das war übrigens Frau Schranz, ich bin Frau Tremel.«

An Jules Namen hatte sie kein Interesse, was es ihr leichter machte, durch das Tor zu treten und der anderen zu folgen, immer noch schüchtern und verstört, aber zugleich mit dem unbändigen Wunsch zu erfahren, was hier vor sich ging.

Ihr Körper wusste es längst. Die Gänsehaut, die ihr über die Unterarme lief, das Grummeln im Magen, die Härchen, die sich im Nacken aufstellten, verkündeten, was der Verstand noch leugnete.

»Machen Sie sich mit der Küche vertraut«, hörte sie Frau Tremel wie von weit her sagen, »ich werde noch auf der Krankenstation gebraucht.«

Nun stand sie in besagter Küche, die keine echte Küche war. Und sie selbst wurde für eine Köchin gehalten, obwohl sie hier niemals eine sein könnte. Wie denn auch? Was sollte man mit dem Inhalt der großen Dose kochen, auf der *Trockengemüse* stand? Mit den Kartoffeln in dem Sack vor ihr, voller langer Keime und grünlich verfärbt?

Die Frauen verrichteten weiterhin ihre Arbeit und taten so, als würden sie Jule nicht sehen. Wahrscheinlich würden sie auch auf eine direkte Ansprache nicht reagieren. Aber man konnte einem Menschen auch etwas sagen, ohne seine Stimme zu gebrauchen, gerade wenn es um die Botschaft ging: *Ich nehme dich wahr.*

Jule trat zu der Frau, die mit am schmächtigsten wirkte und gerade dabei war, irgendetwas klein zu schneiden, und holte ihren Schlesischen Mohnkuchen aus dem Korb. Rasch brach sie ein Stück ab und hielt es ihr hin. Erst ging ein Ruck durch die Frau, dann lugte sie vorsichtig zur Seite, doch was Jule in dem flüchtigen Blick las, war nicht Dankbarkeit, sondern Entsetzen.

Als wäre der Kuchen Gift.

»Du kannst ihn essen, wirklich. Er ist gut.«

Die Worte schienen die andere nicht zu erreichen.

»Ich esse ihn ja auch selbst«, erklärte sie, nahm das Stück und führte es an die eigenen Lippen. Sie hatte noch nicht abgebissen, als sie es vor Schreck gleich wieder fallen ließ. Die schneidende Stimme von Frau Schranz war nichts gewesen im Vergleich zu den bellenden Lauten, die nun durch die Küche schallten. »Und was genau wird das?«

Ein Mann stand auf der Türschwelle. Da er im Gegenlicht stand, nahm sie ihn zunächst nur als Schattenriss wahr. Groß war er, breit. Erst als er eintrat, erkannte sie, dass ihm die Uniform ebenso um den Bauch spannte wie der Kragen um den

Stiernacken. Anders als die Kleidung von Frau Schranz hatte sie eine Uniform wie die seine bereits gesehen. Als Oberscharführer nahm er einen eher niedrigen Rang in der SS ein, doch selbst wenn es der höchste gewesen wäre, hätte sie nicht mehr erschrecken können. Wie sie waren auch alle anderen Frauen zusammengezuckt und machten sich unwillkürlich kleiner. Am stärksten reagierte die, vor der sie das Stück Mohnkuchen abgelegt hatte. Kein Wunder bei dem, was der Mann in den Händen hielt. Auf den ersten Blick hielt Jule es für eine Reitgerte, aber alsbald machte sie es als Gummischlauch aus, von innen her mit Drähten versteift. Schon hob er ihn drohend.

Jule hätte sich ebenfalls am liebsten so klein wie möglich gemacht, schob sich aber instinktiv vor die Frau, der sie eben das Stück Kuchen gereicht hatte. Mit aller Willenskraft straffte sie den Rücken, reckte das Kinn. »Gut, dass Sie da sind, ich brauche Ihre Hilfe.«

Unmöglich, dass der SS-Oberscharführer sie nicht sofort bemerkt hatte. Dennoch wanderte sein Blick nur langsam zu ihr. Der Zug um den Mund blieb weiterhin streng, aber in seinen Augen sah sie etwas Ähnliches aufglimmen wie vorhin in dem Blick von Harald: Wohlwollen, weil sie eine hübsche deutsche Frau war.

»Sie wissen schon, dass Unbefugte das Werk nicht betreten dürfen und erst recht nicht das Lager.« Seine Stimme klang nicht mehr ganz so schneidend.

Die von Jule klang zittrig, aber umso glaubwürdiger. »Ich bin ja so dumm!«, stieß sie aus. »Meine Güte, dass mir so was passieren konnte!« Hastig erklärte sie, dass sie auf dem Weg zu ihrem Mann gewesen sei. Eine Jause habe sie ihm bringen wollen, sich aber dann verlaufen und die Frauen hier nach dem Weg gefragt. Keine wollte mit ihr sprechen.

Der Zug um seinen Mund wurde etwas weicher. »Jause?«, fragte er. »Hier sagt man Brotzeit.«

»Ach, natürlich«, stammelte sie.

»Sie kommen aus der Ostmark, nicht wahr?« Jetzt beugte

er sich vertraulich zu ihr, sodass ihm der Kragen noch tiefer in den Hals schnitt. »Ich verstehe, was mit Jause gemeint ist, auch wenn man so ein Wort hier nicht oft hört.«

Den letzten Satz hatte er mit deutlichem Wiener Dialekt gesprochen.

Jule kämpfte um ein Lächeln. »Oh, ein Landsmann! Wie schön! Dann fühlt man sich gleich nicht mehr so allein in der Fremde.«

Prompt wurden die Lippen des Oberscharführers wieder schmal, seine Stimme scharf. »In der Fremde? Wir sind in Schlesien! Welches Gebiet kann deutscher sein als dieses?«

Einmal mehr musste sie alle Willenskraft aufbringen, um nicht einzuknicken, sondern weiterhin zu lächeln. »Natürlich. Das war eine dumme Bemerkung. Aber unter uns: Apfelstrudel schmeckt doch wesentlich besser als Apfelstreuselkuchen, nicht wahr?«

Eine bedrohliche Stille senkte sich über sie, während er sie kurz verdattert musterte. Doch plötzlich entspannten sich seine Züge, und er brach in schallendes Gelächter aus. »Oh, Sie sagen es! Es ist leider viel zu lange her, dass ich den Apfelstrudel meiner Mutter genossen habe.« Sein Seufzen klang sehnsuchtsvoll. »Sie ist eine hervorragende Kuchenbäckerin, was sag ich – eine Mehlspeisenköchin, Sie verstehen's ja. Der Teig ist so knusprig, die Füllung so saftig …«

»Man darf nicht am Zimt sparen«, ergänzte sie rasch, um ihn weiterhin schwelgen zu lassen. »Und nicht zu viele Semmelbrösel unter die Apfelmasse mischen.«

Er zwinkerte ihr verschwörerisch zu, ehe er seinen Blick schweifen ließ, als müsste er sich erst wieder vergegenwärtigen, wo er sie angetroffen hatte und warum.

»Ich bringe Sie jetzt ins Werk zu Ihrem Mann, Frau …«

Am liebsten hätte sie ihm ihren Namen verschwiegen. Als könnte er hier schmutzig werden wie ein weißes Kleid, mit dem man ein dunkles Kellerloch betrat. Schließlich antwortete sie widerwillig: »Adler. Ich bin Juliane Adler.«

»Also, Frau Adler, ich bringe Sie zu Ihrem Mann, und danach vergesse ich, dass Sie verbotenerweise hier waren. Ein Auge kann man schon mal zudrücken, gell, wir Landsleute müssen schließlich zusammenhalten.« Trotz seiner Worte machte er keine Anstalten, die Küche zu verlassen, im Gegenteil, er lehnte sich an den Herd, und Jule entging nicht, wie sich die Frauen allesamt so klein und unauffällig wie möglich zu machen versuchten.

»Ach Gott, wie ich Wien manchmal vermisse!«, rief er. »Wie gerne ich wieder mal im Volksgarten spazieren gehen würde. Keine Rosen auf der Welt blühen so schön wie dort und riechen so durchdringend. Sie waren doch sicher schon mal dort, oder?« Er wartete ihre Reaktion gar nicht ab. »Und wie gerne tät ich wieder einmal eine Aufführung im Burgtheater sehen. Ich kann mich noch erinnern, dass sie beim letzten Besuch einen Nestroy gegeben haben, wie hieß das Stück noch mal … Richtig: *Lumpazivagabundus*. Ein echter Zungenbrecher, meine Mutter und ich sprechen einfach vom Vagabunden … Und bevor's ins Burgtheater geht, kehr ich gerne ins Café Landtmann ein. Nirgendwo sonst kriegt man eine so gute Grießnockerlsuppe aufgetischt, wobei das meine Mutter natürlich nicht hören darf.« Er beugte sich näher zu ihr, setzte ein verschwörerisches Grinsen auf. Das Funkeln, das in seinen Augen tanzte, und die fröhliche Tonlage, in der er weiterhin sprach, erweckten den Anschein, als wäre er gedanklich immer noch im schönen Wien. Doch unvermittelt erklärte er: »Eins muss ich noch sagen, Frau Adler, nur damit Sie sich nicht wieder dazu hinreißen lassen, so gefühlsduselig zu sein. Diesen Menschen Essen zuzustecken, das ist ein Unding. Es sind ja auch gar keine Menschen, sondern seelenlose Kreaturen. Leider nicht totzukriegen. Wo hunderttausend eingehen, kommen weitere hunderttausend nach. Gut, wenn man ihre Arbeitskraft nutzt, hat man wenigstens was davon. Jedenfalls haben diese Kreaturen aus dem Osten kein Mitleid verdient. Schauen Sie sich ihn doch nur an, den hässlichen, unterentwickelten Slawen! Ein Gesicht wie ein Affe, und wie zerlumpt und dreckig er rumläuft. Man mag auf den ersten Blick meinen, es mit einer uns gleichgearteten Naturschöpfung zu tun zu haben, schließlich haben sie Hände, Füße, eine Art Gehirn, auch Augen und Mund, aber geistig stehen sie eben weitaus tiefer als der Arier. Und wir wollen doch nicht, dass Sie sich an denen anstecken wie an einer Grippe. Nein, das wollen wir wirklich nicht.« Er wiederholte die letzten Worte mehrmals, erwartete wohl, dass sie nickte. Doch sie musste schon alle Willenskraft darauf verwenden, nicht zusammenzuzucken und weiterzulächeln.

Schließlich begnügte er sich damit, richtete sich wieder auf und machte eine weit ausholende Bewegung. »Und was gäbe ich dafür, wieder einen Wiener Heimatdichter wie Josef Weinheber zu hören! Hier in Schlesien wird Eichendorff verehrt, und den darf man natürlich nicht gering schätzen. Trotzdem, Weinhebers *Ode an das kämpfende Volk*, das ist was anderes – *Heilig dunkelnde Kunst, du / schöne Seele des Vaterlands!* Ja, kämpfen werden wir und den Sumpf schon trockenlegen, wir stehen schließlich für Ordnung und Kultur, und bei der Produktion von Flugzeugteilen und Bordmunition sind sie durchaus nützlich, gerade die Frauen mit ihren kleineren Händen. Die schaffen, was die Pranken eines Mannes nicht zustande bringen ... Natürlich meine ich nur die Pranken der Slawen, die Mechaniker hier im Werk sind sehr begabt. Ist Ihr Mann einer von ihnen? Ich wollte Sie ja zu ihm bringen!«

Endlich konnte sie nicken. Und endlich brachte sie auch wieder ein Wort hervor. »Ich glaube fast, es ist besser, Sie erklären mir, wo es hier zum Bahnhof geht, damit ich zurück nach Hirschberg fahren kann. Ich hab mir überlegt, meinem Mann doch lieber einen Apfelstrudel für den Abend zu backen.« Sie zwang sich, den Blickkontakt zu halten, damit der Oberscharführer nicht bemerkte, wie sie den Mohnkuchen neben der Spüle liegen ließ. »Ich danke Ihnen so sehr, dass Sie mir das alles erklärt haben, ich versteh ja nicht viel von der Welt«, flötete sie und kämpfte weiterhin um ein Lächeln, während sie sich, mit ihrem nun deutlich leichteren Korb in der Hand, auf den Weg zur Tür machte. Aus Angst, dass er noch einen Blick zurück in die Küche werfen könnte, redete sie hastig weiter: »Verraten auch Sie mir Ihren Namen?«

Der SS-Mann nahm Haltung an, ließ laut die Hacken knallen. »Gestatten, SS-Oberscharführer Albert Windisch.«

Endlich ging er hinaus, ohne den Mohnkuchen entdeckt zu haben. Jule drehte sich flüchtig um und sah aus den Augenwinkeln, dass alle Frauen gierig einen Bissen davon nahmen.

Jetzt war ihr Lächeln nicht länger eine Lüge.

Als sie drei Tage später den Keller in ihrem Haus in Hirschberg betrat, musste Jule ein Würgen unterdrücken.

In einem alten Tontopf sammelte man hier die Knochenreste. Alle paar Monate wurden diese dann mithilfe einer Säure zersetzt, zu Seife verkocht und in alte Kaffeetassen abgefüllt. Natürlich war sich eine Frau Zingel oder eine Frau Bedenstett für diese grässliche Arbeit zu schade – sie hatten sie der jungen Polin aufgeladen.

Am Abend nach ihrer Rückkehr aus Gebhardsdorf hatte sie Carl mit einer Mahlzeit, einem Lächeln – und Schweigen empfangen. Wenn er durch Harald Puck von ihrem Besuch im Werk erfahren und sie darauf angesprochen hätte, wäre wohl alles aus ihr herausgeplatzt – was sie erlebt hatte und was sie bis ins Mark erschütterte, was sie fassungslos machte und erstmals bezweifeln ließ, dass er ein durch und durch guter Mensch war. Für den Traum, Flugzeuge zu bauen, war er ganz offensichtlich bereit, sie zu belügen. Vielleicht auch sich selbst, indem er verdrängte, wer da im gleichen Werk schuftete und keinen anständigen Lohn bekam, ja nicht einmal ein menschenwürdiges Dasein fristen durfte.

Doch Harald hatte offenbar den Mund gehalten. Und solange Carl so tat, als wäre alles wieder in bester Ordnung – dass ein ganzer Laib duftenden Roggenbrots auf dem Tisch stand, obendrein ein sämiger Eintopf, wertete er als Zeichen, dass ihr Streit vergessen war –, schaffte sie es nicht, ihre Vorwürfe loszuwerden und an diesem Frieden zu kratzen. Wie ein dünner wächserner Firnis legte er sich über ihre Ehe.

Weil ich feige bin, sagte sie sich später im Bett und wehrte sich nicht, als er den Arm um sie legte und sie an sich zog.

Nein, berichtigte sie sich, sie war nicht feige, sondern schlau. Wenn sie ansprach, was ihr auf der Seele lastete, würde sie bloß Ausflüchte und weitere Lügen riskieren. Bevor sie ihn zur Rede stellen konnte, musste sie erst mehr herausfinden.

Vom Fenster aus beobachtete sie in den nächsten Tagen, wie die junge Polin kam und ging. Mal schleppte sie schwer an Einkäufen, mal grub sie im Garten einen Rosenstrauch aus, mal bohnerte sie den Boden. Wo immer sie sich aufhielt, waren Frau Zingel und ihre schrille Stimme nicht weit.

Lediglich in den Keller, wo sie heute Seife bereitete, folgte ihr nur Jule.

Obwohl sie zunächst instinktiv die Luft angehalten hatte, um dem Gestank zu entgehen, atmete sie nun tief ein. *Wenn die junge Frau das erträgt, ertrage ich es auch.*

Heute war die Polin nicht einfach nur blass, im Schein der Glühbirne, die von der Decke baumelte, wirkte ihre Haut geradezu wächsern, die Ader an der Schläfe nicht bläulich, sondern bronzen. Ihre Bewegungen erfolgten mechanisch, schienen ihre Hände doch zu wissen, was zu tun war – das fest gewordene Fett aus dem Topf schaben –, während Seele und Geist ganz woanders weilten.

Erst als sich Jule räusperte, blickte sie auf, und obwohl ihr übriges Gesicht starr blieb, weiteten sich ihre Augen angstvoll.

»Wie ... wie heißt du?«

Wieder war da ein Glimmen in den Augen, nur dass es diesmal nicht nur Angst verriet. Auch nicht Dankbarkeit, mit der Jule gerechnet hatte. Nein, wie schon bei ihrer ersten Begegnung sah sie Wut darin funkeln.

Ein Gefühl, das zu hitzig war für diesen Raum mit seinen feuchten Wänden. Schon senkte die Polin wieder den Kopf, schabte weiter, als wäre sie ein Geist, der zwar alles sehen musste, sich den Lebenden aber nicht verständlich machen konnte.

»Ich verstehe. Du willst mir deinen Namen nicht sagen.«

Die Miene der anderen war nun undurchdringlich.

»Ich verstehe«, wiederholte Jule nun etwas hilflos, »ich meine, dass du so misstrauisch bist … Ich wär das auch. Aber ich will dir wirklich nichts Böses. Ich wusste ja gar nicht, dass man euch so hart arbeiten lässt … hier und in den Fabriken … Ich kann nicht fassen, dass alle das ganz selbstverständlich finden. Ich tu's nicht. Ich …«

Ihre Stimme wurde immer dünner. Zuletzt fiel ihr nichts anderes ein, als in die Schürzentasche zu greifen und jenen Striezel hervorzuziehen, den sie heute in der Bäckerei ergattert hatte.

»Ich … ich hab dir was zu essen mitgebracht.«

Ganz leicht nur bebten die Nasenflügel der jungen Frau, doch ihr Blick blieb ausdruckslos, und sie verrichtete weiterhin stoisch ihre Arbeit.

Jule überlegte, ob sie es wie im Lager machen sollte: einfach den Striezel ablegen und gehen. Aber sie war nicht nur hier, um der anderen zu helfen. Sie war hier, um irgendetwas zu hören, was die langen Reden, die erst Frau Zingel, dann Albert Windisch geschwungen hatten, übertönte.

Als sie auf die andere zutrat, floh die hinter den Kessel, doch das hielt Jule nicht davon ab, einen weiteren Schritt zu machen, um nun unmittelbar vor ihr zu stehen. Sie hielt ihr den Striezel hin.

»Das ist keine List, ich will dir wirklich etwas davon geben. Du siehst so mager aus … du brauchst dringend was zu essen.«

Der Blick richtete sich starr auf den Striezel. Nicht voller Gier, eher voller Ekel, mehr noch, Feindseligkeit.

Als Jule schon dachte, es wäre hoffnungslos, nahm die andere ihr den Striezel doch noch aus der Hand, führte ihn an den Mund und biss davon ab. Nur schluckte sie nicht. Stattdessen spuckte sie ihr jeden einzelnen Bissen direkt vor die Füße. Und sie spuckte noch mehr aus, Wörter in einer fremden Sprache und zuletzt immer wieder den Satz: »Jeszcze Polska nie zginęła.«

Sie musste des Polnischen nicht mächtig sein, um zu erahnen, wofür dieser Satz stand.

Ich hasse euch Deutsche. Ich höre nicht auf, an Polen zu glauben. Ich nehme keine milde Gabe von euch an. Du willst mir helfen, aber du hast kein Recht dazu.

Obwohl sie nicht auch nur einen Krümel geschluckt hatte, schien dieser knochige Körper zu neuen Kräften gekommen. Eben noch hatte Jule den Eindruck gehabt, die Frau könnte von einem sachten Windstoß umgefegt werden, doch nun fühlte sie: Vor ihr stand eine Kämpferin. Und sie besaß tödliche Waffen. Ihre Worte, ihren Blick, ihren Hass.

Jule konnte nicht anders, als zurückzuweichen und dann die Kellertreppe hochzustürzen.

Weil ich feige bin, dachte sie wieder, als sie endlich im Gang stand, sich an die holzgetäfelte Wand presste und keuchend atmete. Den Gestank wurde sie nicht los, der schien nicht nur in ihre Nase gedrungen zu sein, sondern in jede Faser ihres Körpers.

Sie tröstete sich damit, dass die Polin nun, da sie weg war, die ausgespuckten Bissen wohl doch zu sich nahm, und wenn auch nur, um zu verhindern, dass Frau Zingel das Essen entdeckte und ihr Diebstahl unterstellte.

So oder so, Jule wusste immer noch nicht ihren Namen. Immer noch nichts über ihr Schicksal. Andererseits wusste sie zu viel, um einfach mit ihrem Alltag weiterzumachen. Hilflos fühlte sie sich, unfähig, wie als Kind, wenn die Lehrerin an ihren Zöpfen gezogen hatte. *Du taugst nichts*, hatte die so oft gesagt, und irgendwann hatte Jule ihr geglaubt. Dabei gab es ein Talent, an dem sie nie gezweifelt hatte. Vielleicht gab es ja doch eine Möglichkeit, wie sie die Frau dazu bringen konnte, ihr zu vertrauen.

11. KAPITEL

1976

Die fünf Söhne von Kristin Adler trafen sich jeden Montag um drei zum Tarockspielen. Und zum Streiten.

Beim Tarockieren war insgeheim nicht das Ziel, Asse zu ergattern, sondern es ging darum, den Mitspieler möglichst oft als Deppen zu titulieren, weil der sich eine taktische Fehlentscheidung erlaubt hatte. Anfangs stand es meist unentschieden – bis sich alle Brüder auf einen einschossen, am liebsten auf denjenigen, der gerade mit einem neuen Kühlschrank, einer Italienreise oder einem größeren Fernseher den Neid auf sich gezogen hatte.

Wenn sie sich nicht gegenseitig beschimpften, ergingen sie sich in politischen Debatten. Alle waren sie Sozialisten von der Wiege bis zur Bahre, die sich selbst im Falle eines Beinbruchs zum Wahllokal geschleppt hätten. Es bestand jedoch nicht immer Einigkeit, ob man den politischen Gegner ebenfalls nur als Deppen oder gleich als Hochverräter zu schmähen hatte.

»Hört's zum Streiten auf«, hatten Kristin und Jule ihnen früher von der Küche aus zugerufen. Dort warteten sie auf das Ende der Spielrunden, denn wenn im Kabinett, wo diese stattfanden, geheizt wurde, blieb das Wohnzimmer eiskalt. Da ihre Beschwichtigungen stets ungehört verhallten, verließen die Frauen seit einigen Jahren stets rechtzeitig die Wohnung, um sich mit Jules Schwägerinnen zu treffen. Hier wurde nicht gestritten, hier galt es, einander mit Erfolgsmeldungen zu übertrumpfen.

Katharina ahnte, dass ihre Mutter alles daransetzte, mit ihr anzugeben. Aber gegen ihre Schwägerin Hedwig kam sie nicht an. Die hatte nicht nur ein eindringliches Organ, sie war auch die Erste in der Familie, die Heirat und Schwangerschaft ihrer Tochter verkünden konnte – womit selbst ein Doktorat wie das von Katharina mühelos übertrumpft war.

Konkurrenzlos war Jule nur, wenn es um die mitgebrachten Mehlspeisen ging. Ob Biskuitroulade, Nussstrudel, Mohnkuchen – erstaunlich einträchtig kamen die Schwägerinnen zu dem Urteil, dass niemand so gut backte wie sie.

Der Bissen im eigenen Mund wurde allerdings größer, wenn sie zugeben musste: »Bei mir dauert's noch mit einem Enkelkind.«

Als Katharina an diesem Montag läutete, war es bereits halb vier, hatte sie Großmutter und Mutter doch unbedingt entgehen wollen. Gottfried Adler öffnete mit erhitztem Gesicht.

»Das Katherl! Ja, was machst denn du hier?«

Sie konnte sich nicht erinnern, ihren Vater jemals belogen zu haben, auch weil er sich aus der Erziehung grundsätzlich herausgehalten hatte. Verlegen faselte sie etwas von Muttis Schal, den sie sich ausleihen wollte. »Ich such ihn selber, lasst euch bloß nicht beim Spielen stören, ich will nur kurz …«

Mit jedem Wort fühlte sie sich schäbiger.

Er schien gar nicht richtig zuzuhören. »Der Kreisky macht einen Riesenfehler.«

Katharina war nicht sicher, ob er auf die Reduktion der Wochenarbeitszeit, auf kostenlose Schülerfreifahrten oder die Einführung einer Heiratsprämie anspielte. All das hatte die Regierung von Bundeskanzler Bruno Kreisky – seit 1971 mit absoluter Mehrheit ausgestattet – durchgesetzt, mal mit mehr, mal mit weniger Zustimmung der Adler-Brüder. Alle Macht in den Händen der Roten war ja schön und gut, aber trotzdem musste man aufpassen: Macht korrumpierte.

Sobald Gottfried zu den Brüdern zurückkehrte, war wieder Geschrei aus dem Kabinett zu hören, wenngleich es bald von zwei Türen gedämpft wurde, der des Wohnzimmers und der des Schlafzimmers, das sich diesem anschloss.

Katharina hatte nie recht verstanden, warum ausgerechnet der größte Raum der Wohnung am wenigsten genutzt wurde und eher zur Repräsentation als zum Wohnen diente.

Während im Wohnbereich alles in rustikalem Braun gehalten war, wiesen die Schlafzimmertapeten ein modernes knalliges Orangemuster auf, und am Boden lag ein schneeweißer Flokati, auf dem man wie auf Wolken ging. Theoretisch würde alles in diesem Teppich versinken, auch Kekskrümel oder Erdnüsse, nur war es streng verboten, im Schlafzimmer zu essen. Laut zu reden auch. Gottfried hatte ihr und ihrem kleinen Bruder Fritz – die Kinderbetten hatten früher rechts und links vom wuchtigen Ehebett gestanden – immer Geschichten erzählt, aber das geschah stets nur flüsternd. Am beliebtesten waren die Abenteuer, die ein unermesslich dünner Mann mit einer unermesslich dicken Frau ausstand.

Als Katharina älter geworden war, hatte sie häufig ein Magnetofon abgespielt, um vor dem Schlafen den Lernstoff abzuhören, den sie sich nach und nach auf Band gesprochen hatte. Das hatte Jule bewogen, für sie eine Schlafcouch im Wohnzimmer anzuschaffen. Ein echter Rückzugsort war das nicht gewesen, und sobald sie ihr Studium begonnen hatte, hatte Katharina alles darangesetzt, sich in den Ferien etwas dazuzuverdienen und auszuziehen. Ihre erste Unterkunft war der Hängeboden in der Küche einer gewissen Frau Swoboda gewesen, die von ihrer Untermieterin nur eine geringe Miete verlangte, dafür aber, dass sie ihr jeden Tag in der Trafik die Kronenzeitung besorgte.

Nun, sie war nicht hier, um ihr Leben Revue passieren zu lassen. Entschlossen trat Katharina auf den weiß lackierten Schlafzimmerschrank zu, der eine ganze Wand einnahm. Als sie ihn öffnete, drang ihr der Geruch von *Kölnisch Wasser* in die Nase, dem einzigen Parfüm, das Jule je benutzt hatte. Hier hing die sogenannte Ausgehkleidung: zwei selbst geschneiderte Kostüme – einmal taubengrau, einmal flaschengrün –, das Dirndl, das Jule nur in der Steiermark trug, außerdem die Chinchilla-Pelzjacke, ihr größer Stolz, sorgfältig in einen transparenten Kleidersack gehüllt. Jule besaß sie seit mindestens zwanzig Jahren, doch die Anlässe, zu denen sie sie getragen hatte, konnte sie an einer Hand abzählen.

Opern-, Museen-, Cafébesuche gab's bei der Familie Adler nämlich nicht. Die Freizeit verbrachte man mit der Familie, aber für die, so die Übereinkunft, musste man sich nicht aufmascheln. Nur für Begräbnisse oder Hochzeiten galt es, gerüstet zu sein, um notfalls auf die feinen Stücke zurückgreifen zu können.

Katharina schob den Kleidersack zur Seite. Wenn sie in dieser Wohnung, so arm an Stauraum, auf alte Dokumente, handschriftliche Aufzeichnungen, Briefe stoßen konnte, dann in den Tiefen des Kleiderschranks. Systematisch begann sie, Regal um Regal, Schublade um Schublade zu durchforsten.

Eine halbe Stunde später hatte sie alle möglichen Schätze der Vergangenheit aus dem Kleiderschrank befördert – jedoch nichts, das älter war als sie selbst.

Da war die riesige Meeresschnecke, die Jule aus dem Jugoslawienurlaub mitgebracht hatte. Ans Ohr gehalten, konnte man das Meeresrauschen hören. Zumindest behauptete Gottfried das. Jule wiederum war es lieber, dieses Ding nicht anzufassen – zu viele gefährliche scharfe Kanten.

Dann ein Brief, den Katharina im Alter von acht, neun Jahren geschrieben hatte, als sie wie immer die Sommerferien bei der Niklasdorfer Großmutter verbrachte. Jule meinte, ihre Mutter sei nichts für kleine Kinder, ihr fehlten Geduld und Wärme. Aber Katharina war ja nie ein kleines Kind gewesen, sondern immer schon ein vernünftiges. Lia Gartner gab gerne ihre gesammelten Fortsetzungsromane an ihre Enkelin weiter und nahm sie mit ins Kino oder in die Konditorei in Bruck.

Das Katherl sei ihr recht, das könne man ihr jederzeit schicken, aber der Rest der Familie bleibe besser daheim, zu viele Leute machten sie nervös.

Den Brief hatte Katharina mit der Mitteilung eröffnet, dass Muschi – eine von Lias Katzen, die wie ihre Hasen immer den gleichen Namen trugen – Durchfall hatte.

Was sie ebenfalls aus den Tiefen des Kleiderschranks beförderte, war eine karierte Schürze mit tiefen Taschen, auf die ihr Name gestickt war. Bis zum Alter von drei Jahren war sie hauptsächlich mit Polenta aufgewachsen, weil es nach dem Krieg kaum etwas anderes gegeben hatte. Jule war so stolz gewesen, als sie erstmals eine Extraration Grieß und Zucker ergattern konnte, aber der Brei schmeckte so fremd, dass Katharina ihn lieber in die Schürzentasche schaufelte statt in den Mund. Damit, dass der Brei dort irgendwann entdeckt werden würde, hatte sie nicht gerechnet. Vage erinnerte sie sich daran, dass Jule damals gelacht hatte, was in Katharinas Kindheit nur selten vorgekommen war.

Die Schürze ließ sich leicht waschen, wesentlich schwerer war den Grasflecken auf Fritz' Kleidung beizukommen. Der kleine Bruder fuhr gerne mit dem Roller schnurstracks den Berg hinunter. Gut, dass das Katherl nie so einen Blödsinn anstellte.

Während ihrer Kindheit war Jule immer voll des Lobes für sie gewesen, doch für die erwachsene Katharina war Vernunft nicht mehr im gleichen Ausmaß erwünscht. Ob ihr Kopf nicht schwer von allem würde, was sie dort hineinstopfte wie damals den süßen Brei in die Schürzentasche?

Weiter, weiter, sie hatte nicht ewig Zeit! Es war doch unmöglich, dass Jule so viel aus ihrer Kindheit aufbewahrt hatte, aber rein gar nichts aus Hirschberg. Irgendetwas musste es geben! Katharina zog eine rötliche Tasche hervor, in der, wie sie sich vage erinnerte, Jule diverse Papiere gesammelt hatte. Aber als sie diese durchsah, stellte sie fest, dass sie bereits alles kannte.

Da war ein kommunistisches Flugblatt, das die Großeltern einmal verbotenerweise in Niklasdorf verteilt hatten. Ob unter den Austrofaschisten oder bereits unter den Nazis – gefährlich war es so oder so. Fast wären sie erwischt worden, aber da Lia und Franz Gartner ein Liebespaar gespielt und sich inniglich geküsst hatten, war der Polizist weitergegangen.

Das zweite Blatt war die Kopie eines Zeitungsartikels, der die sechzehnjährige Jule beim Hissen einer Hakenkreuzfahne zeigte. So hübsch war sie gewesen, das deutsche Mädel schlechthin mit ihren brünetten Zöpfen, weswegen ein Reporter, der von einem Umzug berichtete, von ihr ein Foto geschossen hatte. Nicht, dass sie jemals Nazis gewesen waren, Gott behüte, aber als eine Art Auszeichnung hatte sie es trotzdem empfunden.

»Und beides hebst du zusammen auf?«, hatte Katharina fassungslos gefragt, als ihr die Schriftstücke zum ersten Mal in die Hände gefallen waren.

Verlegen hatte Jule herumgedruckst, dass dies eine Art Lebensversicherung sei. Man wisse ja nicht, welche Regierung künftig an die Macht komme. Und ob es nun noch einmal Nazis oder endlich mal Kommunisten wären – so könne sie immer einen Beweis dafür vorlegen, auf der richtigen Seite zu stehen.

Als ob man Regierungen mit einem alten Flugblatt oder Zeitungsartikel gnädig stimmen könnte. Und als ob es erstrebenswert wäre, zu den Ersten zu gehören, die sich anbiederten.

»Für mich musst du das nicht aufheben«, hatte Katharina erklärt, »ich bin keine Opportunistin.«

»Das sagst du jetzt. Es ist was anderes, wenn du Kinder hast. Dann bist du zu jedem Opfer bereit.«

»Wenn ich alles aufgeben muss, was mich ausmacht und woran ich glaube, dann will ich gar keine Kinder haben.«

Der Blick, den die Mutter ihr damals zugeworfen hatte, war so traurig gewesen.

Welche Opfer hatte Jule ihretwegen bringen müssen? Welche Ideale ihretwegen womöglich verraten?

Nun, um das zu erfahren, musste sie zunächst wissen, was damals in Hirschberg geschehen war.

Sie öffnete eine weitere Schublade, stieß hier aber nur auf hautfarbene Mieder und lange Unterhosen aus Schafwolle, die Jule im Winter trug und stets auch Katharina als wärmendes Mittel der Wahl anpries. Außerdem lagen da ein altes Nachthemd mit ausgeleierten Ärmeln und ein Wecker, dem die Batterien fehlten – beides eigentlich unbrauchbar, aber so was gab man nicht einfach weg.

Obwohl er nicht tickte, gemahnte der Wecker sie daran, sich zu beeilen.

Verdammt! Hatte die Mutter etwa sämtliche Spuren der Vergangenheit getilgt? Alles in Hirschberg zurückgelassen?

Alle Gedanken versiegten jäh, als plötzlich eine Stimme ertönte: »Ich würd's mit der Perückenbox probieren.«

Der weiße Flokati hatte seine Schritte geschluckt, ihr Vater stand unmittelbar hinter ihr. Genauer gesagt, ihr Stiefvater. Aber sie hatte das »Stief-« nie gefühlt, jetzt erst recht nicht. Sein Blick war wohlwollend, gütig, verriet nichts von dem Ärger, den montags stets mindestens einer seiner Brüder oder ein SPÖ-Politiker provozierte. Auch er nannte sie manchmal »mein Mädchen«, doch anders als bei Holacek fühlte Katharina sich davon nie kleingemacht, weil der Stolz, der in seiner Stimme mitschwang, nicht zu überhören war.

»Ein Schal in der Perückenbox?«, fragte sie. Und kam sich wieder schäbig vor. Er hatte nicht verdient, dass sie ihn anlog. Ebenso wenig das Schweigen. Ihres und das der anderen Familienmitglieder, die, wenn es um Carl ging, in vorauseilendem Gehorsam verstummten. Sie seufzte. »Ich suche gar keinen Schal«, gab sie kleinlaut zu.

»Eben«, antwortete ihr Vater sanft. »In der Perückenbox sind die Briefe.«

Die Box war ein kleines, mit dunkelblauem Leder bezogenes Kästchen. Und die sogenannte Perücke war ein künstliches

Haarteil, das sich die Mutter gekauft hatte, weil ihre Haare nach der Geburt von Katharinas Bruder etwas schütter und hochtoupierte Blumentopffrisuren gerade modern geworden waren. Sie hatte es genauso selten getragen wie die Chinchillajacke, stattdessen hatten Katharina und ihr kleiner Bruder Fritz oft damit gespielt. Sie hatten sich eigentlich ein Meerschweinchen gewünscht, und das Haarteil war für eine Weile ein brauchbarer Ersatz gewesen.

Sie wagte es nicht, die Perückenbox aus dem Schrank zu ziehen.

»Mama hat es mir erzählt«, sagte Gottfried, und wie alle Adler-Brüder betonte er besonders das zweite A. Manchmal nannte er Kristin auch »Frau Mutter«.

Was genau hatte die ihm erzählt? Dass Katharina Fragen nach Hirschberg gestellt hatte? Dass sie ihr dieses Kochbuch gezeigt hatte?

»Was … was weißt du denn darüber?«, gab Katharina vage zurück.

Er trat zum Schaukelstuhl in der Ecke des Schlafzimmers. Obwohl der so gemütlich aussah, setzte sich kaum jemand darauf und schaukelte. Auch Gottfried stieß ihn jetzt nur von der Seite sachte an, sodass es wirkte, als wäre eben noch jemand daraus aufgestanden. Einer, der offiziell nicht fehlen durfte, weil die Lücke, die er hinterlassen hatte, längst wieder besetzt war.

»Über die letzten Wochen in Hirschberg? Nicht viel. Nur dass es immer bedrohlicher wurde. Der Winter, die russische Front. Dass deine Mutter und du es doch noch in den Westen geschafft haben, mit einem der letzten Züge.«

Deine Mutter. Nicht *meine Frau.* Nicht *die Jule.* Damals hatte er noch keinen Anspruch auf sie gehabt, und er war keiner, der sich dreist etwas aneignete. Er wartete, bis er gebraucht wurde, und war dann zur Stelle.

»Ich kann mich noch daran erinnern, dass Mutti mir sagte, ich soll dich nicht mehr Onkel Gottfried nennen, sondern Papa.«

Er trat vom Schaukelstuhl weg, ging zum breiten Doppelbett, wo er gedankenverloren, fast mit heiligem Ernst, über die Bettdecke strich. Er mochte keine Falten. War sich auch nie zu schade, im Haushalt zu helfen. Betten zu machen, zu staubsaugen, einkaufen zu gehen. »Daran kannst du dich noch erinnern? Du warst noch nicht mal drei.«

»Die schlimmen Dinge verdrängt man vielleicht, aber die schönen, die merkt man sich.«

Ja, es war schön, einen Papa zu haben. Einen, der Jule später sagte: *Das Mädel lernt so gut, schick es aufs Gymnasium.* Und der, als sie ihm eröffnete, Geschichte studieren zu wollen, nicht wie Jule fragte: *Ist das was Handfestes*? Sondern nur: *Wenn es dich interessiert, dann ist das schon recht.*

»An der Uni arbeiten zu wollen – das ist doch kein Beruf für eine Frau«, hatte Jule eingewandt.

»Das wird sie am besten wissen«, hatte Gottfried gesagt.

Sein Blick richtete sich nun starr auf die Bettdecke.

»Ich habe auch eine schöne Erinnerung«, sagte er leise. »Damals warst du auch noch ziemlich klein, ich hab im Vorzimmer auf dem Boden gekniet, weil ich eine Tür lackiert habe, und du bist um mich rumgesprungen und hast ein Lied geträllert. *Der Herbst ist da, der Herbst ist da.* Immer wieder hast du es gesungen, konntest gar nicht aufhören damit. 1947 war das oder 48. Ich weiß noch, wie ich zum ersten Mal gedacht hab: Der Krieg ist tatsächlich aus. Das heißt, gedacht habe ich es schon davor, es auch gewusst und gesagt. Aber gefühlt habe ich's bis zu diesem Moment nicht.«

Die Bettdecke war glatt, der Schaukelstuhl hatte aufgehört zu wippen, und immer noch konnte Katharina nicht zur Perückenbox greifen.

»Hast du sie gelesen?«, fragte sie leise.

»Die Briefe? Natürlich nicht. Wenn deine Mutter das gewollt hätte, hätte sie sie mir gezeigt.«

Immer noch *deine Mutter*, nicht *meine Frau*.

Hatte er denn nie den Drang gespürt, über die Grenze zu lugen, die durch ihr Leben verlief? Er musste doch neugierig gewesen sein. Allerdings konnte sie es sich nicht vorstellen, dass er ins Schlafzimmer schlich, wenn Jule nicht zu Hause war, heimlich nach etwas kramte, was nicht für ihn bestimmt war. Sein Ehrgefühl hätte dieses Maß an Indiskretion schlichtweg nicht zugelassen. Als sich nun ihre Blicke trafen, fühlte sie jedoch, dass er das, was er sich selbst nie erlaubt hätte, *ihr* durchaus zugestand.

»Du solltest sie lesen«, erklärte er bestimmt, ehe er zur Tür ging. »Ich muss jetzt zurück ins Kabinett. Die Deppen bringen ja die einfachsten Spielregeln durcheinander, wenn ich nicht dabei bin.«

Erst nachdem er die Tür hinter sich geschlossen hatte, nahm sie die Box an sich. Behutsam strich sie über das dunkelblaue Leder.

Sie hatte erwartet, dass die Beschäftigung mit ihrer Familiengeschichte vielleicht Unbehagen erzeugen würde, Verwirrung, Befremden, Überraschung. Aber nicht diesen Schmerz. Er schien ihr so wenig Existenzberechtigung zu haben wie damals der Hunger nach süßem Brei. Den Brei hatte sie nie vermisst – genauso wenig, wie sie den unbekannten Vater vermisst hatte. Trotzdem tat es unendlich weh, die Box zu öffnen und ein ganzes Bündel Briefe herauszunehmen. Das Papier war bräunlich, die Schrift verblichen, noch dazu war alles in Sütterlin verfasst. Was sie sofort entziffern konnte, war der Name Carl unter einem der Briefe. Die Schrift war ihr eigentümlich vertraut, glich sie doch der eigenen mit dem leichten Linksdrall, den großen Buchstaben.

Die dunklen Augen hast du auch von ihm. Und die feingliedrigen Hände.

Wer hatte ihr das erzählt? Jule? Kristin? Und was genau hatte sie noch von ihm? Was wusste sie überhaupt von seinem Charakter?

Humorvoll sei er gewesen, hatte ihr mal ihre Tante Ilse erzählt, er habe ständig Witze gemacht. Noch in den schwersten Stunden versucht, das Leben leicht zu nehmen.

Eine gute Eigenschaft, zweifellos, doch die allein machte ihn für sie nicht greifbarer. So gestochen die Buchstaben auf den alten Briefen waren – vom Menschen dahinter erahnte sie bloß Schemen, die umso verschwommener wirkten, je hartnäckiger sie etwas zu erkennen versuchte. Deutlich war nur das Gefühl, das aus dem tiefsten Inneren hochstieg, ihr die Kehle eng werden ließ, ihr Tränen in die Augen trieb. Eine Sehnsucht, die ihr bislang fremd gewesen war. Oder nein: die sie nie hatte zulassen wollen und die nun doch mit aller Macht an die Oberfläche drängte.

»Papa«, hörte sie sich sagen, so wie sie eines Tages zu Gottfried Papa gesagt hatte.

Noch mehr Tränen stiegen hoch. Sie hatte nie eine Vaterfigur vermisst und fühlte dennoch plötzlich eine Leerstelle in ihrem Leben. Wünschte sich unbändig, sie hätte sie schon früher wahrgenommen und akzeptiert. Bedauerte es zutiefst, dass Carl so lange nicht nur ein toter, sondern auch ein vergessener Vater für sie gewesen war, dass sie seine Geschichte nicht längst in- und auswendig kannte, dass man sie ihr nicht nur verschwiegen, sondern sie selbst nie danach gefragt hatte.

Sein Name und ihr Papa erzählten diese Geschichte nicht, sie erklärten erst recht nicht, warum ihre Mutter Kontakte zu Zwangsarbeiterinnen gehabt und ein Kochbuch mit deren Rezepten veröffentlicht hatte. Aber als sie die Briefe in ihrer Tasche verstaute, die Perückenbox schloss und wieder an ihrem Platz deponierte, schwor sie sich, nicht aufzugeben, bis sie alle Details zusammengesetzt hatte wie ein zerborstenes Hinterglasbild.

12. KAPITEL

1943

Es hatte eine Weile gedauert, bis Jule die Zutaten für das Rezept zusammenhatte. Hackfleisch war leicht zu bekommen, auch Zwiebeln. Salz und Pfeffer gab es in der Küche immer. Schwerer aufzutreiben war ein Kohlkopf, zumindest ein halbwegs frischer. In allen Geschäften, die sie abklapperte, fand sie nur lasche Köpfe mit bläulichen Blättern.

Wie stolz war sie, als sie endlich doch einen grünen, knackigen ergatterte! Als sie ihn in ein Tuch eingeschlagen nach Hause brachte, hielt sie ihn so behutsam wie ein Kind. »Was gibt es denn heute bei Ihnen?«, fragte Frau Bedenstett, die sie auf dem Weg in die Küche traf.

Jule lag der Name des Gerichts auf der Zunge, aber sie verkniff ihn sich. Dann hätte sie erklären müssen, woher sie ein Rezept aus dem polnischen Galizien kannte und unter welchen Umständen sie es damals aufgeschrieben hatte.

»Eine Wiener Spezialität für meinen Mann«, sagte sie schnell.

Frau Bedenstett zwinkerte ihr zu, ehe sie sie werkeln ließ.

Jule wusch und blanchierte die Kohlblätter, briet danach das Hackfleisch mit Zwiebeln und Gewürzen an und verteilte die Mischung portionsweise auf den Kohlblättern. Nun galt es, sie zusammenzurollen und mit der Verschlussseite nach unten abzulegen. In ein wenig Fett wurden sie später angebraten, sodann mit Wasser aufgegossen, und danach mussten die Kohlrouladen nur noch eine Stunde darin köcheln.

Als sie mit dem Teller Rouladen in den Keller stieg, war deren Geruch so durchdringend, dass sie jeglichen Gestank vertrieben hätten. Allerdings stellte die junge Polin heute sowieso keine Seife her, Frau Zingel hatte ihr stattdessen aufgetragen, die Regale zu säubern.

Die feuchte Kälte war noch unerträglicher als letztes Mal. Jule trug seit einigen Tagen eine warme Winterjacke, die Polin dagegen die Kleidung von neulich. Die nackten, wund gescheuerten Füße steckten in den üblichen Holzpantoffeln, nur dass sie heute in Zeitungspapier eingewickelt waren, was gegen Kälte und scharfe Kanten jämmerlich wenig ausrichtete. Ihre Lippen glichen dünnen blauen Strichen, und sie wurden noch schmaler, als sie die Wärme und den köstlichen Geruch wahrnahm, die Jule von oben auf dem dampfenden Teller mitbrachte.

»Was soll das sein?«

»Golabki«, sagte Jule stolz und stellte den Teller auf das Regal. »Ein Rezept aus Galizien. Ich habe es von Frau Birnbaum, einer Jüdin aus Leoben, in deren Haushalt ich eine Weile gearbeitet habe. Sie hat mir viele Rezepte aus Polen anvertraut …« Sie brach ab, als sie die Verwirrung im Blick der anderen las. »Na los, essen Sie schon, sonst wird es kalt.«

Die Polin machte keine Anstalten, zur Gabel zu greifen. Erst als Jule sich abwandte und die Stufen nach oben nahm, hörte sie, wie Zink das Porzellan traf. Sie drehte sich noch einmal um. Die junge Frau hatte den ersten Bissen schon zum Mund geführt – und tatsächlich auch heruntergeschluckt.

Schon oft hatte man sie für ihre Kochkünste gerühmt – doch noch nie hatte sie solch einen heißen Triumph gespürt.

»Das sind die grauenhaftesten Golabki, die ich je gegessen habe«, sagte die Frau verächtlich, während sie den zweiten Bissen nahm.

Jule trat vorsichtig wieder näher.

»Weil ich zu viel Salz erwischt habe?«

»Weil der Apfel fehlt. Man muss ihn klein hacken und zur Fülle geben. Und eine Soße braucht es auch.«

»Ich hatte zu wenig Butter«, gab Jule zu.

»Man nimmt ja auch keine Butter, sondern das Fett von Gänsen.«

»Verstehe. Aber sonst habe ich doch alles richtig gemacht?«

Ein Ton sprang der anderen über die schmalen Lippen, der vielleicht ein Lachen war. Oder nur Ausdruck von Herablassung. Sie nahm den dritten Bissen, und nachdem sie den geschluckt hatte, kam wieder dieser Ton aus dem Mund, gefolgt von einem Wort.

»Felicyta?«, wiederholte Jule. »Das ist dein Name?«

Während die Polin kaute, presste sie hervor: »Ja. Aber alle nennen mich Zyta.«

»Zyta«, sagte Jule laut und bestimmt. Sie hatte nicht gedacht, dass in einem so kurzen Wort so viel Macht lag – die Macht, Farbe in das Gesicht der anderen zu zaubern, Glanz in ihre Augen.

»Zyta«, wiederholte Jule den Namen noch einmal. »Wie kann ich dir helfen?«

Zytas Schweigen war randvoll mit Misstrauen.

»Mir muss niemand helfen«, sagte sie trotzig, nachdem sie die Kohlroulade aufgegessen habe. »Ich kriege genug.« Und als sie Jules zweifelnden Blick bemerkte, fügte sie noch trotziger hinzu: »Zumindest zum Überleben.« Dann plötzlich legte sich Verzagtheit über ihre Miene. »Um Adelajda mache ich mir dagegen Sorgen. Meine Cousine. Sie ist anders als ich.« Zyta beugte sich vor, als sie flüsterte: »Sie wollte das Zeichen nicht tragen. Für die Polen. Wenn man es einmal vergisst, kann man sich noch rausreden, meist genügt es, zehn Mark Strafe zu zahlen. Aber wenn man es ein zweites Mal vergisst … dann kommt man ins Lager.«

»In welchem ist sie?«

Zyta wandte sich ab. Sie blickte mit einer Sehnsucht auf den leeren Teller, als türmte sich dort noch mehr Essen.

»Was macht es denn für einen Unterschied?«, fragte sie, immer noch leise und rau. »In allen Lagern muss man an die zwölf Stunden täglich schuften, sechs Tage lang, und am Sonntag gibt's stundenlange Appelle. Adelajdas Wille ist stark. Aber ob ihr Körper das mitmacht?«

»Wenn du mir ihren Nachnamen verrätst, kann ich vielleicht rausfinden, in welchem Lager sie lebt.«

Ein Lachen stolperte über Zytas Lippen, bevor sie noch schmaler wurden als zuvor. »Nachnamen!«, presste sie hervor. »Als ob die noch Bedeutung hätten! Bei der Registrierung im Lager kriegt jeder eine Matrikelnummer. Das ist das Einzige, was zählt.«

Nein, dachte Jule, das durfte nicht das Einzige ein. Es musste auch zählen, dass es Adelajda gut ging, dass sie genug zu essen bekam, dass Zyta nicht mehr in Sorge um sie verging. Sie konnte sich nicht vorstellen, wie es war, so schlimm zu hungern und zu frieren, den eigenen Namen zu verlieren und von anderen Menschen wie ein Tier behandelt zu werden. Aber sie wusste genau, wie es war, eine Cousine innig zu lieben, grenzenlose Ängste um sie auszustehen, sie schmerzlich zu vermissen.

»Ich ...«, setzte sie an, doch da unterbrach jäh ein Schrei ihre Zweisamkeit, ziemlich nah bei der Kellertür ausgestoßen und eindeutig aus Frau Zingels Mund. Zyta zuckte zusammen, als hätte ihr jemand in den Bauch getreten. »Wahrscheinlich arbeite ich ihr zu langsam.«

Sie hastete die Kellerstufen hoch und öffnete die Tür einen Spalt, um gleich darauf wieder zurückzuweichen und sich unwillkürlich ganz kleinzumachen. Jule hatte nicht erwartet, dass sie noch blasser werden konnte. Oder noch stärker zittern.

»Mein Gott! Jetzt holen sie mich auch.«

Obwohl der Keller so feucht und kalt war, hätte sich Jule am liebsten in einem der Winkel verkrochen. Aber als sie sah, wie Zyta zu einem bebenden Bündel aus Panik zusammenschrumpfte, fasste sie sich ein Herz. »Warte«, wisperte sie ihr zu, ehe sie selbst die Treppe hochstieg und die Tür aufstieß.

Verspätet ging ihr auf, dass Frau Zingels Ruf nicht empört,

sondern begeistert geklungen hatte, gefolgt von einem Gesäusel, wie sie es noch nie aus ihrem Mund gehört hatte.

»Was für eine Ehre, dass Sie uns besuchen kommen! Soldaten der Deutschen Wehrmacht begegnet man vielen, aber Sie stehen für ein Kriegertum, das von keiner anderen Truppe erreicht wird! Kein Wunder, wenn es doch den Tod verachtet und das eigene Leben so allumfänglich in die Hände des Führers legt.« Die Hände ehrfurchtsvoll vor der Brust gefaltet, starrte sie in Richtung Hauseingang, wo ein uniformierter Mann stand.

Jule erkannte ihn sofort. Etwas länger brauchte sie, um zu realisieren, dass er nicht alleine das Haus betreten hatte, sondern mit Carl. So früh war der noch nie vom Werk heimgekehrt.

Gerne hätte sie Zyta Entwarnung geben – aber da hatte Oberscharführer Windisch sie bereits entdeckt, trat auf sie zu und reichte ihr die Hand zum Gruß.

Jule konnte nichts anderes tun, als die Kellertür hinter sich zufallen zu lassen und die Hand zu nehmen.

»Ach, Frau Adler! Diese hübsche und etwas zerstreute Dame, die sich neulich ins Lager verirrt hat. Ich wollte Sie unbedingt wiedersehen und ein wenig über Wien plaudern, vielleicht bei einer Mehlspeise. Und so habe ich mir erlaubt, mich von Ihrem Mann einladen zu lassen.«

Fast den ganzen Nachmittag lang konnte sie ihr Zittern unterdrücken, aber sobald sie mit dem schmutzigen Geschirr die Küche betrat, spielten ihr die Nerven einen Streich. Ehe sie ihn in der Spüle abstellen konnte, fiel einer der Teller zu Boden und zerbrach. Verdammt! Es war nicht irgendein Teller. Frau Zingel hatte mit ihrem eigenen kostbaren Teeservice aus der Hirschberger Porzellanmanufaktur den Tisch gedeckt – so oft hatte man einen SS-Oberscharführer schließlich nicht zu Gast.

Jule bückte sich nach dem Teller in der Hoffnung, die zwei Hälften, in die er zerbrochen war, vielleicht wieder zusammenkleben zu können. Aber kaum dass sie ihn in den Händen hielt und auf die scharfen Ränder starrte, wich jegliche Kraft aus ihr.

Jetzt hätte sie nicht mehr zustande gebracht, was ihr vorhin scheinbar so mühelos gelungen war.

Sie hatte ihren Schock ebenso überspielen können wie das schlechte Gewissen gegenüber Carl, der – im Unklaren über ihren Ausflug – noch überrumpelter sein musste als sie. Stattdessen hatte sie ein Lächeln aufgesetzt und ungezwungen erklärt, dass sie natürlich einen Apfelstrudel vorbereitet hätte, hätte sie diesen Besuch erwartet. So schnell könne sie den leider nicht backen, aber ihr falle bestimmt etwas anderes ein.

Danach war sie schnell in der Küche verschwunden. Sie hatte keine Ahnung, wie sie Carl all das erklären sollte. Wie sie es ertragen sollte, gemeinsam mit SS-Mann Albert Windisch an einem Tisch zu sitzen. Ihre Hände wussten zum Glück genau, was zu tun war: Mechanisch verquirlte sie Milch und Eier, rührte Mehl darunter, brachte in einer Pfanne Butter zum Schmelzen.

Als sie später alles nach oben in den Wintergarten trug, stellte sie fest, dass Frau Zingel diesen bereits gedeckt hatte. Sogar eine Blumenvase mit ein paar Astern hatte sie organisiert. Erwartungsvoll stand sie neben dem Tisch, sichtlich in der Hoffnung, sich dazusetzen zu dürfen, doch Carl war so in Gedanken versunken, dass er sie nicht richtig wahrzunehmen schien, und Windisch machte keine Anstalten, sie einzuladen, er hatte nur Augen für Jule. »Was haben Sie uns denn da Köstliches gezaubert?«

»Palatschinken mit Marillenmarmelade.«

Anerkennend schnalzte Windisch mit der Zunge. Dann warf er Frau Zingel doch noch einen spöttischen Blick zu: »Unsere werte Volksgenossin kann damit natürlich nichts anfangen, weil sie nur Pfannkuchen mit Aprikosenkonfitüre kennt.«

Bei Frau Zingel schien die Botschaft anzukommen, schweigend zog sie sich zurück. Jule ging noch einmal in die Küche, um den Bohnenkaffee, den Windisch ihr als Geschenk überreicht hatte, aufzubrühen. In den letzten Wochen hatten sie nur Muckefuck bekommen, und der Geruch des echten Kaffees war ebenso köstlich wie belebend. Ob nur dieser Duft es bewirkte oder der Gedanke an Zyta im Keller – mit einem Mal fühlte sie sich nicht mehr ganz so überfordert und hilflos. Die Kaffeerunde mit Windisch war zweifellos eine Prüfung. Aber auch eine Chance.

Als sie mit der vollen Kanne zurückkehrte, waren die Männer ins Gespräch vertieft. Eigentlich sprach vor allem Windisch, Carl nickte nur dann und wann. Während sie Kaffee einschenkte, vernahm sie einzelne Worte, doch keines davon ergab Sinn: Feuerlilie. Wasserfall. Schmetterling.

Als Windisch nun auch noch auf einen Taifun zu sprechen kam, räusperte sich Carl.

Zum ersten Mal an diesem Nachmittag trafen sich ihre Blicke. Jule war nicht sicher, was in seinem zu lesen war: Vorwurf, Befremden oder Verlegenheit?

»Das … das sind größtenteils Flugzeuge«, sagte er.

»Flugzeuge?«, heulte Windisch auf. »Von wegen! Wunderwaffen sind das! Damit wird eine neue Ära des Luftkriegs eingeläutet. Nicht nur, dass sie unsere Schlagkraft erhöhen und dem Feind massiv schaden, sie schützen uns auch vor seinen Angriffen. Stellen Sie sich vor, Frau Adler …« Er hatte mit der Gabel ein Stück Palatschinken aufgespießt und ließ es nun vor seinem Gesicht kreisen. »Das ist das Flugzeug des Feindes. Und das …«, nun hob er den Kaffeelöffel, »das ist die Flugabwehrrakete.« Schon krachte der Löffel gegen die Gabel, brachte das Stück Palatschinken zum Beben. Im nächsten Moment steckte er es in den Mund und seufzte genießerisch. »Sehr, sehr köstlich! Und die neuen Jagdflugzeuge mit Staustrahlantrieb, die Sprengköpfe mit Zielsuchlenkung, die … Verzeihen Sie, Ihnen ist das sicher zu viel Technik.«

Nein, dachte Jule, *das ist mir zu viel Krieg. Zu viel Zerstörung. Und zu wenig von dieser unschuldigen Leidenschaft, mit der Carl einst über Flugzeuge gesprochen hat.*

»Davon verstehe ich nun mal nichts«, erklärte sie mit fremder Stimme.

»Müssen Sie auch nicht.« Das nächste Stück Palatschinken wanderte in Windischs Mund. »Wer so köstliche Mehlspeisen zubereitet, sollte seine Zeit mit nichts anderem verbringen. Nun setzen Sie sich doch, trinken Sie eine Tasse Kaffee und lassen Sie uns über Wien plaudern ...«

Jule setzte sich nicht. »Na ja, Mehlspeisen zuzubereiten, das geht nicht wirklich als Dienst an der Heimatfront durch, nicht? Ich würde so gerne einen wichtigeren Beitrag leisten.«

Sie suchte nicht länger Carls Blick, sondern den von Windisch. Carl räusperte sich wieder, aber sie ging ebenso darüber hinweg wie über die Tatsache, dass er unruhig hin- und herzurutschen begann.

»Was haben Sie denn im Sinn?«, fragte Windisch arglos.

»Nun, ich habe mitbekommen, dass im Lager von Gebhardsdorf eine Lagerköchin gesucht wird. Sofern noch keine gefunden wurde, wollte ich Ihnen anbieten einzuspringen.«

Sie ahnte, dass Carls Blick nun ebenso entsetzt wie flehentlich wurde. Doch sie starrte hartnäckig auf Windisch, dessen Stirn sich leicht kräuselte. »Aber, aber, Frau Adler, das wäre doch eine Verschwendung Ihres Talents!«

»Warum denn?«, entgegnete sie achselzuckend. »Sie leisten wichtige Arbeit, indem Sie die Ostarbeiterinnen bewachen. Niemand käme auf die Idee, in Ihnen nur ein winziges Rädchen im Getriebe zu sehen, nein, im Gegenteil, ohne Männer wie Sie würde alles zusammenbrechen. Dass die Ostarbeiterinnen zu essen bekommen, ist doch eine weitere Voraussetzung dafür, dass Flugzeuge gebaut werden. Sonst wären sie zu schwach, um die notwendige Arbeit zu leisten.«

Windisch zögerte kurz, lächelte dann aber breit. »Wie soll man denn ein so hehres Ansinnen abschlagen, wenn man mit Marillenpalatschinken bestochen wird?«

»Eben!«, rief Jule. »Sind wir nicht alle dazu aufgerufen, am Endsieg mitzuwirken? Und ich würde ja nicht nur Häftlinge bekochen, sondern auch dann und wann ein Schmankerl mitbringen.«

Nun lachte er los. »Schmankerl! Solche Wörter können sich nur Wiener ausdenken, nicht wahr? Die müssen wir unseren deutschen Landsleuten erst beibringen!« Seine Gabel landete auf dem Teller, mit der nun freien Hand formte er eine Faust und boxte Carl in den Oberarm. Jule konnte nicht länger ignorieren, wie dieser zusammenzuckte – als hätte er einen Stromschlag erhalten.

»Ich glaube, ich sorge mal für etwas Nachschub«, sagte sie schnell. Keiner der beiden widersprach, als sie die leeren Teller abservierte und in die Küche eilte.

Hier stand sie nun und konnte nicht fassen, mit welch fester Stimme sie eben noch gesprochen hatte. Zu welchem Vorschlag sie sich hatte hinreißen lassen. Der Teller lag bereits am Boden. Und als sie sich danach bückte, kam sie nicht mehr hoch.

»Nicht! Du schneidest dich doch!«

Sie hatte nicht gehört, dass Carl ihr gefolgt war, der nun an der Küchenschwelle verharrte.

»Warum soll ich mich denn schneiden?«, fragte sie ungewohnt schroff. »Ich seh genau, wo die scharfen Ränder sind. Gefährlich sind Scherben dort, wo man sie nicht vermutet und achtlos hineintritt.«

Sie musste ihn nicht ansehen, um zu fühlen, dass er einmal mehr zusammenzuckte. Dass nicht nur Unbehagen in seiner Miene stand, sondern auch Angst.

»Warum hast du mir nicht gesagt, dass du in Gebhardsdorf warst?«, fragte er leise, während sie sich endlich mühsam aufrappelte und die Scherben neben die Spüle legte.

»Und warum hast du mir nicht gesagt, dass sich Frauen aus dem Osten dort zu Tode schuften?«

»Ich hab's ja zuerst auch nicht gewusst.«

»Aber jetzt weißt du es und arbeitest immer noch dort. Dabei warst du nie überzeugter Nationalsozialist.« Gerade noch rechtzeitig senkte sie die Stimme, hatte Frau Zingel ihre Ohren doch überall.

»Du weißt doch, dass ich immer davon geträumt habe, Flugzeuge zu bauen!«

»Hat Oberscharführer Windisch nicht eben gesagt, dass es keine Flugzeuge sind, sondern Waffen?«

»Mit denen man auch Frauen und Kinder schützt! Die sogenannten Flugabwehrraketen könnten sich als unser größter Trumpf entpuppen.«

»Aber bevor sie Frauen retten, sterben etliche von ihnen, weil sie unter unmenschlichen Bedingungen ausgebeutet werden.«

Endlich trat er über die Schwelle zu ihr, fasste sie an den Schultern. »Ich weiß, dieses Lager macht einen schrecklichen Eindruck. Aber die Frauen haben es dort immerhin besser als in Auschwitz. Sie bekommen mehr zu essen, dürfen teilweise sogar persönliche Gegenstände behalten. Haben auch weitaus größere Chancen zu überleben. Für sie ist es ein Segen, wenn sie von Auschwitz für den Arbeitseinsatz hierhergebracht werden.«

»Was ist denn Auschwitz?«, fragte Jule. Schon vorhin hatte sie nur geflüstert, jetzt war ihre Stimme tonlos wie nie.

Seine war auch ganz leise. »Das ist ein Lager in Oberschlesien, ich weiß so gut wie nichts darüber. Nur dass man im Vergleich dazu die Lager in Niederschlesien als Paradies bezeichnet. Oder als *Sanatorium Waldorf*.«

Sie wusste, dass das *Waldorf* ein großes, feines Hotel war.

»Wie kann man so was nur mit diesem schrecklichen Ort vergleichen!«

»Jedenfalls sind alle Ostarbeiterinnen froh, solange sie hier in Niederschlesien arbeiten können.«

Froh.

Ein Wort so fehl am Platz wie der Name eines Luxushotels.

»Es ist nicht meine Entscheidung, dass ich dort arbeite, mein Vorgesetzter hat das so bestimmt«, fuhr Carl eindringlich fort. »Ich kann mich nicht einfach weigern, nur versuchen, das Beste daraus zu machen.« Kurz packte er ihre Schulter etwas fester, dann ließ er abrupt wieder von ihr ab.

Energisch schüttelte Jule seine Hände ab. »Na, und ich bin froh, dass ich mich im Lager als Köchin nützlich machen und den Insassinnen dann und wann was zustecken kann. Das war es, was ich immer wollte – Menschen zu bekochen.«

Carls Augen weiteten sich. »Aber doch nicht unter diesen Umständen!«

»Dich halten die Umstände auch nicht davon ab, deinen Traum zu leben. Warum soll ich meinen vom Kochen aufgeben?«, erwiderte Jule.

Hilflos rang er die Hände.

»Und jetzt mache ich noch mehr Palatschinken«, verkündete sie, und ihre Stimme klang wieder laut und fest – und schneidend.

13. KAPITEL

1976

Katharina hatte von Sandleiten in ihre Wohnung fahren wollen, sich dann aber doch umentschieden. Wenn sie die Sütterlinschrift so rasch wie möglich entziffern wollte, würde sie auf der Uni bessere Bedingungen vorfinden – in Form einer Leselupe und einer helleren Schreibtischlampe.

Vom Paternoster kam ihr Sanne entgegen.

»Gut, dass ich Sie sehe, ich muss unbedingt mit Ihnen sprechen!«, rief die junge Studentin begeistert.

»Haben Sie einen weiteren Text gelesen, in dem die deutsche Hausfrau angehalten wird, Gemüse so sparsam wie möglich zu putzen und den Verbrauch von Fett zu mindern?«

»Nein, nein, ich war gerade bei einem Treffen der Studentenvertretung. Für die engagiere ich mich neuerdings, um …«

Der Paternoster hatte ratternd das Kellergeschoss erreicht, um nun wieder ins Erdgeschoss zurückzukehren. Katharina hatte weder Lust dazu, ewig zu warten, noch, zu Fuß nach oben zu gehen.

»Das erzählen Sie mir morgen nach der Vorlesung, ja?«

Die nächsten zwei Stockwerke verfolgte sie ein schlechtes Gewissen, weil sie die strebsame Studentin einmal mehr abgebügelt hatte, allerdings hatte deren Anliegen doch sicher bis morgen Zeit. Welcher der politischen Gruppierungen sich Sanne wohl angeschlossen hatte? Über viele Jahre hatte sich die Studentenpolitik fest in konservativer Hand befunden. Dem gegenüber stand die extreme Linke – so die marxistisch-leninistischen Studenten oder die revolutionären Marxisten. Obwohl Katharina gewisse Sympathien für sie hegte, musste sie zugeben, dass sie eher durch viel Lärm und überzogene Protestaktionen in Sachen freier Liebe und kompromissloser Enteignung auffiel statt durch konkrete Errungenschaften, wenn es um Stipendien und Wohnraumbeschaffung ging. Sanne konnte sie sich jedenfalls weder bei der einen noch bei der anderen vorstellen.

Im siebten Stock stellte sie fest, dass kein Licht mehr brannte. Gut so, dann war sie ungestört.

Fast eine Stunde lang versenkte sie sich in die Briefe. Auf den ersten Blick hatte sie vermutet, dass sie allesamt aus Carl Adlers Feder stammten, doch bald stellte sie fest, dass etliche von ihrer Mutter verfasst worden waren, zwar auch in Sütterlin, trotzdem leichter zu entziffern.

Einen Brief hatte diese ihrer Schwiegermutter im Herbst 1943 geschrieben – kurz nach der Hochzeit und dem Umzug nach Hirschberg. Sie bedankte sich für all ihre Mühen und beteuerte, sich hier gut eingelebt zu haben. Die Briefe, die in den nächsten Wochen folgten, waren ebenfalls alle relativ knapp gehalten und folgten dem gleichem Schema. Carl habe viel Arbeit, ihr gehe es aber gut, zumal sie einige nette Frauen kennengelernt habe. Irgendwann hörten die Briefe auf – weil sie keine mehr geschrieben oder weil sie sie nicht länger aufbewahrt hatte?

Ein nicht datierter war an Jules Mutter Lia Gartner adressiert. Erst fielen die üblichen Floskeln, wie Katharina sie schon mehrfach gelesen hatte, dann einige rätselhafte Zeilen:

Kannst du dich erinnern, wie ich damals auf dem Semmering rausgeflogen bin? Ich wusste nicht, was ich tat, ich dachte, es wäre nur Spaß. Jetzt tue ich etwas Ähnliches, nur nicht aus Spaß, es ist bitterer Ernst. Es hat nichts mit einer Flagge zu tun. Oder vielleicht doch. Denn es gibt etwas, was man hochhalten muss wie eine Flagge – die Menschlichkeit.

Katharina hatte sich tief über den Brief gebeugt, und ihr Nacken schmerzte. Sie richtete sich auf und massierte sich, woraufhin der Schmerz über den Rücken wanderte.

Was zum Teufel war damit gemeint? Wann hatte die Mutter am Semmering gearbeitet, und warum war sie dort rausgeflogen? Und was hatte das mit einer Flagge zu tun? Am verblüffendsten war das Pathos in den letzten Zeilen, das Katharina sonst nie an ihr wahrgenommen hatte. Zweifellos bemühte sich Jule darum, sich gegenüber ihren Mitmenschen anständig zu verhalten, aber dahinter hatte Katharina immer nur den Wunsch vermutet, nicht anzuecken. Gottfried war derjenige mit moralischen Idealen. Als sie ein Kind gewesen war, hatte er ihr oft erklärt, wie wichtig es sei, am Ende des Tages noch guten Gewissens in den Spiegel schauen zu können. Eine wesentliche Voraussetzung dafür waren aus seiner Sicht bestimmte Tugenden: Zuverlässigkeit, Wahrhaftigkeit, Unbestechlichkeit. Und stets fiel bei ihm das Wort Ehre, deren Gradmesser der korrekte Umgang mit den Mitmenschen war. Zu ihm hätte diese etwas schwülstige Formulierung gepasst – aber zu ihrer Mutter? Was genau hatte sie damals getan, um überzeugt zu sein, sie stünde im Dienst der Menschlichkeit? Und das, nachdem sie ein paar Briefe zuvor den Anschein von einem recht unaufgeregten Alltag erweckt hatte?

Obwohl ihr Nacken immer noch schmerzte, beugte Katharina sich wieder tief über ein weiteres Schreiben. Es war einer von Carls Briefen, auch wenn diese viel schwerer zu entziffern waren. Einzig für Datum und Ortsangabe galt das nicht. *Berlin, am 10. April 1945.*

Sie wusste, dass ihr leiblicher Vater in der Reichshauptstadt gefallen war, dass sich jedoch nicht rekonstruieren ließ, wann genau. Zu den wenigen Anlässen, da sie mit Jule über ihn gesprochen hatte, gehörte ihr Ansuchen um ein Stipendium, das ihr als Kriegswaise zustand und für das sie die Todeserklärung einreichen musste. Diese war im Jahr 1950 ausgestellt worden, als ein neues Gesetz erlassen worden war: Wer als Angehöriger einer bewaffneten Macht an einem Krieg, einem kriegsähnlichen Unternehmen oder einem besonderen Einsatz teilgenommen hatte, während dieser Zeit im Gefahrengebiet vermisst worden und seitdem verschollen war, konnte für tot erklärt werden.

Damals war sie einfach nur erleichtert gewesen, dass die Formalitäten rasch erledigt waren. Sie hatte nicht weiter hinterfragt, wie bitter es für Jule, auch für Kristin gewesen sein musste, dass es keinen Leichnam gab, den sie bestatten, kein Grab, das sie besuchen konnten.

Am 10. April 1945 hatte er also noch gelebt, wenngleich der nächste Satz verriet, wie prekär seine Lage gewesen war:

Ich schreibe diese Zeilen in der festen Überzeugung, Berlin nicht lebend zu verlassen.

Katharina spürte die Trauer und die Resignation fast körperlich.

Wie war er überhaupt von Hirschberg nach Berlin geraten? Warum hatte er, der Feinmechaniker, am Ende doch noch als Soldat dienen müssen? Warum hatte er Hirschberg nicht gemeinsam mit ihr und ihrer Mutter verlassen?

Himmel, diese Briefe sollten Antworten liefern, nicht neue Fragen! Sie erhob sich, zog kleine Kreise in ihrem Büro, nahm dann ein Buch von ihrem Bibliotheksstapel, in dem es um das letzte Kriegsjahr ging. Dem Endkampf um Berlin war ein eigenes Kapitel gewidmet.

Über Wochen hatte er getobt und viel unnötiges Leid und Vernichtung über die Stadt gebracht, aber wenn Katharina sich recht erinnerte, war der Angriff der Russen auf die Hauptstadt nicht vor dem 14. April erfolgt. Zu diesem Zeitpunkt hatten sich noch viele Berliner Illusionen gemacht – dass irgendeine Heeresgruppe zu Hilfe eilen würde, obwohl die alle schon zerschlagen waren.

Und trotzdem hatte Carl schon am 10. April einen Brief verfasst, der wie ein Abschiedsbrief klang. Weil er realistischer war? Oder verzweifelter?

Sie trat wieder zum Schreibtisch, als sie aus den Augenwinkeln eine Bewegung wahrnahm. Die Tür des Büros war nur angelehnt, dennoch hatte sie die Schritte nicht gehört.

»Tut mir leid, ich wollte Sie nicht erschrecken.« Aus dem schuldbewussten Blick von Grinsekatze wurde der altbekannt spöttische. »Schon wieder so spät am Abend fleißig? Die Professoren sind längst nicht mehr da.«

Typisch für diesen Stiefellecker, davon auszugehen, sie würde nur Überstunden schieben, um Eindruck zu schinden.

»Sie sind doch auch noch hier«, erwiderte Katharina spitz. »Lassen Sie mich raten: Sie bügeln heimlich Professor Pokornys Talar für die nächste Sponsionsfeier? Oder doch eine alte Quelle, um zu verhindern, dass die Druckerschwärze auf seine Fingerspitzen abfärbt?«

Ihre Worte prallten an seinem Lächeln ab, allerdings runzelte er leicht die Stirn. »Wenn es nur das wäre, aber mich hat es wesentlich schlimmer getroffen.« Mit einem Stoßseufzer sank er gegen den Türrahmen, als würde er von einer unsichtbaren Last niedergedrückt. »Ich arbeite doch an Pokornys Urkundenbuch zur Geschichte der Babenberger in Österreich mit, und deswegen muss ich mir alle Siegelurkunden bis zum Jahr 1215 vornehmen. Heute ist eine dran, die die Heirat von Agnes, Tochter von Leopold III., belegt.«

Gab er wirklich gerade offen zu, dass er Pokornys Forschungsprojekt stinklangweilig fand?

»Eigentlich ist das doch gar nicht Ihr Fachgebiet«, murmelte sie.

»Sie sagen es. Ich müsste dringend einen Aufsatz fertigbekommen. Stattdessen helfe ich bei seinen Publikationen.«

Wieder ein Stoßseufzer. Als wäre er die Marionette einer bösartigen Schicksalsmacht. Dabei setzte er offensichtlich darauf, seine Vita durch die Co-Autorenschaft mit Pokorny aufzuhübschen.

Dass er seinen gnadenlosen Opportunismus nun auch noch als großes Opfer verkaufte, erzeugte in Katharina nicht auch nur einen Funken Mitleid.

»Womit wollten Sie den Einbrecher eigentlich niederschlagen?«, fragte sie.

»Welchen Einbrecher?«

»Na, Sie haben Licht gesehen und wollten sich vergewissern, dass niemand eine Babenberger Urkunde klaut. Da Sie nur mich angetroffen haben, können Sie eigentlich beruhigt wieder gehen.«

Sein Lachen war tief und kehlig und unerwartet ansteckend. Unfreiwillig musste sie grinsen.

»Der Einbrecher könnte meinetwegen gleich die *regesta imperii* mitnehmen. Mit der plage ich mich nämlich auch herum.«

»Machen Sie sich keine Hoffnungen, an Schrattenegger käme er niemals vorbei.«

»Ist der noch da?«

»Solange noch irgendwo Licht brennt, bestimmt.«

Schon während ihres Wortwechsels war Florians Blick immer wieder zum Schreibtisch gewandert, jetzt ging er darauf zu. Kurz empfand sie es als anmaßend, wie selbstverständlich er diesen Raum in Besitz nahm und wie unverhohlen er die alten Briefe betrachtete. Aber dann las sie etwas in seiner Miene, was es ihr schwer machte, die Feindseligkeit aufrechtzuerhalten. Wie damals in der Bibliothek huschte ihr der Gedanke durch den Kopf, dass sie sich im Grunde ähnlich waren. Dass er ihre Neugier, ihren Forschungsdrang, dieses tiefe Bedürfnis, Geheimnisse der Vergangenheit ans Licht zu bringen, teilte.

»Ein Soldatenbrief? Wie schrecklich, zu diesem Zeitpunkt in der Reichshauptstadt festzusitzen. Um den 10. April war der Großangriff der Russen noch nicht erfolgt, aber Goebbels hatte längst das ungenehmigte Verlassen der Stadt für Desertion erklärt. Jeder deutsche Mann, der sich nicht zum Frontdienst meldete, wurde auf der Stelle erschossen. Auf diese Weise hat man selbst Greise und halbe Kinder in den Schützengraben gezwungen. Meine Güte! Dieses sinnlose Opfern von Menschenleben!«

Er schüttelte den Kopf, und in seiner Miene las sie etwas, das Professoren wie Pokorny als unwissenschaftlich gebrandmarkt hätten, als Ausdruck von Schwäche, die sich eine junge Studentin noch leisten konnte, jedoch kein ernst zu nehmender Wissenschaftler: Mitgefühl. Trauer.

Florian hob schuldbewusst den Kopf und trat schnell wieder zurück. »Tut mir leid, ich wollte nicht …«

»Fahren Sie ruhig fort.«

»Womit denn?«

»Mit dem, was Sie über die Lage in Berlin im April 45 wissen.«

Es war ein gutes Gefühl, nicht allein im Nebel zu stochern.

»Nun, nicht alle Männer musste man mit Waffengewalt zum Kampf zwingen. Viele waren freiwillig dabei. Oder aufgestachelt durch die Propaganda. Die nahm immer krudere Formen an. Zuletzt machte gar ein Horrorgerücht die Runde, wonach verwundete Soldaten von Sowjetkommissarinnen kastriert würden.«

»Und das hat man geglaubt?«

Er zuckte die Schultern. »Man hat ja auch geglaubt oder zumindest gehofft, dass doch noch die ominöse Wunderwaffe zum Einsatz käme. In Wahrheit gab es keine Munition mehr für die Artillerie und keinen Treibstoff mehr für die Panzer. Kranken und Verwundeten drückte man so was Nutzloses wie die Volkshandgranate 45 in der Hand – einen Klumpen Beton, in dem eine kleine Sprengladung und ein Zünder steckten. Damit sollten sie sich selbst in die Luft sprengen, sobald sich Russen näherten.«

»Grauenhaft!«

Sie biss sich auf die Lippen. Er mochte gerade Empathie bewiesen haben – dennoch war sie immer bestrebt, bei der Diskussion über historische Ereignisse auf bewertende Adjektive zu verzichten. Allerdings ging es nicht um *die* Geschichte. Sondern um *ihre* Geschichte.

Das schien auch er zu spüren, als er sie aufmerksam musterte. »Von wem stammt dieser Brief?«

»Wartet nicht die Heiratsurkunde der Babenbergerin auf Sie?«

»Angesichts dessen, dass die schon ein paar Jahrhunderte auf dem Buckel hat, ist sie sehr gut im Warten.«

»Professor Pokorny auch?«

Er grinste ein wenig schuldbewusst, wurde aber rasch wieder ernst. »Das Schicksal von einfachen Soldaten hat mich immer sehr interessiert«, sagte er leise. »Mein Vater ist im Krieg geblieben, wie man so schön sagt. Wobei rein gar nichts schön daran ist, sinnlos abgeschlachtet zu werden. Der Zweite Weltkrieg ist zwar nicht unbedingt mein Spezialgebiet, aber auch bei meinem aktuellen Forschungsprojekt geht es oft um den Alltag der Soldaten.«

»Die Frontverläufe in der Bukowina«, murmelte sie, und diesmal stand der Name nicht für einen blinden Fleck auf der Landkarte. Diesmal glaubte sie sie förmlich vor sich zu sehen – die jungen, verlorenen Männer, die voller Todesangst im feuchten Schützengraben kauerten.

Er nickte langsam. »Ich habe bereits meine Diplomarbeit darüber geschrieben. Um mich in sie hineinzuversetzen, habe ich ein paar Tage lang nur die tägliche Ration der Soldaten gegessen. Zwieback, Dosenfleisch, gerade mal fünfundzwanzig Gramm Kaffee. Lange durchgehalten habe ich's natürlich nicht.« Er schlug sich auf seinen nicht vorhandenen Bauch. »Wahrscheinlich würde mir das mal wieder guttun.«

Er zwinkerte ihr kokett zu, aber seine belegte Stimme bewies, wie nahe ihm die Sache ging.

Sie kam aus dem Staunen nicht mehr heraus. Leidenschaft für das Fach und Forschungseifer waren das eine. Aber die Bereitschaft, sich wirklich mit Haut und Haaren auf ein Thema zu stürzen, hätte sie ihm niemals zugetraut.

Das machte es ihr leicht, nun auf Carls Brief zu deuten, ihn näher heranzuwinken. »Ich beschäftige mich gerade mit der Geschichte meiner Familie«, vertraute sie ihm an. »Das ist der letzte Brief meines Vaters. Er hat es nicht mehr aus Berlin herausgeschafft. Vielleicht tun Sie sich leichter mit der Sütterlinschrift und können mir …«

Sie brach ab, als plötzlich hastige Schritte im Gang zu hören waren. Erst näherten sie sich zügig ihrem Büro, dann verstummten sie, als würde sich jemand suchend umblicken.

Florian streckte seinen Kopf durch den Türspalt. »Kann ich Ihnen helfen?«

Wieder ertönten ein paar Schritte, dann eine dünne, verlegene Stimme. »Ich suche meine Tochter.«

Die Sekunden, die Katharina brauchte, um ihre Fassung wiederzugewinnen, fehlten ihr, um die Briefe zu verstecken.

Mit weit aufgerissenen Augen starrte sie ihre Mutter an, als die den Raum betrat. Jule hingegen hatte keinen Blick für sie übrig. Sie erbleichte, als sie die Briefe entdeckte. Ein paar Momente lang folgten nur hektische Atemzüge. Dann ein vorwurfsvolles: »Wie konntest du nur?«

Augenblick um Augenblick verrann. Die Anklage verlor an Wucht. So heftig die Empörung zunächst in Jules Blick gelodert hatte, verwandelte sie sich doch bald in Verlegenheit. Unwillkürlich machte sie sich kleiner.

»Nun setz dich doch«, forderte Katharina sie auf, »dann können wir in Ruhe reden.«

Jule starrte auf ihre Schuhspitzen. »Was gibt es da zu reden? Du gibst mir einfach die Briefe zurück, und dann …«

Und dann würden sie wieder in der Perückenbox verschwinden. Unter noch mehr Schweigen begraben. Und beim nächsten Treffen würden alle so tun, als wäre nichts passiert.

Wie hatte ihre Mutter überhaupt herausgefunden, dass sie sie mitgenommen hatte? Katharina konnte sich nicht vorstellen, dass Gottfried sie verraten hatte. Eher, dass Jule auf verräterische Spuren gestoßen war.

Während Katharina keine Anstalten machte, ihrer Bitte Folge zu leisten, löste sich Jule aus ihrer Starre. Doch noch bevor sie die Briefe erreichte, trat Katharina vor sie. Wieder fiel ihr

Blick auf den obersten. Hatte sie bislang mühsam Wort für Wort entziffern müssen, erfasste sie jetzt mit einem Blick den Inhalt einer weiteren Zeile: »Mein geliebtes Julchen und mein geliebtes Pupperle.«

Pupperle.

Sie konnte das Wort nicht hören, aber fühlen, ein feiner, heller Ton, der nicht durch die Ohren drang, sondern direkt ins Herz.

»Dieser Brief ist auch an mich adressiert«, hörte sie sich sagen. »Warum sollte ich ihn nicht lesen dürfen?«

»Du … du hast so gut wie nie nach früher gefragt.«

»Du hast so gut wie nie von früher erzählt.«

Wieder Schweigen, dann hob Jule die Hand – vielleicht ein zaghafter Versuch, die Kluft zwischen ihnen mit einer Berührung zu überwinden oder auch die Briefe an sich zu raffen. Doch Jule schien die Kraft für beides zu fehlen, ihre Hand zitterte, sank wieder herab.

»Gib sie mir einfach zurück.«

»Diese Geschichte gehört nicht dir allein.«

»Warum interessierst du dich so plötzlich dafür?«

»Und warum tauchst du plötzlich an der Uni auf? Du bist kaum je hier gewesen, obwohl du weißt, wie wichtig mir meine Arbeit ist. Du kommst erst, wenn du mir was wegnehmen willst.«

»Ich nehme dir nichts weg. Ersparen will ich's dir.«

»Ja, was denn?«

Über Jahre, Jahrzehnte hatte sie es verdrängt … dieses vage Gefühl, dass sie bei aller Geborgenheit im Kreise ihrer Familie oft im Nebel watete, so dicht, dass sie weder ihre eigenen Füße sehen konnte noch, worauf diese standen. Sie hatte sich ein Geländer zum Festhalten erschaffen – all ihre Leistungen –, hatte der Frage, wer sie eigentlich war, immer einen neuen Titel entgegengesetzt. Jetzt wackelte das Geländer.

Jule wich zurück, kam aber nicht weit: Bei der Tür stand noch Florian Bruckmann.

Bisher schien Jule ihn gar nicht richtig wahrgenommen zu haben. Auch Katharina hatte ihn kurz vergessen. Jetzt stieg in ihrer beider Wangen Röte auf. Katharina war wütend, weil er gelauscht hatte. Jule wiederum schien sich zu schämen.

»Entschuldigen Sie vielmals«, murmelte sie, als wäre es ihre Schuld, dass er sich nicht diskret zurückgezogen hatte.

»Ich bitte Sie! Wenn, dann muss ich Sie um Verzeihung bitten.« Er nickte ihr aufmunternd zu, lächelte freundlich. »Gestatten, Dr. Florian Bruckmann, Assistent am Institut für Osteuropäische Geschichte mit Schwerpunkt Zeitgeschichte, ein Kollege Ihrer Tochter.«

Katharina konnte sehen, wie ein Ruck durch Jule ging. Vor dieser akademischen Respektsperson galt es natürlich, Haltung anzunehmen. Das schüchterne Lächeln, das Jule Florian nun schenkte, ließ Katharina Schlimmes ahnen.

»Warum hast du mir denn nie von diesem netten Kollegen erzählt?«, kam es auch schon mit leisem Vorwurf. Was immer Jule hierhergeführt hatte – die Suche nach einem geeigneten Schwiegersohn hatte bei ihr grundsätzlich Priorität.

»Am besten, du gehst jetzt, Mutti«, sagte Katharina schnell, bevor die Mutter in übertriebene Lobhudeleien verfallen konnte.

Jules Augenlider zuckten, als sich ihr Blick wieder auf die Briefe heftete, aber sie forderte sie nicht noch einmal ein, natürlich nicht. Vor diesem gut aussehenden, gebildeten Mann durfte sie keine Szene machen.

»Entschuldigen Sie«, wandte sie sich wieder an ihn, »ich wollte wirklich nicht stören.«

»Wie kommen Sie denn auf die Idee, dass Sie hier stören?« Florian breitete seine Arme aus, sodass sie sich an ihm hätte vorbeidrängen müssen, um zur Tür zu gelangen. »Wir Historiker sind doch angewiesen auf Menschen wie Sie.«

»Menschen … wie mich?«

»Aber natürlich!« Er ließ die Hände sinken. »Zeitzeugen.«

»Was sollte *ich* denn bezeugen?«

»Jeder hat eine interessante Geschichte zu erzählen, wirklich jeder. Und Geschichte ... das sind Geschichten. Nicht nur die von ein paar gekrönten oder uniformierten Leuten. Sondern von Menschen wie du und ich. Weil ihre Perspektive genauso zählt. Weil sie geraderücken, ergänzen, die Forschung bereichern.«

Kaum zu glauben, wie sanft und behutsam er mit Jule redete. In diesem Moment hatte er rein gar nichts mit dem gönnerhaften, arroganten Kollegen gemein, als den sie ihn kannte, sondern ließ stattdessen an einen besonders pflichtbewussten Arzt denken – einen, der nicht nur auf einen kranken Körperteil fixiert ist, sondern den ganzen Patienten sieht, der sich geduldig Symptome schildern lässt, um auch die Ursachen gründlich behandeln zu können. »Sie waren während des Krieges in Niederschlesien, nicht wahr?«, fragte er leise. »Gewiss haben Sie dort Erfahrungen gemacht, die Ihr Leben veränderten und prägten. Die meisten sprechen nicht so gerne darüber. Und das verstehe ich, weil viele Erinnerungen an Kriegszeiten schmerzhaft sind. Aber das ändert nichts daran, dass sie unglaublich wertvoll sind. Für Sie selbst, für Ihre Tochter und für die Geschichtsschreibung.«

Katharina gab es nur ungern zu, aber insgeheim war sie erleichtert, der Mutter nicht allein ausgesetzt zu sein und das Reden ihm überlassen zu können. Sie ahnte auch: Ihr gegenüber hätte sich die Mutter in trotziges Schweigen geflüchtet. Bei einem unbeteiligten, unvoreingenommenen Gesprächspartner fiel es ihr womöglich leichter, den Mund aufzumachen.

»Mein Mann ... war dort stationiert«, antwortete Jule zögernd. »Er arbeitete für die Rüstungsindustrie ... genauer gesagt beim Flugzeugbau. In Niederschlesien wurde ja viel experimentiert in Sachen Wunderwaffe.«

»Ich verstehe.« Florian hielt den Augenkontakt mit ihr, während er einen Stuhl heranzog und sich setzte, fast als wollte er sich kleiner machen, um sie nicht einzuschüchtern.

Während er unendlich viel Geduld zu haben schien, fehlte es Katharina entschieden daran. »In der Rüstungsindustrie kamen viele Zwangsarbeiter zum Einsatz, oder?«, entfuhr es ihr. Erst als der Satz draußen war, ging ihr auf, dass ihre Stimme viel zu forsch geklungen hatte.

Jules Blick ging von Florian zu ihr, dann wieder zurück, voll jähem Misstrauen, als wäre sie in ein abgekartetes Spiel geraten, in dem er fürs Einlullen zuständig war und ihre Tochter fürs Zustoßen.

»Entschuldige«, sagte Katharina schnell. »Ich will dich nicht ins Kreuzverhör nehmen, ich möchte nur wissen …«

»Bei uns hießen sie anders«, unterbrach Jule sie unerwartet. Sie sprach nicht zu ihr, sondern zu Florian. »Bei uns wurden sie Ostarbeiter genannt. Und das war noch freundlich. Oft beschimpfte man sie als Gesindel, als Parasiten, Untermenschen …« Sie schüttelte den Kopf. »Wie böse Menschen sein können.«

Katharina hatte unwillkürlich den Atem angehalten, als könnte nicht nur jedes Wort, auch jedes Geräusch Jule aus dem Takt bringen.

»Sie sind also Zwangsarbeitern begegnet?«, fragte Florian ruhig.

Die Mutter atmete gepresst. Etwas in ihr schien sich zu verkrampfen. Doch als Florian ihr aufmunternd zunickte, brach es regelrecht aus ihr heraus.

»Ich hab für sie gekocht. In der Lagerküche. Wenn man das überhaupt Kochen nennen kann … Es war ja immer zu wenig da. Die Monatsration war so gering.« Wieder ein gepresster Atemzug, dann fügte sie erstaunlich fest hinzu, als läse sie von einem Einkaufszettel ab: »8000 Gramm Roggenmehl, 800 Gramm Fleisch, 520 Gramm Schmalz, 50 Gramm Kartoffelmehlprodukte … Zum Sterben zu viel, zum Leben zu wenig. Viel zu wenig. Es war schrecklich, einfach nur schrecklich …«

So energisch sie begonnen hatte, beim letzten Satz schien ihre Stimme zu erlöschen. Als hätten die Gewichtsangaben sie daran gemahnt, alle Worte über diese Zeit auf eine Goldwaage zu legen.

Wieder nickte Florian verständnisvoll, aber Katharina konnte einmal mehr nicht an sich halten. »Du hast in einer Lagerküche gearbeitet?«

Jules Blick flackerte, als er kurz zu ihr wanderte. »Es hat so lange gedauert, bis sich die Frauen mir öffneten ... vielleicht haben sie das nie aus ganzem Herzen getan. Trotzdem ...« Nervös kaute sie auf ihren Lippen.

»Trotzdem haben sie dir ihre Rezepte anvertraut«, platzte es aus Katharina heraus. »Russische, ungarische, tschechische, polnische«, fügte sie hinzu, als ihre Mutter nicht reagierte. Jule zog etwas unbehaglich die Schultern hoch, und Katharina wurde der Mund trocken. Florian jedoch suchte ihren Blick. Er wirkte interessiert, nicht aufdringlich; Anteil nehmend, nicht übergriffig. »Ich kenne ein paar tschechische Rezepte. Kulajda mit Dill. Knedlíky. Aber ich weiß nicht, ob ich je etwas Russisches gegessen habe.«

Noch mehr als seine sanfte Stimme entfaltete die Erwähnung von Rezepten ihre Wirkung.

»Draniki«, hörte Katharina ihre Mutter plötzlich sagen. »Das sind Kartoffelpuffer. Eine ukrainische Variante gibt es auch. Dort heißen sie Deruni. Das war eines der wenigen Gerichte, die ich habe machen können. Man braucht nicht so viel. Mehl, Kartoffeln, ein Ei. Nur der Kaviar fehle, hat Feodora gesagt.« Sie starrte ins Leere. Oder geradewegs ins Reich der Erinnerungen, von wo ihr eine junge Frau zuwinkte. Ihre Lippen zuckten, als wollten sie lächeln. Aber der Blick war so traurig, als würde sie gleich zu weinen anfangen. Am Ende wurde die Miene ausdruckslos.

»Feodora?«, fragte Katharina.

»Es ist so lange her. Es hat doch keinen Sinn, darüber zu sprechen ...«

Florian schien zu akzeptieren, dass sie wieder alle Schotten dicht machte, doch Katharina war das zu wenig. »Aber wie kam's dazu, dass du ein Kochbuch mit all diesen Rezepte rausgebracht hast?«

Langsam wandte sich die Mutter ihr zu. Obwohl sie endgültig ins Hier und Jetzt zurückgekehrt war, starrte sie ihre Tochter an, als könnte sie nicht fassen, dass Katharina eine erwachsene Frau war und nicht mehr der Säugling von damals.

»Welches ... Kochbuch?«

Es lag auf dem Schreibtisch. Katharina langte danach, hielt es ihrer Mutter hin und begann, als keine Reaktion kam, darin zu blättern. Sie nannte einige Gerichte, schlug schließlich die letzte Seite auf. »Da ... da steht doch dein Mädchenname.«

»Juliane Gartner«, las Jule langsam, stockend, als wäre ihr der eigene Name fremd. Sie erblasste noch mehr als beim Anblick der alten Briefe, und zugleich trat eine Ader an der Schläfe hervor, die Katharina nie zuvor an ihr wahrgenommen hatte. Erst weitete sich ihr Blick, dann wurden ihre Augen ganz schmal, als würde sie erst zu wenig und dann viel zu viel sehen.

»Das ... das gibt's doch nicht. Das ist unmöglich. Dieses Buch ... es darf ... es *kann* nicht existieren!«

Florian erhob sich ganz langsam, Jule dagegen riss Katharina schnell das Kochbuch aus den Händen und drückte es an sich, als wollte sie es vor der ganzen Welt verstecken.

»Es darf ... es kann doch nicht existieren!«, rief sie wieder. Und ehe Katharina sich's versah, griff die Mutter auch nach Carls Brief vom 10. April 1945 und stürmte aus dem Büro.

Bis Katharina die Fassung wiedergefunden hatte, war es zu spät. Das »Mutti!«, das sie ihr nachrief, verhallte ungehört im Gang. Mit lautem Knall schlug die schwere Glastür hinter Jule zu.

14. KAPITEL

1943

Jule trat beherzt in den Raum.

Schon eine der gewöhnlichen Baracken aufzusuchen war schwer erträglich – kein Ort, wo man leben konnte, höchstens vor sich hinvegetieren. Alles war vollgestopft mit Stockbetten, und nicht auf jedem von ihnen lag ein verlauster Strohsack. Ebenso knapp waren die Pferdedecken. Neben den Betten bestand das Mobiliar nur aus einem Tisch mit zwei Bänken, einem Spind und einem winzigen Ofen, mit dem man nie und nimmer einen großen Raum heizen konnte, zumal das Holz feucht war und mehr Qualm als Wärme erzeugte. Jetzt im Winter wurde die Kleidung niemals trocken.

Hier auf der Krankenstation war es noch schlimmer. Der Boden war dreckiger, die Wände schiefer und dünner, und die schmalen Pritschen anstelle der Stockbetten machten den Eindruck, als würden sie gleich zusammenbrechen, wenngleich die einzige Patientin, die hier nur mit einem zerrissenen Kleid zugedeckt lag, kaum mehr Gewicht haben konnte als eine Feder. Waschgelegenheiten gab es keine, und die Notdurft wurde in Eimern verrichtet – so wie es auch in den Baracken keine Klosetts gab, sondern der große Graben daneben als Latrine diente. In der Nacht, wenn die Frauen die Baracken nicht verlassen durften, musste die Notdurft durch die Barackenfenster verrichtet werden – eine Qual vor allem für jene, die an Durchfallerkrankungen litten.

Medizinische Geräte oder Medikamente waren nicht vorhanden. Der Lagerarzt schaute nur einmal in der Woche vorbei, weniger um Kranke zu verarzten, als vielmehr um diejenigen, die nicht mehr zu retten waren, zum Abschuss freizugeben. Unter den Lagerinsassinnen selbst gab es ein paar Ärztinnen, aber die durften nur stundenweise ihren Schicksalsgenossinnen zur Seite stehen, sonst waren sie in der Fabrik im Einsatz. Eine von ihnen hatte Jule den Hinweis gegeben, dass die Frau, nach der sie nun schon seit Monaten suchte, kürzlich in das Lager von Gebhardsdorf überstellt worden und dort gleich auf der Krankenstation gelandet war.

Als sie sich nun der Pritsche näherte, sah sie, dass Zytas Cousine schlief. Es erschien ihr brutal, sie einfach zu wecken, allerdings blieb ihr nicht viel Zeit. Es war schwer genug gewesen, die Krankenstube unbemerkt von Frau Schranz und Frau Tremel zu betreten.

Wenigstens Frau Tremel würde wohl ein Auge zudrücken. Jule hatte nie miterlebt, dass die stellvertretende Lagerführerin die Insassinnen schlug oder zusammenschrie. Und wenn eine im Schälraum in der Küche mal mit Absicht länger brauchte, weil das Schälen von Karotten und Kartoffeln die einzige Arbeit war, die sie im Sitzen verrichten durften, bezichtigte sie sie nie der Faulheit.

Frau Schranz war da ein ganz anderes Kaliber. Deren Stimme stieg bereits in furchterregende Höhen, wenn sie die Kolonnenführerinnen anschnauzte – jene Frauen, die die Ostarbeiterinnen vom Lager zum Fabrikgelände und wieder zurück brachten. Die Häftlinge selbst behandelte sie mit noch größerer Grausamkeit. Jule war ihr von Anfang an ein Dorn im Auge gewesen, konnte sie sich doch nicht erklären, warum ihr die Lagerköchin, die an einem Tag aufgetaucht und danach sofort wieder verschwunden war, nur eine knappe Woche später erneut vorgestellt wurde, um von nun an vier Tage die Woche auszuhelfen. Der Anordnung von Oberscharführer Windisch hatte sie sich nicht widersetzen können, aber ihre Stimme war eisig gewesen, als sie Jule die wichtigsten Vorschriften erklärt hatte: dass jeglicher persönliche Kontakt mit Häftlingen zu unterbleiben hatte und private Unterhaltungen ebenso verboten waren wie die Verteilung von Gegenständen oder die Beförderung von Briefen.

»Und Sie betreten nur Küche und Warenlager. Die Baracken ausschließlich in Notfällen.«

»Selbstverständlich«, hatte Jule gemurmelt.

Kaum ein Tag war seitdem vergangen, da sie sich nicht von den Argusaugen dieser Frau bewacht fühlte. Lange hatte sie nicht gewagt, das zu tun, weswegen sie sich überhaupt hatte anstellen lassen – heimlich Trockenfleisch in die dünne Spinat- oder Steckrübensuppe zu mischen, etwas Butter unter die Kartoffeln zu rühren und das Schwarzbrot in dickere Scheiben zu schneiden. Aber dann hatte sie sich gesagt, dass ihr nichts Schlimmeres passieren konnte, als dass man sie sofort entließ, und dieser Gedanke hatte ihr heute sogar die Entschlossenheit verliehen, die Krankenstation aufzusuchen.

Sie kniete sich neben die Pritsche. Der Atem dieser Frau aus Haut und Knochen ging rasselnd. Sie krümmte sich leicht, als würde sie selbst im Schlaf von Schmerzen heimgesucht.

Die Häftlingsärztin hatte nicht verraten, warum Adelajda hier auf der Krankenstation lag, aber Jule konnte es sich vorstellen. Nicht nur, dass unzählige Frauen im Lager an Hungerödemen litten, es kam auch oft zu Unfällen, da im Werk keinerlei Arbeitsschutzvorkehrungen getroffen wurden.

Verletzungen waren nicht zu erkennen. Die Augen sahen allerdings wie offene Wunden aus, als sie sie aufschlug, Jule mit einem Ausdruck von Panik anstarrte und hastig hochfuhr. Sobald sie aufrecht saß, krümmte sie sich wieder. Erst dann schien ihr aufzugehen, dass sie sich am einzigen Ort des Lagers befand, wo sie fürs Schlafen nicht verprügelt wurde – und dass vor allem von Jule keine Gefahr drohte. Denn die machte keinerlei Anstalten, drohend die Hände zu heben, hielt in diesen vielmehr einen gefüllten Blechnapf.

»Du bist Adelajda, stimmt's?«

Sie hatte erwartet, das Vertrauen der anderen zu gewinnen, wenn sie ihren Namen sagte, doch die junge Frau begann zu schlottern, als hätte Jule eine wüste Drohung ausgestoßen.

»Iss erst mal«, sagte Jule beschwichtigend und streckte ihr abermals den Blechnapf hin.

Verwirrt starrte die Kranke darauf. Wahrscheinlich hielt nicht nur das Misstrauen sie davon ab, die Gabel zu ergreifen, sondern auch ein völliger Mangel an Kraft. Schließlich spießte Jule selbst eine der Piroggen auf und führte sie an Adelajdas Mund.

Das Rezept hatte sie von Zyta.

Selten bot sich die Möglichkeit, allein unter vier Augen mit ihr zu reden, und selbst wenn es gelang, blieb die Polin argwöhnisch. Dem Versprechen, dass sie nach Adelajda suchen würde, hatte sie nie richtig getraut, und jedes Mal, wenn Jule ein Gericht für sie kochte, erklärte sie hinterher, was sie alles falsch gemacht hätte.

Der Mund der jungen Frau öffnete sich mechanisch. Sie schluckte die Pirogge, fast ohne zu kauen.

»Für die Füllung habe ich Buchweizen in einer Pfanne ohne Fett angeröstet«, erklärte Jule, während sie die nächste aufspießte. »Danach in Fond aufquellen lassen und mit Butter, Salz und Pfeffer, Knoblauch und Dill abgeschmeckt. Zyta hat gesagt …«

»Zyta?« Plötzlich waren die Augen keine großen, schwärenden Wunden mehr. Etwas Warmes, Menschliches leuchtete in ihnen auf. Hoffnung. Sehnsucht. »Zyta?«, wiederholte sie mit etwas festerer Stimme.

»Deiner Cousine geht es gut, sie lebt immer noch in Hirschberg. Aber sie ist in großer Sorge um dich. Wie wird sie sich freuen, wenn sie erfährt, dass du …«

Sie brach ab, als sich plötzlich wieder Panik in Adelajdas Augen spiegelte. Unversehens schlug die junge Frau Jule die Gabel aus der Hand, die mitsamt der Pirogge auf dem Boden landete, und verbarg den fast leeren Blechnapf rasch unter ihrem grauen Kittel.

Verständnislos starrte Jule sie an. Sie begriff erst, als Adelajda mit dem Kinn Richtung Tür wies und von dort eine Stimme erklang: »Was machen Sie denn hier, Frau Adler?«

Oberscharführer Albert Windisch.

Geistesgegenwärtig riss sie ein Stück Stoff von ihrem Kittel ab und wickelte es sich um den Daumen, ehe sie sich erhob und hastig auf ihn zutrat.

»Wie konnte ich nur so dumm sein!«, stieß sie aus. »Da habe ich mir doch tatsächlich vorhin in den Daumen geschnitten. Ich dachte, ich würde hier Desinfektionsmittel und sauberes Verbandszeug finden, aber das hier tut es auch.« Sie schwenkte den verbundenen Daumen vor seinem Gesicht.

»Sie sollten nicht hier sein.«

»Ich weiß, das ist streng verboten, aber ich dachte, in diesem Fall …«

»In manchen Lagern wurden kürzlich Tuberkulosefälle gemeldet. Es ist nur eine Frage der Zeit, bis dieses Ungeziefer die auch bei uns einschleppt.«

»Dann sollte ich rasch wieder gehen. Die Blutung hat schon aufgehört.«

Noch war seine Miene misstrauisch. Aber wenigstens achtete er nicht auf Adelajda, der es mittlerweile gelungen war, auch die Gabel mit der Pirogge zu verstecken. Als Jule beherzt an ihm vorbei ins Freie trat, folgte er ihr, und obwohl sie noch lange seinen Blick im Rücken fühlte, hielt er sie nicht auf, als sie im Laufschritt zur Lagerküche hastete.

Trotz ihres Unbehagens war sie dankbar, heute einen gehörigen Schritt weitergekommen zu sein.

Wie sie sich darauf freute, Zyta von ihrer Begegnung mit Adelajda erzählen zu können! Verheimlichen musste sie ihr nur, dass sie die Cousine ausgerechnet auf der Krankenstation gefunden hatte. Und dass die Möglichkeiten, ihr weiterhin zu helfen, begrenzt blieben. Sie konnte Lebensmittel ins Lager schmuggeln, Verpackungen oder Tücher zum Reinigen von Kochgeschirr liegen lassen, damit sich die Insassinnen daraus Schuhe oder Gamaschen bastelten. Doch das hatte bislang nicht ausgereicht, um mehr Vertrauen zu gewinnen als irgendwelche Aufseherinnen.

Sie war noch gut zwanzig Schritte von der Lagerküche entfernt, als sie die unverkennbar schrille Stimme von Frau Schranz vernahm. Die klang bereits unangenehm in den Ohren, wenn sie ganz normal sprach – wenn sie hingegen jemanden zur Rede stellte, hinterließ das Kratzer in der Seele. Jules Beine begannen heftig zu beben, und etwas Kaltes schien sich um ihren Hals zusammenzuziehen, als ihr aufging, dass die strenge Aufseherin ihre Abwesenheit entdeckt haben musste.

Sie kann dir nichts tun, sagte sie sich entschlossen. *Sie hat nicht die Befugnis, dich zu entlassen, und Windisch hat es auch geschluckt, dass ich auf der Krankenstation war.*

Dieser Gedanke gab ihr genug Standhaftigkeit, um das letzte Stück zu überwinden – und in der Küche angekommen stellte sie fest, dass Frau Schranz gar nicht ihretwegen so wütete. Dass sie kurz von ihrem Arbeitsplatz verschwunden war, hatte auch eine der Lagerinsassinnen genutzt, um sich zu entfernen. Dafür gab es nur einen einzigen legitimen Grund – austreten zu müssen –, und selbst dafür galt es, um Erlaubnis zu bitten, die nur maximal dreimal am Tag gewährt wurde. Die junge Frau, die eingeschüchtert vor Frau Schranz stand, konnte sich also nicht damit herausreden.

»Wo bist du gewesen?«, brüllte Frau Schranz und versetzte ihr eine Ohrfeige, die sie taumeln ließ. Alle Frauen waren dünn und blass und schlichen meist mit gesenktem Kopf umher, sodass Jule sie kaum voneinander unterscheiden konnte. Aber diese Frau erkannte sie – es war diejenige, der sie damals vom Mohnkuchen gegeben hatte. Sie wirkte noch eingeschüchterter als die anderen, erledigte den Küchendienst aber immer besonders schnell und gründlich.

»Na, willst du immer noch nicht reden?« Frau Schranz hob

wieder die Hand, doch dann fiel ihr offenbar etwas Besseres ein. »Vielleicht stimmen dich ein paar Tage in der Arrestzelle gesprächiger.«

Alle anwesenden Insassinnen zuckten bei dieser Androhung zusammen. Jule hatte die Arrestzelle noch nie mit eigenen Augen gesehen, aber alles, was sie darüber hörte, ließ ihr das Blut in den Adern gefrieren.

»Ich hab nichts gemacht, ich habe nur …«

Das Flüstern war kaum hörbar.

»Du hast dich nach einem Fluchtweg umgeschaut, ja? Lass dir gesagt sein, was passiert, wenn du noch einmal abzuhauen wagst.« Die Stimme von Frau Schranz klang inzwischen wie das Kreischen einer Säge. »Beim ersten Mal wird einem nur der Kopf rasiert, aber beim zweiten Mal – da geht's zurück nach Auschwitz.«

Die junge Frau wirkte wie ein gefällter Baum, als sie kraftlos auf ihre Knie sank. »Bitte nicht«, flehte sie, erntete damit aber nur ein abfälliges Grunzen von Frau Schranz, der blecherne Abglanz eines Lachens. Einmal mehr hob sie die Hand, wirkte vor der winzigen, knienden Frau noch bedrohlicher.

»Aufstehen!«, kreischte sie. »Na, wird's bald!«

»Jetzt hören Sie doch auf!« Jule erschrak über sich selbst.

Nicht nur Frau Schranz fuhr zu ihr herum, auch alle anderen Lagerinsassinnen starrten sie jetzt an. Selbst die junge Frau auf den Knien blickte hoch.

Jule verschränkte unwillkürlich schützend die Arme vor der Brust. Nicht, dass das helfen würde. Sie war zu weit gegangen, zweifellos.

Schon funkelte die Wärterin sie wütend an. »Wie können Sie es wagen, sich einzumischen?«

Fieberhaft dachte Jule nach.

»Ist Ihnen der Mund zugewachsen?«, giftete die Aufseherin.

»Kartoffelschalen«, stieß Jule hervor.

»Wie bitte?«

»Kartoffelschalen … hier fallen so viele davon an, und sie

werden einfach weggeworfen. Das ist Verschwendung, und die gute deutsche Frau verschwendet nichts. Erst recht produziert sie keinen Abfall. Aus Kartoffelschalen lässt sich ein hervorragendes Spülmittel herstellen. Zu diesem Zweck werden sie mit kochendem Wasser aufgegossen und zwölf Stunden eingeweicht. Die sämige Flüssigkeit, die zurückbleibt, eignet sich perfekt zum Scheuern.«

Frau Schranz legte den Kopf schief. Jule war nicht sicher, ob in ihrer Miene nur Verwirrung oder tiefes Misstrauen stand. »Kein Grund, sich unerlaubt aus der Lagerküche zu entfernen«, knurrte sie.

»Doch«, erwiderte Jule, ohne zu wissen, woher sie den Mut nahm. »Diese Mixtur muss an einem möglichst kühlen Platz gelagert werden, am besten im Schnee. Hier in der Küche ist es zu warm, aber hinter den Latrinen ist der Boden fast gefroren. Ich habe der da befohlen, das Gefäß mit den Kartoffelschalen regelmäßig zu schütteln.«

Stille senkte sich über die Küche, alle schienen den Atem anzuhalten. Wenn Frau Schranz die Kartoffelschalen sehen wollte oder ein schon fertiges Spülmittel, würde Jule auffliegen. Doch schließlich schnauzte Frau Schranz die junge Frau lediglich an: »Steh sofort wieder auf und mach dich an die Arbeit.«

Jule fühlte, wie die andere darum kämpfen musste, auf die Beine zu kommen. Wenn es ihr nicht schnell genug gelang, würde sie sich noch eine Ohrfeige einfangen. Aber sie schaffte es.

Wortlos wandte Frau Schranz sich ab. Als sie an Jule vorbeiging, schnaubte sie: »Sie taugen ja doch zu etwas.«

Obwohl sie erleichtert war, glühten Jules Wangen, als hätte auch sie eine Ohrfeige erhalten, und es fiel ihr schwer, das Zittern zu unterdrücken.

Den anderen musste es ähnlich gehen, aber sie machten sich sofort wieder an die Arbeit, sobald Frau Schranz weggestapft war. Nur die junge Frau, für die Jule sich eingesetzt hatte, stand etwas verloren herum, als wüsste sie nicht, wo ihr Platz war. Als sie ihren Blick auf Jule richtete, zuckten ihre Mundwinkel, als versuchte sie zu lächeln, hätte es aber verlernt. Und sie zwinkerte heftig, als wäre es ebenso unerträglich, in ein freundliches Gesicht zu starren wie in die strahlende Sonne.

»Sagst du mir, wie du heißt?«, fragte Jule leise.

Die Mundwinkel zuckten stärker. Immerhin kamen ihre Augen nun zur Ruhe, als hätte sie festgestellt, dass Sonne nicht blind machte, im Gegenteil.

»Wiktorija.«

»Wiktorija«, wiederholte Jule.

Wieder vergingen ein paar Augenblicke.

»Ich komme aus Charkiv«, fügte die andere schließlich hinzu.

»Aus Charkiv«, wiederholte Jule, und obwohl sie glücklich war, dass Wiktorija redete, war sie zugleich beschämt, weil sie nicht wusste, in welchem Land dieser Ort lag.

»Was isst man gern in Charkiv?«

»Zu wenig, immer zu wenig. Unter den Russen, unter den Deutschen.«

Jule schluckte schwer. »Was würde man denn gerne essen?«

Da fuhr Wiktorijas Hand hervor und umfasste zaghaft die ihre. Die Finger der jungen Frau waren eiskalt. »Sotschni.«

»Und wie macht man die?«

Die andere zögerte, als hätte sie sich schon viel zu weit auf verbotenes Terrain gewagt. Unwillkürlich zog sie die Hand wieder zurück. Doch als Jule schon fürchtete, dass die Redebereitschaft wieder versiegt war, kam es mit einem halb zaghaften, halb verschmitzten Lächeln: »Aus Mürbteig. Man kann ihn mit einer Mischung aus Quark und Zucker füllen. Oder mit Lauch und Fleisch.«

Jule hatte gehofft, Zyta würde sich über ihr Treffen mit Adelajda freuen. Doch sie schlug sich nur die Hände vors Gesicht.

»Sie lebt, ist das nicht das Wichtigste?«

»Ich glaube nicht, dass es für sie das Wichtigste ist. Für sie zählt ihre Ehre viel mehr. Das hat sie doch überhaupt erst in diese Lage gebracht.« Zyta nahm die Hände vom Gesicht. Ihre Augen waren gerötet. »Ein ehrenvoller Tod ist ihr lieber als ein unehrenhaftes Leben. Ich kenne Polinnen, die sich nach dem deutschen Einmarsch umgebracht haben. Sie haben den Sud von Bregava-Zigaretten getrunken, um sich zu vergiften.«

»Das ist kein ehrenhafter Tod, sondern ein grässlicher.«

»Eben.«

»Ich werde ein Auge auf sie haben«, versuchte Jule sie zu trösten, aber sie ahnte: Die Stunden, da Zyta Qualen der Angst ausstand, würden immer zahlreicher bleiben als die, in denen sie Mut schöpfte.

Jule hatte außerdem gehofft, dass ihr der Einsatz für Wiktorija deren Vertrauen einbringen würde, zumal sie am nächsten Tag mit einem Kessel voller Sotschni ins Lager gekommen war. In der Anfangszeit hätte sie das nicht gewagt, aber dann hatte sie gesehen, dass das auch Frau Tremel tat. Schließlich hatten die Wärterinnen das Recht, ihre eigene Mittagsmahlzeit mitzubringen, während sie zugleich nicht verpflichtet waren, alles aufzuessen, ehe sie das Geschirr den Frauen zum Abwasch überließen. »Sag, ob sie halbwegs gelungen sind«, flüsterte sie Wiktorija zu, ehe sie ihr den Kessel reichte, »und gib den anderen auch etwas ab.«

Wiktorija gehorchte, aber sie sagte kein Wort, als hätte sie das Reden schon wieder verlernt, und jedes Mal, wenn Jule ihren Namen nannte, tat sie so, als hätte sie nichts gehört.

Die anderen wiederum schienen sie nicht einmal zu sehen, sondern zogen scheu den Kopf ein und reagierten nicht auf Fragen. Auch in der Krankenstation, wohin Jule ein paar Sotschni brachte, war alles beim Alten: Adelajda war in einem erbärmlichen Zustand.

»Sagen Sie Zyta, sie soll mich vergessen«, sagte sie zu Jule. »Es ist leichter, wenn jede an sich selbst denkt. Nur so hat man eine Chance.«

In der Lagerküche herrschte meist eine bedrückende Stille, in der nur das Zischen von kochendem Wasser zu hören war, das Schaben der Klinge, das Quietschen des Wasserhahns, hingegen kaum ein menschlicher Laut. Doch als Jule ein paar Tage später einen Sack Erbsen aus der Vorratskammer in die Küche trug, drang ihr ein Geschrei entgegen, wie sie es noch nie gehört hatte. Zwei Frauen standen sich gegenüber, die Hände drohend erhoben, und warfen sich hasserfüllte Blicke zu. Die Flüche, die sie sich entgegenschleuderten, verstand Jule nicht, obwohl ein paar Wörter eigentümlich vertraut klangen.

»Was ist denn hier los?«

Die beiden achteten ebenso wenig auf sie wie die übrigen Frauen, die jeweils hinter einer der beiden die Position eingenommen hatten, als gälte es klar zu bekennen, auf welcher Seite man stand.

Nur Wiktorija hatte für keine der beiden Partei ergriffen und trat zu Jule. »Sie streiten wegen Gott. Heute hätten wir ein wenig Schweinefleisch bekommen. Die eine beharrt auf der Speiseordnung, wonach Jüdinnen das nicht essen dürfen. Die andere findet es lächerlich, hier drin daran festzuhalten.«

Wieder flogen wütende Sätze hin und her, und Jule erkannte, dass die Frauen Jiddisch sprachen, so wie einst Frau Birnbaum mit ihrem Mann. So melodisch Frau Birnbaums Singsang geklungen hatte – die Worte jetzt waren tief und grollend.

»Hört sofort auf!«, rief Jule. »Ihr dürft euch nicht streiten. Ihr müsst doch zusammenhalten.«

Ganz langsam drehte sich eine der beiden Frauen zu ihr um. Kurz dachte sie, sie wäre von Verlegenheit erfüllt, dann merkte sie, dass sie steif vor Wut war. So oft hatte die junge Frau ihren Zorn unterdrücken müssen, damit sie nicht in Schwierigkeiten geriet – nun brach er sich Bahn.

»Zusammenhalten?«, zischte die junge Frau. »Warum sollen wir zusammenhalten? Weil wir Arbeitssklavinnen sind, Besiegte, Gedemütigte? Das ist nichts, was Menschen verbindet, und sonst haben wir nichts gemein. Die Polinnen halten sich für was Besseres als wir Ungarinnen, weil wir uns in ihrem Land befinden. Die, die aus Auschwitz herkommen, betrachten die aus Theresienstadt wie Maden im Speck. Und wer hier schon zwei Jahre lebt und alles kennt, schaut auf die herab, die gerade erst deportiert wurden und noch nicht gelernt haben, vor der SS den Kopf einzuziehen. Warum sollen wir zusammenhalten? Und warum sollen wir uns von Ihnen etwas sagen lassen? Befehlen und drohen Sie uns, das ist wenigstens ehrlich. Aber ersparen Sie uns Ihre Heuchelei, Sie ... Deutsche.«

Es klang wie das schlimmste Schimpfwort überhaupt, und für einen Moment war Jule wie erstarrt. »Wir haben sehr wohl etwas miteinander gemein«, entgegnete sie schließlich. »Wir sind Frauen.«

»Ha! Das ist die Schranz auch – und sie bemüht sich nach Kräften, jeden SS-Schergen in den Schatten zu stellen.«

»Aber ich bin nicht wie sie. Und ihr dürft nicht so werden wie sie, mitleidlos, selbstsüchtig, grausam. Auch an einem Ort wie diesem ... nein, gerade an einem Ort wie diesem muss man Güte beweisen.«

»Güte?« Die Ungarin verschluckte sich fast an dem Wort. »Güte? Was soll das überhaupt sein?«

Jule wusste es nicht, solange die Ungarin sie aus so kalten Augen anstarrte. In diesem Moment war sie nicht einmal sicher, ob sie es je gewusst hatte. Ihr fiel nur eines ein: »Wie heißt du?«

Die Ungarin stieß ein kaltes Lachen aus. Unwirsch wandte sie sich von ihrer Kontrahentin ab und trat mit hochgezogenen Schultern zum Herd. Die, mit der sie gestritten hatte, tat es ihr gleich. Doch die anderen Frauen, die jeweils einen Halbkreis gebildet hatten, huschten nicht wieder zu ihrem Arbeitsplatz zurück. Eine trat sogar vor.

»Észter«, sagte sie fast unhörbar.

»Ist das dein Name?«, fragte Jule vorsichtig.

»Nein, so heißt sie.« Mit dem Kinn deutete sie auf die Ungarin. »Sie ist meine Schwester, ich bin Zsófia.« Die Stimme war immer noch kaum vernehmlich, aber ein zaghaftes Lächeln umspielte Zsófias Lippen.

»Zsófia«, wiederholte Jule, und das Lächeln wurde etwas breiter.

»Und ihr seid Ungarinnen?«

Ein zaghaftes Nicken folgte, dann: »Káposztás tészta.«

Diese Wörter konnte sie unmöglich nachsprechen. »Ist das der Ort, aus dem ihr stammt?«

Aus dem Lächeln wurde ein unwillkürliches Lachen. Észter klapperte nur umso lauter mit dem Geschirr, aber sie kam nicht gegen die klare Stimme ihrer Schwester an.

»Nein, das sind Krautnudeln. Wiktorija hast du doch auch gefragt, was man bei ihr zu Hause isst. Die Sotschni waren sehr gut, aber Krautnudeln wären noch besser. Sie werden nicht mit Nudeln, sondern mit kleinen Teigflecken gekocht. Der Weißkohl wird in Öl und Zucker angebraten. Am wichtigsten aber ist, dass man sie mit Unmengen Pfeffer würzt. Das hat zumindest meine Mutter immer gesagt.« Sie lachte wieder, doch es klang zunehmend verstört, bis ihr die Tränen kamen und Schlieren auf ihren schmutzigen Wangen zogen.

Észter fuhr herum. »Hör auf!«, rief sie, nicht minder zornig als vorhin. »Hör sofort auf!« Sie stürzte auf die Schwester zu, packte sie an den Schultern und schüttelte sie heftig. »Hör auf, von Essen zu reden! Hör auf, von Mutter zu reden! Sie ist tot. Und wir werden nie wieder satt sein.«

Ihre Schwester leistete keine Gegenwehr, aber die Kraft in Észters Händen schien schon bald wieder zu schwinden. Schließlich ließ sie sie sinken, wie eine Marionette, deren Schnüre gekappt worden waren. Zsófias Tränen versiegten, und auch das Lächeln fiel von ihrem Mund, als sie den Blick der Schwester suchte und nicht fand.

Traurig betrachtete Jule die beiden. Fühlte sich einmal mehr hilflos. Wollte das aber nicht länger sein. »Ich kann gerne

Krautnudeln machen und mitbringen«, hörte sie sich plötzlich in die Stille hinein sagen.

Die beiden Ungarinnen reagierten nicht. Doch da trat eine der älteren Frauen hervor, mit gefurchtem Gesicht und grauen Strähnen, die unter der Kopfbedeckung hervorlugten, und erklärte: »Wenn Sie schon etwas mit Kraut zubereiten wollen, dann Zelňačka. Eine Suppe mit Sauerkraut ist das, mit Speck und Würstchen.«

Észter holte erneut Luft, doch eine andere kam ihr mit unerwartet melodischer Stimme zuvor: »Ihr gebt Würstchen in die Sauerkrautsuppe? Ach du lieber Himmel! Niemals kämen wir auf diese Idee. In unsere Schtschi kommt nur gehacktes Fleisch, das man vorher mit Zwiebel anbrät. Beim Zwiebelschneiden tränen einem ständig die Augen, und viele meinen, man muss ein Stück Brot kauen, um das zu verhindern. Aber meine Großmutter hat gesagt, dass man besser singen soll. Sie hat das beim Zwiebelschneiden immer getan.«

»Beim Zwiebelschneiden singen, also wirklich!«, schimpfte Észter, aber ihre Empörung kämpfte mit Belustigung.

»Ich bin Feodora«, sagte die Frau mit der singenden Großmutter. »Aus Russland. Ich bin Opernsängerin.«

»Und ich heiße Barbora«, sagte die Frau, die Würstchen in die Sauerkrautsuppe tat. »Ich bin aus Prag, und singen kann ich nicht, aber jeden Riss in unserer Kleidung nähen, selbst wenn es keinen ordentlichen Faden gibt.«

Jule gab sich Mühe, die Namen aller Frauen und aller Gerichte richtig nachzusprechen, auch den Namen von Észter. Ganz kurz lächelte sogar diese, ehe sie zurück zu ihrem Arbeitsplatz trat und wieder laut mit dem Geschirr schepperte.

15. KAPITEL

1976

Die rhythmische Musik dröhnte in ihrer Brust, die Luft war von Rauch erfüllt und die Tanzfläche brechend voll.

Florian zögerte, während Katharina entschlossen darauf zustrebte.

»Hier kann man sich ja gar nicht unterhalten«, sagte er.

»Das ist auch nicht Sinn und Zweck der Sache. Ich will nicht reden, ich will nicht nachdenken. Ich will tanzen.«

»Ich fürchte, dafür habe ich überhaupt keine Begabung. Ich war nie auf einer Tanzschule.«

»Hier sind auch nicht Cha-Cha-Cha oder Foxtrott angesagt, für die man die genaue Schrittfolge kennen muss.«

Bevor er einen weiteren Einwand hervorbringen konnte, hatte sie schon die Tanzfläche erreicht und überließ sich dem Rhythmus der Musik. Geschmeidig floss eine Bewegung in die nächste, bis sie die Starre abgeschüttelt hatte, die sie erfasst hatte, als ihre Mutter aus ihrem Büro gestürmt war.

Als sie sich irgendwann doch noch einen Ruck gegeben hatte, war Jule längst verschwunden, und Florian hatte gemeint: »Wenn ich etwas über den Umgang mit Zeitzeugen gelernt habe, dann, dass man viel Geduld braucht. Dass sie allein das Tempo bestimmen, in dem sie ihre Geschichte erzählen. Wenn man sie zu sehr bedrängt, verschließen sie sich.«

Sie gab ihm insgeheim recht, wenngleich ihr seine Einmischung nicht länger hilfreich, sondern eher anmaßend erschien. »Und wann genau haben Sie das gelernt?«

Er hatte keine Antwort gegeben, sondern seine Einladung aus der Bibliothek wiederholt, gemeinsam etwas trinken zu gehen. Die Aussicht, sich hier mit der Entzifferung der Briefe abzuquälen, zumal ihr Jule den wichtigsten vor der Nase weggeschnappt hatte, oder allein zu Hause mit den Gedanken an ihre Mutter, war so verstörend gewesen, dass sie zugestimmt hatte. »Aber ich suche aus, wohin wir gehen.«

Katharina hatte zunächst an ein griechisches Lokal in der Rechten Wienzeile gedacht, dessen Besitzer Kostas abends gern mal zur Gitarre griff. An griechischen Volksliedern hatte sie zwar keinen Bedarf, dafür umso mehr an ein paar Gläsern Samos, deren schwere Süße jeden aufwühlenden Gedanken unter sich begrub. Aber als sie durchs dunkle Wien liefen, begriff sie, dass sie nicht nur die aufwühlenden Gedanken betäuben wollte, sondern auch diese kribbelige Erregung loswerden musste, die die vielen rätselhaften Worte der Mutter ausgelöst hatten. *Dieses Buch kann es … darf es nicht geben …*

Und so waren sie im Gewölbe des *Atlantis* gelandet. Wien bei Nacht kam ihr immer vor wie in einen Talar gehüllt: Vor bröckelnden Fassaden lungerten ein paar Bettler herum, ansonsten waren die meisten Straßen wie ausgestorben. Aber das unterirdische Wien – zumindest das der radikalen Studenten oder der künstlerischen Avantgarde – war laut und schrill.

Die dunklen alten Ziegelwände des Klubs waren stilgerecht mit den Plattencovern von Bob Dylan, Paul Simon und Cat Stevens behängt, und im Takt von deren Songs bewegte sich nun auch Katharina.

Florian trat mit hochgezogenen Schultern näher, als drohte bei einem falschen Schritt ein Knochenbruch. »Das ist nicht meine Welt.«

»Meine auch nicht, deswegen bin ich ja hergekommen.«

»Sie können wenigstens tanzen.«

Tanzen hatte nichts mit Können zu tun, sondern mit der Bereitschaft, dem eigenen Instinkt zu folgen. Zu oft konnte sich der nicht gegen Katharinas Verstand durchsetzen. Doch heute Abend ging es ihr nicht um messerscharfe Analysen im grellen Licht einer OP-Lampe, heute Abend suchte sie das schummrige Zwielicht. Für Florian war es immer noch zu hell, um mehr zu wagen, als unsicher hin- und herzuwippen.

»Warum so steif, Herr Kollege?«

»Wo hast du das Tanzen eigentlich gelernt?« Kurz schien er erschrocken, dass ihm das Du so selbstverständlich über die Lippen kam, aber auf der Tanzfläche hatten Förmlichkeiten so wenig zu suchen wie ein steifer Nacken oder ein Spazierstock im Kreuz.

»Darf eine ernst zu nehmende Wissenschaftlerin nicht tanzen?«, gab sie zurück. »Nicht ausgelassen feiern? Findest du das etwa so unpassend wie Lippenstift?«

»Ich habe immer gefunden, dass dir dein Lippenstift ausgezeichnet steht.«

Katharina wusste nicht, ob sie das als Spott oder als Kompliment auffassen sollte. Das Lachen, das sie ausstieß, war jedenfalls genauso geschmeidig wie ihr Körper. »Ich finde ja, dass Tanzen viel mit Wissenschaft gemein hat. Über lange Jahre hat man sämtliche Methoden wie eine strenge Schrittfolge betrachtet, die der Lehrer vorgibt und der Schüler exakt nachzuahmen hat. Und wehe, man tanzt aus der Reihe. Aber ich finde, es sind immer wieder unkonventionelle Ideen gefragt, Mut, Improvisation. Klar, man muss sich dem Rhythmus der Musik anpassen. Aber der sollte als Inspiration dienen, nicht zum Kerker werden.« Sie legte den Kopf zurück, drehte sich, bis Schwindel sie erfasste. Ein herrliches Gefühl! Bald darauf sah sie, wie er das ebenfalls probierte, allerdings nur einmal.

»Tut mir leid, aber ich komme mir dabei lächerlich vor.« Florian ließ sie mit bedauerndem Schulterzucken stehen, und weil ihr nicht nur schwindlig, sondern auch so heiß geworden war, dass sie etwas zu trinken brauchte, folgte sie ihm zu einem der winzigen klebrigen Tische mit den unterschiedlichen hohen Stühlen, die – wie sämtliches ramponierte Mobiliar hier – vom Sperrmüll stammten.

»Beim Tanzen kenne ich mich nicht aus«, hörte sie ihn plötzlich sagen, »aber was du über die Wissenschaft denkst, stimmt wohl.«

»Und das aus deinem Mund?«

»Manchmal erscheint mir unser Institut wie eine geschlossene Anstalt. Die Insassen halten sich an einen strikten Verhaltenskodex, weil sie nichts anderes kennen. Aber wenn man von außen draufblickt, erkennt man, wie lächerlich, weil komplett veraltet der ist. Von wegen, Wien ist der Nabel der Welt! Wir befinden uns in absoluter Randlage, geopolitisch gesprochen genauso wie in Sachen wissenschaftlicher Innovation.«

Katharina musste lachen, ehe sie bei einem jungen Mann in abgerissener Jeans zwei Rüscherl bestellte.

»Was ist denn das?«

»Ein Teufelsgebräu.«

»Willst du mir damit die Zunge lockern?«

»Auch ohne Cognac mit Cola hast du schon etliches gesagt, was ein Pokorny niemals hören dürfte.«

»Cognac mit Cola? Das gehört verboten.«

»Und über unsere Professoren zu lästern etwa nicht?«

Bald wurden ihre Getränke serviert, und als sie ihm auffordernd zuprostete, nahm er einen großen Schluck. So schlimm schien er das Rüscherl doch nicht zu finden, denn kein Ekel verzog sein Gesicht. Danach starrte er nachdenklich auf die dunkle Oberfläche des Getränks.

»Hierher würde es einen Pokorny ohnehin nie verschlagen. Und das ist auch gut so. Wenn ich den auch noch in meiner Freizeit ertragen müsste …«

»Ich stelle es mir grauenhaft vor, für ihn zu arbeiten. Aber noch grauenhafter, mir dabei ständig auf die Zunge zu beißen, weil ich mich ihm auf Teufel komm raus genehm machen will.«

»Wirfst du mir gerade vor, dass ich ein mieser, kleiner Opportunist bin?«

»Das hast *du* gesagt. Ich versteh jedenfalls nicht, warum du glaubst, nur so zum Ziel zu kommen. Dass dir Pokorny manchmal lästige Aufgaben zuschanzt – damit muss jeder Assistent leben. Aber ob du dich kleinmachst, dich anbiederst, bei jedem Schritt überlegst, ob ihm das gefällt, das liegt doch in deiner Macht.«

Wieder nahm er einen Schluck, sodass sie seine Miene nicht deuten konnte. Sie trank nun selber, und der Alkohol brannte heiß in ihrer Kehle. Neuer Schwindel stieg in ihr auf. Sie saß zwar sicher auf ihrem Stuhl, aber ihre Gedanken schienen auf wankendem Boden durcheinanderzuwirbeln.

Er fand als Erster die Sprache wieder. »Aus deinem Mund klingt alles so einfach. Vielleicht ist es das für dich ja auch. Du traust dich was. Ziehst durch, was dir wichtig ist. Hier in Österreich kann man so was wie *Women's History* nicht mal buchstabieren. Aber du kommst aus Amerika zurück und erklärst, dass das jetzt dein Forschungsschwerpunkt ist.«

»Das ist etwas verkürzt dargestellt«, warf sie ein.

Er achtete nicht darauf. »Ich würde das auch gerne.«

»Dich auf Frauengeschichte konzentrieren?« Sie hob eine Augenbraue. Sie konnte sich nicht helfen, aber sie rechnete jeden Augenblick damit, dass er in Gelächter ausbrechen und erklären würde, dass diese Vertraulichkeit, dieses ehrliche Eingeständnis nur ein Witz gewesen waren und er sie aufziehen wollte.

Aber sein Grinsen kehrte nicht zurück, im Gegenteil, ein ungewohnter Eifer lag in seiner Miene, als er erklärte: »Für mich ist *Oral History* die Methode der Stunde. Geschichtsschreibung, die auf die mündliche Überlieferung der einfachen Leute setzt. So vieles liegt da brach, wie ein unentdeckter Schatz.«

»In den USA ist man auch da einen Schritt weiter.«

»Nicht nur dort. In Polen setzt man seit Langem auf diese

Methode. Ich war mal für ein paar Wochen wegen einem Forschungsprojekt dort.«

»In Polen?«, fragte sie überrascht. »War es denn so einfach, den Eisernen Vorhang zu überwinden?«

»Wenn man kein Deutscher, sondern Österreicher ist, schon. Es wurden ja viele Erleichterungen bei der Ein- und Ausreise beschlossen, seit Gierek an der Macht ist. Jedenfalls hat man in Polen viel früher begonnen, die Geschichte der NS-Herrschaft zu erforschen. Und man hat systematisch Berichte ehemaliger Zwangsarbeiter gesammelt und ausgewertet. In fast jedem Dorf erschien mindestens ein Historiker, um Erinnerungen festzuhalten, verlorene Dokumente aufzuspüren, Berichte zu verfassen. Aber hier ...«

Deswegen also das Interesse an der Geschichte ihrer Mutter. Weil das sein eigentliches Wunschthema war.

»Wenn ich Pokorny und Co. damit komme, kriegen die einen Herzinfarkt«, fuhr er bitter fort. »Lebenserinnerungen von einfachen Leuten statt kiloweise Fachliteratur! Stundenlange behutsame Gespräche statt akribischer Quellenstudien! Das ist für die Gefühlsduselei, keine Wissenschaft, liefert zu viele Vermutungen, zu wenig Fakten. Das menschelt ihnen zu sehr, dabei sollte es doch immer um den Menschen gehen. Ich zumindest habe mir Geschichte oft wie eine riesige Festtafel vorgestellt, an der man beisammensitzt und sich austauscht, statt sich darum zu scheren, ob man mit dem richtigen Besteck isst. Hauptsache, es schmeckt.«

Katharina musste lachen.

»Klingt das lächerlich?«, fragte er und nahm einen etwas hektischen Schluck.

»Wenn Holacek zum falschen Besteck greift, würde Gertrud Schiller ihn schon darauf aufmerksam machen.«

»War ja nur ein Bild.«

»Aber eins, das viel aussagt.« Über Geschichte. Über ihn.

»Professor Holacek ist anders als der Rest«, sagte sie, »wesentlich aufgeschlossener und innovativer. Er ist nicht gerade ein *Oral-History*-Experte, aber du weißt ja – historische Familienforschung ist sein Steckenpferd, und dazu gehören auch lebensgeschichtliche Interviews. Wenn er wüsste, dass du …«

»Holacek hat doch schon einen Zögling, nämlich dich. An seinem Institut ist kein Platz für mich.«

Klang da Neid aus seiner Stimme? Oder Bewunderung, weil sie von Anfang an aufs richtige Pferd gesetzt hatte?

»Weißt du«, sagte sie eindringlich, »in allen wissenschaftlichen Disziplinen kam es nur deshalb zu Fortschritten, weil Forscher einfach losgelegt und nicht erst um Erlaubnis gefragt haben.«

»Ich bin nicht so wie du.«

»So mutig?«

»So unverfroren.« Er grinste schwach. »Und selbst wenn ich's wäre. Am Ende glaube ich nicht dran.«

»An Geschichte von unten?«

»Dass man auf einer österreichischen Uni mit dem Kopf durch die Wand kommt. Um was zu werden, muss man sich anpassen. Am Ende bin ich lieber ein kleiner Fisch, der mit dem Schwarm schwimmt, als einer, der auf dem Trockenen liegt und nach Luft schnappt.«

Sie trank ihr Glas aus, wagte erst danach, an ein Tabu zu rühren. »Du scheinst dir ja sehr sicher zu sein, dass du es mit dieser Methode zum Assistenzprofessor bringst.«

»Wenn ich die Stelle bekäme, wäre ich nicht mehr so vielen Zwängen unterworfen.«

»Das glaubst du wirklich? Wäre nicht eher das Gegenteil der Fall? Ich meine, wenn du einmal erfolgreich auf die Taktik setzt, all deine echten Ambitionen zu vertuschen – warum solltest du sie danach ändern? Dann kommen schließlich schon die nächsten Meilensteine: die Dozentenstelle, die Außerordentliche Professur, die Ordentliche Professur. Und immer wäre da diese Stimme in deinem Ohr, die sagt: Besser nicht auffallen. Besser stromlinienförmig durchs Leben gehen. Aber weißt du, wenn man steif ist, dann lernt man nicht Tanzen, indem man es eines Tages beschließt. Man lernt es durch Übung. Man muss beharrlich dranbleiben, muss riskieren, sich lächerlich zu machen, muss in erster Linie das Ziel haben, sich im eigenen Körper wohlzufühlen, nicht, den Applaus des Publikums einzuheimsen.«

Statt Pop wurde mittlerweile Blues gespielt, und anstatt sich wild im Rhythmus zu bewegen, standen etliche Pärchen eng aneinandergeschmiegt auf der Tanzfläche.

Florian trank aus und sprang auf. »Dann lass uns eben tanzen.«

Ehe sie sich's versah, hatte er sie an die Hand genommen, auf die Tanzfläche gezogen, und dann standen auch sie plötzlich ganz dicht beisammen und bewegten sich langsam.

»Du bist ja doch nicht so unbegabt«, sagte sie.

Mit der üblichen Siegesgewissheit begegnete er ihrem Blick. »Wer weiß, was noch alles aus mir werden kann.«

»Verdammt, verdammt, verdammt.«

Ihr erster Blick fiel auf die Couch, auf der sie gestern – oder eigentlich heute – für Florian ein Nachtlager aufgeschlagen hatte. Er war fort, hatte zuvor aber Decke und Kissen sorgfältig zusammengelegt.

Der zweite Blick fiel auf den Wecker neben ihrem Bett, den sie gestern – oder eigentlich heute – zu stellen vergessen hatte. Es war bereits nach neun.

»Verdammt, verdammt, ver…«

Ein Schmerz durchzuckte ihre Schläfen, und ebenso blitzartig stiegen die Bilder der letzten Nacht auf.

Wie sie noch mehr getrunken, noch mehr getanzt hatten, wie es darüber immer später geworden war.

»Ich krieg meine Bahn nicht mehr«, sagte Florian schließlich. Zu diesem Zeitpunkt hatte sie bereits gewusst, dass er in der Wiener Neustadt lebte.

Es lag ihr auf den Lippen zu fragen, warum ihm das erst jetzt einfiel. Stattdessen rutschte ihr heraus: »Du kannst bei mir auf der Couch schlafen. Vorausgesetzt, du schnarchst nicht. Und bleibst auf der Couch.«

Diese Ansage wirkte etwas lächerlich, da sie gerade eng umschlungen auf der Tanzfläche standen. Sein Kopf lag auf ihrer Schulter, sodass sie seinen warmen Atem an ihrem rechten Ohrläppchen fühlte. Nun löste sie sich abrupt, als gälte es, ein klares Zeichen zu setzen. Er war der Kollege, dem sie aus der Patsche half, keine Männerbekanntschaft, die sie zu sich einlud.

»Es ist aber nicht aufgeräumt«, warnte sie ihn vor, als sie den Schlüssel ins Schloss steckte.

Überall, wo nicht gerade ein Möbelstück oder Blumentopf stand, stapelten sich riesige Büchertürme. Was für viele ein Chaos gewesen wäre, war für Katharina das Paradies. Und an Florians Lächeln erkannte sie, dass auch er es so empfand.

Neugierig nahm er ein Buch von einem der Stapel.

»*Black Women in White America. A Documentary History*«, las er mit starkem Akzent vor. »Tut mir leid, mein Englisch ist nicht sehr gut.« Er lächelte verlegen.

»Gerda Lerner ist die Pionierin in meinem Fach schlechthin. Sie war die Erste, die Frauengeschichte zum legitimen Gegenstand für Historiker erklärt hat.«

Als sie getanzt hatten, hatte es sich ganz selbstverständlich angefühlt, über ihre beruflichen Träume zu sprechen, nun waren sie wieder im Korsett ihres Alltags gefangen.

Hastig machte sie ihm die Couch zurecht, überzog ein Kissen und eine Decke, holte vom Gang ein Glas Wasser. Als sie zurückkam, sah sie, dass er nur seine Schuhe ausgezogen hatte, ansonsten voll bekleidet auf der Couch lag und seine Augen geschlossen waren. Sie hätte schwören können, dass er nicht schlief. Aber sobald sie selbst aus ihren Schuhen schlüpfte und in ihr Bett sank, umhüllte sie fast augenblicklich traumlose Dunkelheit.

»Verdamm, verdammt, ver…«

Nein, es blieb keine Zeit zum Fluchen. Auch keine Zeit, frische Klamotten überzustreifen. Dass die, die sie trug – eine rostbraune Schlaghose und eine Bluse in Altrosa – zerknittert waren, musste sie in Kauf nehmen. Immerhin benahm sich ihr kurzes Haar recht gesittet. Es genügte, mit den Fingern durchzufahren, um es halbwegs in Form zu bringen. Das restliche Schönheitsprogramm blieb darauf reduziert, ihr Gesicht unter den kalten Wasserstrahl zu halten. Sie trank zugleich ein paar Schluck, hatte sie doch auch keine Zeit, sich Kaffee aufzubrühen. Der Mund war danach nicht mehr so trocken, die Augen nicht mehr so verklebt, aber die Müdigkeit lastete bleiern auf ihr.

Egal, auf dem Weg ins Neue Institutsgebäude würde sie schon wach werden.

Sie nahm ihn im Stechschritt, und obwohl es ziemlich kalt war, klebte ihr bald der Schweiß im Nacken. Ob sich Florian ähnlich zerschlagen fühlte? Warum hatte er sie nicht geweckt? Er wusste doch, dass sie heute ebenso ihre Übung abhalten musste wie er.

Gut möglich, dass es ihm einfach peinlich gewesen war, ihr am helllichten Tag mit Brummschädel und den Erinnerungen an die Vertraulichkeit von letzter Nacht vor Augen zu treten. Gut möglich aber auch, dass er sie zu sabotieren versuchte. Wobei sie sich das bei dem Mann, den sie gestern kennengelernt hatte, nicht vorstellen konnte.

Sie verschob den Gedanken auf später. Als sie das Neue Institutsgebäude erreichte, ließ sie den Paternoster links liegen und nahm die Treppe. Bis sie alle Stockwerke zu ihrem Büro erklommen hatte, schwitzte sie noch erbärmlicher. Die Erste, der sie begegnete, war ausgerechnet Gertrud Schiller, die sie prompt von oben bis unten musterte. Was irritierte sie wohl mehr – die zerknitterte Kleidung oder das zerknitterte Gesicht?

»Guten Morgen!«, rief Katharina, um nicht auch noch in Sachen Benehmen abzuschmieren. Doch ihre Stimme klang nicht nur vom Laufen gepresst, sondern auch dermaßen rau, als hätte sie ein halbes Päckchen Zigaretten inhaliert. Und da genau das gestern viele Klubbesucher getan hatten, verströmte sie vermutlich einen entsprechenden Geruch.

»Sie sehen nicht gut aus«, stellte Gertrud Schiller fest. Das war wahrscheinlich der höflichste Satz, mit dem sich dieser Sachverhalt ausdrücken ließ.

Katharina ignorierte ihn und stürzte in ihr Büro, um sich die wichtigsten Unterlagen zu schnappen. Es war zehn Uhr fünfzehn. Bis sie den Seminarraum erreichte, wäre es zehn Uhr achtzehn, das war gerade noch tragbar.

Sie atmete tief durch und fühlte, wie sich ihr hektischer Pulsschlag langsam beruhigte. Als sie ihren Blick durch den Raum schweifen ließ, stellte sie fest, dass Aurélie fehlte. Und – was sie angesichts von deren Eifer noch mehr überraschte – dass auch Sanne durch Abwesenheit glänzte.

Sie stellte die Bücher ab. »Wissen Sie vielleicht, wo Fräulein Laser steckt?«

Ihr einziger männlicher Student zuckte die Schultern. Eine seiner Kommilitoninnen warf ein: »Vielleicht kann sie nicht mehr kommen, weil sie doch jetzt für die Studentenvertretung arbeitet.«

Richtig, Sanne hatte irgendwas erzählt ... oder ihr vielmehr erzählen wollen ... Aber sie war mit ihrem Kopf ja woanders gewesen.

»Fangen wir an. Wir wollen heute ...«

Es klopfte an der Tür, und Katharina musste sich von Neuem sammeln.

Niemand reagierte auf ihr »Herein«. Wer immer vor der Tür stand, klopfte stattdessen ein weiteres Mal.

Entschlossen trat sie auf die Tür zu, riss sie auf – und hielt erschrocken die Luft an.

»Was machst du denn hier?«

»Tut mir leid, dass ich störe, aber das hier kann nicht warten. Ich muss ...«

Auch Jule wirkte, als hätte sie die Nacht über kaum geschlafen. Selten hatte Katharina so tiefe Ringe unter ihren Augen gesehen, wenngleich sie im Unterschied zu ihr selbst adrett gekleidet war und die Haare wie immer zum Nackenknoten gebunden waren. Eben noch hatte sie den Kopf schüchtern gesenkt gehalten, aber als sie aufblickte und Katharina betrachtete, entfuhr ihr ein erschrockenes: »Was ist denn mit dir passiert?«

Du, ging es Katharina durch den Kopf. *Du bist mir passiert.*

»Meine Lehrveranstaltung«, flüsterte sie ihr zu. »Ich kann jetzt nicht mit dir reden, warte einfach.«

Sie wollte die Tür wieder schließen, brachte es aber nicht übers Herz, so verloren, wie Jule wirkte, so hilflos und erschüttert.

»Ich … ich brauch deine Hilfe!«, bekannte ihre Mutter.

»Wobei?«

Katharina hätte mit allem gerechnet, nur nicht mit dieser Antwort.

16. KAPITEL

1944

Die Frauen standen beisammen und unterhielten sich lebhaft, als Jule die Küche betrat.

Mehrere Monate waren vergangen, seit sie erstmals von ihren heimatlichen Rezepten erzählt hatten, und seitdem hatte Jule oft beobachtet, wie sie sich gemeinsam imaginäre Menüfolgen ausdachten.

Einmal hatte Barbora den Anfang gemacht – mit Bramboračka. »Das ist eine Suppe aus Kartoffeln, Gemüse und Pilzen. Auf Pilze müssten wir verzichten, den Rest kriegen wir zusammen.«

»Danach«, hatte Zsofia erklärt, »servieren wir Töltött – mit Reis und Hackfleisch gefüllte Paprikaschoten.«

»Und hinterher«, war es von Feodora gekommen, »gibt es Oladi. Die sind viel weicher als Pfannkuchen. Eigentlich werden sie zum Frühstück serviert – mit Marmelade oder Sauerrahm. Aber sie sind auch ein gutes Dessert.«

Nicht nur unterschiedliche Nationalküchen fügten sich zum Ganzen, auch unterschiedliche Sprachen. Von jeder beherrschte Jule nur ein paar Brocken, aber es waren genug, um zu erkennen, dass manche Sätze russisch anfingen und ungarisch endeten oder auf tschechische Worte polnische folgten.

Auch heute war das der Fall, nur dass die Frauen gerade keine Rezepte austauschten. Sie beugten sich über die Samen von Gartenkräutern, von denen es hieß, sie könnten das stete Hungergefühl bekämpfen, wenn man sie kaute.

Jules Lächeln schwand. Sie hatte gehofft, dass jetzt im Frühling 1944 alles besser werden würde. Ob der Wärme würden die Frauen weniger Energie verbrauchen und die mangelhaften Rationen sie eher satt machen. Leider war auch Frau Schranz zu diesem Schluss gelangt und hatte die Rationen weiter reduziert. Jule vermutete, dass sie auf diese Weise nicht nur die Frauen quälen, sondern auch sich selbst bereichern wollte. Das Lagerpersonal war dafür bekannt, Lebensmittel zu unterschlagen. Allerdings hatte sie keinen Beweis dafür, und so blieb ihr nichts anderes übrig, als ihrerseits Lebensmittel ins Lager zu schmuggeln.

Zu ihrem Bedauern schrumpften die Rationen auf ihren Lebensmittelkarten ebenfalls, und obwohl sie sich selber manchen Bissen vom Mund absparte, brachte sie es einfach nicht übers Herz, Carl darben zu lassen.

Am Ende der langen Arbeitstage wirkte er immer so erschöpft – und auch niedergeschlagen, ein Zeichen, dass seine Arbeit im Werk so weit von seinem Traum, Flugzeuge zu bauen, entfernt war, wie eine schmutzige Brühe von tanzenden Seifenblasen. Sie fragte ihn selten nach seiner Arbeit, und er erzählte nichts von sich aus. Aber angesichts seines abendlichen Zustands füllte sie seine Schüssel stets großzügig. Weitere Vorräte musste sie verschwenden, um jene Köstlichkeiten zuzubereiten, mit denen sie Windisch gnädig stimmte. Es war ein dünnes Drahtseil, auf dem sie balancierte – und mehr als ein Mal wäre sie fast abgestürzt.

So war er vor Kurzem wütend in einen regen Wortwechsel in der Küche hineingeplatzt. »Wird hier geschwatzt oder gearbeitet?«

Seine grimmige Miene hellte sich selbst dann nicht auf, als Jule ihm am nächsten Tag eine Biskuitroulade brachte. Erst als sie am Tag darauf mit Powidltaschen anrückte, hob sich seine Laune.

Immerhin war er – ebenso wie Frau Schranz – meist schwer beschäftigt. In den letzten Monaten waren noch mehr Rüstungsbetriebe nach Niederschlesien verlegt worden – und das bedeutete, dass noch mehr Ostarbeiterinnen gebraucht wurden. Jeden Tag trafen Neuzugänge ein, dürrer und elender als die vorhergehenden. Und jeden Tag brach irgendwo jemand zusammen und blieb liegen, weil Seele und Körper nicht mehr konnten. Stets sandte sie ein heimliches Stoßgebet zum Himmel, dass die betreffende Frau schon tot war und es nicht mehr spüren konnte, wenn die SS-Wachmannschaften oder die Wärterinnen auf sie einprügelten.

Die düsteren Gedanken waren wohl deutlich in ihrer Miene zu lesen, denn Adelajda, die ebenfalls in der Küche arbeitete, seit sie die Krankenstation verlassen hatte, und die sich bestens in den Kreis der anderen Frauen eingefügt hatte, trat hastig zu ihr.

»Ist etwas mit Zyta?«

Jule rang sich ein Lächeln ab. Die beiden Cousinen unterschieden sich in so vielem: Zyta hatte strahlend helle Augen, Adelajda sehr dunkle, Zyta war immer schroff, die andere immer sanft. Doch wenn sie nacheinander fragten, stand der gleiche Ausdruck von Liebe in ihren Gesichtern – und von Sorge.

Sie beteuerte, dass alles in Ordnung sei, aber Adelajda ließ sich nicht beschwichtigen.

»Du bist trotzdem traurig.«

»Das Problem ist nicht, dass ich traurig bin – sondern dass ihr hungrig seid.«

Nicht nur Adelajda hatte das gehört, auch die anderen.

»Ach was«, erklärte Feodora mit einer Todesverachtung, die Jule schon von ihr kannte. »Auch in Gedanken wird man satt.«

Um einander aufzuheitern, begannen die Frauen einmal mehr, eine mehrgängige Fantasiemahlzeit zusammenzustellen.

»Wir beginnen mit Akroschka«, rief Feodora, »einer Suppe mit Petersilie, Salatgurke und Radieschen und – am wichtigsten – eiskaltem Kefir.«

»Danach braucht man aber etwas Warmes«, sagte Adelajda. »Wie wär's mit Kapuśniak – Spitzkohleintopf mit Tomaten, Dill und Speck?«

»Und danach servieren wir Marlenka«, verkündete Barbora, »einen Kuchen, wie es ihn sonst nirgendwo auf der Welt gibt. Aus mehreren Schichten Teig, mit Creme gefüllt, die aus ...«

»Moment, Moment«, rief Jule, und ihre Stimme klang nicht länger gepresst. »Ich kann mir das nicht merken.«

Anfangs hatte sie die Rezepte, die sie erfuhr, jeden Abend in ihr Büchlein geschrieben, mittlerweile kam sie kaum mehr hinterher.

Észter trat auf sie zu und reichte ihr etwas. »Hier steht schon alles. Wir wissen ja, wie wichtig es dir ist, die Rezepte genau zu kennen.«

Jule blickte verblüfft auf das, was sie in Händen hielt. »Aber ... woher habt ihr denn das Papier?«

»Das sind die Reste von Zementsäcken.«

Jule strich ehrfürchtig über den Fetzen. Das Papier war zerknüllt, grau und eingerissen, aber die schwarzen Buchstaben – offenbar mit Kohlenstücken darauf geschrieben – waren dennoch zu erkennen. »Vielen, vielen Dank.«

»Du musst uns nicht danken, es ist doch in unserem Interesse, wenn etwas von uns bleibt.«

Es würden nicht nur die Rezepte bleiben, auch die Geschichten, die hinter jedem einzelnen steckten.

So wie die von Észter und Zsófia, die in Bábolna-Puszta aufgewachsen waren und so gerne ritten – auf Lipizzanern, Andalusiern, Moldaviern, Siebenbürgern, allesamt Pferde aus dem riesigen Reitstall ihres Vaters. An dem Tag, als die Rote Armee kam, weil Ungarn der Sowjetunion den Krieg erklärt hatte, ließen ihre Eltern die Pferde frei, damit sie in der Steppe überleben konnten. Und an dem Tag, als die deutschen Truppen eintrafen, weil die ungarische Regierung Kontakt zu den Alliierten aufgenommen hatte, als die Deportation ungarischer Juden begann, erklärten die Eltern, die Töchter müssten stark sein, sie selber aber wollten das Schicksal der Pferde teilen. Sie nahmen ein Gift, denn der Himmel war in ihren Augen dasselbe wie die Steppe, ein Ort grenzenloser Freiheit, wo der Wind über hohes Gras pfiff und von keinem Baum, keinem Hügel aufgehalten wurde.

Jule hatte kaum ihre Tränen unterdrücken können, Észter hatte jedoch streng gemeint: »Weine nicht. Es ist eine gute Geschichte, weil sie sich ihre Freiheit und Würde bewahrt haben.«

Wunderschön und ebenfalls zum Weinen war es, wenn Feodora ihre Lieder trällerte. So viele Arien konnte sie, aber immer wieder wünschten sich die Frauen jene Lieder, die ihre Großmutter beim Zwiebelschneiden gesungen hatte.

Barbora träumte davon, nach dem Krieg einen eigenen Schneidersalon zu eröffnen. Regelmäßig würde dort ein sogenannter Modetee stattfinden wie in den berühmten Londoner Warenhäusern, wo bei Tee und Keksen die neuesten Kollektionen präsentiert wurden und sogar ein Kammerorchester aufspielte. »Aber ich für meinen Teil werde Feodora engagieren.«

»So lange kann ich nicht warten«, warf Feodora dann immer ein, »wir wissen nicht, ob meine Stimme den Krieg überlebt.«

Und so hatte Zsófia eines Tages im Lager eine Modenschau organisiert, indem sie in leere Säcke schlüpften und so taten, als wären das die neuesten Kostüme von Coco Chanel.

An diesem Tag hatten sie so herzlich gelacht, und das Lachen hatte sich als universelle Sprache erwiesen, mehr noch als das Esperanto, das Jules Vater hatte lernen wollen, weil doch alle Menschen Brüder waren.

Hier sind sie Schwestern, dachte Jule – nicht nur am Tag der Modenschau. Auch als Wiktorija von jener grauenhaften Zeit unter Stalin erzählte, da der Besitz ihrer Großeltern zwangskollektiviert wurde. Die Bauern wurden mit Waffengewalt von ihren Feldern vertrieben, sowjetische Politkommissare beschlagnahmten die Lebensmittel, und weil sämtliche Grenzen geschlossen wurden, konnte niemand mehr ausreisen. Qualvoll verhungerten die Menschen, Straßen und Bahndämme waren mit Leichen übersät, und ganze Dörfer – vor allem rund um Kiew und Charkiv – starben aus.

»Aber warum hat Stalin das getan?«, rief Jule entsetzt.

»Weil er die von ihm so verachteten Bauern demütigen wollte, den Ukrainern den Freiheitswillen austreiben und die sowjetische Herrschaft festigen«, erklärte Feodora.

So wie Feodora eine singende Großmutter hatte, hatte Wiktorija einen singenden Großvater. Jeden Bissen hatte sich der vom Mund abgespart, damit wenigstens sie überlebte, und obwohl geschwächt, sang er bis zu seinem Tod. Das schönste Lied war *Ikhav kozak za Dunaj:* über einen Kosaken, der in den Krieg ritt und sich von seiner Liebsten verabschieden musste. Ihr brach es das Herz, aber er versprach, in drei Jahren zurückzukehren.

»Kannst du es singen?«, fragte Jule.

Feodora sang es für sie, und danach weinten sie zusammen. Tränen waren so universell wie das Lachen.

Jule steckte soeben das Rezept ein. »Ich fürchte, einen tschechischen Honigkuchen kann ich nicht so schnell backen, aber ich habe einen Sack Kartoffeln mitgebracht.«

Triumphierend zog sie ihn hinter dem Rücken hervor, und die Frauen beugten sich darüber, als wäre er mit Goldstücken gefüllt.

»Was man mit Kartoffeln alles machen könnte!«, rief Zsófia, »zum Beispiel Krumplis Kenyer, ungarisches Kartoffelbrot.«

»Noch besser wären Bramborové knedlíky«, warf Barbora ein. »So heißen Kartoffelknödel auf Tschechisch.«

»Von wegen!«, kam es von Feodora, »Draniki, das wär's! Puffer aus geriebenen Kartoffeln, Zwiebeln, Eiern und Mehl.«

»Ja, wie ihr richtig sagt«, mischte sich Észter ein, »was man mit Kartoffeln machen *könnte*. All diese Zutaten haben wir nicht.«

»In Polen isst man Kartoffeln gern mit Dill«, sagte Adelajda, »und Dill haben wir.«

Erst vor wenigen Wochen hatten sie ein paar Kräuter in der Nähe der Küchenbaracke angebaut.

Die SS-Wachmannschaften sahen es nicht gerne, dass Frauen die Küche verließen, daher bot Jule an nachzusehen, ob schon genügend gewachsen war.

»Da er von unserem Kot und Urin gedüngt wird, wächst der Dill sicher in rauen Mengen«, höhnte Észter.

Während sich die Frauen ans Schälen machten, trat Jule mit einem kleinem Messer nach draußen. Sie hatte sich gefreut, dass der Winter vorbei war, doch heute stach die Sonne irgendwie unangenehm. Schweiß perlte ihr im Nacken und auf der Stirn.

Dort, wo sie die Dillsamen in die Erde hatte fallen lassen, wuchsen zahlreiche grüne Halme aus der Erde. Sie wusste, dass man nur die Spitzen abschneiden durfte, weil die besonders aromatisch waren und der Dill dann nachwuchs. Doch als sie sich bückte, überkam sie ein Schwindel.

Eine Woge Übelkeit stieg beim Duft des Krauts in ihr auf. *Ich darf mich nicht auf den Dill erbrechen*, das gab der Verstand ihr vor, doch ihr Körper konnte nicht darauf reagieren. Sie unterdrückte zwar das Würgen, vermochte jedoch nicht die Schwärze zu bannen, die an ihr hochkroch, bis sie ganz und gar davon eingehüllt war.

Ein dumpfes Poltern verriet, dass sie mit dem Kopf voran ins Dillbeet fiel.

Dann war da gar nichts mehr.

Als sie zu sich kam, wusste sie zunächst nicht, wo sie war. Tastend streckte sie die Hand aus, fühlte Gras unter sich. Ziemlich hohes Gras, das eigentlich längst hätte gemäht werden sollen.

So hoch wuchs das Gras im Lager nicht. Ach, richtig, es waren ja mehrere Tage vergangen, seit sie dort ohnmächtig geworden war. Nachdem ihr die Frauen Wasser ins Gesicht geschüttet hatten, war sie zu sich gekommen, doch weiterhin war ihr schrecklich übel und ihr Gesicht so blass gewesen, wie sonst nur das der ausgehungerten Lagerinsassinnen, wie Frau Tremel taktlos festgestellt hatte. Prompt hatte sie sie nach Hause geschickt.

Vor der Fabrik hatte sie wie immer auf Carl gewartet, fuhr sie doch stets gemeinsam mit ihm hin und zurück. Bis Dienstschluss war etwas Farbe in ihre Wangen zurückgekehrt – wenn auch nicht genug.

»Was ist denn mit dir passiert?«, hatte er besorgt gefragt.

»Ich hab zu wenig gegessen.«

»Sparst du dir für die Arbeiterinnen etwa das Essen vom Mund ab?«

Sie starrte ihn an, stellte fest, dass auch sein Gesicht kantiger geworden war, sein Körper noch schlaksiger. Weil seine Essensrationen kleiner waren oder auch er davon abgab, obwohl es im Werk streng verboten war, mit den Ostarbeiterinnen auch nur zu reden? So wie er auch mit ihr kaum redete; nur wenn sie im Bett lagen, kehrte die Liebe zurück, gerade als würde diese nicht die Finsternis fürchten, sondern das Licht.

»Es ist dieser Ort«, sagte er schließlich düster, als sie ihm die Antwort schuldig blieb.

»Hast du nicht gesagt, dieses Lager sei ein Kurhotel im Vergleich zu Auschwitz?«

»Das war eine Übertreibung. Jedenfalls ist es nicht deine Aufgabe, eins daraus zu machen.«

»Mir geht es gut«, beharrte sie, was auch eine Übertreibung war. Immerhin hatte die Übelkeit etwas nachgelassen, sie durfte bloß nicht an Dill denken.

Heute Morgen – es war ihr freier Tag – hatte Frau Bedenstett bei ihr geklopft. Auf dem Markt hatte sie ein paar Zuckerrüben ergattert, mehr als sie selber brauchte. Wenn Jule ihr beim

Auskochen half, konnte sie selbst ein wenig Sirup haben. Der Zucker wurde immer knapper, und ohne den bekam man den Muckefuck nicht hinunter.

Zuckerrüben zu Sirup zu verkochen war eine langwierige Angelegenheit, aber es hielt die Hände beschäftigt. Leider bestand ein Großteil der Arbeit aus Warten: Sobald die Rüben in kleine Stücke geschnitten und großzügig mit Wasser bedeckt worden waren, musste der Topf vier Stunden lang auf neunzig Grad erhitzt und die Mischung nur dann und wann umgerührt werden. Anschließend wurde der Saft durch ein Tuch gedrückt, um danach erneut bei schwacher Hitze stundenlang zu ziehen.

Sie vertrieb sich die Zeit, indem sie die Küche putzte, während Frau Bedenstett damit beschäftigt war, über die aktuelle Kriegslage zu klagen. Immer schwieriger stehe es für Deutschland. Nachdem die Alliierten auf Sizilien gelandet waren, gebe es Gerüchte, dass eine ähnliche Offensive in der Normandie bevorstehe. Gewiss, der Atlantikwall galt als unüberwindlich, aber was war nicht schon alles behauptet worden, was sich hinterher als Lüge entpuppt hatte?

»Das habe ich jetzt aber nicht gehört«, polterte Frau Zingel von der Türschwelle aus. Sie hatten sie nicht kommen hören. »Soll der Feind es auch nur wagen, einen Fuß in die Normandie zu setzen«, rief sie streng, »dann wird er Gast auf seiner eigenen Beerdigung sein. Nur solange jeder Einzelne bereit ist, sein Leben auf den Krieg auszurichten, und sämtliche Anstrengungen verstärkt, bleibt die Hoffnung auf den Endsieg ungebrochen.«

»Ich glaube, der Sirup ist jetzt fertig«, warf Jule leise ein.

Auf der Oberfläche des Sirups bildete sich soeben eine dicke grau-gelbe Schaumschicht. Die musste noch entfernt werden, dann ließ er sich in saubere Flaschen abfüllen.

Frau Bedenstett blickte seufzend darauf. »Im Grunde habe ich gar keine rechte Freude mit dem Zuckerrübensirup«, sagte sie. »Er schmeckt so herb – wie Malzkaffee. Ach, auf dem Hof, wo ich meine Kindheit verbracht habe, gab es köstlichen Honig aus unserer Bienenzucht. Der wurde auf das wunderbar lockere Weißbrot gestrichen, und dazu gab es Milch, fette, süße Milch, nicht diese dünne, die so schmeckt, als hätte man Wasser mit Gips verrührt, und ...«

»Das habe ich auch nicht gehört!«, mahnte Frau Zingel erneut, ehe sie ihren Vortrag wiederaufnahm. Selbstlosigkeit und Stärke seien dieser Tage gefordert, niemals Tränen.

Ob vom Klang ihrer Stimme oder vom Geruch des Sirups – in Jules Bauch begann es plötzlich wieder unangenehm zu grummeln, und das Atmen fiel ihr immer schwerer. Unerträglich schrill klingelte die Stimme in ihren Ohren, unerträglich süß kroch der Sirupduft in ihre Nase. In den letzten Stunden hatte sie kaum etwas gegessen, doch selbst das wenige wollte nicht im Magen bleiben.

»Ich ... muss kurz an die frische Luft.«

Sie nahm die Hintertür zum Garten. Eigentlich war der von stattlicher Größe: Etliche Gemüsebeete fanden hier ebenso Platz wie Obstbäume. Heute aber wurde es ihr rasch zu eng. Sie zog drei Kreise, ehe sie auf das unbebaute Wiesenstück daneben zustrebte. Mit jedem Schritt wuchs die Angst, die Beine würden unter ihr nachgeben. Eine Eiche stand da, groß, mächtig, alt, wenn sie sich daran festklammerte, sie umarmte, würde sie sich aufrecht halten können. Sie streckte die Hand nach dem Baum aus, doch ehe sie ihn erreichen und die Rinde berühren konnte, wurde wieder alles schwarz.

»Frau Adler, Frau Adler, was ist denn mit Ihnen?«

Sie hörte die Krone der Eiche im warmen Juniwind rauschen. Frau Zingel stand vor ihr, Frau Bedenstett hockte neben ihrem Kopf.

»Die fehlende Widerstandskraft ist der Untergang des deutschen Volkes«, schimpfte Frau Zingel. »Nur wer Schwäche überwindet, trägt zur Weiterentwicklung des menschlichen Lebens bei!«

Ausnahmsweise knickte Frau Bedenstett nicht unter der strengen Stimme ein. »Das habe *ich* jetzt aber nicht gehört«, sagte sie ungewohnt wütend. »Frau Adler rackert sich ab, das sieht man doch, kein Wunder, dass es ihr auch mal zu viel wird. Und dass sie in diesem Lager arbeitet! Das ist doch kein rechter Ort für junge Frauen!«

Mühsam richtete sich Jule auf. Allein schon zu sitzen war ein Kraftakt. Sie keine Ahnung, wie sie da auf die Beine kommen sollte. Nun kniete sich auch Frau Zingel ins Gras und tätschelte ihr das Gesicht. Es fühlte sich an wie Ohrfeigen.

»Nun ja, jetzt bekommt sie ja bald eine größere Ration.«

Sprach daraus Verachtung, Neid oder ein gewisses Wohlwollen? Allein schon, um ihren Händen zu entgehen, kämpfte sich Jule hoch. Sie war dankbar, dass Frau Bedenstett ihr den Arm reichte und sie sich darauf stützen konnte.

»Ich bringe Sie jetzt ins Bett.«

»Aber am helllichten Tag ...«

»Ich kenne Frauen, die liegen neun Monate lang.«

»Also, ich kann mir nicht vorstellen, dass das den ungeborenen Kindern bekommt«, nörgelte Frau Zingel. »Wie sollen die denn mal zu Menschenmaterial werden, das der Führer gebrauchen kann, wenn sich die Mütter derart gehen lassen?«

»Ich habe fünf Kinder auf die Welt gebracht«, entgegnete Frau Bedenstett mit fester Stimme. »Bei zweien habe ich ständig geblutet, und ich hätte sie verloren, hätte ich nicht gelegen. Jetzt sind es Prachtjungen, die für den Führer kämpfen.«

Dagegen konnte Frau Zingel nichts sagen. Da sie selber keine Kinder hatte und diese Wunde wohl manchmal schmerzte, presste sie die Lippen zusammen, und kurz schwiegen alle.

Als sie wieder im Garten anlangten, drang ihnen aus der Küche Rauch entgegen.

»Ich glaube, der Sirup ist angebrannt!« Aufgebracht stürmte Frau Zingel ins Haus.

Jule wollte ihr nacheilen, aber Frau Bedenstett hielt sie fest und setzte sie auf die Bank vor dem Haus. »Ich kümmere mich darum. Sie dagegen denken jetzt nur an sich selbst. Und an das Kindlein.«

In den nächsten Stunden dachte sie nicht nur an sich und das Kind. Sie dachte an Carl und daran, wie sehr er sich freuen würde. Er hatte ja immer wieder davon gesprochen: von einem kleinen Pupperle mit Jules hübschem Gesicht und seinen großen dunklen Augen. Unter dem Kinn würde er es kitzeln und in die Luft werfen und auf sich reiten lassen, er könne das Lachen schon hören. Jule hatte das nicht gekonnt, erst jetzt glaubte sie diesen glockenhellen Ton zu vernehmen.

Als sie ihm am Abend die Nachricht überbrachte, schloss er unwillkürlich die Augen, so als müsste er deren Aufleuchten vor der grausamen Welt geheim halten.

»Jetzt werden aus uns bald die dicke Frau und der dünne Mann.«

Schon lange hatte er ihr nicht mehr die Geschichten seines Bruders Gottfried erzählt. Jetzt wusste sie, dass er damit auch ihr kleines Mädchen zum Lachen bringen würde.

Er öffnete die Augen wieder, und sie las ebenso Freude wie Sorge darin. »Du arbeitest ab jetzt nicht mehr im Lager.«

War das eine Feststellung, eine Frage, ein Verbot?

»Ich … ich kann doch nicht …«

»Ich werde höchstpersönlich mit Windisch sprechen und erklären, warum du ausfällst.« Diesen Befehlston hatte sie von ihm noch nie gehört. Noch nie war er einfach so über ihre Wünsche hinweggegangen. Wünsche, die plötzlich nicht mehr so viel Gewicht zu haben schienen wie noch vor ein paar Tagen.

Gewiss, sie wollte die Frauen nicht im Stich lassen. Aber wenn sie nur an die Gerüche im Lager dachte, wurde ihr speiübel.

»Du musst an dich und das Kind denken«, sagte nun auch Carl.

Wieder dachte sie ebenso an ihn. Dass er schlecht aussah, dass das kein Wunder war, weil die Schichten immer länger wurden, dass er sicher auch die Gerüchte über die drohende Landung der Alliierten im Norden Frankreichs gehört hatte und sich zweifellos fragte, wie es weiterging. Schon seit Langem nagte an ihm die Angst, doch noch als Soldat einberufen zu werden. Er sollte nicht auch noch um sie und das Kind Angst haben müssen.

»Gut«, gab Jule nach, und es waren die schwersten, die bittersten Worte, die sie je hatte sagen müssen. »Ich geh nicht mehr ins Lager.«

Carl nickte. »Und heute stehst du nicht mehr auf.« Sanft schob er sie Richtung Bett. »Ich mach uns Abendessen.«

Sie widersprach nicht, bat ihn nur: »Kannst du mir was zum Schreiben bringen?«

»Willst du unseren Eltern schreiben?«

Jule konnte sich nicht vorstellen, dass Lia Gartner ungeduldig auf ein Enkelkind wartete. Und Carls Mutter hatte bei ihrem Abschied erklärt, dass eine Frau gut daran tue, mehr Bücher als Kinder zu haben.

Trotzdem nickte sie, damit er nicht weiterbohrte. Sie würde keine Briefe schreiben, sondern an ihrem Kochbuch. Um sich in den nächsten Monaten die Langeweile zu vertreiben. Und das schlechte Gewissen.

17. KAPITEL

1976

Während ihre Mutter draußen wartete, brachte Katharina die Übung zu Ende. Doch ihre Konzentration war dahin. Gemeinsam mit den Studenten sammelte sie Kriterien für die Analyse der Kochbücher, und ihr Beitrag beschränkte sich dabei weitgehend darauf, die Stichworte an die Tafel zu schreiben.

Mit der Zeit wandelte sich ihre Verblüffung über das Anliegen der Mutter in Ärger über sich selbst. Jedes Mal, wenn sie die Entscheidung traf, dass es jetzt endlich einmal gut war mit dem Schwächeln und sie wieder die Alte sein wollte, die nichts aus der Bahn warf und deren scharfer Verstand von nichts vernebelt wurde, schien sie hinterher nur noch ein Stückchen tiefer zu sinken.

Die Studenten wirkten erleichtert, als die Übung zu Ende war. Während sich die meisten von ihnen auf den Weg in die Mensa im Dachgeschoss begaben, winkte Katharina ihre Mutter herein.

Jule machte keine Anstalten, ihre Tasche abzustellen, geschweige denn ihren Mantel abzulegen. »Fährst du nun mit mir dorthin? Nach Hirschberg. Es heißt heute Jelenia Góra.«

Katharina wischte die Tafel ab, während sie um eine gleichmütige Miene rang. »Wie stellst du dir das vor? Es ist mitten im Semester, ich habe viel zu tun, muss mich auf meine Lehrveranstaltung konzentrieren. Ich kann doch nicht einfach nach Polen fahren.«

»Du könntest dir doch Urlaub nehmen.«

»Jenseits der vorlesungsfreien Zeit ist das nur in Notfällen vorgesehen.«

»Das ist doch einer.«

»Warum?«

Sie wandte sich abrupt um, doch Jule wich ihrem Blick aus. Langsam öffnete sie ihre Tasche und beförderte das Kochbuch ans Licht, das sie gestern an sich gerissen hatte. Sie hielt es so vorsichtig, als wäre es eine noch zu entschärfende Bombe, die jederzeit hochgehen konnte. Offenbar wagte sie nicht einmal, tief zu atmen, sodass ihre Stimme hoch und zittrig klang. »Dieses Buch kann es … darf es nicht geben. Ich hab nie auch nur versucht, es verlegen zu lassen.«

»Dann wird es eben jemand anders getan haben.«

»Das ist nicht möglich.«

»Dieses Buch wird ja wohl nicht vom Himmel gefallen sein.« Katharina hatte keine Scheu davor, es zu nehmen und auf jener ersten Seite zu öffnen, wo die Angabe *Hirschberg 1947* stand, außerdem der Name des Verlags: *Druckerei und Verlag Paul Höckendorf*.

»Eben«, sagte Jule schwach, »deswegen muss ich ja dorthin, um mit jemandem vom Verlag zu sprechen. Ich muss es wissen, sonst …«

Sonst was?

Unwirsche Worte lagen Katharina auf den Lippen. Aber plötzlich hatte sie Florians Stimme im Ohr. Behutsam müsse man mit Zeitzeugen umgehen. Interesse bekunden, aber niemals aufdringlich wirken. Sie allein das Tempo bestimmen lassen.

Nach kurzem Zögern ergriff sie Jules Hand, drückte sie. Die Hand ihrer Mutter war eiskalt.

»Dieses Buch«, brach es aus Jule hervor, »dass es gedruckt wurde … das ändert einfach alles.«

Die Vergangenheit? Die Gegenwart? Die Zukunft?

Nun, die Vergangenheit war in diesem Moment das Einzige, wozu sie selbst einen sinnvollen Beitrag leisten konnte.

»Ich kann mir nicht vorstellen, dass es diesen Verlag noch gibt«, erklärte Katharina. »Der Name klingt deutsch. Aber die deutsche Bevölkerung wurde nach dem Krieg, sofern sie nicht schon vor der Roten Armee geflohen war, fast vollständig vertrieben. Im Sommer 1945 hat das begonnen, und bis spätestens 1948 war der Prozess abgeschlossen. Die Fliehenden mussten sämtlichen Besitz zurücklassen, ohne Hoffnung auf Entschädigung, alles herrenlose Gut wurde von den Polen konfisziert. Wie soll denn ein Verlag, der deutschsprachige Bücher herausgibt, diese Zeit überdauert haben?«

Jules Hände hatten erst lasch in ihren gelegen, nun erwiderte sie den Druck. »Aber dieses Buch hat überdauert.«

»Vielleicht, weil der Verleger eine seiner letzten Veröffentlichungen aus Hirschberg mitgenommen hat ... Gut möglich, dass er Österreicher war, weswegen es in einem Wiener Antiquariat gelandet ist. Ich könnte dort nachfragen, von wem sie es haben, vielleicht stammt es aus einem Nachlass, der ...«

»Ich muss dorthin zurück.« Von allen Worten sprach Jule diese am entschiedensten aus. »Und ich kann nicht warten, ich hab viel zu lange gewartet. Ich bin davongelaufen, aber dann ... dann ...«

Aber dann kam ich und habe herumgestöbert und den Bodensatz aufgewühlt, und jetzt kann ich dich nicht einfach allein in diesem Sumpf sitzen lassen, jetzt muss ich dir den Weg hinaus weisen, dachte Katharina.

Immer noch sperrte sich alles in ihr gegen eine Reise nach Hirschberg – Jelenia Góra.

»Ich habe eine Idee, wie wir mehr über diesen Verlag erfahren könnten, vielleicht auch einen Ansprechpartner finden, ohne dass wir die lange Fahrt nach Polen auf uns nehmen müssen.«

Etwas huschte über Jules Miene, das sie nicht deuten konnte. Erleichterung oder Enttäuschung? Jedenfalls widersprach sie nicht. Auch nicht, als Katharina erklärte, dass sie diesmal nicht im Gang warten solle, sondern bei einer Tasse Kaffee in der Mensa. Sie würde sie nach oben begleiten, denn sie brauchte selber dringend einen, bevor sie ihre Idee umsetzte.

Wenig später betrat Katharina das Institut für Osteuropäische Geschichte. Als sie ihrer Mutter erklärt hatte, dass sie Florian um Hilfe bitten wollte, verfügte der doch über viele Kontakte, hatte die Mutter sofort eine Lobrede auf den überaus charmanten, freundlichen Kollegen gehalten.

»Ich bitte ihn nur unter einer Bedingung um Hilfe«, hatte Katharina sie relativ schroff unterbrochen, »nämlich dass du Florian Bruckmann nie wieder so bezeichnest.«

Trotzdem betrat sie das Institut mit einem Lächeln. Sie hatte erwartet, dass es peinlich werden könnte, sich nach der letzten Nacht auf beruflichem Terrain wiederzusehen. Doch jetzt war sie vor allem dankbar, dass es jemanden gab, mit dem sie über ihre Familiengeschichte reden konnte, der nicht nur mit Informationen weiterhelfen, sondern ihrer Mutter auch die Reise nach Hirschberg ausreden könnte.

Die Tür zu Florians Büro – das letzte im Gang – war nur angelehnt. Katharina wollte klopfen, aber kaum hatte sie die Hand gehoben, vernahm sie Professor Pokornys Stimme.

»Die Mehrheit des Fakultätskollegiums steht mittlerweile hinter Ihnen, dafür habe ich gesorgt. Aber es darf sich niemand mehr kurzfristig umentscheiden. Ein Problem bleiben diese Seilschaften. Früher musste man Mitglied beim ÖVP-nahen Cartellverband sein, dann konnte nichts mehr schiefgehen. Jetzt wacht aber der Bund sozialistischer Akademiker sorgfältig über die Quote. Er könnte uns noch Schwierigkeiten machen.«

»Sie finden, ich sollte mir ein rotes Parteibuch zulegen?«, hörte sie Florian antworten.

Katharina fühlte sich unwohl dabei, ein Gespräch zu belauschen, das nicht für ihre Ohren bestimmt war, aber die Neugier war zu groß, um einfach zurückzuweichen.

»Warum nicht? Wir müssen mit allen Mitteln kämpfen. Und mit möglichst harten Bandagen.«

»Ich bin nicht sicher, ob ...«

»Denken Sie doch an Ihre Alternativen! Wenn Sie es nicht schaffen, sich an der Uni zu halten, enden Sie als Mittelschullehrer. Es gibt kaum noch interessante Stellen in Bibliotheken oder staatlichen Forschungseinrichtungen.«

»Ich kenne einige Lehrer, die neben ihrer Tätigkeit an der Schule eine Privatdozentur an der Uni ausüben.«

»Sie wollen mir doch nicht sagen, dass Sie sich mit Brotkrumen begnügen wollen, wenn Sie am Tisch sitzen könnten! Ihre Chancen stehen bestens. Aber es reicht eben nicht nur, alle formalen Kriterien zu erfüllen. Sie müssen echten Einsatz zeigen. Und dafür legen Sie besser Ihre Samthandschuhe ab und setzen auf Ihre Ellbogen.«

Schweigen folgte, in dem das Gesagte in ihre Gedanken sickern konnte. Dass Florian als Pokornys Schützling es allein dessen Einfluss im Professorenkollegium zu verdanken hätte, wenn er die Stelle bekäme, war klar. Neu war Katharina, dass Pokorny sein Ziel mit dieser Vehemenz und Dringlichkeit verfolgte. Ging es ihm darum, Florian um jeden Preis zu unterstützen? Oder eher darum, Katharina um jeden Preis auszubremsen?

Immer noch herrschte Schweigen. Sicherheitshalber trat sie einen Schritt zurück, falls Pokorny aus dem Raum stürmte. Allerdings näherten sich keine Schritte der Tür, sie hörte nur, wie Florian sich räusperte, und obwohl sie ihn nicht sah, hätte sie schwören können, dass er unangenehm berührt auf seinem Stuhl hin- und herrutschte.

»Das mit dem Parteibuch überlege ich mir noch, aber ...«

Katharina machte einen weiteren Schritt zurück. Sie hatte lange genug gelauscht. Wenn sie nicht auf ihre Kompetenz setzte, sondern darauf, die Winkelzüge des Konkurrenten heimlich auszuspionieren, um ihm in einem Kleinkrieg einen Schritt voraus zu sein, würde sie am Ende mehr riskieren als die Assistenzprofessur: ihr Selbstvertrauen, ihr Selbstbewusstsein. Es musste einen anderen Weg geben, um die Professoren von sich zu überzeugen und sie davon abzubringen, für Florian zu stimmen.

Als sie sich allerdings abwandte, um das Institut zu verlassen, erstarrte sie plötzlich.

Eben war ihr Name gefallen, laut und deutlich. Die Worte, die nun folgten, wurden zwar nur getuschelt, doch die wenigen, die sie verstand, genügten, um sich einen Reim darauf zu machen, was Florian Professor Pokorny brühwarm berichtete. Und warum.

Kochbuch. Mutter. Familiengeschichte.

Nachdem Florian geendet hatte, herrschte wieder Schweigen, aber sie konnte sich denken, was Pokorny durch den Kopf ging: *Das ist sogar noch besser als ein Parteibuch.*

Die paar Minuten, die es dauerte, in ihr eigenes Institut zurückzukehren, glichen hinterher einem schwarzen Loch. Sie hatte sich nicht einmal bewusst dafür entschieden. Aber im ersten Schock musste sie irgendwohin flüchten, und sie konnte unmöglich ihrer Mutter in der Mensa gegenübertreten und sie einmal mehr vom höflichen, netten Kollegen schwärmen hören.

Dieser höfliche und nette Kollege hatte sie gerade verraten.

Gewiss, Verrat war wahrscheinlich ein zu großes Wort für den miesen kleinen Opportunisten, als der er sich gestern selber treffend bezeichnet hatte. Und der wohl nur auf die Gelegenheit gewartet hatte, sie schlechtzumachen. *Fräulein Dr. Adler treiben familiäre Probleme um … Die kann sich nicht auf ihren Beruf konzentrieren … Ständig nutzt sie ihre Arbeitszeit, um ihre Privatangelegenheiten zu klären.*

Sie glaubte zwar nicht, dass sein gestriger Eifer, sein Interesse gespielt gewesen waren. Wahrscheinlich war es ihm ein echtes Bedürfnis gewesen herauszufinden, was sie beschäftigte. Aber am Ende hatte sie ihm so viel Angriffsfläche auf dem Silbertablett serviert, dass er nicht hatte widerstehen können.

»Kann ich Ihnen helfen?«

Sie hatte ihre Gedanken im eigenen Büro ordnen wollen, merkte nun aber, dass sie instinktiv das Sekretariat betreten hatte und nun vor jenem Schrank stand, in dem diverse Formulare auslagen. Sie überflog sie.

»Wo … wo sind denn die Urlaubsanträge?«, fragte sie.

»Sie wollen mitten im Semester Urlaub nehmen?«

»Zwei Tage.« Katharina zögerte. So lange brauchten sie womöglich allein für die Fahrt. Sie war nicht sicher, wie lange sie an der Grenze würden warten müssen, bis alle Formalitäten erledigt waren. »Drei Tage«, korrigierte sie sich. »Nächstes Wochenende bin ich wieder zurück.«

Gertrud Schiller musterte sie einmal mehr von oben bis unten, und dieser Blick erinnerte Katharina daran, dass sie nicht geschminkt, nicht ausgeschlafen und ihre Kleidung zerknittert war. Schließlich erhob sie sich und trat zu einem Regal. »Sie verreisen?«

Nein, ging es Katharina durch den Kopf. *Ich haue ab. Weil ich diese Schlangengrube endgültig satthabe.*

Im nächsten Moment hatte sie den Urlaubsantrag in der Hand.

18. KAPITEL

1945

Es war ein bitterkalter Januar. Seit Anfang Dezember war Hirschberg unter Weiß begraben, allein in den letzten Tagen war ein weiterer halber Meter Schnee gefallen. Solange sie durch die Luft tanzten, waren die Flocken pudrig und federleicht. Doch auf dem eisigen Boden erstarrten sie zu massiven Wehen, die selbst wuchtigen Autoreifen das Fortkommen erschwerten. Frühmorgens wurden die Gehwege geräumt, aber jetzt nach Mitternacht bedeckte sie wieder eine dicke Schicht. Fast bei jedem Schritt, den Jule machte, brach sie ein, und sie hatte Mühe, den Fuß wieder herauszuziehen und weiterzugehen. Wenn der Schnee in die Schuhe drang, legte sich die feuchte Kälte wie tausend Nadelspitzen über ihre Haut. Allerdings waren die noch harmlos, gemessen an der Messerspitze, die sich in ihrem Unterleib zu drehen schien. Vor drei Stunden hatte es mit einem Bauchgrimmen begonnen, als hätte sie schlecht gewordenes Marillenkompott verzehrt. Vor zwei Stunden hätte sie dann die Uhr nach dem Schmerz stellen können – er kam alle fünf Minuten. Noch hatte sie gehofft, dass es bei diesem Abstand bleiben würde, bis Carl nach Hause kam, doch der arbeitete stets viel länger im Werk als früher, ja, verbrachte halbe Nächte dort, seit er im Dezember von Gebhardsdorf in die Askaniawerke von Hirschberg versetzt worden war.

Was es denn dort noch zu tun gebe, hatte sie ihn mehrmals gefragt.

»Die Maschinen stehen alle still«, hatte er knapp erwidert und war ihrem Blick ausgewichen. »Aber wir müssen sie in den Westen verfrachten … und hinterher aufräumen.«

Sie vermutete, dass er darauf anspielte, Akten zu vernichten. Mehrfach war sie während Erledigungen in der Stadt an kleinen Scheiterhaufen vorbeigekommen, auf die irgendwelche Amtsträger Ordner und Papiere warfen. Die Akten der Askaniawerke mussten zu riesigen Bergen angewachsen sein, derer man kaum Herr wurde.

Die Zeit zwischen den Wehen schrumpfte immer weiter. Vor einer guten Stunde hatte sie nicht länger warten wollen und nach der kleinen, längst gepackten Tasche gegriffen, um damit allein zum Krankenhaus zu stapfen. Vollkommen durchgefroren und erschöpft war sie dort angelangt.

Dennoch hatte sie ein Schrank von Krankenschwester angeschnauzt: »Was wollen Sie denn hier? Niemand hier kann sich auch noch um eine Gebärende kümmern. Gestern ist ein Lazarettzug aus Cosel mit fünfhundert Verwundeten eingetroffen. Die können wir hier gar nicht alle unterbringen, wir mussten in Stadttheater und Berufsschule weitere Lazarette einrichten. Sie sind jung, Sie sind gesund, lassen Sie der Natur ihren Lauf. Irgendwelche Frauen werden schon da sein, um Ihnen beizustehen.«

Ob der schnarrenden Stimme wirkte selbst Jules krampfartiger Schmerz kurz eingeschüchtert. Sie protestierte nicht, als der Schrank sie an den Schultern packte und zur Seite schob. Und als sich auch noch irgendwo eine Türe öffnete und ihr vom Raum dahinter schrecklicher Gestank und durchdringendes Geschrei entgegenschlugen, wandte sie sich freiwillig zum Gehen. Wo Gliedmaßen von kaum Betäubten abgesägt und zerfetzte Därme geflickt wurden, wollte sie ihr Kind nicht auf die Welt bringen.

Zwischen zwei Schneewehen auch nicht, doch eben wurde mit jedem Schritt der Druck zwischen den Beinen größer, als trüge sie kein Kind aus Fleisch und Blut, sondern einen Marmorklotz. Instinktiv presste sie die Knie aneinander, aber das machte es noch schwerer, sich nach Hause zurückzukämpfen. Und weit und breit keine Menschenseele, um ihr eine helfende Hand zu reichen.

Tagsüber herrschte seit Wochen hektische Betriebsamkeit auf den Straßen. Ständig rückten Männer des Volkssturms aus, um Panzergräben auszuheben, von allen Nebenstraßen kamen Fuhrwerke und Schlitten mit Flüchtlingen, ganz zu schweigen von den Tausenden Menschen, die aus Breslau mit der Bahn anreisten und sich um die Betreuungsstelle bei der Marienkirche scharten. Doch nun in der Nacht hatten sie sich in die Notunterkünfte zurückgezogen – größtenteils Turnhallen, wo notdürftig Stroh ausgeschüttet worden war –, und Hirschberg wirkte wie ausgestorben.

Erschöpft lehnte sie sich gegen eine Straßenlaterne. Wie vielerorts war diese über und über mit Suchanzeigen behängt, in denen verzweifelte Menschen nach einem Bruder, einer Tochter, einer Mutter fahndeten, verloren gegangen in der Hektik der Flucht.

Bald trieb Jule die Kälte weiter, doch nur wenig später war sie so geschwächt, dass sie sich gegen das Schaufenster einer Metzgerei sinken ließ. Kurz nahm sie nur Konturen wahr, dann leere, tote Augen, die sie anstarrten. Erschrocken fuhr sie zurück. Von einem der Haken hing ein ganzer Rindskopf. Richtig, ihr fiel wieder ein, dass aus allen Frontgebieten Tausende Kühe zusammengetrieben, nach Hirschberg gebracht und hier geschlachtet wurden, damit sie dem Feind nicht in die Hände fielen. Beim Anblick des Hakens krümmte sie sich, denn sie hatte das Gefühl, dass sich genau so ein Haken mittlerweile in ihrem Leib drehte. Der Schmerz setzte nun bei jedem dritten Schritt ein. Als sie endlich die Uhlandstraße erreichte, bei jedem einzelnen. So nah war sie dem Ziel und hatte dennoch das Gefühl, es nicht mehr bis zum Haus zu schaffen. Bis jetzt hatte sie jegliches Stöhnen unterdrückt, aber als sie nun den Mund öffnete, entfuhr ihr ein gequälter Schrei. Er verklang in der kalten Nacht. Wer sollte ihn denn auch hören? Ganz sicher nicht Frau Bedenstett und Frau Zingel.

Frau Bedenstett hatte schon im Spätherbst, als erste Gerüchte von einer russischen Offensive im Osten laut wurden, Hirschberg verlassen. Mit Todesverachtung hatte Frau Zingel damals noch erklärt, die deutsche Frau weiche nicht, und sie lasse sich ihr Schlesien von niemandem nehmen. Doch was die grässlichen Gerüchte vom Russen nicht geschafft hatten, hatten die regelmäßigen Einsätze auf dem Landratsamt bewirkt. Dort hatte Frau Zingel als Kriegsdienstverpflichtete stundenlang Bezugscheine für Fahrradschläuche ausstellen müssen. Eine Weile noch hatte sie es sich verkniffen, sich über die unwürdige Arbeit zu beschweren, doch als sie einmal nach einem langen Arbeitstag hungrig und bibbernd nach Hause gekommen war und dort schon ein Mann vom Wirtschaftsamt gewartet hatte, der von Haushalt zu Haushalt ging und die Herausgabe von Heizmaterial forderte, hatte sie die Fassung verloren.

»Sie stehlen uns das letzte Holz?«

»Es wird in den Flüchtlingsunterkünften gebraucht.«

»Und hier etwa nicht?«

»Müttern mit kleinen Kindern werden Sie es doch nicht missgönnen.«

»Das deutsche Volk ist zum Untergang verdammt, wenn keiner mehr Hunger und Kälte trotzen kann.«

»Eben.« Der Mann hatte sämtliches Brennholz mitgenommen, nur ein Stück versehentlich fallen lassen. Kurz hatte Frau Zingel den Anschein erweckt, sie wollte sich darauf stürzen. Am Ende hatte sie es ihm nachgeworfen. »Und so wird mir für meine Treue und meinen unermüdlichen Einsatz gedankt!«

Am nächsten Tag verschwand sie zu ihrer Schwester, die in der Lausitz lebte – in einem winzigen Zimmer, das leicht zu beheizen war.

Jule war nach ihrer Abreise erleichtert gewesen – doch im Moment wäre ihr jemand, der herrisch auf sie zutrat, sie vorwurfsvoll musterte und energisch bei den Schultern packte, mehr als zupassgekommen. *Nun reißen Sie sich zusammen*, hätte Frau Zingel ihr befohlen, und allein um ihr zu gehorchen, hätte sie den Fuß wieder aus dem Schnee gezogen und den nächsten Schritt gemacht.

So aber wurde plötzlich alles ganz weich unter ihr. Sie war nicht sicher, ob sie die eigenen Füße nicht mehr spürte oder den Boden, in jedem Fall landete sie jäh auf Knien und Händen. Ihre Handschuhe waren so dünn, dass sofort die kalte Nässe eindrang. Und der Marmorklotz drückte, so vornübergebeugt, wie sie da hockte, so stark auf ihre Brust, dass sie kaum Luft zum Atmen bekam, geschweige denn um Hilfe rufen konnte.

Sie würde nicht mehr lange durchhalten. Sie würde erfrieren, sie würde ... Plötzlich ragten da zwei Hände aus der pechschwarzen Nacht. Sie waren eiskalt, der Griff schmerzhaft. Aber auch kräftig genug, um sie hochzuziehen. Kaum stand sie, hatte sie das Gefühl, dass etwas in ihr zerplatzte. Über ihre Oberschenkel perlte eine Flüssigkeit, doch ihre Nerven waren so überreizt, dass sie nicht sagen konnte, ob sie heiß oder kalt war. Auch als sie die andere anblickte, konnte sie nicht sagen, ob Erleichterung oder Erschrecken in ihr aufstieg, Freude oder Scham.

»Komm ... komm ...«, forderte die Frau sie auf, »gleich sind wir beim Haus.«

Sie wollte Zytas Namen formen, aber sie brauchte schon alle Kraft, um irgendwie einen Fuß vor den anderen zu setzen. Als sie endlich die Uhlandstraße 11 erreichten und Jule im Hausflur mit dem Bauch voran auf den Boden sank, entfuhr ihr ein erstickter, spitzer Schrei. Ein zweiter folgte, als Zyta ihr einen Stoß versetzte – nein ... sie versuchte nur, sie in die Seitenlage zu drehen. Ein mühsames Unterfangen, aber endlich konnte sie wieder atmen, Zytas Blick suchen.

Im Frühsommer hatte sie versucht, Zyta begreiflich zu machen, warum sie sich nicht mehr im Lager um Adelajda kümmern konnte, und die junge Frau hatte sie mit einer Kälte betrachtet, vor der selbst die Winternacht kapituliert hätte. Es hätte Jule darum nicht gewundert, wenn sie sie hier einfach hätte liegen lassen. Doch stattdessen packte Zyta sie unter den Achseln. »Hier kannst du nicht bleiben. Wir müssen in die Küche.«

Seit sie kaum mehr heizten, war es auch dort bitterkalt. Immerhin aber gab es Geschirrtücher, die sie unter ihr ausbreiten konnten, und aus der Leitung tröpfelte warmes Wasser. Bis sie es endlich dorthin geschafft hatten, drehte sich der Eisenhaken noch tiefer in Jules Bauch, aber ihre Seele schien über ihrem Körper zu schweben. Wie von weit her hörte sie Zytas beruhigende Schritte. Sie musste sie nur machen lassen, sie und die Natur, die die schrankförmige Krankenschwester beschworen hatte. Leider gingen beide nicht gerade zärtlich mit ihr um. »Bleib wach!«, rief Zyta dicht an ihrem Ohr und zwang sie, die Beine zu spreizen, was sich anfühlte, als rammte sie ihr die Faust in den Unterleib.

Zu kalt, zu kalt, die Welt war doch viel zu kalt für ein Kind. Zu finster. Zu lieblos. Ohne Hoffnung.

Doch Zyta zerrte ihr energisch die Unterwäsche vom Leib, klebrig, klamm.

»Bleib wach!«, kam erneut der Befehl.

Wie gerne hätte sich Jule dem widersetzt, zumal sie immer leichter zu werden, immer höher zu schweben schien, geradewegs zur Küchendecke. Im Holz der Balken konnte sie sich verkriechen, wie einer der vielen Holzwürmer, der sich nie selber zeigte, nur die Löcher, die er hinterließ. Wie verheißungsvoll ihr eine solche Existenz nun vorkam …

Dann hörte sie, wie etwas riss. Es war nur ein Stück ihres Rocks, und doch platzte ein Schrei aus ihr heraus, und der strebte nicht hoch zur Decke, sondern schien neben ihr auf den eiskalten Boden zu fallen. Und weil sie wieder die Kraft zu schreien hatte, konnte sie plötzlich auch stammeln: »Es tut mir leid, ich wollte die Frauen im Lager nicht im Stich lassen …«

»Das macht jetzt auch keinen Unterschied mehr«, unterbrach Zyta sie barsch. »Noch lässt man mich im HJ-Heim schuften, aber wir sind alle so gut wie tot.«

Erneut wurde Jule von einer Wehe durchgeschüttelt, doch diesmal schärfte der Schmerz ihren Verstand. Mit jeder Faser ihres Körpers erfasste sie die Bedeutung von Zytas Worten. »Das stimmt nicht ... Die Russen sind schon so nah ... bald befreien sie euch.«

»Bevor das geschieht, bringen uns die Nazis um.«

Jule sah wieder das tote Rind aus der Metzgerei vor sich. Sie ahnte, dass die Nazis den Ostarbeiterinnen nicht mehr Wert zusprachen als dem Vieh. Und dass sie, wenn sie Tausende von Tieren schlachteten, damit diese dem Feind nicht in die Hände fielen, auch mit den Frauen so grausam verfahren würden.

Dann dachte sie gar nichts mehr, weil jeder Gedanke zersplitterte, jedes Geräusch, jeder Lichtfunken. Eine große schwarze Welle schlug über ihr zusammen, die sie vergessen machte, wo oben und unten war.

Irgendwann traten aus dem schwarzen Loch wieder Konturen hervor. Das Bündel Mensch, das in Zytas Händen lag, war bläulich, die Nabelschnur, die eng um seinen Hals gewickelt war, von einem noch dunkleren Farbton. Kein Wunder, dass es keinen Mucks von sich gab.

Kurz war diese Stille tröstlich. Wenn das Kind kein Geräusch verursachte, blieb auch der Schmerz stumm, die Angst, die Scham, die Hilflosigkeit. Dann würden weiterhin nur Zytas schicksalsergebene Worte in ihr widerhallen – *wir sind so gut wie tot* –, und solange weder sie noch das Kind dagegen protestierten, würde auch sie nicht dagegen aufbegehren.

Zyta selbst jedoch duldete diese gnädige Stille nicht länger.

Ein Klatschen ertönte. Sie hatte das Kindchen an den Beinen gepackt und hielt es mit dem Kopf nach unten. Und während sie es sanft schüttelte, ihm immer wieder auf den Po schlug, rief sie ihm die gleichen Worte zu wie vorhin Jule: »Bleib wach, bleib wach, bleib wach.«

Jetzt regte sich doch etwas in Jule – Erstaunen, dass Zyta jemanden am Schlafen hindern wollte, der nie wach gewesen war. Aber vielleicht fielen ihr auf Deutsch nur nicht die richtigen Worte ein, weswegen sie jetzt wohl auch begann, auf Polnisch auf das Kind einzureden. War es ein Gebet oder ein Fluch?

Tatsächlich wurde die bläuliche Haut langsam ein wenig rosiger. Und das leblose Bündel begann plötzlich zu zucken. Jule fand die Orientierung wieder. Konnte oben und unten unterscheiden. Leid und Freude. Leben und Tod.

»Gib's mir«, flüsterte sie.

Bevor Zyta ihr das Kind reichen konnte, gab es einen lauten Schrei von sich. Es beherrschte noch kein Deutsch und kein Polnisch, trotzdem verkündete es über jeden Zweifel erhaben: *Hier bin ich!*

Dann lag es auf Jules Brust, und Zyta breitete alles, was sie an Tüchern und Stoffen fand, über ihnen beiden aus. Es reichte nicht, um ihr Zittern zu beenden, aber das Kind schrie immer weiter, lief darüber rot an, war keine zehn Minuten alt und verkündete schon seine zweite Botschaft: *Hier bin ich. Und das ist gut so.*

Es war so beglückend, ihm zu lauschen, so beglückend, immer wieder über das feuchte Köpfchen zu streicheln. Die Haare waren so dunkel, wie Carl es sich immer ausgemalt hatte, wenn auch vielleicht bloß, weil sie vom Blut verklebt waren. Als die Lider flackerten und die Augen sich öffneten, wirkten sie ebenfalls dunkel, aber auch das nur, weil kaum ein Lichtschein den Boden erreichte – Neugeborene hatten alle blaue Augen. Über diesen neuen Eindrücken vergaß das Kind zu schreien und machte mit seinem Mündchen nur mehr schmatzende Bewegungen.

»Denkst du, du schaffst es nach oben ins Bett?«

Jule schaffte es nicht einmal, ihren Blick endlich von dem des kleinen Mädchens zu lösen. Bis es ihr gelang, hatte sich Zyta halb abgewandt. So tatkräftig sie sich vorhin erwiesen hatte, so reglos stand sie nun da, als wäre sie nicht sicher, ob sie weiterhin helfen konnte … oder wollte.

Jule hätte sich so gerne bedankt, so gerne um Vergebung gebeten, fand aber beides anmaßend und brachte schließlich nur hilflos hervor: »Sie können euch doch nicht alle töten.«

Ein Ton löste sich aus Zytas Kehle, vielleicht ein verunglücktes Lachen, vielleicht ein verunglücktes Schluchzen. Dann kamen Worte. Mit ausdrucksloser Stimme sprach sie davon, dass etliche Fremdarbeiter schon Richtung Westen getrieben worden waren, weil die SS befürchtete, sie könnten sich erheben, sobald sie von den Erfolgen der Roten Armee erfuhren. Die meisten Rüstungsbetriebe wollten ihre Produktion so lange wie möglich aufrechterhalten und räumten die Lager darum erst, wenn die Front ganz nah war – dann allerdings in einem Tempo, dem die meisten geschwächten Häftlinge bei dieser Kälte nicht gewachsen waren. Was die Deutschen als Evakuierung bezeichneten, waren in Wahrheit Todesmärsche.

Jule wünschte, sie könnte einen Begriff erfinden, der nicht verlogen war, der einfach nur ausdrückte, wie tief erschüttert sie war und wie gern sie der anderen geholfen hätte. Ihr fiel keiner ein, aber das Kind gab ein Glucksen von sich, hoch und fein.

Noch ist die Welt nicht verloren, sagte ihr kleines Mädchen.

Solange es sich noch in ihrem Bauch befunden hatte, hatte Carl die Kleine Pupperle genannt. Jetzt war sie wegen ihrer dicken kleinen Beine einfach sein Frankfurter Würstchen. »Die sind ja wirklich zum Anbeißen«, sagte er fünf Tage nach der Geburt, als er ihr nach dem Wickeln frische Strümpfe anzog und seine Nase am Bauch des Kindes rieb, als wollte er sich darin verkriechen.

»Du bist gemein!« Jule musste lachen, presste aber gleich die Lippen zusammen, als wäre das ein zu kostbarer Ton, den man nicht verschwenden durfte. Als Carl den Kopf wieder hob, war sein sonst so bleiches Gesicht leicht gerötet. Ein zaghaftes Lächeln zog seine Mundwinkel nach oben – ein Abglanz der freudigen Miene jener Morgenstunden, als er vom Werk heimgekehrt war, seine Tochter auf der Welt willkommen geheißen hatte und dann sofort wieder aufgebrochen war, um seiner Mutter ein Telegramm nach Wien zu schicken.

Er gab es zwar nicht zu, aber Jule war sicher, dass er sich von ihrem Lachen nicht täuschen ließ, auch nicht von den amüsierten Wortwechseln der letzten Tage, wenn Katharina zwischen ihnen auf dem Bett lag und sie darüber sinnierten, was sie von ihm hatte und was von ihr. Sie beide vergaßen keinen Augenblick lang: Die Unbekümmertheit, die Leichtigkeit, die Fröhlichkeit waren nur Tünche.

Nachdem er die Kleine in den Kinderwagen gelegt hatte, den er vor zwei Tagen hatte organisieren können, war Carls Lächeln endgültig geschwunden. Besorgt wandte er sich an Jule. »Willst du es jetzt versuchen?«

In den letzten Tagen hatte er sich nicht nur um den Säugling gekümmert, weil sie nicht aufstehen konnte, er hatte auch zu packen begonnen, die wichtigsten Kleidungsstücke in Decken und Oberbetten zusammengerollt und mit Stricken umwunden. Wann immer sie ihm hatte helfen wollen, hatte er erklärt, ihre einzige Aufgabe sei es, zu Kräften zu kommen.

Nur ließen sich Kräfte leider nicht ebenfalls aus dem Schrank nehmen, zusammenfalten und -binden, sie waren eher wie die Wärme: Kaum konnten sie ein Kohlestück verheizen, kaum war es kurz heimelig im Raum, zog bald schon wieder der eisige Wind durch die Ritzen.

Als er nun auf sie zutrat und ihr den Arm reichte, biss sie zwar die Zähne zusammen und schaffte es mit seiner Hilfe erst in eine sitzende Position und dann mit leisem Ächzen aufzustehen. Doch kaum hatte sie zwei Schritte gemacht, begann sie zu wanken. »Ich … ich schaffe es einfach nicht …«

»Und wenn ich dir noch einen Teller Suppe bringe?«

»Das nützt nichts. Es hört ja auch nicht auf … da unten.«

Sie wich seinem Blick aus, weil man mit dem Ehemann eigentlich nicht über fortwährende Blutungen sprach, aber die waren nun mal mit ein Grund, warum ihre Lippen so blutleer waren und die Höhlen um ihre Augen so tief.

Sorgenvoll betrachtete er sie. »Aber ...«

»Ich weiß«, sagte sie verlöschender Stimme und sank wieder aufs Bett, »aber es geht einfach nicht. Es wäre mein Tod.«

Als Carl in der Nacht, da Katharina auf die Welt gekommen war, heimgekehrt war, hatte er Neuigkeiten mitgebracht. Aufgrund des Kohlemangels würden nach und nach die letzten Betriebe in Niederschlesien eingestellt. Sämtliche Werke, auch die Askaniawerke in Hirschberg, würden geschlossen und der größte Teil der Belegschaft evakuiert werden.

Wie erleichtert er geklungen hatte! Zu groß war seine Panik gewesen, der Gauleiter von Niederschlesien könnte wie der von Ostpreußen den Befehl erteilen, dass die Bevölkerung an Ort und Stelle zu verbleiben habe. Gottlob war Karl Hanke nicht so verbohrt.

Doch die Erleichterung hatte nicht lange gewährt. Das Kind war kräftig und gesund, aber bald hatte sich herausgestellt, dass Jule nicht einmal sitzen konnte, ohne ohnmächtig zu werden.

»Bitte«, sagte er jetzt, »versuch es noch einmal.«

Sie ahnte, warum er, der sie in den letzten Tagen doch immer gemahnt hatte, sich nicht vorschnell zu überanstrengen, nun so eindringlich darauf bestand. Obwohl die Todesstrafe darauf stand, hörte er regelmäßig den Feindsender. Und obwohl aus dem Kleinempfänger mit Zimmerantenne selten mehr als ein Rauschen ertönte – die wenigen Worte hatten gereicht, um ihnen beiden klarzumachen, dass die russische Front unaufhörlich näher rückte und die Wehrmacht auch im Westen den Alliierten wenig entgegensetzen konnte: Aachen war bereits im Oktober in ihre Hände gefallen.

Die meisten Menschen sprachen nicht offen darüber, sondern verpackten ihre Sorgen in zynische Witze: »Der Krieg ist erst aus, wenn Göring in Goebbels' Hosen passt.« Doch die vielen Gerüchte, die die Flüchtlinge aus dem Osten nach Hirschberg mitbrachten, hatten selbst Jule im Wochenbett erreicht. Die Bäckerin, die immer Extrarationen für sie übrig hatte, hatte sie vorgestern besucht und erst flüsternd, dann weinend von einem Flugblatt berichtet, das an die russischen Soldaten verteilt würde:

Tötet, tötet! Es gibt nichts, was an den Deutschen unschuldig ist, die Lebenden nicht und die Ungeborenen nicht! Zerstampft für immer das faschistische Tier in seiner Höhle. Brecht mit Gewalt den Rassehochmut der germanischen Frauen.

»Wenn diese Flugblätter wirklich an die russischen Soldaten verteilt würden, hätte man sie auf Russisch verfasst. Damit will man doch nur den Deutschen Angst machen.«

Die Bäckerin hatte nachdenklich den Kopf gewiegt. »Wir müssen diesen Krieg unbedingt gewinnen. Wenn die anderen siegen und uns auch nur einen Bruchteil dessen antun, was wir in den besetzten Gebieten angerichtet haben, dann wird bald kein einziger Deutscher mehr am Leben sein.«

Sie schien darüber zu erschrecken, die Wahrheit so offen ausgesprochen zu haben, presste erst die Lippen zusammen, schnäuzte sich dann geräuschvoll.

Nun versuchte Jule erneut, sich gerade aufzurichten, brachte jedoch nur zwei Schritte zustande, ehe die Beine unter ihr nachgaben.

»Vielleicht bin ich in ein paar Tagen stark genug, aber jetzt ganz sicher nicht.«

»Die Werkarbeiter aus Österreich werden noch heute evakuiert!«, rief Carl verzweifelt. »Der Transport geht ins Allgäu, und von dort würden wir es sicher irgendwie nach Wien schaffen.«

»Wir können doch auch später einen Zug nehmen.«

Ihr entging nicht, dass er auf seinen schmalen Lippen kaute, während er mit sich zu ringen schien. Schließlich gestand er kleinlaut: »Seit Wochen fahren die Züge nicht mehr fahrplanmäßig. Heute wurde der Personenzugverkehr gänzlich eingestellt.«

»Aber Sonderzüge zur Evakuierung werden doch noch eingesetzt.«

Er starrte sie nur an. Nie waren ihr seine Augen so groß erschienen, nie alles an ihm so hoffnungslos.

»Und ist es nicht so, dass sich die Front im Osten ein wenig stabilisiert?«, fügte Jule hinzu. »In den letzten Tagen sind kaum mehr Flüchtlinge aus Breslau hier angekommen.«

»Weil die Stadt zur Festung erklärt wurde, die keiner verlassen darf.« Er sprach sehr leise, als wollte er nicht, dass sie die Worte wirklich hörte und ihr Mutterglück dadurch getrübt wurde. Schon straffte er den Rücken und fügte hastig hinzu: »Ich frage im Werk, ob es auch später noch Möglichkeiten gibt, Hirschberg zu verlassen. Irgendwas wird sich schon finden. Gut möglich, dass ich nicht sofort wieder zurückkomme, du weißt, wir müssen aufräumen …«

Oder vielmehr vertuschen, was in den letzten Jahren geschehen war.

Sie rang sich ein Lächeln ab, als er sie erst auf die Stirn küsste und gut zudeckte, sich dann noch einmal über den Kinderwagen beugte und murmelte: »Pass mir gut auf unser Frankfurter Würstchen auf.«

Sie lächelte noch, als er zur Tür schritt, doch sobald er die Stufen nach unten nahm, begannen ihre Mundwinkel zu zucken, ihr ganzes Gesicht. Scham und schlechtes Gewissen, Angst und Selbstverachtung krochen in ihr hoch, schnürten ihr die Kehle zu und trieben ihr die Tränen in die Augen. Wenn sie auch nur eine über ihre Wangen laufen ließ, das wusste sie, würde sie hemmungslos zu schluchzen anfangen. Aber dafür war keine Zeit. Zum Ausruhen erst recht nicht.

Ganz ohne Hilfe erhob sie sich. Zwar musste sie sich auf den Kinderwagen stützen, aber ihre Beine hielten stand. Erleichtert stellte sie fest, dass Katharina schlief. Hätte das Kind sie aus seinen Augen, die noch nicht Carls Farbe, aber seine

Größe hatten, angeblickt, hätte sie sich unerträglich bloßgestellt gefühlt. Dem schlafenden Kind allerdings konnte sie das Herz ausschütten, um nicht verrückt zu werden an ihrem Zwiespalt.

Seit Zyta der Kleinen auf die Welt geholfen und ihr damit das Leben gerettet hatte, konkurrierte ihre Liebe zu Carl mit etwas, das weit mehr war als Verantwortungs- oder Pflichtgefühl: eine tiefe innere Überzeugung, dass sie sich auf ewig jedes Recht aufs Glück verwirkt hatte, wenn sie jetzt schwach wurde und nicht tat, was zwar gefährlich, aber richtig war.

»Es tut mir so leid«, flüsterte sie. »Es tut mir so leid, dass ich mich deinem Vater gegenüber so viel schwächer zeige, als ich bin. Ich wäre stark genug für eine längere Fahrt. Aber … ich kann nicht einfach fliehen. Ich kann die Frauen nicht noch mal im Stich lassen. Ich muss sie retten.«

Dafür hatte sie sich bereits einen Plan zurechtgelegt. Doch die Angst, dass etwas schiefgehen könnte, war so groß, dass sie ihn noch nicht laut aussprechen konnte.

19. KAPITEL

1976

Die Häuser von Jelenia Góra ließen Katharina an alte Menschen denken: zerbrechlich, aber würdevoll, verstummt und dennoch voller Geschichten. Die Fassaden waren verblasst und mit Rissen überzogen, die kunstvollen hölzernen Balkongeländer morsch geworden, die spitzen Giebeldächer mit einer dünnen Schicht Moos überzogen – und doch war das kein toter Ort. Das wohlhabende Hirschberg schien unter dem kommunistischen Jelenia Góra lediglich zu schlafen, eingesponnen in wachsweiche Stunden, Tage, Monate und Jahre, die nichts verderben ließen, sondern konservierten.

Als Jule den Mund öffnete, flüsterte sie, als könnte ein zu lautes Wort die Toten wecken.

»Ein einziges Foto von unserem damaligen Haus hatte ich. Darauf war der hölzerne Vorbau mit dem Wintergarten zu erkennen, die weißen Sprossenfenster, das rötliche Dach …«

Ihre Stimme klang so distanziert wie die einer Kunsthistorikerin, die über ein berühmtes Gemälde doziert, das sie gründlich studiert hat und in- und auswendig kennt – aber nicht selbst gemalt hat.

Katharina hatte immer noch ein wenig den Eindruck, sich im falschen Bild verirrt zu haben, das nur versehentlich an jener Stelle hing, wo eigentlich ihre Zukunft hätte stehen sollen. »Und wo ist dieses Foto geblieben?«

Jule zuckte die Schultern. »Ein paar Dinge von früher habe ich behalten, aber vieles ist verloren gegangen ...«

Sie klang nun regelrecht trostlos. Die Vergangenheit war offenbar allgegenwärtig, seit sie in dem Städtchen im Riesengebirge angekommen war. Aber noch schien sie keinen Faden gefunden zu haben, an dem sie anknüpfen konnte, um ihr halbiertes Leben wieder zu einem ganzen zu machen.

Wie entschlossen sie noch zu Beginn ihrer Reise gewesen war.

»Der Schwiegermama und dem Gottfried habe ich erklärt, ich müsste dringend nach Niklasdorf. Der Ilse geht es wieder mal schlecht, sie hat ja Depressionen.« Das klang geradezu leichtfertig, als wäre es keine große Überwindung, die Familie zu belügen, obwohl sie das noch nie getan hatte. Auch als wäre es eine Selbstverständlichkeit, sich um die kranke Ilse zu kümmern, obwohl sie sich seit Jahren darüber ärgerte, dass die nie den zweiten Fuß aus dem Bett bekam und den Schnittlauch im Garten verwildern ließ. »Zusammenreißen soll sie sich«, sagte sie stets. »Wenn man gesund sein *will*, ist man es auch.«

Einwände von der Art, dass auch ein gebrochener Arm nicht ohne Gips heilte und ein starker Wille nichts gegen psychische Krankheiten ausrichten konnte, ließ Jule nicht gelten. Das Einzige, was Ilses Schuld an der Krankheit in ihren Augen etwas milderte, waren die Gene. Vielen in der Familie lag nun mal nicht nur die Hellseherei, sondern auch die Melancholie im Blut.

Jetzt hatte es sein Gutes, dass sich die Ilse einfach nicht am Riemen riss – es war unwahrscheinlich, dass sie während ihrer Abwesenheit in Wien anrief.

»Du hast dir ja gründlich Gedanken gemacht«, meinte Katharina.

Nachdem sie Gertrud Schiller den ausgefüllten Urlaubsschein überreicht hatte, hatte sie in ihrer Wohnung ein paar Sachen gepackt, unschlüssig, was sie mitnehmen sollte, plötzlich vom eigenen Tempo überfordert.

Die Mutter nickte. »Der Kadett ist schon vollgetankt«, erklärte sie.

»Wir fahren mit dem Auto? Ich dachte, wir nehmen den Zug.«

»Da müssten wir zigmal umsteigen. Und die Personenkontrollen sind im Zug viel strenger. Zwei Stunden wartet man da mindestens, bis die Zollhunde alle Abteile durchgeschnüffelt haben. Mit dem Auto geht's leichter – wenn man es richtig anstellt.«

Katharina war überrascht, was ihre Mutter alles wusste. »Wie stellt man es denn richtig an?«

Jule wich ihrem Blick aus. »Wirst schon sehen.«

»Eine lange Strecke bleibt es trotzdem.«

»Nach Jugoslawien bin ich vorletzten Sommer doch auch gefahren. Und es ist ja nicht meine Schuld, dass wir uns nicht abwechseln können, weil du immer noch keinen Führerschein hast.«

Beschämt biss sich Katharina auf die Lippen. Zwischen Studium und Ferienjobs hatte sie nie Zeit für den Führerschein gefunden, und eigentlich hatte er ihr auch nie gefehlt – wenn sie verreist war, dann am liebsten per Interrail mit Zelt im Gepäck.

Es hatte sie peinlich berührt, als Jule zum fünfzigsten Geburtstag verkündet hatte, Autofahren lernen zu wollen. Zweimal fiel sie durch die Prüfung: Der erste Prüfer stellte besonders schwere Fragen zum Motor und höhnte hinterher, dass Frauen und Technik nicht zusammenpassten. Der zweite ließ sie das Auto in eine winzige Lücke manövrieren und behauptete dann, dass Frauen einfach nicht einparken könnten. Als sie dem dritten gegenübertrat, hatte sie sich besonders hübsch gemacht und lieblich gelächelt. »Sie müssen ein Nachsehen mit mir haben. Als Frau und in meinem Alter … da tut man sich schwer mit dem Lernen.«

Der Prüfer hatte das Lächeln erwidert und ein Auge zugedrückt.

Warum sie sich immer so kleinmachen muss, hatte Katharina damals irritiert gedacht, *sich so anbiedern.* Aber als ihr diese Episode nun durch den Kopf ging, fragte sie sich, ob Jules Verhalten wirklich Ausdruck von Unterwürfigkeit war oder nicht vielmehr einer gewissen Lebensklugheit entsprang, um mit geringstmöglichem Aufwand und notfalls mit Selbstverleugnung ans Ziel zu kommen. Vielleicht war auch Florian nicht gemein und intrigant, sondern einfach nur lebensklug, während sie selbst mit dem Kopf durch die Wand wollte und sich dabei einen Brummschädel holte. Jetzt jedenfalls bekam sie schon nach zwanzigminütiger Fahrt Kopfschmerzen, und weil das beim Nachdenken nicht gerade besser wurde, verdrängte sie bald jeglichen Gedanken an ihren überstürzten Aufbruch.

Ihre Mutter umklammerte mit beiden Händen das Lenkrad. Wie immer beim Autofahren konzentrierte sich auf den Verkehr und schwieg verbissen – etwas, was sie sich während der vielen Fahrten mit Gottfried angewöhnt hatte. Der besaß zwar auch keinen Führerschein, verwies aber gerne darauf, im Krieg jahrelang mit dem Panzer gefahren zu sein, und gab deswegen ständig penetrant Fahrtipps.

An der Grenze zur Tschechoslowakei studierten misstrauische Zollbeamte ausgiebig ihre Pässe, winkten sie aber schließlich nach wenigen Minuten durch. Auch die polnische Grenze passierten sie unerwartet schnell. Den dortigen Beamten überreichte Jule neben ihren Pässen auch eine Plastiktüte, und bald bekamen sie das Signal zur Weiterfahrt.

Für Jule schien dieses Wunder nicht der Rede wert, und so musste Katharina dreimal nachfragen, was sich in der Tüte befunden hatte, ehe sie mit der Sprache rausrückte.

»Eine Stange Zigaretten und eine Flasche Cognac«, sagte sie. »Und hundert D-Mark. Schilling sehen die Zollbeamten nicht so gern. US-Dollar habe ich auf unserer Bank nicht wechseln können.«

»Ist es nicht verboten, Westwährung mit ins Land zu nehmen?«

»Jetzt habe ich sie ja abgegeben. Jeder besticht die Zollbeamten – das sind die reichsten Beamten der Volksrepublik Polen. Wenn man es nicht tut, nehmen sie einem das Auto auseinander, lassen einen stundenlang warten, und manchmal muss man sogar zur Leibesvisitation.«

Kaum zu fassen, wie planmäßig ihre Mutter sich in der kurzen Zeit auf diese Reise vorbereitet hatte. Und wie selbstverständlich, ganz ohne zu erröten, sie die Plastiktüte überreicht hatte – sie, die sonst so gesetzeskonform war und das Wort Korruption bislang nur mit gesenkter Stimme ausgesprochen hatte, weil sich so was nicht gehörte.

Kurz war es Katharina, als würde eine Fremde neben ihr sitzen.

»Woher weißt du denn das alles?«

»Na, die Nachbarin von der Hedwig hat noch Familie in Polen. Kommunisten sind das, die nach dem Krieg lieber dort geblieben sind, statt nach Österreich zurückzukehren, das für sie ein Faschistenstaat war. Die haben jetzt alle polnische Namen, sprechen die Sprache fließend und gelten als Alteingesessene. Ob sie mit dieser Entscheidung glücklich geworden sind, weiß ich nicht – Hedwigs Nachbarin war jedenfalls mal zu Besuch dort.«

»Wenn man sich die vielen Einzelschicksale vorstellt, als damals der ganze Landstrich polonisiert wurde …«, murmelte Katharina.

Jule ging nicht darauf ein, ein Zeichen, dass sie sich wieder voll auf die Straße konzentrieren wollte.

Die wurde nun schmaler, baufälliger, und auch wenn die hügelige Landschaft mit den riesigen Getreidefeldern, den kleinen Dörfern und den Wäldern bei schönem Wetter sicher hübsch anzusehen gewesen wäre, verlieh der derzeit farblose Himmel den Eindruck, als würde alles in einer grauen Zwangsjacke stecken.

Jelenia Góra erreichten sie erst nach Einbruch der Dunkelheit. Was immer Jule empfand, als sie Richtung Zentrum fuhren, blieb hinter ihrer müden Miene verborgen. Sie bezogen ein Zimmer in einer einfachen Pension in der Nähe der Basilika, wo es so roch, wie die undefinierbare Suppe schmeckte, die sie so spät noch serviert bekamen: säuerlich.

Katharina war zu diesem Zeitpunkt bereits alles egal. Die durchtanzte Nacht und die lange Fahrt forderten ihren Tribut, sie schlief traumlos und tief. Als sie um neun Uhr am nächsten Morgen erwachte, war zwar ihr Nacken etwas steif, aber sie fühlte sich gerüstet für das, was kommen würde.

Nur dass eigentlich nichts kam: keine sensationelle Enthüllung, kein erschütterndes Bekenntnis, keine überraschende Wendung.

Während sie sich für den Tag fertig machte, studierte Jule auf dem kleinen Tischchen in ihrem Zimmer zwei Stadtpläne – einen alten mit deutschen Straßennamen aus dem Jahr 1930, der wohl auch in den Tiefen des Kleiderschranks versteckt gewesen war, und einen neuen mit polnischen Straßennamen, den sie von der Wirtin bekommen hatte. Daneben lag ein Langenscheidt-Wörterbuch, aus dem sie sich Notizen machte.

Kurz witterte Katharina an ihr jene grimmige Entschlossenheit, mit der sie selbst an ihre Forschungsvorhaben heranging, den Ehrgeiz, sich gründlich vorzubereiten, um es notfalls auch ganz allein zu schaffen, doch als Jule hochblickte, las sie nur Gleichmut in ihren Augen. Verbarg sich dahinter vielleicht Angst, weil sie gleich tief in die Vergangenheit eintauchen würde? Oder Freude auf vertraute Orte? Katharina verkniff sich jede Frage, hatte sie doch plötzlich wieder Florians Stimme im Ohr, wie er Behutsamkeit gegenüber Zeitzeugen anmahnte. Besser, sie überließ erst einmal ihrer Mutter die Führung.

Auch nachdem sie die Pension verlassen hatten, blieb deren Miene gleichmütig, nahezu unbeteiligt. Sie hatte rein gar nichts mehr mit der aufgeregten, hektischen, etwas überforderten Frau gemein, die gestern in ihre Vorlesung geplatzt war. Nicht nur zwischen ihnen schien eine Wand zu stehen, auch zwischen

Jule und der Stadt, denn nichts verriet, dass sie die prächtigen Barockfassaden am Markt, die alten Handelshäuser, auf mächtige Pfeiler gestützt, die Höfe mit den heruntergekommenen Steinlauben, die trotzdem nicht schäbig wirkten, wiedererkannte – kein schmerzliches Lächeln, kein unterdrücktes Seufzen, kein sich weitender Blick. Selbst als sie die Adresse aufsuchten, wo sich einst die Druckerei und der Verlag von Paul Höckendorf befunden hatten, und dort nur auf eine Schreinerei stießen, dessen Besitzer sie beim ersten deutschen Wort wütend anschrie, schien Jule eher verwirrt als erschüttert.

Immerhin gab sie endlich das bleierne Schweigen auf. »Jesteśmy w Austrii«, sagte sie mehrfach, und dass sie sich so als Österreicherinnen, nicht als Deutsche auswiesen, stimmte den Mann immerhin etwas versöhnlicher. Weiterhelfen konnte er ihnen trotzdem nicht, von irgendeinem Verlag hier hatte er noch nie gehört.

Auch auf dem Rathaus erwies sich »Jesteśmy w Austrii« als Zauberformel, die die feindseligen, eisigen Gesichter entspannte. Aber ob beim *Urząd meldunkowy*, dem Einwohnermeldeamt, oder in der *Urząd miasta*, der Stadtverwaltung: Die Beamten reagierten entweder mit Schulterzucken oder überschütteten sie mit einer Redeflut auf Polnisch.

Die Mutter lauschte zunehmend resigniert. »Es gibt den Verlag nicht mehr«, stellte sie nach mehreren Stunden fest.

Natürlich nicht, dachte Katharina, das hatte sie gleich gewusst. Was für ein Irrsinn, für diese Erkenntnis hierherzukommen. Aber sie hielt sich weiterhin zurück und nickte nur, als Jule vorschlug, in einem kleinen Lokal unter einem Laubengang, aus dem der starke Geruch von Gulasch drang, essen zu gehen.

Nach allem, was sie bislang erlebt hatte, fragte sich Katharina, ob man ihnen ins Essen spuckte, wenn sie auf Deutsch bestellten. Doch als ein Ober an ihren Tisch trat – die Kleidung in Tarnfarben ließ eher an einen Soldaten denken als an einen Kellner –, kamen aus Jules Mund keine deutschen

Wörter: »Czy jest tutaj Golabki? A może pierogi? Może być z nadzieniem grzybowym.«

Seine Miene hellte sich sichtlich auf.

»Hast du das auch aus dem Wörterbuch?«, fragte Katharina fassungslos, nachdem der Kellner die Bestellung aufgenommen hatte und wieder in der Küche verschwunden war. »Es klang so flüssig.«

Jule zuckte die Schultern. »Die Formulierungen kannte ich bereits, auch die Namen von ein paar Gerichten. Auf Ungarisch kann ich ebenfalls was sagen, zum Beispiel: Nichts ist schöner, als in der Steppe zu reiten. Auf Tschechisch, dass ich notfalls auch aus Zeitungspapier ein Kleid nähen kann. Und auf Russisch kenne ich eine russische Arie – aus *Pique Dame*, das ist eine Oper von Tschaikowski.«

Sofort biss sie sich auf die Lippen, als hätte sie viel zu viel verraten, doch Katharina nickte bekräftigend. »Das haben dir die Zwangsarbeiterinnen beigebracht, in deren Lager du als Köchin ausgeholfen hast, nicht wahr?«

Nach all den Andeutungen war das eine der wenigen Vermutungen, die auf festen Beinen standen. Leider war Jules Redefluss schon wieder versiegt, und sie warteten schweigend, bis zwei dampfende Teller gebracht wurden.

Hungrig spießte Katharina eine der Piroggen auf die Gabel, und der aromatische Geschmack von Pilzen erfüllte ihren Mund. »Mh«, machte sie genießerisch.

Ihre Mutter hingegen schien gar nicht mehr anwesend zu sein. Langsam schob sie die Piroggen auf ihrem Teller hin und her, als suchte sie darunter nach einer verborgenen Botschaft, die auf dem blauen Porzellanteller eingraviert war. Katharina hielt diesen Anblick nur schwer aus, und nachdem sie sich drei weitere Piroggen in den Mund geschoben hatte und ihr ärgster Hunger gestillt war, entfuhr es ihr: »Nun iss doch auch! Sonst wird's kalt.«

Zögerlich und nur ganz langsam führte Jule die Gabel an den Mund, hielt ihn noch kurz geschlossen, als wäre es schon zu viel, nur am Essen zu riechen. Dann schließlich verschwand die Pirogge hinter ihren Lippen, und eine Weile schien sie eher daran zu lutschen, als zu kauen. Doch irgendwann biss sie tatsächlich hinein und schmeckte die würzige Fülle. In diesem Moment ging ein Ruck durch sie und ein Strahlen über ihr Gesicht. Ihre Züge wurden weich, die Augen feucht, und Katharina hatte das Gefühl, einen Menschen vor sich zu haben, der sich über Jahre nur ernährt hatte und nun endlich wieder wusste, was es bedeutete zu genießen. Schon nahm Jule den nächsten Bissen, diesmal mit weit geöffnetem Mund, und vorsichtiges Herantasten und geduldiges Warten hin oder her – Katharina wusste: Wenn sie ihre Mutter zum Reden bringen wollte, dann jetzt.

»Die Piroggen, die du für die Zwangsarbeiterinnen gemacht hast – haben die auch so geschmeckt?«

Jule führte das Essen immer schneller zum Mund, kaute mit aller Kraft, als könnte sie einfach nicht genug bekommen, als wäre sie nicht nur hungrig, sondern halb verhungert. »Wo denkst du hin? Viele Zutaten fehlten, vor allem die Gewürze.«

»Und das Lager, in dem diese Frauen lebten – war das hier in Hirschberg?«

Noch nie hatte Jule sich dem Gebot widersetzt, mit vollem Mund zu reden. Doch auch wenn sie deswegen nur undeutlich sprach, so groß wie die Gier auf dieses Essen schien plötzlich auch der Wunsch, sich alles von der Seele zu reden. »Sie wurden erst ganz zum Schluss hierherverlegt. Zuvor waren sie in Gebhardsdorf. Kaum zu glauben, dass es mir geglückt ist, Windisch dazu zu überreden. Als ich zusammen mit dir Gebhardsdorf besuchte, war alles in Auflösung, und er ist hektisch um die vollgepackten Karren mit dem Gepäck der SS-Bewachung herumgeschwirrt. Aber zu mir war er ja immer scheißfreundlich. Wie er sich da über den Kinderwagen gebeugt hat. *Ganz die hübsche Mutter.* Dabei hast du mir gar nicht ähnlich gesehen, und du warst kein wirklich hübsches Baby. Fremde hast du immer ganz mürrisch gemustert, regelrecht streng.«

Katharina starrte sie verwirrt an. Ein wenig fühlte sie sich wie früher, wenn sie versucht hatte, mit dem Kassettenrekorder ein Lied aus dem Radio aufzunehmen. Meist hatte sie die Aufnahmetaste viel zu spät gedrückt, sodass von der ersten Strophe ein Teil fehlte. »Wer ist dieser Windisch?«, fragte sie.

Weiterhin hektisch kauend, fuhr Jule fort. »Ein SS-Oberscharführer. Hat Anfang 45 die Räumung von allen möglichen Frauenlagern überwacht. Ins Hauptlager von Groß-Rosen sollten die Insassinnen gebracht werden. Und von dort dann weiter nach Bergen-Belsen und Mauthausen. Wobei klar war, dass nie alle ankommen würden, wenn man sie da hungrig und knapp bekleidet durch den Schnee treibt. Selbst Windisch war in den letzten Monaten dünn geworden. Der Kragen schnitt ihm gar nicht mehr so in den Stiernacken wie sonst.« Mit der linken Hand fuhr sie sich an den eigenen Kragen, als säße auch der zu eng. Sie atmete schwer.

»Du ... du bist mit mir, einem Neugeborenen, in ein Außenlager von Groß-Rosen gefahren?«

Jule schwieg. Zumindest bis sie weiteraß – so, als könnte sie nur mit vollem Mund reden. »Es war leichter, nach Gebhardsdorf zu kommen, als ich dachte. Der Personenverkehr war großenteils eingestellt, aber es fuhren noch Züge ins Werk. Du hast die gesamte Fahrt über keinen Mucks gemacht. Und Carl war ja die ganze Zeit weg, ihm fiel gar nicht auf, dass ich das Haus verlassen hatte.«

»Aber trotzdem ... ich meine, mit einem Baby!«

»Was hätte dir denn passieren sollen? Ich *musste* dorthin. Die Frauen waren doch noch da ... *meine* Frauen.«

Einmal mehr hatte Katharina das Gefühl, es mit einer Tonbandaufnahme voller Lücken zu tun zu haben. Sie hatte keine Ahnung, wie sie all diese Andeutungen in einen logischen Zusammenhang bringen sollte, wusste nur, dass ihr nicht mehr viel Zeit dazu blieb. Jules Teller leerte sich rasch.

»Du hast diesen Windisch also dazu gebracht, dass die

Zwangsarbeiterinnen, die du kanntest, nach Hirschberg verlegt wurden.«

»Wie er sich aufgeregt hat! Warum ich denn immer noch in Niederschlesien sei, noch dazu mit dem Kind. Wer rauskommen könne, solle raus. Er habe sich noch nicht abgesetzt, er habe noch viel zu tun. Wenn hier alles erledigt sei, müsse er nach Hirschberg, um das Lager für Männer abzuwickeln, die in der Zellwollfabrik arbeiteten. Was danach komme, wisse er nicht. Es war nicht klar, ob die Wehrmachtseinheit in Hirschberg, die Stadt notfalls verteidigen oder fertigmachen würde.«

»Fertigmachen?«, fragte Katharina.

Seit Jule zu erzählen begonnen hatte, hatte sich ihr Blick entweder auf die Pirogge vor ihrem Mund oder auf den Teller gerichtet. Nun erwiderte sie zum ersten Mal Katharinas Blick, schien kurz überrascht, der Tochter gegenüberzusitzen. Doch sie aß und redete, aß und redete weiter. »Ja, so hat er sich ausgedrückt. Ein merkwürdiger Begriff, nicht wahr? Damit war wohl gemeint, sich feige zu verdrücken und die Bevölkerung im Stich zu lassen. Jedenfalls habe ich's geschafft, ihn von meinem Plan zu überzeugen. Hab ihm vorgejammert, wie chaotisch es in der Stadt zugeht. Und das war keine Übertreibung. Es ging ja tatsächlich drunter und drüber ... Flüchtlingsströme ... Wehrmachtautos ... Lazarettzüge ... und dazwischen der Volkssturm, bestehend aus halben Kindern, Alten und ein paar Wichtigtuern. Die haben sich tatsächlich nicht entblödet, selbst Frauen zusammenzutreiben, um Schützengräben auszuheben und Panzersperren zu errichten. Was für ein Irrsinn.«

Nur noch zwei Piroggen lagen auf dem Teller. Unendlich viele Fragen lagen Katharina auf den Lippen. Aber besser, sie bedrängte Jule nicht, versuchte stattdessen, das bereits Gesagte auf den Punkt zu bringen.

»Du wolltest dafür sorgen, dass den Frauen, die du kanntest, ein Todesmarsch in den Westen erspart blieb, oder?«

Jule nickte zögerlich. »Warum nicht sie die Panzersperren in Hirschberg errichten könnten, habe ich Windisch gefragt. Ich dachte mir, das überlebt man leichter als so einen langen Marsch durch den Schnee ohne Proviant, ohne Schuhwerk, ohne warme Kleidung. Manche Lagerinsassen wurden auf offenen Lastwägen transportiert, aber die meisten mussten sich zu Fuß aufmachen, und wer schwächelte, wurde auf offener Straße erschossen.«

Der Teller war nun endgültig leer. An der letzten Pirogge kaute ihre Mutter nur langsam, aber irgendwann war auch die geschluckt.

»Dieser Windisch ist also auf deinen Vorschlag eingegangen. Was bedeutet, dass du die Frauen gerettet hast.«

Jule leckte sich über die Lippen, griff dann zur Serviette, und während sie sich den Mund abtupfte, presste sie kaum hörbar hervor: »Ich hätte besser zuhören sollen.«

»Windisch? Was hat er denn gesagt?«

Jule legte die Serviette auf ihren Teller und schob ihn mit einer so rüden Bewegung zurück, dass er an den von Katharina klirrte – für sie ein Sinnbild, dass sich auch die Tür zur Vergangenheit, die kurz weit offen gestanden hatte, wieder schloss. Nichts in Jules Miene verriet, dass sie tief in diese Vergangenheit eingetaucht war und ein vorzügliches Mahl genossen hatte. Da war nur wieder diese sture Entschlossenheit, die sie für alles andere als ihr unmittelbares Ziel blind machte. »Nun iss endlich auf«, forderte sie ungeduldig, »wir müssen nach dem Verlag suchen.«

Obwohl ihr der Appetit vergangen war, spießte Katharina gehorsam eine Pirogge auf. Sie schmeckte so würzig wie die erste, aber der Teig war mittlerweile labbrig und klebte an ihrem Gaumen fest. »Den gibt es doch nicht mehr.«

»Vielleicht finden wir noch irgendeinen Mitarbeiter.«

Katharina hielt das für reinen Aktionismus, der nie und nimmer zu einem Ergebnis führen würde. Aber sie hatte heute schon einmal gut daran getan, die Mutter ganz allein über die

Vorgehensweise entscheiden zu lassen. Nur das hatte zu diesem Essen und dem Redeschwall geführt. Wenn sie geduldig wartete, würden sich mit etwas Glück weitere Gelegenheiten bieten nachzuhaken. Schweigend aß sie auf.

Bis zum Nachmittag des nächsten Tages hatten sie etliche weitere Stationen abgeklappert und jede ein wenig hoffnungsloser verlassen als die vorangegangene. Ob das Gewerbe- oder das Finanzamt, die Stadtbibliothek oder das Stadtarchiv – jedes Mal trafen sie auf die gleichen Hindernisse, von denen schon eines ausgereicht hätte: Sprachbarrieren, Gleichgültigkeit und schließlich die Zeit. Die Kluft, die diese zwischen dem damaligen Hirschberg und dem heutigen Jelenia Góra geschlagen hatte, war zu tief.

Und doch gab Jule nicht auf. Ausdauernd und beharrlich kannte Katharina sie – einmal hatte sie eine kaputte Kaffeemaschine zerlegt, weil sie nicht vorschnell Geld für eine neue ausgeben wollte –, aber nicht so verbissen, nicht so rücksichtslos gegen sich selbst. Jetzt marschierte sie selbst dann noch weiter, wenn sie tief erschöpft wirkte.

Und sie war auch nie so blind für ihre Tochter und so schweigsam gewesen. Einmal erwähnte sie zwar die einzige Fotografie, die sie aus Hirschberger Zeiten aufbewahrt hatte, doch sie würgte den Wortwechsel, der sich darüber hätte entspinnen können, sofort wieder ab.

Leider erfüllte sich auch die Hoffnung nicht, die Mutter würde sich noch einmal öffnen, wenn sie wieder ins Restaurant von gestern gingen. Als Katharina das gegen Abend hin vorschlug, meinte Jule nur, dass ihr die fettige Wurst, die ihnen zum Frühstück aufgetischt worden war, noch im Magen liege. »Etwas Brot und Käse genügen mir vollends, und das können wir doch auch im Zimmer essen, oder?«

Katharina ergab sich schließlich ihrem Schicksal und kaute zur Jause lustlos an etwas herum, das wie Gummi schmeckte und ganz sicher nicht die Macht hatte, Erinnerungen zu wecken.

Es war noch nicht einmal ganz dunkel, als Jule sich schlafen legte, und Katharina konnte ihr das nicht verdenken, wurde doch auch der Druck auf ihre Augenlider übermächtig.

Noch gab sie ihm allerdings nicht nach. Ihr war eine Idee gekommen, wie sie die Mutter doch noch zum Reden bringen mochte. Sie trat zu dem kleinen Tischchen in ihrem Zimmer und begann im fahlen Licht der Nachtkästchenlampe gründlich die Stadtpläne vom einstigen Hirschberg und dem heutigem Jelenia Góra abzugleichen. Es dauerte lange, bis sie fand, was sie gesucht hatte, aber nun konnte auch sie beruhigt schlafen gehen.

Beim Frühstück verzichteten sie auf die Wurst, Jule begnügte sich mit einer Tasse schwarzem Tee. Gedankenverloren löffelte sie Zucker hinein, obwohl sie es eigentlich nicht so süß mochte.

»Ich weiß nicht, wo wir noch nach dem Verlag fragen können. Und ob es überhaupt irgendeinen Sinn hat, ihn zu finden.« Sie klang kleinlaut, regelrecht verzagt.

Katharina setzte die eigene Tasse ab, um die Hand ihrer Mutter zu ergreifen. Kurz zuckte Jule zusammen, als wäre ihr das unangenehm, aber dann überwog die Erleichterung, sich an etwas festhalten zu können, und sie umklammerte die Finger ihrer Tochter regelrecht.

»Ich finde auch, dass wir die Suche nach dem Verlag aufgeben sollten«, sagte Katharina behutsam. »Aber das heißt nicht, dass unsere Reise völlig umsonst war. Wir … wir könnten doch andere Orte von damals abklappern.«

Eben noch hatte Jule ihren Blick gesucht, nun wurde er wieder verschleiert von Erinnerungen. Nur wehmütigen oder auch schmerzhaften?

»Ich habe mir gestern den alten Stadtplan angeschaut. Die Baracken von damals waren natürlich nicht als solche eingezeichnet, aber im Norden der Stadt befanden sich die Lagerhallen von den Askaniawerken. Dort waren die Frauen doch untergebracht, oder? Zu Fuß ist es nicht weit dorthin, wir könnten …«

Abrupt riss die Mutter ihre Hand zurück, und Katharina dachte schon, sie hätte zu schnell zu viel gewollt. Doch dann schlang Jule die Arme um ihren Leib, als würde sie frieren, ein Zeichen, wie unvermittelt und intensiv sie in die Vergangenheit eintauchte.

»Schon damals habe ich mich gewundert, dass das Wellblechdach nicht unter den Schneemassen eingestürzt ist. Es tropfte überall durch, und der Wind pfiff eisig kalt durch die Ritzen. Das war unzumutbar.«

»Aber wahrscheinlich immer noch besser, als irgendwo auf endlosen Schneefeldern unterwegs zu sein.«

Jule nickte halbherzig.

»Hast du auch dort für sie gekocht?«

»Nur einmal … in der letzten Nacht. Zwei Tage, nachdem wir den Pakt geschlossen haben.«

»Den Pakt?«

Diesmal antwortete sie nicht. Doch Katharina wollte diesmal nicht lockerlassen. »Du meintest, du hättest diesem Windisch besser zuhören sollen. Was genau hat er denn gesagt?«

Ein Seufzen, dann hob Jule den Kopf. »Ich war einzig und allein auf den Plan fixiert, die Frauen zu retten. Alles andere habe ich ausgeblendet.«

»Nämlich was?«

Jules Hände rutschten in ihren Schoß, als würde alle Kraft daraus schwinden. Auch ihre Stimme wurde leiser, doch als Katharina sich vorbeugte, konnte sie gut verstehen, wie sie flüsterte: »Ich habe Carl verschwiegen, dass ich mich von der Geburt erholt hatte. Hab so getan, als könnte ich nicht aufstehen, während ich in Wahrheit unterwegs war. Aber ich war nicht die Einzige, die was verheimlicht hat. Er tat das auch.«

Katharina zwang sich, im Stillen bis zehn zu zählen. Sie war noch nicht bei acht angekommen, als Jule fortfuhr.

»Windisch ... Windisch es mir gesagt. Hat gemeint, dass er sich um mich und mein Kindlein Sorgen machen würde. Aber noch mehr um meinen Mann. Der müsse dringend weg. Die Untersuchung könnte schlecht für ihn ausgehen.«

»Eine Untersuchung?«

»Es gab einen Flugzeugabsturz in Norwegen ... Carl ist am Bau beteiligt gewesen. Deswegen wurde untersucht, ob er es sabotiert hatte. So was kam wohl öfter vor.«

»Er hat wirklich ein Flugzeug manipuliert?«

»Ich weiß es nicht, mir gegenüber hat er nie auch nur etwas angedeutet. Ich weiß nur, dass ich Windisch nicht ernst genommen habe. Dass ich mich mit seiner Zusage begnügt habe, die Frauen nach Hirschberg zu verlegen. Danach bin ich so schnell wie möglich abgehauen. Wer weiß ... wenn ich nachgefragt hätte, vielleicht wäre dann alles anders gekommen.« Unvermittelt sprang sie auf, und das so heftig, dass die Teetasse fast umkippte. Etliche Tropfen versickerten im karierten Tischtuch. »Wir müssen unbedingt dorthin.«

»Zu den Baracken? Klar, wir können sofort los.«

»Ach, von denen ist doch sicher nichts mehr übrig. Nein, ich will ... ich *muss* in die Morcinka. So heißt jetzt die Uhlandstraße.«

Katharina hörte die Adresse zum ersten Mal, sonst hätte sie auch diese auf den Plänen gesucht. Aber sie ahnte sofort, dass dort das Haus stehen musste, in dem Jule und Carl so lange gelebt hatten und wo sie geboren worden war. Und sie ahnte auch: Das war der Ort, wo Jule ihr endlich alles anvertrauen würde. Oder sich endgültig fürs Schweigen entscheiden und die Tür zur Vergangenheit für immer verriegeln würde.

Sobald sie die Häuser der Altstadt hinter sich gelassen hatten, wurden die Straßen trostloser, die Fassaden deutlich heruntergekommener. Etliche Häuser, vor deren Fenster Holzbretter genagelt worden waren, glichen eher Ruinen als Wohnstätten. Jule achtete nicht darauf. Beharrlich hielt sie den Blick auf den

Boden gerichtet, als befände sich dort unten ein unterirdisches Hirschberg. Erst als sie eine breite Straße erreichten, hob sie den Kopf. Obwohl kaum Verkehr unterwegs war, sah Jule mehrmals nach rechts und links und ging dann in einen Laufschritt hinüber, als wäre ihr jemand dicht auf den Fersen. Erst auf der anderen Straßenseite schaute sie sich gründlich um.

»Hier war früher eine Bäckerei«, murmelte sie gedankenverloren. »Und eine Straße weiter die Metzgerei.«

Sie bog allerdings in eine andere ab, wo nicht nur deutlich mehr Bäume als in der Altstadt wuchsen – Ahornbäume, Linden und Eichen –, zudem folgten auf die baufälligen Häuser elegante, verwunschen wirkende Villen, deren Anblick Katharina in längst vergangene Zeiten versetzte. Auf ihnen schienen die letzten Jahrzehnte nicht schwer zu lasten, die Zeit erwies sich hier vielmehr als seidiges Tuch, das sich mit einer schlichten Handbewegung, einem lauen Luftzug zur Seite streichen ließ.

Kurz blieb Jule stehen, dann lief sie mit einem Mal ganz selbstverständlich los. Hier musste sie sich nicht mühsam zurechtfinden, hier war sie ... zu Hause. Und das Merkwürdige war: Katharina erging es ebenso. Im Stadtzentrum wäre sie ohne Stadtplan verloren gewesen, aber hier, so hätte sie schwören können, würde sie instinktiv die richtige Richtung finden. Es war, als würde ihr Geburtsort sie magisch anziehen. Und als das Haus vor ihnen aufragte, wusste Katharina sofort, dass ihr Ziel die Morcinka Nummer 11 war, obwohl Jule diese Zahl nie erwähnt hatte. Das kunstvolle Fachwerk, der hölzerne Vorbau mit den geschnitzten Balken, das rötliche Dach, das stark verwittert war, aber nicht ganz so tief hing wie das vieler anderer Häuser hier, der Garten mit etlichen Bäumen – sie glaubte all das wiederzuerkennen. Vielleicht nicht mit den Augen. Aber mit ihrer Seele, in die dieser Anblick eingestanzt worden war.

Während sie das Haus nur schweigend anstarren konnte, sprang über Jules Lippen ein Ton, der Erleichterung verhieß, Sehnsucht – und Trauer.

»Es … es hat sich ja gar nicht verändert.« Sie deutete auf einen großen Baum. »Und die alte Eiche gibt es auch noch …«

Dieses Rauschen, das Katharina vernahm – fuhr wirklich gerade der Frühlingswind durchs Geäst? Oder war das ein Echo aus ihrer Erinnerung?

Auch ihre Mutter lauschte etwas nach, das längst verklungen war. »Wie die Kinderwagenräder immer im Schnee geknirscht haben … und wie die Treppe geknarrt hat, wenn Carl hochgeeilt kam. Er ging ja immer so schnell. Und das Knistern des Ofens, wenn es mal was zum Heizen gab. Im letzten Winter war das immer zu wenig, es wurde nie richtig warm.«

Ein hoher schmiedeeiserner Zaun trennte das Haus von der Straße. Das Tor – auf ein paar Stäben klaffte Rost unter der abgeblätterten graugrünen Farbe – war versperrt. Jule trat darauf zu und versuchte es zu öffnen, aber ohne Erfolg. Sie legte die Hände um die Stäbe und rüttelte daran, doch es gab nicht im Mindesten nach. Und weit und breit war keine Türklingel zu sehen.

»Ich … ich muss doch ins Haus!«, rief sie verzagt.

»Das schaffen wir schon irgendwie.« Katharina klang zuversichtlicher, als ihr zumute war. Der Zaun war mit seinen knapp zwei Metern viel zu hoch, um hinüberzuklettern. Aber vielleicht gab es an einer anderen Stelle einen Zugang zum Grundstück. Katharina lief erst auf der Straße am Zaun entlang und bog dann um die Ecke, nur um festzustellen, dass er hier sogar noch höher war. Als sie unverrichteter Dinge zu ihrer Mutter zurückkehrte, krallte die sich regelrecht an den Stäben fest, bis ihre Fingerknöchel weiß hervortraten. In ihrem Gesicht stand ein Ausdruck von Ungläubigkeit.

»Das … das ist doch nicht möglich.«

»Ich bin sicher, wir …«

Sie verstummte, als sie Jules Blick folgte. Starr war er auf die Fenster mit den weißen Sprossen im ersten Stock gerichtet. Katharina wollte fragen, ob sich dahinter das Schlafzimmer ihrer Eltern befunden hatte, als sie verspätet die alte Frau entdeckte, die dahinter erschienen war. Die schob erst einen Vorhang beiseite, öffnete dann das Fenster.

»Das ... das ist doch nicht möglich«, stammelte Jule erneut.

Katharina war überzeugt: Hätte sich ihre Mutter nicht weiterhin an den Stäben festgeklammert, sie wäre vor Schreck zusammengeklappt.

20. KAPITEL

1945

Neben Verpflegung schmuggelte Jule im Kinderwagen auch ein paar Decken und Kerzen ins Lager. Die Glühbirne, die von der Decke der Baracke baumelte, gab immer mal wieder den Geist auf, und die einzige Schlafgelegenheit waren ein paar Strohsäcke. Viel mehr als diese waren nicht zurückgeblieben, nachdem das Männerlager aufgelöst worden war, nur Läuse und Dreck – und der Wind, der um sie und Zyta herumfegte, wurde weder von den Schwarzpappeln und Ulmen in der Nähe des Lagers gebremst noch von den dünnen, knarrenden Holzwänden des wackeligen Gebäudes.

Hauptsache, die Frauen konnten sich abends hier ausruhen, statt irgendwo durch die schneebedeckte Weite getrieben zu werden. Jule stellte erleichtert fest, dass sich ihr weder Frau Schranz oder Frau Tremel in den Weg stellten, die längst Richtung Westen aufgebrochen sein mussten, noch SS-Männer, auch nicht Windisch. Wahrscheinlich leitete der in einem anderen Lager das, was man Evakuierung nannte und womit in Wahrheit Vernichtung durch Hunger und Kälte gemeint war, während sie und Zyta, die sie gemeinsam den Kinderwagen durch die Schneewehen schoben, nur auf zwei halbwüchsige Knaben vom Volkssturm trafen. Sofort drückten die wichtigtuerisch den Rücken durch. Jule schätzte sie auf gerade mal zwölf. Als sie sie mit piepsigen Stimmen aufforderten, sich auszuweisen, widerstand Jule der Versuchung, ihnen durchs Kinderhaar zu wuscheln.

»Ich bin die Lagerköchin, Juliane Adler«, erklärte sie. »Und die da hilft mir, ihr kennt sie vom HJ-Heim.«

Unsicher richtete sich der Blick der Jungs auf ihre Begleitung – ob sie sie nun wirklich erkannten, ob sie bloß nicht zugeben wollten, vielleicht mal ein HJ-Treffen geschwänzt zu haben, oder ob das Brot in Jules Korb, den sie nun anhob, sie überzeugte –, schließlich winkten sie sie durch.

»Na also«, sagte Jule erleichtert zu Zyta, die vorhin noch skeptisch bemerkt hatte, man würde sie niemals in das Barackenlager von Hirschberg lassen.

Als sie gestern erfahren hatte, was Jule getan hatte, um die Frauen vor einem Todesmarsch zu bewahren, war sie fuchsteufelswild geworden. »Sie sollen rund um Hirschberg Schützengräben ausheben? Jetzt, da er Boden gefroren ist, schaffen sie das doch nie! Entweder werden sie zusammenbrechen oder totgeprügelt.«

»Ein Großteil der Schützengräben wurde längst ausgehoben. Es geht nur noch darum, sie mit Faschinen vor dem Einsturz zu bewahren – und das hierfür notwendige Flechtwerk kann man auch in geschwächtem Zustand anfertigen.«

Zyta hatte sich allerdings nicht beschwichtigen lassen, und auch jetzt ging sie nicht auf Jules Worte ein, zumal sie, kaum dass sie die Baracke betraten, ihre Cousine entdeckte. Ein Ton, so hell und glücklich, wie Jule ihn noch nie aus Zytas Mund vernommen hatte, platzte aus ihr heraus, dann stürzte sie auf Adelajda zu und umarmte sie stürmisch. Diese wiederum umklammerte Zyta so fest, als hätte sie niemals kraftlos und ausgezehrt in der Krankenstube gelegen.

So energisch sich Jule auch Zugang verschafft hatte, nun wurde sie von Erleichterung übermannt und musste sich schwer auf den Kinderwagen stützen. Bis zuletzt hatte sie befürchtet, Zyta eine herbe Enttäuschung zu bereiten, weil Windisch vielleicht nicht »ihre« Frauen von der Küche nach Hirschberg abkommandiert hatte, wie sie es ausdrücklich gewünscht hatte, sondern irgendwelche Fremden, und die Polin weiterhin um ihre Cousine bangen müsste. Bis zuletzt hatte sie befürchtet, auf Unversöhnlichkeit und Feindseligkeit zu stoßen, weil sie damals, als sie schwanger geworden war, die Frauen einfach im Stich gelassen hatte. Doch nun blickte sie in vertraute Gesichter – von Barbora und Feodora, von Esther, Zsófia und Wiktorija –, und alle strahlten. Sie stürzten auf den Kinderwagen zu, in dem Katharina fest und tief schlief, um einen Blick auf das kleine Wunder zu werfen. In der letzten schlaflosen Nacht bis in den Vormittag hinein hatte ihr stetes Greinen verraten, dass Jule zu wenig Milch hatte und dass das, was sie mit dem Milchpulver vom Roten Kreuz zusammenrührte, Koliken verursachte. Aber kaum war sie mit Zyta Richtung Lager aufgebrochen, war ihr kleines Mädchen verstummt, als wüsste es, dass es nicht stören durfte. Selbst das Stimmengewirr weckte es nicht.

Jule verstand kaum etwas in dem vielfältigen Durcheinander aus unterschiedlichen Sprachen. Und konnte nicht sagen, was sie sich vorgenommen hatte: Um Vergebung hatte sie bitten wollen und Erklärungen für ihr Fernbleiben liefern. Doch als sie sah, dass die Frauen noch ausgemergelter waren als sonst, erschien ihr jeder Satz als Zeitverschwendung, nur dieser eine nicht: »Ich hab euch was zu essen mitgebracht.«

Sie hatte keine Zeit gehabt, um verschiedene Nationalgerichte zuzubereiten, wie sie es früher oft getan hatte, aber jede Menge frischen Aufschnitt eingepackt, denn wenn es etwas in der Stadt ausreichend gab, dann frisches Fleisch. Auch die Brotlaibe waren wieder etwas größer, seit so viele Menschen Richtung Westen geflohen waren und ihre Lebensmittelkarten nicht länger einlösten. Jule war unendlich dankbar, nicht knapsen zu müssen, sondern jeder der Frauen eine große Portion überlassen zu können, und sie war einmal mehr tief beglückt davon, diese bibbernden, mageren Wesen, die nur mehr ein Schatten ihrer selbst waren, satt machen zu können und zu spüren, wie jeder Bissen nicht nur den Leib, sondern auch die Seele mit neuer Kraft und neuer Hoffnung nährte.

Einzig Zyta aß kaum etwas, und so beseelt sie auch zusah,

wie das Essen in Adelajdas Mund verschwand – kaum war es verzehrt, verhärtete sich ihre Miene wieder.

»Schön, schön«, sagte sie schließlich, »nun sterben wir also mit vollem Magen.«

»Warum sterben?«, fragte Adelajda. »Der Krieg endet bald.«

»Mit ihren letzten Kugeln schießen die Deutschen nicht auf die Russen, sondern auf uns.«

Adelajda deutete mit dem Kinn in Jules Richtung. »Sie hat uns vor dem Todesmarsch bewahrt.«

»Und euch damit einen Aufschub verschafft. Aber wie lange wird der währen? Ein paar Tage? Wochen?«

Alle Blicke richteten sich nun auf Jule, und sie fühlte sich zunehmend beklommen.

Sie war nicht einmal sicher, ob sie den Frauen auch in den nächsten Tagen etwas zu essen bringen konnte. Noch bewegte sie sich relativ frei, weil Carl weiterhin ganze Tage und halbe Nächte fortblieb, und wenn sie auf ihre geschwächte Konstitution verwies, erweckte sie bislang nur Sorge in ihm, kein Misstrauen. Aber irgendwann würden alle Unterlagen vernichtet sein und alle Arbeiterinnen evakuiert. Und selbst wenn der Befehl zur Flucht nicht vom Werk kam – in den letzten Tagen machte das Gerücht die Runde, dass ein Angriff der Russen auf Hirschberg bevorstehe und bis dahin die komplette Zivilbevölkerung das Städtchen verlassen müsse. Schon jetzt hatte es mehrmals Lautsprecherdurchsagen gegeben, wonach alle Frauen, die nicht in Rüstungs- oder lebenswichtigen Betrieben tätig waren, fliehen sollten. Noch weigerten sich viele, aus Hirschberg abzureisen – manche machten noch am Sammelplatz wieder kehrt –, aber wenn die Wehrmacht erst einmal durchgriff, konnte sich niemand widersetzen, schon gar nicht sie, die Österreicherin.

Obendrein erschien Jule die Flucht nicht nur immer unausweichlicher, sondern auch immer erstrebenswerter. Erst gestern hatte sie es mit der Angst zu tun bekommen, als Rauchwolken aus der Görlitzer Heide über den Kappenberg gezogen waren, begleitet von Berichten über heftige Bombardierungen und Gerüchten, dass der Weg in den Westen bald endgültig versperrt sein könnte. Wenn sie in den Spiegel blickte, dann erschien es ihr als das einzige Richtige, sich heute für Nahrungsmittel angestellt zu haben statt für den Evakuierungsschein. Aber wenn sich ihr Blick auf Katharina richtete, wusste sie: Es war Wahnsinn.

Allerdings wollte sie mit den Frauen, die ihr so ans Herz gewachsen waren, nicht ihre Sorgen und Ängste teilen – nur ihren Plan. Entschlossen schaute sie sich um und verkündete: »Es stimmt, hier im Lager ist euch nur ein kurzer Aufschub gewährt. Aber als ich mich bei Windisch dafür eingesetzt habe, dass ihr hierherverlegt werdet, ging es mir nicht nur darum, euch vor einem Todesmarsch zu bewahren.«

Durch Zyta ging ein Ruck. »Ja, worum denn noch?«

Jule wusste, dass ihr Plan aberwitzig war, dennoch sprach sie energisch weiter. »Nicht nur ich werde demnächst in den Westen fliehen. Auch ihr.«

Schweigen senkte sich über die Baracke. Der Wind pfiff heulend durch die Ritzen, und aus der Tiefe des Kinderwagens drang ein leises Wimmern. Als sie sich darüberbeugte, sah Jule, dass Katharina die Augen geschlossen hielt, aber mit den Fäusten durch die Luft fuhr, als kämpfte sie mit einem unsichtbaren Feind. Behutsam schob sie den Wagen hin und her, leise quietschten die Reifen.

»Fliehen?«, fragte Észter zweifelnd. »Ich habe nie von einem Fluchtversuch gehört, der geglückt ist. Alle wurden erwischt, und die mildeste Strafe war, dass man den Übeltäterinnen den Kopf geschoren hat. Weit öfter wurden sie sofort nach Auschwitz deportiert. Oder an Ort und Stelle erschossen.«

Wieder folgte kurz Schweigen.

»Aber wenn wir am Ende sowieso erschossen oder durch den Schnee getrieben werden, können wir es doch wagen«, meldete sich nun Zsófia zu Wort.

»Zumal wir nicht länger von der SS bewacht werden«, sekundierte ihr Feodora.

»Eben!« Jule klang viel überzeugter, als sie sich fühlte. »Mit den Jungs vom Volkssturm werde ich schon fertig.«

»Wie denn?«, erwiderte Zyta, mittlerweile eher nachdenklich als schroff.

»Das lasst meine Sorge sein. Ich denke, dass es nicht unmöglich ist, dieser Baracke zu entkommen.«

»Aber wie schaffen wir es aus Hirschberg raus?«, fragte Észter.

»Hier treffen ständig Flüchtige aus dem Osten ein und ziehen weiter. Ihr könntet euch unauffällig einem Flüchtlingstreck anschließen. Kein Soldat schert sich um eine Gruppe Frauen.«

»Um Frauen nicht, aber um Sträflinge.«

»Ich beschaffe euch Zivilkleidung. In dem Haus, wo ich wohne, sind die Schränke voll, weil die anderen Bewohnerinnen nur einen Bruchteil ihrer Sachen mitnehmen konnten.« Beim Gedanken daran, dass eine weiße Spitzenbluse von Frau Zingel von einer Russin oder Polin getragen würde, musste sie kurz lächeln. Doch die Gesichter der anderen blieben ernst.

»Sobald ich den Mund aufmache«, sagte Wiktorija, »hört man sofort, dass ich keine Deutsche bin.«

Jule unterdrückte ein Seufzen. Das war in der Tat ein Schwachpunkt ihres Plans, über den sie sich lange vergeblich den Kopf zerbrochen hatte. Doch ehe sie etwas sagen konnte, kam Észter ihr zuvor. »Bei mir und Zsófia ist das etwas anderes, wir sprechen fast flüssig Deutsch. Also übernehmen wir das Reden. Wir behaupten einfach, dass etwas ganz Schlimmes hinter uns liegt und ihr anderen noch unter Schock steht.«

»Eine so lange Wegstrecke müssten wir gar nicht zurücklegen«, kam es prompt von Barbora. »Es reicht, wenn wir es bis nach Tschechien schaffen und dort ins Dorf meiner Familie. Ich kenne genug Menschen, die uns verstecken würden.«

Wiktorijas Miene hatte sich etwas aufgehellt, aber Zyta war immer noch am Grübeln. »Das klingt so einfach. Aber Vertrauen kann für jemanden wie uns tödlich sein.«

Barbora fuhr wütend zu ihr herum. »Willst du etwa sagen, dass meine Freunde und Familie Verräter sind?«

»Ich will sagen, dass im Zweifel jeder zuerst an sich und die Seinen denkt.« Sie machte eine kurze Pause, dann deutete sie wieder in Jules Richtung. »Sie hat das doch auch getan. Von einem Tag auf den anderen ist sie nicht mehr ins Lager gekommen.«

»Ja, aus gutem Grund!«, rief Adelajda. »Sie hat ein Kind erwartet! Sie ist einmal vor unseren Augen zusammengeklappt!«

Zyta schnaubte. »Wenn unsereins sich das kleinste Zeichen der Schwäche erlaubt, schießt die SS ihn tot. Aber sie konnte es sich natürlich bequem machen, euch einfach im Stich lassen ...«

»Jetzt hör endlich mit diesem Unsinn auf!«, fiel Adelajda ihr scharf ins Wort. »Sie trägt keine Schuld an unserem Schicksal. Und Vertrauen ist nicht tödlich, es hat uns in den letzten Monaten oft gerettet. Niemand anders als sie hat uns das wieder beigebracht.« Auch sie deutete kurz auf Jule, allerdings voller Zuneigung, ehe sie sich wieder an ihre Cousine wandte. »Gewiss, es wurde vieles schwerer für uns, als sie nicht mehr kam. Aber wir haben dem gemeinsam getrotzt, denn sie hat etwas im Lager zurückgelassen – Zusammenhalt. Davor hat jede nur für sich gekämpft, aber danach haben wir alles getan, um einander zu unterstützen. Haben unsere kargen Rationen immer gerecht geteilt. Haben uns gegenseitig Zeitungspapier um die wunden Füße gewickelt. Haben Wiktorijas Husten verheimlicht, weil schon allein der Verdacht, es könnte Tuberkulose sein, zur sofortigen Erschießung geführt hätte.«

Sie begleitete ihre Rede mit energischen Gesten. Von allen war sie immer die Schwächste gewesen, doch jetzt vermittelte sie den Eindruck, die Stärkste zu sein. Die anderen Frauen nickten zustimmend – nur Zyta nicht.

»Eine Flucht ist etwas anderes«, beharrte sie.

»Eben«, erwiderte Adelajda, »das wird die größte Herausforderung von allen. Und deswegen schließen wir am besten einen Pakt.« Sie ließ die Hände sinken, um eine nach Barbora auszustrecken, die andere nach Feodora. Die schienen sich kurz nicht sicher zu sein, was zu tun war, doch als Adelajda ihre Hände packte und sie hochzog, erhoben sie sich willig. Mit ihrem Kinn gab Adelajda den anderen ein Zeichen, ihrem Beispiel zu folgen und einen Kreis zu bilden.

Einzig Zyta blieb mit verschränkten Armen sitzen, doch Adelajda ließ sich nicht davon irritieren. »Wir haben hier im Lager zusammengehalten, und das werden wir da draußen genauso tun, was immer auch geschieht. Wir passen aufeinander auf, ohne Wenn und Aber. Das schwören wir uns. Du auch, Zyta.« Entschieden nickte sie ihrer Cousine zu, die nun die Arme von ihrer Brust löste, aber immer noch nicht aufstand.

»Was für ein Pakt soll das sein? Ein Pakt der Sklavinnen?«

»Ein Pakt der Frauen.«

Zyta verdrehte ihre Augen, aber alle Blicke waren so entschlossen auf sie gerichtet, dass sie sich nicht länger zu widersetzen wagte. Widerwillig erhob sie sich, um sich zwischen Észter und Barbora einzureihen, wenngleich sie die Einzige war, die nicht die Blicke der anderen suchte, sondern trotzig auf den Boden starrte.

Schweigend standen sie im Kreis, hielten sich entschlossen an den Händen, drückten diese gegenseitig fest und erklärten eine nach der anderen: »Ich schwöre.«

Stille folgte, die schließlich Észter beendete. »Wir fliehen also gemeinsam. Wann?«

Die Worte brachen den Bann, und unwillkürlich ließen sich alle los. Ein fast schon heiliger Ernst stand in den Gesichtern aller, grimmige Entschlossenheit und – Hoffnung.

»In zwei Tagen ist Vollmond«, sagte Jule, »dann ist es ein Leichtes, die erste Wegstrecke zurückzulegen, um eines der Flüchtlingslager in den hiesigen Schulen zu erreichen. Mit der Kleinen kann ich euch nicht begleiten, aber ich werde euch vorher zivile Kleidung und Essen bringen, damit ihr euch stärken könnt.«

Sie wollte keine Versprechungen machen, die sie womöglich nicht halten konnte. Aber sie war fest entschlossen, ein wahres Festmahl aufzutischen.

Wenn sie später an die Nacht der geplanten Flucht zurückdachte, hatte sie immer das Gefühl, dass die Sekunden unterschiedlich lang waren – als wäre die Zeit in einer Flasche gefangen und der eine Augenblick könnte sich im voluminösen Bauch aus Glas austoben, während sich der andere im engen Hals krümmen musste.

Da waren diese Momente, die für eine glückselige Ewigkeit standen. Etwa als sie stundenlang in der Küche gestanden hatte, um so viele verschiedene Gerichte wie möglich zuzubereiten. Und die Frauen sie gemeinsam gegessen hatten – die Pierogi und Kürtöskalács und Pelmeni.

»Schmecken die Pelmeni so, wie sie schmecken sollen?«, fragte Jule nach dem Mahl Wiktorija, weil ihr aufgefallen war, dass die von allen am zögerlichsten zugegriffen hatte. Aber an ihrem Lächeln las sie nun ab, dass sie nur jeden Bissen hatte auskosten statt hastig herunterwürgen wollen.

»Sie schmecken nach Heimat und Freiheit«, sagte sie.

Jule selber hatte nichts gegessen, weil sie alles den Frauen überlassen wollte, aber sie glaubte nun schmecken zu können, wovon Wiktorija sprach.

Wiktorija legte ihr die Hand auf den Unterarm. »Irgendwann werden wir gemeinsam Pelmeni essen.«

»Das wäre schön«, murmelte Jule, glaubte aber nicht so recht daran.

Wiktorijas Blick wurde wehmütig. Langsam kletterte ihre Hand höher bis zu Jules Schultern, und schließlich zog sie sie an sich.

»Aber ich werde sie noch oft kochen«, versprach Jule, während sie die Umarmung Wiktorijas erwiderte, »und an euch denken. Ich habe alle Rezepte aufgeschrieben.«

»So viele Menschen sollten dieses Kochbuch kennenlernen.«

Wiktorija sprach den Begriff mit so viel Ehrfurcht aus, als handelte es sich um ein Zauberbuch. Und vielleicht war es ja genau das. Oder ein Wörterbuch, das anderen Menschen eine Sprache vermittelte, die nicht mühsam erlernt werden musste, sondern die alle beherrschten, die das Leben ehrten.

»Wenn ich das Kochbuch je veröffentliche, dann unter meinem Mädchennamen Gartner«, murmelte Jule plötzlich.

»Warum das denn?«

»Weil meine Cousine Hildchen so hieß. Und weil ich nicht glaube, dass alles so gekommen wäre, wenn es sie nicht gegeben hätte und wenn sie nicht immer wieder betont hätte, wie wichtig es ist, dass Frauen zusammenhalten.«

Auch die anderen umarmten sie nun, und diese Sekunden vergingen deutlich schneller. Sie wollte nicht zeigen, dass ihr die Tränen in die Augen stiegen, und verabschiedete sich hastig mit der Erklärung, dass sie das Geschirr abwaschen müsse. Schon schob sie den Kinderwagen mit Katharina in den Raum nebenan, der hier als Küche diente, während sich die Frauen auf ihren Aufbruch vorbereiteten.

Eigentlich lohnte sich die Mühe kaum. Hier war alles zu verdreckt, um Ordnung schaffen zu können, und die Frauen würden nie wieder aus diesen Näpfen essen. Besser, sie eilte schnell nach Hause, weil schließlich immer damit zu rechnen war, dass Carl doch früher aus dem Werk zurückkehrte. Aber sie brachte es nicht über sich aufzubrechen, sie wollte diesen Abend in sich nachklingen lassen, auch in der Nähe sein, wenn die Frauen ihren Plan umsetzten.

Minute um Minute verrann, während sie halbherzig die Näpfe polierte. Längst hatte sich die Nacht über Hirschberg gesenkt, aber wie erwartet prangte der Mond als feiste silberne Kugel am Himmel und spendete Licht.

Jetzt. Sie hätte schwören können, dass es jetzt so weit war. Die Frauen würden die Baracken verlassen und an den schlafenden Jungs vom Volkssturm vorbeischleichen, denen Jule vorhin den Kuchen gebracht hatte. In den Teig hatte sie Luminal gerührt, jenes Schlafmittel, das sie im alten Arzneischrank von Frau Zingel entdeckt hatte.

Hoffentlich stießen sie nicht auf Schwierigkeiten. Hoffentlich schafften sie heil die erste Etappe. Hoffentlich …

Ein Blechnapf entglitt ihr, ging scheppernd zu Boden.

Und kaum hatte sie ihn aufgehoben, war erst ein Schuss, dann eine ganze Salve an Schüssen zu hören.

Jene Sekunden, da sie zum Fenster stürzte, nach draußen starrte, der Mond kurz hinter einer Wolke verschwand, dann wieder hervorkroch und sein fahles Licht auf den blutroten Schnee fiel, glichen hinterher einem riesigen schwarzes Loch. Sie wusste nicht mehr, was sie herausriss. Katharinas Schreien. Hektische Schritte.

Oder eine Stimme. So fröhlich, dass sie nicht hierherpasste, zu dem schreienden Säugling, zu dem blutroten Schnee, den reglosen Körpern, von Kugeln durchsiebt. Sie fiel fast über sie, als sie aus der Küche ins Freie stürzte. Észter, Zsófia, Barbora … ihre Gedanken gefroren, sie konnte die Namen nicht länger fassen.

Aus dem schwarzen Loch wurde ein rotes. Jules Atem ging röchelnd, als würde sie das Blut regelrecht einatmen.

»Jetzt beruhigen Sie sich doch, Frau Adler!« SS-Oberscharführer Windisch trat aus der Dunkelheit auf sie zu. Redete nachsichtig auf sie ein. Tätschelte ihr sogar den Kopf. »Führen Sie sich doch nicht so auf.«

Seine Worte gingen in ein Rauschen über, die Namen schmolzen endgültig davon, nur einer verhakte sich in ihrem Kopf: Katharina.

Sie stürzte zurück in die Küche zum Kinderwagen, fand ihre Kleine trotz der Kälte nass geschwitzt vom Schreien vor. Schon wollte sie nach ihr greifen, aber da wurden ihre Hände zurückgezerrt.

Windisch war ihr gefolgt, und die schwarzen Lederhandschuhe gruben sich tief in ihre Oberarme. »Ach, jetzt denken Sie an Ihr Kind. Das hätten Sie viel früher tun sollen. Warum haben Sie Hirschberg nicht verlassen? Warum mussten Sie sich um dieses Pack kümmern?«

Sie roch den Dunst eines scharfen Gesöffs. Jetzt erst bemerkte sie, dass seine Augen blutunterlaufen waren, hörte, wie stark er lallte. Sie selber brachte keinen Ton hervor.

Katharina.

»Nun, jetzt können wir alle endlich aufbrechen, es gibt nichts mehr zu tun. Sie müssen dieses Gewürm nicht mehr füttern und wir es nicht mehr zertreten. Weil nichts mehr übrig ist. Uns beiden bleibt nur mehr eines – Lebewohl zu sagen. Das wollen wir gebührend tun, wir sind schließlich Landsleute, nicht wahr? Da wäre ein Abschiedskuss mehr als angebracht!«

Immer näher kamen seine blutunterlaufenen Augen, immer durchdringender stieg ihr der säuerliche Atem in die Nase, und dann lagen seine Lippen auf ihren, sein heißer Atem drang ihr in die Nase, seine Zunge, unförmig, glitschig, kalt, zwang sich in ihren zusammengepressten Mund. Sie konnte nichts dagegen tun: Sein aufgedunsener Leib, der sich an ihren presste, war zu schwer, um ihn zurückzustoßen, jede Faser in ihr vor Schock viel zu starr, um Widerstand zu leisten. Sie konnte sich nur schwach in seinem Griff winden, bedrängt von seinem Mund, seinen Händen, seinem immer gierigeren Stöhnen.

Sie hatte keine Ahnung, wie weit er gegangen wäre. Und ob sie nicht doch noch die Kraft gefunden hätte, sich zu wehren. Während sich seine eine Hand von ihrer Kehle zu ihrer Brust vorarbeitete, ertönte plötzlich von draußen eine Stimme: »Herr Oberscharführer?«

Die Jungs vom Volkssturm. Windisch kam augenblicklich zur Besinnung, stieß sie abrupt von sich weg Richtung Abwasch. »Komme sofort!«

Er wollte einen Schritt Richtung Tür machen, torkelte aber, da er sich nicht länger auf sie stützen konnte. In ihren Körper hingegen kehrte das Leben zurück. Ein Schauder schüttelte sie. Ihre Lippen waren zwar wie taub, in ihrer Kehle steckte ein Würgen, aber sie fand wieder genug Luft. Zum Atmen.

Zum Rufen. »Wie konnten Sie nur! Der Krieg ist doch schon verloren!«

Als er sich ihr wieder zuwandte, waren seine Augenlider so schwer, dass sie halb geschlossen waren, nur sein höhnisches, abfälliges Lächeln war breit wie eh und je. Das Lächeln, das sie gefürchtet hatte … und für ihre Zwecke genutzt. »Allein für diesen Satz könnten Sie am nächsten Laternenmast baumeln. Und erst recht für alles andere, was Sie getan haben. Aber ich will mal nicht so sein, bei einer so hübschen Frau muss man Nachsicht üben. Es wäre allzu schade, wenn Sie nie wieder Palatschinken machen würden mit der köstlichen Marillenmarmelade. Vielleicht treffen wir uns ja einmal wieder, in Wien, auf einen Einspänner beim Demel. Grüßen Sie mir Ihren Mann. Ich hoffe, er schafft's noch raus – sicher bin ich mir da nicht. Gerade kassieren sie die Allerletzten, um sie nach Berlin zu schicken. Das wäre doch schade, wo er es gerade geschafft hat, die Untersuchung wegen dieses Flugzeugs abzuwenden und seinen Hals zu retten.«

In einem jämmerlichen Versuch, die Hacken aneinanderzuschlagen, verfehlte seine eine Ferse die andere. Wieder taumelte er kurz, dann wankte er schlurfend hinaus. In die Kälte und die Finsternis hinein bellte er ein paar Befehle und entließ die Truppe vom Volkssturm, die die Schüsse abgegeben hatte. Durch die offene Tür sah Jule sie durch den Schnee huschen: Greise, Kinder, verlorene Seelen. Wenn der Heldenmut schon nicht ausreichte, um den Russen zu trotzen, wollten sie sich wenigstens beweisen, indem sie flüchtige Ostarbeiterinnen niederschossen.

Irgendwann waren sie und Windisch fort, und es herrschte Stille. Keine gnädige Stille. Das Echo der Schüsse hallte wieder und wieder in ihr nach. Sie versuchte ihm zu entrinnen, indem sie die Flucht ergriff, mühsam den Kinderwagen durch den Schnee schob. Der eisige Wind pfiff ihr um die Beine, und weil sie im Wagen kaum geschützt war, nahm sie die Kleine heraus und unter ihren Mantel, um sie mit dem einen Arm fest an sich zu pressen und mit der freien Hand den Wagen weiterzuschieben. Der Körper des Säuglings war warm, aber ihre eigenen Zähne klapperten, und etwas Kaltes tropfte über ihr Gesicht, Tränen, Schneeflocken oder Schweiß.

Windischs Stimme gesellte sich zum Echo der Schüsse. *Grüßen Sie mir Ihren Mann … sie kassieren die Allerletzten … Berlin …*

Die Stimme kreiste in ihrem Kopf, bis sie ihr Zuhause in der Uhlandstraße erreichte. Sie stieß die Haustür auf, ließ den Wagen im Vorraum stehen, hastete mit Katharina die Treppe hoch. Das Licht der kleinen Petroleumlampe auf dem Esstisch erfüllte das Zimmer. Sie hatte den Tisch heute nicht gedeckt, deswegen war er leer – fast leer. Ein aufgeschlagenes Heft lag dort. Carl saß darübergebeugt und blickte ganz langsam hoch. Oder vielleicht auch ganz schnell.

Auf den Gleichtakt der Sekunden war einmal mehr kein Verlass. Die einen rempelten gegen die nächsten, als müssten sie sich hastig Ausgang aus einem Gefängnis verschaffen. Andere versteckten sich in dieser schwärzesten Stunde nach Mitternacht.

In Carls Gesicht standen Bestürzung und Enttäuschung. Verletzung und Grauen.

»Du hast mir die ganze Zeit was vorgemacht, hast dich schwächer gegeben, als du bist. Dieser Frauen wegen, oder? Du hast dich mit ihnen angefreundet, sonst hättest du diese Rezepte nicht erfahren. Du hast …«

Kurz presste sie Katharina noch fester an sich, legte sie dann aber in ihr Bettchen.

Solange sie die Kleine noch bei sich spürte, hatte sie sich noch unter Kontrolle gehabt und konnte einen ganz nüchternen Gedanken fassen: dass es gerade Carl nicht zustand, ihr Heimlichkeiten vorzuwerfen. Aber als sie sich ihm nun mit leeren Armen zuwandte, als sie nicht nur ihn betrachtete, sondern auch das aufgeschlagene Kochbuch, da schien etwas in ihr zu reißen, da wurde alles übermächtig. Der Ekel vor

Windisch. Das Grauen angesichts ihrer ermordeten Freundinnen. Die abgrundtiefe Verzweiflung, weil all ihre gut gemeinten Entscheidungen nur zu einem geführt hatten: einem Blutbad.

Mit erhobenen Händen stürzte sie auf ihn zu, schlug auf seine Brust ein. »Du …«, brach es aus ihr hervor. »Du hast Windisch alles erzählt! Du hast meine Frauen verraten! Du hast *mich* verraten!« Ihre Stimme versagte. Sie konnte sich kaum mehr auf den zitternden Beinen halten, geschweige denn länger auf ihn einschlagen. Schwer sank sie gegen den Tisch.

»Aber Julchen, was ist denn in dich gefahren? Ich versteh kein Wort!«

War er ernsthaft bestürzt? Oder spielte er nur den Naiven? Dass sie Letzteres nicht sofort mit absoluter Gewissheit ausschließen konnte, ließ sie endgültig schluchzend zusammenbrechen. Sie weinte hemmungslos. Aber die Tränen spülten das Misstrauen nicht fort. Mehrmals versuchte Carl, ihr über den Rücken zu streichen, mehrfach stieß sie ihn weg. Irgendwann versickerten das Entsetzen, die Fassungslosigkeit, die Trauer in tiefer Erschöpfung. Die Tränen verschleierten noch den Blick, als sie sich wieder aufrichtete, aber es kamen keine neuen mehr nach.

»Ach, Julchen.« Er klang noch immer verstört. »Was ist nur mit dir los? Wie konntest du hinter meinem Rücken …«

»Als ob *du* mir nichts verschwiegen hättest!«

»Aber doch nichts so Bedeutsames!«

»Nein? Dann zählt es also nicht, dass du ein Flugzeug sabotiert hast! Dass es in Norwegen abgestürzt ist! Dass deswegen eine Untersuchung eingeleitet wurde!«

Etwas in seiner Miene wurde weich, wie sie es noch nie gesehen hatte, und zugleich so hart, dass Jule unwillkürlich zurückwich.

»Es ist doch schon alles schwer genug. Ich wollte nicht, dass du dir Sorgen machst, wollte dich beschützen.«

»Wirklich mich? Oder eher deinen eigenen Hals? Hast du

die Frauen darum …« Einmal mehr versagte ihr die Stimme. Sie konnte diesen furchtbaren Verdacht nicht wiederholen. Und dennoch nicht verhindern, dass er sich noch tiefer in ihr Herz grub.

Carl wirkte tief gekränkt, als er nach eisigem Schweigen mit gepresster Stimme antwortete. »Wir hätten aus Hirschberg rauskommen können. Jetzt ist es womöglich zu spät.«

Hinter seinem ausdruckslosen Blick witterte sie jene beißende Qual, die auch ihre eigene Kehle eng werden ließ. Wenn sie sie teilten, würden sie womöglich leichter daran tragen. Aber dazu hätte sie ihm alles von Anfang an erzählen müssen – und damit Bilder heraufbeschworen, die sie nicht länger ertragen konnte.

»Lass uns schlafen gehen.«

Es schien eine fremde Stimme zu sein, mit der sie zu ihm sprach. Es schien eine fremde Frau zu sein, die das Kochbuch an sich nahm, von ihm wegtrat und zuließ, dass mit jedem Schritt die Kluft wuchs.

21. KAPITEL

1976

»Das ist nicht möglich, das ist einfach nicht möglich.«

Immer wieder stammelte ihre Mutter diese Worte. In gleichem Takt rüttelte sie an den Gitterstäben des Gartentors, erst nur hilflos, dann auch verzweifelt. Kurz hatte Katharina das Gefühl, als wäre dieses Tor das letzte Hindernis, das zwischen ihr und der Wahrheit stand. In den Händen der Frau schien die zu liegen, die dort oben hinter dem Fenster stand. Erst hatte sie ihr Gesicht ganz dicht an die Scheibe gedrückt, sodass die Nasenspitze fast das Glas berührte und sich erkennen ließ, dass das Haar grau, die Furchen in ihrem Gesicht tief waren. Dann machte sie drei Schritte zurück, sodass nur mehr Schemen von ihrer Gestalt zu erahnen war. Unmöglich festzustellen, ob sie verblüfft oder entsetzt war oder ob sie sich einfach nur belästigt fühlte. Plötzlich war sie ganz verschwunden.

»Kennst du sie?«, fragte Katharina.

»Ja … nein …« Jule ließ von den Gitterstäben ab, verknotete die Hände ineinander. »Sie … sie ist doch tot.«

Das Knarren einer Holztür ließ sie beide zusammenfahren. Die alte Frau öffnete sie, trat aber nicht über die Schwelle. Sie ragte so reglos in der offenen Tür auf wie vorhin am Fenster, die Miene immer noch unergründlich. Eine wächserne Maske war ihr Gesicht, und ihr Blick ließ an die gläsernen, seelenlosen Augen einer Puppe denken.

Ganz anders Jules Gesichtsausdruck. So groß ihre Fassungslosigkeit, ja ihr Entsetzen eben noch gewesen war – jetzt flackerte ein freudiges Leuchten über ihre Züge. Katharina konnte sich nicht erinnern, je ein so heftiges Gefühl an ihrer Mutter wahrgenommen zu haben, ein so zügelloses. Ihre Emotionen hatten immer schaumgebremst gewirkt, als hätten sie nie festen Boden gefunden, dürften keinen unbedachten Schritt machen. Doch was scherte sie jetzt der Boden, wenn sie den Himmel haben konnte! Und wie jung sie aussah. Wie die Frau, die sie damals gewesen war: durchaus schüchtern, durchaus in Zwängen gefangen, aber nicht zurechtgestutzt, nicht gebrochen. Der Wille, Gutes zu tun, konnte noch ohne Stütze stehen.

»Das Kochbuch«, rief sie der Frau zu. »Das warst du?«

Nichts verriet, ob die alte Frau Jules Worte auch nur verstanden hatte. Katharina glaubte zwar zu erkennen, wie sie sich unmerklich anspannte. Aber ihre Miene blieb starr, ausdruckslos.

»Ja«, gab sich Jule da mit fester Stimme, die keinen Zweifel mehr zuließ, selbst die Antwort. »Das warst du … Zyta.«

Jetzt taumelte die andere jäh, als hätte sie einen Schlag erlitten. Sie musste sich am Türrahmen festklammern, um Halt zu finden. So wie sich ihr Gesicht verzerrte, hatte es so gar nichts Maskenhaftes mehr an sich. Doch ehe deutlich wurde, ob diese heftigen Gefühle nur Entsetzen verrieten oder auch ein wenig Wiedersehensfreude, ließ sie den Türrahmen los und trat zurück. Laut fiel die Tür ins Schloss.

Als Katharina sich ihrer Mutter zuwandte, stand da nicht länger eine junge entschlossene Frau vor ihr. Als sie zitternd in ihre Arme sank, erschien ihr die Mutter älter und hilfloser als jemals zuvor.

Mehrmals läuteten sie später an der Glocke, die sie doch noch hinter wucherndem Gebüsch neben dem Gartentor entdeckt hatten. Ohne Erfolg, die Tür blieb verschlossen, die alte Frau ließ sich nicht noch einmal hinter dem Fenster blicken.

»Lass uns heimgehen«, erklärte die Mutter schließlich tonlos.

Jule schwieg bis zum Abend, und Katharina ließ sie in Ruhe, obwohl ihr unzählige Fragen auf den Lippen lagen. Sie spürte, wenn sie zu früh die Stille brach, würde sich die Mutter noch mehr verschließen.

Am Abend organisierte sie etwas zu essen, aber als sie es auf dem kleinen Tisch in ihrem Zimmer anrichtete, blieb Jule zusammengesunken auf dem Bett sitzen.

»Bitte, Mutti! Du hast am Morgen kaum gefrühstückt, du musst doch schrecklich hungrig sein.«

Jule wirkte nicht hungrig, als sie endlich den Blick hob. Nur völlig verloren, völlig verzweifelt. »Wie hat sie es damals nur geschafft, sich zu retten?«, fragte sie tonlos. »Als Einzige davonzukommen? Natürlich, sie war gegen die Flucht. Vielleicht hat sie sich irgendwie abseitsgehalten. Aber sicher gibt sie mir die Schuld am Tod der anderen. Sie hat mir ja nie richtig getraut. Sie denkt wahrscheinlich, dass ich den Pakt gebrochen habe.«

Vage erinnerte sich Katharina, dass Jule dieses Wort schon bei ihrem Gespräch im Restaurant hatte fallen lassen. »Was genau hatte es denn mit diesem … Pakt auf sich?«

Kurz befürchtete sie, ihre Mutter würde sich wieder hinter Schweigen verschanzen. Doch dann brach mit einem Mal alles aus ihr hervor. Sie erzählte – und konnte gar nicht mehr damit aufhören.

Wie schon bei all ihren Andeutungen zuvor folgte sie nicht der Chronologie der Abläufe. Die Kapitel ihrer Lebensgeschichte glichen eher einem Haufen Mikadostäbchen, die wild durcheinanderlagen und die man vorsichtig herausziehen musste, ohne dass eins die anderen berührte. Aber nach und nach entstand für Katharina ein recht klares Bild von den letzten Kriegswochen und vor allem von diesem letzten Abend in der Baracke.

»Du hättest deine Frauen doch nie verraten«, sagte sie sanft, als ihre Mutter endlich schwieg und sich ermattet zurücklehnte. »Und ich kann mir nicht vorstellen, dass Carl etwas damit zu tun hatte. Er hat das Kochbuch doch erst am letzten Abend entdeckt, wie soll er denn da noch Zeit gefunden haben, damit zu Windisch zu laufen? Viel wahrscheinlicher ist, dass der euch heimlich beobachtet hat, und als die Frauen die Baracke verlassen haben, hat er den richtigen Schluss gezogen – nämlich dass sie fliehen wollen.« Es fiel ihr schwer, den Namen des SS-Manns auszusprechen, denn ihre Mutter zuckte jedes Mal zusammen.

»Trotzdem bleibt in Zytas Augen sicher alles meine Schuld«, beharrte Jule. »Ich habe ihnen die Flucht überhaupt erst vorgeschlagen. Und ich hab dafür gesorgt, dass sie nach Hirschberg verlegt wurden.«

»In *ihren* Augen magst du verantwortlich sein«, sagte Katharina behutsam, »aber bist du es auch in *deinen*? Du wolltest doch immer nur das Beste.«

»Das heißt aber nicht, dass ich nicht alles falsch gemacht habe.«

Katharina schwieg einen Moment. »Und wenn *ich* versuche, mit ihr zu sprechen?«

Während sie erzählte, hatte Jule auf ihre Hände gestarrt. Jetzt schaute sie auf, suchte Katharinas Blick, sah sie an, wie sie ihre Tochter noch nie angesehen hatte. In den letzten Jahren hatte sich Katharina manchmal nicht des Eindrucks erwehren können, als würde Jule sie nach einem offensichtlichen Makel absuchen. Einem Makel, der sie in ihrem Urteil bestätigen würde, dass im Leben der Tochter etwas schieflief, dass diese auf falsche Prioritäten setzte. Doch jetzt stand da nicht nur Dankbarkeit in ihrem Blick, sondern auch tiefer Respekt. »Das musst du nicht auch noch machen. Du hast schon so viel für mich getan. Ohne dich hätte ich es nie gewagt, nach Jelenia Góra zu fahren. Ohne dich hätte ich mich nie in die Nähe des Hauses getraut. Dass du meinetwegen so lange von der Uni wegbleibst …«

Zugegeben, damit hatte Katharina in den letzten Tagen oft

gehadert. Aber jetzt konnte sie mit voller Überzeugung sagen: »Im Moment gibt es nichts Wichtigeres als das hier.«

»Trotzdem denke ich viel zu sehr an mich. Damals. Jetzt immer noch. Wie schnell ich weggerannt bin. Ich habe nicht alle Toten gesehen, erst recht nicht gezählt. Hätte ich es getan, dann hätte ich bemerkt, dass Zyta nicht dabei war.«

Katharina schüttelte den Kopf. »Es ist doch kein Wunder, dass du völlig überfordert warst. Und hätte es wirklich einen so großen Unterschied gemacht, Zyta nicht unter den Toten zu finden?«

»Bei dir würde es einen Unterschied machen, wenn ich genauer hinschaue. Besser zuhöre. Nicht immer nur daran denke, was ich gerne für dich hätte. Sondern rausfinde, was *du* willst. Aber in den letzten Tagen habe ich nicht mal darüber nachgedacht, wovon ich dich abhalte.« Ganz leise begann Jule zu weinen. Es kamen kaum Tränen, aber ihre Schultern bebten. Dieses Häuflein Elend, das da so zusammengesunken auf dem Bett saß, hatte so gar nichts Egoistisches an sich.

Katharina setzte sich zu ihr, legte ihr behutsam den Arm um die Schultern. »Es stimmt, du hast nicht oft nach meiner Arbeit gefragt. Aber eins steht fest: Das, was diese Arbeit ausmacht, was mich immer angetrieben hat – das ist genau das, was wir hier gemeinsam erleben. Geschichten erforschen, den Scheinwerfer auf Menschen richten, die sonst vergessen werden würden, ihnen ein Gesicht geben, versuchen zu erklären, warum sie wie gehandelt haben.«

Jule schluchzte zu heftig, um antworten zu können. Aber das war auch gar nicht nötig. Wie sie da saßen in diesem schlichten, muffigen Hotelzimmer und Katharina sie hielt, wie sie sie noch nie gehalten hatte, wie die Mutter ihre größte Leidenschaft verstand, wie sie sie noch nie verstanden hatte – das sagte alles.

Irgendwann löste sich Jule aus ihrer Umarmung und schnäuzte sich. »Morgen … morgen versuchen wir noch einmal, mit Zyta zu reden.«

Am nächsten Tag gingen sie wieder zu dem Haus. Gestern hatte es sich als Magnet erwiesen, der sie magisch anzog. Heute machte Jule so vorsichtige Schritte, als müsste sie sich anschleichen, um die Geister der Vergangenheit nicht zu wecken. Das Geräusch, als sie etwa fünfzig Meter von der Morcinka 11 entfernt waren, klang daher umso lauter in ihren Ohren. Das schmiedeeiserne Gartentor, dessen Stäbe Jule gestern noch umklammert hatte, öffnete sich, und Zyta trat auf die Straße.

Hätte sie in ihre Richtung geschaut, hätte sie sie beide gesehen. Aber sie nahm die gleiche Haltung ein wie Jule auf dem Weg hierher: den Kopf gesenkt, die Schultern hochgezogen. Ihre Schritte fielen allerdings sehr energisch aus, als sie in die andere Richtung davoneilte.

Durch Jule ging ein Ruck. »Jetzt kann sie sich nicht länger vor mir verstecken«, sagte sie entschlossen und wollte Zyta nachhasten.

»Warte!« Katharina stellte sich ihr in den Weg. »Wenn du sie jetzt ansprichst, fühlt sie sich in die Enge getrieben, vermutlich regelrecht verfolgt und reagiert womöglich noch abweisender. Lass uns doch lieber erst rausfinden, wohin sie will.«

Sie deutete auf den Korb in Zytas Händen. Zunächst hatte sie vermutet, dass sie einkaufen gehen wollte. Doch nun entdeckte sie die Blumen darin. »Sieh doch nur!«

Jule nickte aufgeregt. »Ich glaube, ich weiß, wohin sie unterwegs ist.«

Zwei Seitensträßchen weiter hatten sie die Hauptstraße erreicht, die vom Zentrum ins Umland führte. Auf ein paar heruntergekommene Häuser folgte ein Stück Wald, dem sich ein Friedhof anschloss. Auch er war von einem schmiedeeisernen Zaun umgeben, doch dieses Tor stand jedem offen. Erst trat Zyta hindurch und ließ es hinter sich zufallen, dann Katharina. Nachdem auch Jule hindurchgeschlüpft war, zog sie es leise hinter sich zu.

Sie wahrten Distanz, während Zyta zügig weiterging – entlang von schlichten, oft vernachlässigten Gräbern, Grünflächen, Wasserspeichern, kaum beschnittenen Hecken und zwei kunstvoll gestalteten Mausoleen. Etliche Grabsäulen waren von Moos überzogen, und hin und wieder standen zwar Kerzen davor, Blumen aber sah man so gut wie kaum. Katharina wunderte sich, dass auf sämtlichen Grabsteinen ausschließlich polnische Namen standen, kein einziger deutscher, obwohl so viele Deutsche hier in Schlesien gelebt hatten. Sie vermutete, dass der Prozess der »Polonisierung« Ende der Vierzigerjahre nicht nur die Lebenden, sondern auch die Toten betroffen und man die entsprechenden Grabsteine schlichtweg zerstört hatte.

Etwa fünfzig Meter vom Tor entfernt verharrte Zyta vor einem Grab, ehe sie den Strauß Primeln aus dem Korb holte. Nun konnte sich Jule nicht länger zurückhalten. Sie ging auf die gebückt stehende Frau zu und achtete nicht darauf, dass ihre Schritte auf dem Kiesweg knirschten.

Zunächst schien Zyta nichts zu hören, war sie doch tief in Gedanken versunken. Doch zu Katharinas Erstaunen zuckte sie selbst dann nicht zusammen, als Jule das Grab erreichte. Sie hob nur flüchtig den Blick, richtete ihn gleich wieder aufs Grab.

Als auch Jule den Grabstein musterte, sog sie scharf den Atem ein. »1947?«, brach es aus ihr hervor. »Sie ist erst 1947 gestorben? Nicht in jener Nacht?«

Katharina hatte das Grab jetzt ebenfalls erreicht. Noch konnte sie die Augen nicht von Zyta lassen, die einmal mehr den Kopf gesenkt hielt. Sie schien sich weder ertappt noch verfolgt zu fühlen, wirkte eher schicksalsergeben. »Ja, dachtest du, ich hätte mich damals nur selbst gerettet?« Zytas Stimme klang eingerostet, als hätte sie nicht nur lange kein Deutsch, sondern schon eine ganze Weile überhaupt nicht mehr gesprochen. »Es ging mir immer nur um … sie.«

Nun war es Jule, die Zyta eindringlich musterte, während Katharina den Grabstein studierte.

Er war schlicht wie die anderen hier, wies kein religiöses Symbol auf, weder Kreuz noch Engel. Nur ein Name stand darauf: Adelajda Kowalskia. Und die Lebensdaten: 1920–1947.

Dieser Name war während Jules langer Erzählung gestern oft gefallen. Katharina wusste, dass Zytas Cousine so hieß. Und plötzlich auch, was damals passiert war. Nur dass es ihr nicht zustand, es auszusprechen. Dieser Augenblick gehörte den beiden Frauen.

»Du«, brach es aus Jule hervor, »du bist damals zu Windisch gegangen! Von dir hat er von dem Fluchtversuch erfahren. Und deswegen hat er dich und Adelajda leben lassen ...«

Ein rauer Ton entfuhr Zytas Mund, halb Lachen, halb Schluchzen. Sie streckte die Hand nach dem Grabstein aus, als wollte sie sich stützen, berührte ihn dann aber doch nicht, als stünde ihr das nicht zu. Als müsste sie die Last alleine tragen und dürfte sie niemand anderem aufbürden, erst recht nicht der toten Verwandten. »Ich wollte den Frauen bestimmt nichts Böses. Aber letztlich waren sie für mich Fremde. Adelajda hingegen war meine Cousine.« Ihre Hand verharrte in der Luft. So unmöglich es für sie war, den Grabstein zu berühren, einfach sinken lassen konnte sie die Hand auch nicht – ein Sinnbild ihres Lebens, das in einem grauen Zwischenreich verharrte. Erfolgreich hatte sie sich gegen den Tod gestemmt, aber was sie dafür bekommen hatte, war der fahle Abglanz eines erfüllten, beglückten Daseins.

So schwer es Katharina auch fiel, Zyta zu betrachten, hinter deren schlichtem, leisem Geständnis so viele dunkle Jahre zu wittern waren, in denen die Vergangenheit sie verfolgt und gepeinigt hatte – der Anblick ihrer Mutter setzte ihr noch viel mehr zu.

Sie hatte gehofft, dass bei aller Erschütterung ein schwerer, dunkler Brocken von ihr genommen sein würde. Doch Jule wirkte nicht befreit, eher orientierungslos. Bis jetzt war sie auf einem schmalen Grat gewandelt, der wenig Wahlmöglichkeiten für die nächsten Schritte ließ. Nun schien sie sich auf einer riesigen öden Fläche verirrt zu haben, auf der ihr jede Richtung offenstand – nur dass keine besonders verheißungsvoll war.

Anders als Zyta berührte sie nun den Grabstein, fuhr mit den Fingerspitzen vorsichtig die Buchstaben von Adelajdas Namen nach, als genügte es nicht, ihn zu hören und zu lesen. Als müsste sie ihn erspüren.

»Ich kann es gar nicht fassen. Ich dachte, du würdest mir vorwerfen, ich hätte den Pakt gebrochen. In Wahrheit ... in Wahrheit ...«

Katharina konnte nicht recht sagen, ob aus Jules Stimme wirklich nur tiefste Überraschung klang oder auch Empörung.

Zyta schien jedenfalls Letzteres herauszuhören, denn sie zog die Schultern hoch. »Sprich es ruhig aus. Dass in Wahrheit ich die Verräterin war.«

Jule schüttelte wie betäubt den Kopf. »Ich hätte niemals dieses Wort benutzt.«

»Aber das trifft es doch am besten, oder?« Zytas Stimme klang plötzlich kalt und barsch, aber Katharina entging nicht, wie sie sich nun regelrecht zwischen ihren Schultern zu verkriechen versuchte und so äußerst verletzlich erschien. »Und mein Verrat hat sich noch nicht mal gelohnt«, fügte sie hinzu, und nun sprach aus ihrer Stimme grenzenlose Trauer. »Ich konnte sie letztlich doch nicht retten. Von der Zeit im Lager hat sie sich nie wieder erholt. Irgendwann hat sie aufgehört zu essen, ist immer schwächer geworden, und dann ... dann starb sie. Vielleicht war am Ende gar nicht ihre Schwäche schuld, sondern ihr Trotz. Sie wollte mir beweisen, dass sie das Leben, das ich ihr geschenkt ... das ich für sie gestohlen hatte, nicht wollte. Weißt du noch, wie ich dir den Striezel vor die Füße gespuckt habe, den du mir gegeben hast? Sie hat das Leben ausgespuckt. Und mir nie verziehen. Ich mir selber ja auch nicht.« So energisch Zyta die ersten Worte auch gesprochen hatte – jeder weitere Satz kam nur zögerlich über ihre

Lippen, und am Ende verlosch ihre Stimme ganz. Sie war ein Mensch geworden, der seit Langem nicht mehr gegen die Wände ihres aus Schuld und Trauer errichteten Kerkers anrannte. Der vielmehr an die kalte, graue Mauer gelehnt dahockte und auf nichts mehr wartete, am allerwenigsten auf einen Freispruch.

Kurz machte Jule den Eindruck, dass der auch für sie zu spät käme. Dass sie weiterhin keinen Kompass finden würde, der ihr den Weg in die Zukunft wies. Aber zumindest eine der offenen Fragen war nun geklärt. »Jetzt begreife ich endlich. Mein Kochbuch ... Das war sie.«

Zytas Hand begann leicht zu beben. »In den letzten Kriegswochen haben wir uns im Haus in der Uhlandstraße ... der Morcinka verkrochen. Erst im Keller, später in eurem Zimmer. Dein Mann ist ja bald nach euch aufgebrochen. Er hat vieles zurückgelassen, auch den kaputten Kinderwagen. Ich habe später behauptet, das Haus habe meiner Familie gehört, und die sei von den Deutschen vertrieben worden. Niemand hat diese Lüge je aufgedeckt. Weitere polnische Familien wurden einquartiert, aber euer einstiges Zimmer wurde uns überlassen. Ich war dankbar für ein Dach über dem Kopf. Adelajda war für gar nichts dankbar, nicht mir, nicht dem Leben ... Nur dir. Vom Pakt hat sie nie wieder gesprochen, doch als sie in dem kaputten Kinderwagen deine Rezeptsammlung fand, hat sie zum ersten Mal wieder neue Kraft geschöpft und sich in den Kopf gesetzt, dass es unbedingt veröffentlicht werden müsste.« Einmal mehr ging ihrer Stimme die Kraft aus. Als wäre Zyta es nicht gewohnt, für mehr als ein paar Sätze Luft zu holen.

Katharina sah ihrer Mutter an, dass ihr noch unendlich viele Fragen auf den Lippen lagen, sie aber nicht wagte, das Schweigen zu brechen. Behutsam trat Katharina einen Schritt näher, um das für sie zu übernehmen. »Adelajda hatte also alles darangesetzt, das Kochbuch drucken zu lassen«, sagte sie leise.

Zyta warf nur einen flüchtigen Blick in ihre Richtung. »Es hat damals noch diesen deutschen Verlag hier gegeben«, murmelte sie schließlich. »Er war nicht der einzige, der den Krieg überlebt hat. Auch zahlreiche deutsche Buchhandlungen haben sich noch ziemlich lang gehalten. Solange polnische Bücher nicht im großen Stil gedruckt werden konnten, waren deutsche heiß begehrt.«

»Wahrscheinlich nicht nur als Lektüre, sondern auch als Tauschgut«, vermutete Katharina.

Zyta nickte. »Der Verlag wurde erst später geschlossen. Anfang der Fünfzigerjahre oder so. Bis dahin hat sich das Buch gut verkauft. Aber für Adelajda änderte das nichts mehr.«

Katharina wurde die Kehle eng. Wie unglaublich traurig das war.

»Sobald sie ihre letzte Mission erfüllt hatte, war keine Kraft mehr da, und sie gab sich auf, nicht wahr?«, fragte Jule leise.

Diesmal nickte Zyta nicht, doch ihre bekümmerte Miene sprach Bände.

Für diese Trauer gab es keinen Trost. Und doch ließ Jule den Grabstein unwillkürlich los und griff nach Zytas Hand. Erst standen die beiden Frauen Hand in Hand vor dem Grab, dann Schulter an Schulter. Die Trauer war kein samtenes, zur kunstvollen Schleife geknüpftes Band. Eher schien sie eine Fessel zu sein, die viel zu tief und schmerzhaft einschnitt.

Aber während nichts anderes zu hören war als die rauen Atemzüge, das Rauschen der Bäume und das Zwitschern der Vögel, spürte Katharina, wie in die Herzen der beiden endlich ein kurzer Friede einkehrte, ein Friede, der mehr bedeutete als nur das Ende eines Krieges, wie sie es 1945 erlebt hatten.

Und in diesen Frieden hinein sagte Jule sanft: »Du hast es aus Liebe getan.«

Sie blieben noch vier Tage in Hirschberg. Nicht nur waren die Urlaubstage, die Katharina beantragt hatte, längst zur Neige gegangen. Sie würde auch die nächste Lehrveranstaltung versäumen. Doch der Gedanke daran ließ sie seltsam kalt. Das akademische Leben, in dem sie stets Übereifer und Disziplin bewiesen, nie unentschuldigt gefehlt, sich oft sogar krank auf die Uni geschleppt hatte, schien keine Berührungspunkte mit jenem hier in Hirschberg zu haben.

Anders war das bei Jule: Bei ihr begannen sich die zwei Hälften ihrer Vergangenheit endlich zu einem Ganzen zusammenzufügen.

Als sie ihr altes Haus nach Zytas Friedhofsbesuch zum ersten Mal seit Jahrzehnten wieder betrat, wirkte sie noch zögerlich, nahezu furchtsam. Doch während Zyta Tee zubereitete und darauf wartete, dass das Wasser kochte, ging Jule von Zimmer zu Zimmer, erst noch in der steifen Haltung einer Museumsbesucherin, dann zunehmend neugierig. »In der Küche stehen ja immer noch die alten Regale! Und auch der Ofen! Dass der noch funktioniert! ... Oh, das Zimmer von Carl und mir ist ja nicht wiederzuerkennen. Hier wurde fast alles neu gemacht, Böden, Wände, Decke! ... Aber der Wintergarten. Genauso sah der aus, nur die Holzbalken sind noch etwas wurmstichiger. Wie oft hab ich hier mit Frau Zingel und Frau Bedenstett zusammengesessen.«

Auch die Kellertür öffnete sie, aber sie wagte sich nicht die Stufen in dieses modrige, kalte Loch hinunter. Dafür stand sie lange am Küchenfenster und starrte die Eiche hinter dem Garten an. »Als wäre die Zeit spurlos an ihr vorübergegangen.«

Katharina sah, dass sich ihre Augen mit Tränen füllten, und auch Zyta entging das nicht. »Du heulst jetzt nicht«, sagte sie streng, während sie die Teetassen zum Küchentisch trug. »Sonst muss ich nämlich auch weinen und kann dann nicht wieder aufhören. Dabei gibt es einiges zu erzählen.« Trotz dieser Ankündigung gab sich Zyta zunächst wortkarg. Das

Gestern sparte sie aus, und über das Heute gab es ihrer Meinung nach nicht viel zu sagen. »Mein Leben besteht im Grunde nur mehr daraus, auf den Tod zu warten.«

»Sag so was nicht!« Nun klang Jule streng.

»Warum denn nicht? Wenn alle Bewohner in diesem Haus gestorben sind, soll ein Kindergarten daraus gemacht werden. Die Vorstellung gefällt mir.«

Jule schien sie auch gefallen.

Schweigend tranken sie den Tee aus. Doch schon am nächsten Tag verlief das Gespräch nicht mehr so holprig, erst recht nicht, als Zyta Jule ein Foto von Adelajda zeigte, das kurz nach dem Krieg entstanden war.

Auch Katharina betrachtete es bewegt. Eine mitgenommene, ausgezehrte, von Krankheit gezeichnete Frau war auf dem Bild zu erkennen. Aber eine, deren Blick immer noch Stärke und Entschlossenheit ausstrahlte.

Wieder füllten sich Jules Augen mit Tränen, wieder sagte Zyta barsch: »Heul bloß nicht.«

Jule schluckte schwer. »Es ist so schade, dass es von den anderen keine Bilder gibt. Trotzdem, wenn ich an sie denke, kann ich jede Einzelne deutlich vor mir sehen. Barbora und Feodora, Észter und Zsófia. Natürlich auch die zarte Wiktorija.« Ihr Blick verlor sich in der Vergangenheit, in Zytas Augen stand hingegen nackte Pein.

»Sie suchen mich oft in meinen Träumen heim«, presste sie plötzlich hervor. »Und ich kann nichts tun, als sie wieder und wieder um Vergebung zu bitten.« Sie seufzte. »Nach dem Krieg habe ich überlegt, wie ich Kontakt zu ihren Familien aufnehmen könnte, um diesen wenigstens die Ungewissheit über ihr Schicksal zu ersparen. Aber weder habe ich ihre Nachnamen gekannt noch gewusst, aus welchen Orten sie stammten.«

Beklommenes Schweigen folgte. Etwas hilflos griff Jule nach ihrer Hand, doch Zyta zog ihre schnell zurück. »Erzähl du mir lieber von dir.«

Das tat Jule bereitwillig, auch noch in den nächsten zwei Tagen. Über Carls weiteres Schicksal verlor sie kaum ein Wort, Gottfried erwähnte sie nur einmal, aber Katharina konnte kaum fassen, dass die Mutter ständig auf ihre kluge, talentierte Tochter zu sprechen kam und nicht müde wurde, all ihre akademischen Erfolge aufzuzählen. Saß da wirklich Jule Adler vor ihr, die auf ihre Karriere, ihren Ehrgeiz, ihren intellektuellen Hunger oft mit Unverständnis reagiert hatte und mit der Angst, sie würde sich damit ein viel besseres, leichteres Leben verbauen? So selbstverständlich, wie ihr die Worte von den Lippen kamen, musste allerdings tief darunter immer schon dieser Stolz geschlummert haben, diese Befriedigung, dass die Tochter ihr Leben so energisch anpackte und formte, während sie selbst sich irgendwann mit der passiven Rolle der Zuschauerin abgefunden hatte.

Zyta jedenfalls, die für Katharina bislang kaum einen Blick übrig gehabt hatte, nickte nun mehrmals wohlwollend in ihre Richtung.

Bei jedem ihrer Besuche bot Zyta ihnen Tee und Kekse an. Erst als Jule am vierten Tag erklärte, dass dies ihr letzter Besuch sei, meinte sie, dass sie eigentlich Golabki für sie machen müsste, Kohlrouladen. »Die bin ich dir noch schuldig von damals.«

»Du bist mir gar nichts schuldig«, erwiderte Jule energisch. »Es genügt, dass ich jetzt alles weiß.« Kurz schien es, als würden sich die beiden Frauen zum Abschied umarmen, aber wie immer reichten sie sich nur die Hände.

Nachdem sie das Haus verlassen hatten, blieb Jule noch eine Weile davor stehen. Jedes Detail schien sie aufzusaugen – nur um sich danach umso energischer abzuwenden. »Jetzt geht's heim«, verkündete sie. »Ich hab dich lange genug von deiner Arbeit abgehalten.«

Katharina verstand, dass die letzten Tage nicht nur Klarheit gebracht, sondern viel Trauer und schmerzhafte Erinnerungen hochgespült hatten, auch eine Bitterkeit über all die verlorenen Jahre, da ihr die Schuldgefühle das Leben verdunkelt hatten. Dennoch erstaunte es Katharina, dass Jule auf dem Weg zurück zu ihrer Pension wieder diese gekrümmte Körperhaltung einnahm, als gälte es, sich ganz kleinzumachen, möglichst unauffällig durch die Welt zu huschen. Ihre Mutter schien nicht einfach nur in Gedanken versunken, sondern bedrückt, als schleppte sie weiterhin an einer unsichtbaren Last.

»Wir können regelmäßig hierher zurückkehren«, bemerkte Katharina.

»Ich weiß nicht, ob ich es noch mal ertrage, das Haus zu betreten.«

Katharinas Erstaunen wuchs. Nach dem ersten Zögern war ihr das doch nicht mehr schwergefallen. »Sag mir nicht, dass du dich immer noch schuldig fühlst! Du weißt doch jetzt, dass du nicht für den Tod der Frauen verantwortlich bist. Dass es richtig war, sie zu diesem Pakt zu bewegen.«

Kurz presste Jule fest die Lippen aufeinander, dann murmelte sie resigniert: »Aber sinnlos war es trotzdem.«

»Nein, nicht sinnlos«, widersprach Katharina energisch. »Nur weil die Frauen ermordet wurden, nur weil auch Adelajda so jung starb, hast du trotzdem etwas Wichtiges erreicht: dass sich diese geknechteten, drangsalierten, gequälten Frauen wieder wie Menschen fühlten. Dass sie die Grenzen, die Krieg und Rassenwahn gezogen haben, überwinden konnten. Dieses Kochbuch steht für eine großartige Botschaft: Wenn man zusammenhält, kann man mehr erreichen als allein. Und so bedauerlich es ist, dass es kaum Verbreitung fand, es *gibt* dieses Buch. Adelajda hat dafür gesorgt, dass es gedruckt wurde, und zumindest das ist ein gutes Ende der Geschichte. Wer weiß, vielleicht ist es sogar der Anfang von einer. Ich finde diesen Pakt jedenfalls sehr inspirierend. Zumindest mich hat er auf eine Idee gebracht.«

In der Tat war ihr die schon auf dem Friedhof durch den Kopf gegangen. Doch erst in den letzten Tagen hatte sie konkrete Züge angenommen. Gerne hätte sie ihrer Mutter ausführlich davon erzählt, aber an Jules verschlossenem Blick las sie ab, dass die im Moment nicht dafür empfänglich war.

»Woran denkst du?«, fragte sie irritiert.

Ihre Mutter hob kaum den Kopf. »Es ist gut zu wissen, dass ich nicht am Tod meiner Frauen schuld bin. Aber das ändert nichts daran, dass ich … dass ich …«

»Ja, was denn?«

»Dass ich jemand anderen auf dem Gewissen habe.«

22. KAPITEL

1945

Nach jener schrecklichen Nacht stritten sie nicht wieder. Keiner wiederholte die Vorwürfe an den anderen, und sämtliche Tränen von Jule waren versiegt. Nur Katharina brüllte lauthals, als müsste sie das eiserne Schweigen der Eltern wettmachen, als gälte es, dem Grauen, den Zweifeln, der Angst irgendwie einen Weg zu bahnen. Das schreiende Kind an sich gepresst, zog Jule stundenlang Kreise im Zimmer und fühlte sich hinterher völlig zermürbt. Der Versuch, die Kleine zu beruhigen, erschien ihr leichter, als offen und ehrlich mit Carl zu reden.

Die ersten Worte, die sie am Morgen wechselten, waren belanglos. Er erklärte, er gehe ins Werk, sie erwiderte, sie werde sich für Lebensmittel anstellen. Als er später zurückkam, konnten sie gewisse grundsätzliche Entscheidungen zwar nicht länger vor sich herschieben, aber ihre Stimmen klangen emotionslos. Ihre, als sie fragte: »Und nun?«

Seine, als er erklärte: »Du musst so schnell wie möglich mit der Kleinen raus aus Hirschberg.«

Natürlich hatte er recht. An den Geschützdonner aus Richtung Löwenberg, der zum ersten Mal vor zwei Wochen herübergehallt war, hatte sie sich gewöhnt, aber nicht an das Geheul der Sirenen wie vor ein paar Tagen, als die ersten russischen Bomben auf Hirschberg fielen.

Sie nickte, und erst ein paar holprige Atemzüge später fiel ihr auf, dass er nur von ihr und dem Kind sprach. Ein spitzer

Schmerz durchzuckte sie, aber sie ließ nicht zu, dass er sich in ihren Worten widerspiegelte: »Und du?«

»Männer in meinem Alter lässt man nicht mehr gehen.«

Er senkte den Blick, während er erzählte, was er heute in der Stadt herausgefunden hatte: Die Sonderzüge, die von der Verladerampe Hartau abgingen und über das Sudetenland nach Bayreuth fuhren, waren brechend voll. Mehr Chancen hatten sie auf einen Platz im Lazarettzug. Eigentlich wurden damit Schwerkranke aus dem Martin-Luther-Krankenhaus abtransportiert, aber manchmal durften auch Mütter und Kinder einsteigen. Der Sammelpunkt war in der Theaterstraße, aber noch besser war es, es gleich am Bahnhof zu versuchen.

»Morgen früh probieren wir es«, schloss Carl, und sie nickte.

Als sie später im Bett lagen, fanden sie noch immer keine Worte. Aber Jules Körper ertrug die Kluft nicht länger, die das Schweigen schlug. Die Kälte im Raum, weil sie keine Kohlen hatten, war schlimm genug. An der Kälte zwischen *ihnen* würde sie erfrieren. Schon tastete ihre Hand nach seiner. Er ließ es nicht nur zu, sondern umschloss fest ihre Finger. Und dann schmiegten sie sich eng aneinander, wärmten sich. Laut miteinander reden konnten sie nicht, aber flüstern.

»Ich hab solche Angst … um dich.«

»Wir schaffen es schon in einen Zug.«

»Aber der Weg in den Westen ist so weit. Man hört Gerüchte … über die Russen.«

Der Gedanke an die Russen ließ Jule seltsam kalt. »Hast du das Flugzeug, das in Norwegen abgestürzt ist, wirklich sabotiert?« Sie wusste nicht, welche Antwort sie sich erhoffen sollte.

»Alle tot«, hörte sie ihn sagen. »Alle tot.«

Sie sah kein Flugzeug vom Himmel fallen, sie sah nur reglose Frauen im blutigen Schnee. Wessen Schuld wohl schwerer wog? Sie hielten sich nicht bloß an den Händen, sie krallten sich aneinander fest, bis es wehtat, bis die Finger gefühllos wurden. Ihre Seelen waren es nicht. Sie hörte ihn trocken aufschluchzen.

»Wir könnten alles sofort beenden«, murmelte er plötzlich.

»Was?«

»Wir könnten ...«, setzte er an, machte eine kurze Pause. »Gas«, fügte er schließlich knapp hinzu.

Sie hatte schon oft von Familien gehört, die das Gas aufdrehten, um friedlich im Bett zu sterben.

Sie widersprach nicht sofort. Kurz fühlte es sich verheißungsvoll an, mit einem Schlag all das Misstrauen, die Sprachlosigkeit, die Schuldgefühle zu beenden. Fehlte es ihr nicht schlichtweg an der Kraft, für sein und ihr Leben zu kämpfen? Aber da begann Katharina einmal mehr unruhig zu werden, fast als hätte sie den Vorschlag verstanden. Und um *ihre* Zukunft würde sie kämpfen!

»So was darfst du nicht mal denken«, fuhr Jule auf und entriss ihm ihre Hand. »Wir schaffen es nach Hause!«

Es klang nicht wie ein Versprechen, sondern wie eine Warnung. Und als sie doch wieder seine Hand ergriff, war dies kein Ausdruck von Zärtlichkeit mehr, sondern eine Vorsichtsmaßnahme. Solange sie ihn festhielt, würde es ihm nicht gelingen aufzustehen und heimlich den Gashahn aufzudrehen.

In dieser Nacht schlief Jule nicht.

Am nächsten Tag waren die Straßen weiß von Schnee und der Bahnhof bunt von Menschen. Schon auf der letzten Wegstrecke gerieten sie in immer dichteres Gedränge, kamen doch von allen Seiten Reisende, mit Gepäck turmhoch auf den Rücken geladen. Nicht alle hatten Koffer oder Taschen dabei, manche hatten ihre Habseligkeiten in Handtücher oder Bettwäsche eingeschlagen.

Jule hatte nur wenig in Katharinas Kinderwagen gepackt: Windeln, Milchpulver, ihre Rezeptsammlung. Für mehr war kein Platz.

»Es ist unmöglich«, seufzte Carl. Ein Zug stand im Bahnhof, aber zwischen ihm und ihnen wogte ein Meer von Köpfen, in dem man nur ersaufen konnte. Er starrte Jule an, hoffnungslos, verzweifelt.

Noch Ende Januar hätten sie bloß einen Lkw besteigen müssen …

Es mochte zwar unmöglich sein, sich an den Menschenmassen vorbeizudrängen, aber von Rücksichten und Skrupeln würde Jule sich keinesfalls aufhalten lassen. »Wir schaffen es«, erklärte sie stur.

Sie entdeckte ein Fahrzeug vom Roten Kreuz, das sich hupend seinen Weg bahnte, und stürmte ihm so entschlossen nach, dass die Reifen des Kinderwagens laut quietschten. Das Fahrzeug fuhr nur im Schritttempo, und so konnten sie ihm, sobald sie zu ihm aufgeschlossen hatten, mühelos folgen, während alle in seiner Bahn auseinanderwichen, um nicht überfahren zu werden. Zu ihrem Glück stoppte das Fahrzeug erst knapp vor dem Zug. Ein einarmiger Schaffner ließ den Blick schweifen, missmutig, weil er ausschließlich Elend erfasste: ausgehungerte Flüchtlinge, bandagierte Schwerverletzte. Dann plötzlich entdeckte er Jule, die junge hübsche Frau mit dem Kinderwagen. Er winkte ihr. Für sie hätte er noch Platz.

Ganz kurz strahlte Carls Gesicht, und seine großen, dunklen Augen leuchteten auf. Ganz kurz dachte sie an ihre erste gemeinsame Zugfahrt, als sie zermürbt von ihrem schlechten Gewissen gewesen war und er mit Trost und Witz ihr Herz erobert hatte.

Jetzt wollte es ihr schier brechen bei der Vorstellung, diese Fahrt allein antreten zu müssen.

»Carl.«

»Jule.«

Ihre Worte klammerten sich aneinander. Und in diesem Moment wusste Jule, dass er die Frauen niemals verraten hätte, um sich selbst zu retten.

Aber bevor sie das laut aussprechen konnte, stieß er einen Schrei aus. »Um Himmels willen!«

Die Türen des Wagens waren geöffnet worden, um Verwundete auf Tragen in den Zug zu hieven. Mit ihnen purzelten etliche Koffer heraus, und einer kippte direkt auf den Kinderwagen. Dessen Dach bot keinerlei Schutz, sondern sackte sofort unter dem Gewicht zusammen.

Katharina brüllte einmal mehr aus Leibeskräften. Gerade mal zwei Zentimeter über ihrem Gesicht war der Koffer in der Abdeckung stecken geblieben.

Wie erstarrt stand Jule da. Ließ sich von Carl das Kind in die Arme drücken, die Windeln reichen, hörte ihn sagen, den Kinderwagen könne sie jetzt doch nicht mehr gebrauchen, er sei dahin. Dann zog sie auch schon der einarmige Schaffner in den Zug. Dicht an ihren Ohren ertönte ein schriller Pfiff, der Zug begann zu rollen. Noch waren seine Türen nicht geschlossen, etliche Menschen sprangen auf, klammerten sich fest, wurden zurückgestoßen.

Ein letzter Blick fiel auf Carl, und jetzt war er nicht mehr der humorvolle Mann mit den leuchtenden Augen, sondern ein Gepeinigter, der jegliche Hoffnung aufgegeben hatte.

Zu spät fiel Jule ein, was sie ihm noch hatte sagen wollen. Zu spät fiel ihr ein, dass im kaputten Kinderwagen, den er als letztes Überbleibsel seiner Familie zum Haus zurückschieben würde, noch die Rezeptsammlung lag.

Seit einer Woche waren sie nun auf der Flucht. Nur dass es sich gar nicht wie eine Flucht anfühlte. Fliehen – das hieß doch davonlaufen, hoffen und bangen, alle Kräfte sammeln, um noch einen weiteren Schritt Richtung Heimat hinter sich zu bringen. Aber sie saß einfach nur wie erstarrt da, die Kleine an die Brust gepresst. Katharina nuckelte hingebungsvoll, obwohl Jule kaum mehr Milch hatte. Wenn der Zug hielt, eilten Schwestern vom Roten Kreuz aus den Gebäuden auf den Bahnsteig und verteilten neben Malzkaffee und Butterbroten auch Fläschchen mit Milch. Das war immer einer der wenigen Momente, in denen Jule es schaffte, den Kopf zu heben, aufzustehen, etwas von ihrer Umgebung zu registrieren. Doch ihr Sichtfeld blieb einschränkt. Die Uniformen der Frauen nahm sie wahr, aber nicht, ob sie alt oder jung, dick oder dünn waren, ob sie ihr aufmunternd zulächelten oder resigniert die Schultern hängen ließen.

Zu Beginn bemerkte sie auch nicht, mit wem sie das Abteil in der dritten Klasse teilte – winzig und mit je einer durchgehenden Holzbank auf beiden Seiten. Im Waggon nebenan gab es nicht einmal das. Wenn sie auf die Toilette musste – ein leerer Marmeladeneimer in der Mitte des Waggons –, galt es, über die Menschen zu steigen, die auf dem Boden hockten. Abwechselnd hielt man dort einen zerfledderten Vorhang hoch, damit man auf dem Eimer wenigstens die Illusion von Privatsphäre hatte. In Jules Abteil selbst waren die anderen Passagiere so freundlich, einen Kreis zu bilden und Katharina mit ihren Mänteln gegen den Zugwind abzuschirmen, wenn sie gewickelt werden musste. Das Krähen der Kleinen blieb dann der einzige Ton; ihr selbst, der es doch immer so wichtig gewesen war, höflich zu sein, kam kein Dank über die Lippen.

Erst nach und nach nahm sie vereinzelte Gesichter wahr. Die verhutzelten Züge eines alten Ehepaars, das sich fortwährend aneinanderklammerte und sich nur losließ, wenn es einen Kreis um Katharina zu bilden galt. Das graue Gesicht eines Soldaten, der einen Verband um den Kopf trug und den Mantel nicht über seinen steifen rechten Arm ziehen konnte. Wenn er wach war, hockte er noch gekrümmter da als sie, wenn er einschlief, wimmerte er vor sich hin. Dann war da eine ältere Frau, die sich regelmäßig das Haar neu aufsteckte, damit nur ja keine Strähne aus dem Knoten lugte, und die hin und wieder auflachte. Allerdings klang es nicht fröhlich. Als der Zug wieder einmal still stand – in Görlitz ganze zwanzig Stunden –, deutete sie auf das zerfledderte Plakat, das im Abteil hing, und las halb vorwurfsvoll, halb höhnisch ab: »Die Räder müssen rollen für den Sieg.«

Nur wenn ihr Blick auf Jule und die Kleine fiel, war er wohlwollender. »Seien Sie froh, dass Sie so jung sind. Sie können sich an eine neue Welt gewöhnen. Menschen wie mir bleibt nur, die alte zu betrauern.« Und wieder stieß sie ein Lachen aus, leise und verzagt.

Jule kam noch immer kein Laut über die Lippen. Sie hatte nicht mal den Sinn dessen, was die andere da gesagt hatte, richtig erfasst. Eine neue Welt, was sollte das schon sein? Sie ertrug ja gerade einmal diesen Mikrokosmos hier im Zug, wo nichts von ihr erwartet wurde, als sich kleinzumachen, das Zittern zu unterdrücken, das Kind durchzubringen und zu warten.

Doch eines Tages bedurfte es mehr als das. Wieder einmal stoppte der Zug, nicht in einem Bahnhof wie gestern, als sie durch Dresden gekommen waren und anstelle einer Stadt nur mehr Aschewolken, Ruinen und verbogene Stahlskelette erblickt hatten, sondern auf offener Strecke.

Ein ohrenbetäubendes, dröhnendes Surren erfüllte die Luft, das Jule zunächst für Wind hielt. Dass es in Wahrheit von amerikanischen Tieffliegern stammte, erfasste sie erst, als Panik ausbrach. In der Ferne erklang Sirenengeheul, in der Nähe Geschrei: »Raus! Raus aus dem Zug, rüber in den Wald!«

Sie sah keinen Wald, als sie den Kopf hob. Sie fühlte keine Angst, als sie den Kopf wieder senkte, ihr Kinn an Katharinas Köpfchen presste, starr sitzen blieb.

Der strenge Haarknoten der älteren Frau löste sich auf, als sie aus dem Abteil stolperte. Ob in der alten oder neuen Welt – sie war begierig zu leben. Das Ehepaar, das wirkte, als wären zwei Leiber zusammengewachsen, ließ sich ausnahmsweise los, um aus dem Zug zu steigen. Der Zugbegleiter schrie etwas, als er am Abteil vorbeistürmte.

Dann waren sie alle weg, es war kurz still. Bis ein markerschütternder Knall ertönte. Jule zuckte nicht zusammen, nicht so wie damals in der Baracke, als die Schusssalve die Stille zerrissen hatte. Die war etwas Unerhörtes, unfassbar Schreckliches gewesen. Das hier war einfach nur Schicksal.

Und wenn schon, dachte sie.

Doch plötzlich stand da der graugesichtige Soldat vor ihr,

nicht gekrümmt, nicht wimmernd. Erstaunlich behände packte er sie, riss sie hoch.

Ihr Erstaunen war so groß, dass es Jules Schweigen durchbrach. »Ihr Arm ist ja gar nicht steif.«

Er zuckte die Schultern, und über seine Lippen schlüpfte ein freudloses, spöttisches Lachen. »Ich wollte nicht wieder an der Front landen.«

Schlaff hing Jule in seinen Armen. Als er energisch »Kommen Sie!« rief, erwiderte sie ebenso energisch: »Nein.«

»Ja, wollen Sie denn sterben?«

Wieder stieg ein Nein in ihr auf, schwächer nun. Nein, sie wollte nicht sterben. Aber leben wollte sie auch nicht. Oder durfte es nicht ...

Am Ende *musste* sie leben, weil er sie samt der Kleinen einfach aus dem Zug zerrte und unter den Waggon stieß, wo Katharina ein wütendes Protestgebrüll ausstieß und Jules Instinkt ihr befahl, mit dem eigenen Körper einen Schutzschild über ihrem Kind zu formen.

Die Tiefflieger röhrten über sie hinweg, trafen jedoch nur nackte Erde, die in schwarzen Fontänen zum Himmel aufstieg. Obwohl sie nur zu gut wusste, dass jeder Schuss den Tod bringen konnte, ließen die Geräusche Jule an einen belebenden Herzschlag denken, an dessen Rhythmus sich der eigene anzupassen gezwungen war.

Dann war plötzlich alles vorbei: der Angriff der Tiefflieger, das panische Geschrei der Passagiere, Jules Lethargie. Mit einem Mal sah sie wieder eine Zukunft. Eine, in der sie stark sein würde für Katharina.

Nein, es reichte nicht, einfach zu warten. Sie musste Entscheidungen treffen. Zum Beispiel die, nicht nach Nürnberg weiterzufahren, weil sie dort keine Menschenseele kannte, sondern vorher auszusteigen, um einen Zug Richtung Selzthal in der Steiermark zu nehmen.

Und das tat sie aus eigener Kraft, niemand musste sie hinauszerren.

Nach der Ankunft in Niklasdorf schliefen sie beide zwei Tage lang. In dieser Zeit wurde Katharina nicht gewickelt, aber als Jule schließlich die Windel von ihrem Körper schälte, war die fast gar nicht feucht, und die einstmals strammen Wiener-Würstchen-Beine erinnerten längst an Streichhölzer. »Wir päppeln dich schon wieder auf«, versprach sie ihrer Tochter.

Sie hatte endgültig keine Milch mehr, aber ihr Vater versprach, welche zu beschaffen, selbst wenn er dafür eine Ziege anschaffen müsste.

Die Schwester hatte gleichzeitig gelacht und geschluchzt, als sie wie aus dem Nichts im Garten gestanden hatte – mit einem Kind, aber ohne Carl, den Ilse sehr gemocht hatte, weil er so lustig war.

Auch die Mutter wirkte einerseits erleichtert, ihre Tochter wohlbehalten wiederzusehen, und andererseits bekümmert, weil sie ohne Schwiegersohn heimgekehrt war, aber Sentimentalitäten waren ihr seit jeher fremd gewesen. »Ach, du bist da.«

Und das Enkelkind war ein Mädchen. »Das ist gut«, sagte sie. »Buben machen mich nervös. Und überhaupt kann man mit Mädchen mehr anfangen. Wenn sie größer ist, kann sie mit mir ins Kino gehen.«

Jule konnte sich nicht erinnern, dass sie und Ilse jemals ins Kino mitgenommen worden waren. Doch als ihre Mutter die frisch gewickelte Katharina auf dem Arm hatte, presste sie sie zärtlicher an sich als je eine ihrer Töchter und verkündete: »Ich zeig dir jetzt meine Hansis.«

»Sie ist doch viel zu klein, um mit Hasen zu spielen.«

»Sagst du. Sie hat den wachen Blick einer erwachsenen Frau.«

Jule musste wider Willen grinsen. Ihre Mutter übertrieb zweifellos. Aber als sie aus dem Hasenstall zurückkam und ihr Katharina wieder überreichte, fühlte es sich tatsächlich kurz an, als würde nicht sie ihr Kind halten, sondern ihr Kind sie.

»Einen neuen Kinderwagen braucht's auch«, erklärte Franz Gartner, als er mit zwei Kannen Milch heimkehrte, frisch und schäumend.

»Die alte Schubkarre reicht vorerst«, meinte Lia, »aber du musst Papier beschaffen. Jule muss doch dem Carl schreiben, dass sie gut mit der Kleinen angekommen ist.«

Also rückte der Vater noch einmal aus und kam diesmal mit grauem Feldpostpapier wieder. Und Jule nahm einen Bleistift und begann zu schreiben.

23. KAPITEL

1976

Einmal mehr stand Katharina vor der Statue der Kastalia. Es war ein grauer Tag, sodass sich der Stein kaum vom Himmel abhob. Sonst hatte die delphische Jungfrau immer gelassen gewirkt, aber als sie jetzt die steinernen Augen genauer musterte, stellte Katharina fest, dass der Augapfel kaum ausgearbeitet worden war, weder Pupille noch Iris auch nur angedeutet waren. Kastalia sah gar nicht hoheitsvoll über die männlichen Konkurrenten hinweg. *Blind* war sie.

Katharina vergewisserte sich mit einem Blick, dass sie allein war. »Du hast den gleichen Fehler gemacht wie ich, oder? Machst nämlich auch den Eindruck, als hättest du Scheuklappen aufgesetzt. Dass es nicht leicht ist, wenn man von misstrauischen Männern umzingelt ist, will ich gar nicht leugnen. Aber daran, dass du so schrecklich einsam bist, kannst du nicht ihnen allein die Schuld geben. Auch nicht daran, dass du ständig nur darauf konzentriert warst, ihre Anzüglichkeiten, ihren Spott, ihre Verachtung zu ignorieren. Würdest du nicht so stur geradeaus starren, sondern dich mal umschauen, dann würdest du merken, was dir Entscheidendes fehlt: Mitstreiterinnen.«

Kastalia tat ihr natürlich nicht den Gefallen, auf ihre Rede zu reagieren. Aber egal; was es zu sagen gab, hatte sie schon auf der Heimfahrt von Hirschberg gesagt.

Während Katharina sich auf den Weg ins Neue Institutsgebäude machte, erinnerte sie sich, wie Jule mit beiden Händen das Lenkrad umklammert hatte. Sie wirkte nicht mehr so angespannt wie auf der Hinfahrt, aber immer noch nicht so erlöst, wie Katharina es nach den vielen Gesprächen mit Zyta vermutet und es Jule gewünscht hätte.

»Willst du es mir nicht wenigstens jetzt erzählen?«, fragte sie leise.

»Was?«

»Du hast angedeutet, dass nicht nur der Tod der Frauen auf dir lastet.«

Jule schüttelte den Kopf. »Was bringt es denn, darüber zu reden?«

Das fragte sie noch? Kurz war Katharina enttäuscht, weil ihre Mutter diese Zeit, die sie selbst als so intensiv, so berührend erlebt hatte, damit einfach wegwischte.

Aber sie verkniff sich eine aufgebrachte Erwiderung, sagte nur sanft: »Es tut mir so leid, dass ich mich nicht schon viel früher mit unserer Familiengeschichte beschäftigt habe. Da stand so viel … Diffuses im Raum, das ich mir nicht erklären konnte, aber immer empfunden habe. Jedenfalls bin ich froh, dass ich es jetzt nachgeholt hab. Gemeinsam mit dir.«

Sie musterte ihre Mutter von der Seite, und der zärtliche Ausdruck, der über Jules Züge huschte, verriet ihr, dass auch die Mutter die Nähe genoss, die in den letzten Tagen zwischen ihnen entstanden war, diese stillschweigende Übereinkunft, dass sie künftig daran festhalten und sich nicht wieder entfremden würden.

Dann verschloss sich Jules Miene wieder. »Wahrscheinlich hast du dich in Schwierigkeiten gebracht, weil du so lange weg warst.«

Katharina konnte diesen Gedanken weder länger verdrängen noch leugnen, dass sie ihrer Karriere nicht gerade einen Gefallen getan hatte. Allerdings: Selbst wenn sie nicht so überstürzt verreist wäre und ihre Übung hätte sausen lassen, hätten die Professoren die Stelle wohl trotzdem Florian gegeben.

»Ich hatte Hoffnung auf eine Assistenzprofessur«, gestand sie. »Und daraus wird vorerst nichts. Aber das verschafft mir immerhin Zeit.«

»Zeit wofür?«

Katharina grinste schwach. »Mach dir keine falschen Hoffnungen«, erwiderte sie. »Ich werde mir jetzt trotzdem keinen Mann zulegen, damit ich endlich eine Familie gründen kann. Ich will einfach nur vorbereitet sein, wenn sich neue Chancen auftun. Und dann will ich was Entscheidendes anders machen. Nämlich stärker auf Verbündete setzen.«

»Du meinst andere Frauen, die an der Uni arbeiten?«

Katharina nickte. »Ihr habt damals aus ganz anderen Gründen den Pakt geschlossen, aber was ihr beweisen wolltet, gilt doch für alle Lebensbereiche, damals wie heute. Die Welt verändern und Raum für Gutes schaffen kann man nicht als Einzelkämpferin, sondern nur, wenn wir Frauen uns zusammentun. Männer wie Florian Bruckmann können sich auf ein Netzwerk verlassen, warum nicht auch wir?«

Jules breites Lächeln war für Katharina der Beweis gewesen, dass ihr der Gedanke gefiel. Als sehr langlebig erwies es sich nicht. Schon war sie wieder in Schweigen versunken, anstatt das letzte rätselhafte Kapitel aus der Vergangenheit mit ihrer Tochter zu teilen.

Doch immerhin hatte Katharina sich ermutigt gefühlt, in ihrem eigenen Leben ein neues aufzuschlagen.

Langsam wandte sie sich von der Statue ab. Leider würde ihr Kampf um Verbündete nicht heute beginnen, denn vorerst stand etwas weitaus weniger Heroisches an.

Sie musste mit Professor Holacek sprechen. Sich bei ihm für ihren überstürzten Urlaubsantrag ebenso entschuldigen wie für ihr unerlaubtes Fernbleiben. Dafür, dass sie einfach die Übung geschwänzt und seine Erwartungen nicht erfüllt hatte. Sie konnte nicht vorhersagen, wie weit sie kommen würde, ehe er sie mit einem »Mein Mädchen« abwürgte, und konnte nur hoffen, dass die qualvollen Minuten schnell vorüber wären. Eine ähnliche Herausforderung würde es allerdings sein, es zuvor an Gertrud Schiller vorbeizuschaffen.

Während der Paternoster nach oben fuhr, straffte Katharina den Rücken, reckte das Kinn und setzte ein unverbindliches Lächeln auf. All das konnte sie gut gebrauchen, als sie vor der Glastür des Instituts ihrer ersten Prüfung an diesem Tag begegnete: Professor Pokorny, im Schlepptau sein Schoßhündchen Leopold Pichelsteiner.

Am liebsten wäre sie zurückgewichen. Aber dann sagte sie sich, dass sie keinen Grund hatte, sich ihm gegenüber zu ducken. »Guten Morgen, Professor Pokorny«, begrüßte sie ihn selbstbewusst.

Hatte sie wirklich Kastalia für blind gehalten? Wenn es jemand in der Kunst, sein Gegenüber geflissentlich zu übersehen, zum Profi gebracht hatte, dann Pokorny. Nicht einmal ein leichtes Zucken der Lippen verriet, dass er ihren Gruß gehört hatte, schon im nächsten Moment war er an ihr vorbeigerauscht – mit einem so steifen Oberkörper, als wäre auch er aus Stein. Natürlich hatte sie das bereits zigfach erlebt. Erstaunlich war in diesem Fall, dass Pichelsteiner ebenfalls stumm blieb. Kein zähnefletschendes Grinsen, keine anzügliche Bemerkung. Er kämpfte lediglich darum, mit dem Historikerfürsten Schritt zu halten und ihm mit kriecherischem Unterton zu versichern, dass seine Seminararbeit schon weit fortgeschritten sei.

Ihm gegenüber schien Pokorny nicht gänzlich taub. Sein »Nicht jetzt!« klang wie ein Peitschenknall. Na, dem musste ja eine ganze Armee von Läusen über die Leber getrampelt sein. Katharina entging nicht, wie Pichelsteiner zusammenzuckte.

Als sie das Institut betrat, stellte sie erleichtert fest, dass sie womöglich gar nicht an Frau Schiller und ihrer Kaffeetasse vorbeimusste: Professor Holacek stand vor einem riesigen Monstrum im Gang.

»Und hier legt man das Papier rein, richtig?«

Er wandte sich an Hausmeister Schrattenegger, der das Ungetüm mit missmutiger Miene musterte, etwas halbherzig auf einen Knopf drückte und schließlich, als sich nichts tat, grummelte: »Sie haben doch eine Bedienungsanleitung gekriegt.«

Mit diesen Worten ließ er den Professor stehen und hastete schnaufend an Katharina vorbei, während Holacek ratlos auf ein paar Tasten herumdrückte, damit aber nur ein nervöses Blinken und piepsende Geräusche auslöste. Hilfe suchend blickte er sich um und wirkte aufrichtig erleichtert, als er Katharina entdeckte. »Fräulein Doktor Adler, wie wunderbar! Sie können mir sicher helfen.«

Mit ihrer selbstbewussten Haltung war es vorbei, als sie zu dem einschüchternden Gebilde trat. »Was ist das denn?«

»Das neue Fotokopiergerät, das wir anstelle des Matrizendruckers kürzlich bekommen haben. Man sagte mir, es sei überaus praktisch, aber man muss es natürlich auch bedienen können. Gerade wollte ich diese Papiere vervielfältigen. Erledigen Sie das bitte für mich?«

Schon drückte er ihr einen Berg Dokumente in die Hand. War das seine Art, sie zu bestrafen? Er degradierte sie zur Kopiermeisterin?

Während Katharina nun ihrerseits das Gerät studierte, nahm sie aus den Augenwinkeln wahr, dass Holacek gar nicht gegangen war, sondern noch immer neben dem Kopierer verharrte.

»Sie müssen mir unbedingt noch von Ihrer Exkursion berichten. Sie sind mir ja eine!«

Katharina blickte überrascht auf. »Es tut mir leid, dass …«, begann sie.

»Das war natürlich nicht als Vorwurf gemeint«, fiel er ihr ins Wort. »Eine Lehrveranstaltung mal außerhalb der Uni abzuhalten, warum eigentlich nicht? Nur weil sich Leute wie ich am liebsten im Institut verschanzen, muss es der Nachwuchs ja nicht auch so halten, nicht wahr? Schön, schön, dass Sie Ihren Studenten auch mal was zeigen wollten. Das ist ja auch das Wunderbare an unserem Wien – dass noch so viel erhalten ist. Diese Fotos von der alten Küche müssen wir unbedingt in den Jahresbericht für das Wissenschaftsministerium aufnehmen. Unsere Frau Wissenschaftsministerin sieht so etwas gern.«

Sie war nicht sicher, was ihr das größere Rätsel war – seine Worte oder der Fotokopierer, der bei der kleinsten Berührung wieder hektisch zu blinken begann. Spielte Holacek etwa auf ihre Polenreise an, wenn er von einer Exkursion redete? Aber von der wusste er doch gar nichts!

»Herr Professor, es tut mir sehr leid, dass ich …«

»Ihnen braucht gar nichts leidzutun«, ertönte plötzlich Gertrud Schillers Stimme, »das Gerät ist schließlich ganz neu, und die Bedienungsanleitung wird erst heute Nachmittag ans Personal verteilt.«

Gertrud Schiller wich Katharinas Blick aus, als sie energisch auf sie zutrat und ihr die Dokumente aus der Hand nahm. »Lassen Sie mich das erledigen.« Schon hatte sie ein Blatt an der passenden Stelle eingelegt und drückte gekonnt auf ein paar Tasten. Die Geräusche, die nun erklangen, ließen an ein wohliges Schnurren denken, und wenig später hatte das Ungetüm die erste Kopie ausgespuckt.

»Na so was!« Professor Holacek blickte so begeistert auf das Blatt, als handelte es sich um ein neues Weltwunder. Erst lächelte er Gertrud Schiller zu, dann Katharina, und schließlich machte er sich auf den Weg in sein Büro.

Als Katharina verwirrt erneut zum Sprechen ansetzte, fuhr ihr Gertrud Schiller mit der üblichen Schärfe über den Mund: »Sie müssen sich nicht erklären, es ist bereits alles erledigt.«

»Erledigt?«

»Ich dachte, es wäre der Sache förderlich, wenn ich Ihren Urlaubsantrag nicht weiterleite, zumal Sie deutlich länger weggeblieben sind als angekündigt. Daher kann ich Ihnen versichern, dass Professor Holacek Ihr Fehlen entgangen ist.«

»*Der Sache förderlich?*«, wiederholte Katharina gedehnt.

»Sie müssen mir nicht danken, es war für mich selbstverständlich, einen Beitrag zu leisten.«

Seelenruhig konzentrierte sich Gertrud Schiller wieder ganz auf das Gerät, legte ein weiteres Blatt Papier ein und drückte erneut die Taste. Musste Katharina abwarten, bis alle Seiten kopiert waren, um eine Erklärung zu erhalten?

»Ach, Fräulein Doktor Adler«, hörte sie da plötzlich jemanden rufen. »Sie sind wieder zurück!« Sanne Laser betrat das Institut mit einem Berg Bücher aus der Institutsbibliothek auf dem Arm. »War Ihre Reise nach Polen denn ergiebig?«

Kurz starrte Katharina die Studentin begriffsstutzig an. Dann plötzlich ahnte sie, woher Sanne von ihrer Polenreise wusste. »Hat Dr. Bruckmann etwa …?« Die Wut darüber, dass er nicht nur gegenüber Pokorny Vertrauliches ausgeplaudert hatte, sondern auch noch in größerer Runde, schnürte ihr buchstäblich die Kehle zu.

Sanne lächelte schuldbewusst. »Seien Sie ihm nicht böse. Ich hab ihm so lange in den Ohren gelegen, bis er schließlich verraten hat, dass Ihre Mutter dieses eine Kochbuch verfasst hat. Tut mir leid, ich möchte wirklich nicht indiskret sein, aber mich würde brennend interessieren, was Sie dazu herausgefunden haben.«

So schnell, wie sie aufgelodert war, war Katharinas Wut auch wieder verraucht. Florian würde sie schon noch zur Rede stellen, aber das war nicht eilig. »Sie müssen sich nicht entschuldigen«, sagte sie schnell. »Mir tut es leid, dass ich in letzter Zeit so kurz angebunden war und Ihr Engagement gar nicht zu schätzen wusste …«

»Ach, das macht doch nichts«, erklärte Sanne unbekümmert.

»Aber Sie sind beim letzten Mal nicht zu meiner Übung gekommen. Da dachte ich …«

Nun riss Sanne entsetzt die Augen auf. »Man darf doch mindestens zweimal pro Semester fehlen und kann die Lehrveranstaltung trotzdem gültig abschließen, oder? Ich wollte eigentlich Bescheid geben, aber die Sitzung der Studentenvertretung wurde ganz kurzfristig angesetzt. Ich habe nicht zuletzt deshalb kandidiert, weil ich unbedingt einen Sitz im Fakultätskollegium ergattern wollte. Und stellen Sie sich vor, es hat tatsächlich geklappt! Mittlerweile habe ich auch die notwendigen Stimmen zusammen, und das, obwohl wir bis zur Abstimmung noch einige Monate Zeit haben.«

Wieder starrte Katharina sie verwirrt an. Ob sie heute noch imstande sein würde, ein Gespräch zu führen, bei dem sie sich nicht wie ein hechelnder Hund vorkam, der unbarmherzig an der Leine gezogen wurde, aber kaum Chancen hatte, Schritt zu halten?

Soeben war das Kopiergerät verstummt, doch Gertrud Schiller machte keine Anstalten, die Kopien an sich zu nehmen. Mahnend wandte sie sich an Katharina: »Mit den Bestimmungen des UOG haben Sie sich aber schon auseinandergesetzt? Sie sind Ihnen schon vor Ewigkeiten zugestellt worden.«

Zumindest mit dieser Abkürzung konnte sie etwas anfangen. »Das UOG ist das neue Universitätsorganisationsgesetz«, murmelte sie, vermochte aber nicht viel hinzuzufügen. Zu ihrer Schande musste sie sich eingestehen, dass Unipolitik für sie etwas Ähnliches wie für Professor Holacek war – ein Störfaktor.

»Die wichtigste Errungenschaft ist, dass nun in sämtlichen Kollegialorganen nicht nur Professoren, sondern auch Vertreter des akademischen Mittelbaus sowie Studenten sitzen und diese folglich über weitaus mehr Mitbestimmungsrechte verfügen als früher.« Gertrud Schiller klang so nüchtern wie ein Jurist, der Paragrafen herunterratterte.

Sanne wirkte wesentlich enthusiastischer, als sie hinzufügte: »Mit den meisten Angehörigen vom Mittelbau, also den anderen Assistenten, habe ich bereits gesprochen. Und ihnen sehr deutlich gemacht, dass sich die Studentenschaft für einen größeren Frauenanteil ausspricht. Ich bin nicht sicher, wie viele ich aus inhaltlichen Gründen davon überzeugen konnte, sich auf Ihre Seite zu schlagen, aber die Gelegenheit, Professor Pokorny einen Strich durch die Rechnung zu machen, werden sich die meisten wohl nicht entgehen lassen.«

Katharina blickte verwirrt von ihr zu Gertrud Schiller und wieder zurück. »Entschuldigen Sie bitte, dass ich immer noch nichts verstehe …«

»Was gibt es denn da nicht zu verstehen?«, fragte Frau Schiller ungeduldig. »Wie es aussieht, hat Fräulein Laser die notwendigen Stimmen im Fakultätskollegium organisiert, damit Sie die Assistenzprofessur bekommen. Professor Pokorny wollte das unbedingt verhindern, aber Professor Holacek hat ihm deutlich gemacht, dass er keine Chance hat, sich gegen die Mehrheit zu stemmen.«

Irrte Katharina sich, oder umspielte ausnahmsweise ein feines Lächeln Gertrud Schillers Lippen?

»Warum haben Sie eigentlich meinen Urlaubsantrag nicht eingereicht?«, stieß Katharina hervor.

»Warum wohl? Übrigens war Fräulein Menard freundlicherweise bereit, die Übung zu übernehmen.«

»Ich habe sie darum gebeten, nachdem ich erfahren hatte, dass Sie nach Polen gereist sind«, warf Sanne schnell ein. »Damit Ihr Fehlen nicht auffällt, haben Aurélie und ich uns eine Exkursion überlegt. Kennen Sie das kaiserlich-königliche Hofmobiliendepot in der Mariahilfer Straße? Das hat Kaiser Franz Joseph einst als zentrales Lager für den höfischen Möbelbestand errichten lassen. Wir haben uns dort die damalige Hofküche angeschaut und erfahren, dass …«

»Moment, Moment«, unterbrach Katharina sie. »Aurélie Menard ist für mich eingesprungen?«

Zumindest das war nicht so erstaunlich. Schließlich hatte

die Kollegin das schon einmal getan. Nur hatte es Katharina damals nicht für ein Zeichen von Hilfsbereitschaft gehalten, sondern ihr Eigennutz unterstellt – zu Unrecht.

»Ich weiß, sie hat auch einmal die Übung geschwänzt, aber nur weil sie da zu Besuch an ihrer französischen Heimatuni war. Dort hat sie ihren Kolleginnen vor Ort von Ihrem Kochbuchprojekt erzählt. Die sind sofort darauf angesprungen und wollen jetzt etwas Ähnliches auf die Beine stellen. Vielleicht wird ein internationales Projekt daraus, wäre das nicht toll?«

»Ich gehe davon aus, dass Sie diese Details ohne mich besprechen können«, warf Gertrud Schiller ein, ordnete penibel ihre Kopien und wandte sich zum Gehen.

»Frau Schiller, ich versteh immer noch nicht ganz …«

Wieder dieser irritierte Blick. »Aber es ist doch alles ganz offensichtlich. Damit Ihre Polenreise nicht noch zum letzten Stolperstein für die Stellenbesetzung wird, haben auch Fräulein Menard und meine Wenigkeit unseren Beitrag geleistet.«

Die Absätze ihrer schwarzen Lackschuhe klackerten, als sie auf das Sekretariat zuschritt.

»*Was* Sie gemacht haben, verstehe ich. Aber *warum* Sie es getan haben …«

Gertrud Schiller blieb stehen. Sie drehte sich ganz langsam um, um ihre Frisur nicht zu gefährden, und ließ nun einen ungewohnt nachsichtigen Blick über sie schweifen, ungefähr so, als müsste sie Holacek die Funktion des Kopiergeräts erklären. Nur dass das, was sie zu sagen hatte, keiner komplizierten Bedienungsanweisung bedurfte. Es war ganz einfach.

»Wir Frauen müssen doch zusammenhalten.«

»Nein, nein, nein!«, rief Jule.

Katharina hielt erstaunt inne. In den letzten beiden Wochen, die seit ihrer Polenreise vergangen waren, hatte sie kein einziges Mal eine so heftige Reaktion ausgelöst.

Als sie gestern ihre Mutter gefragt hatte, ob sie Kristin und Gottfried nicht doch noch davon erzählt hatte, war sie ihr wie immer beharrlich ausgewichen.

Seufzend hatte Katharina daraufhin das Thema gewechselt und von ihren Plänen berichtet: Sie wollte in ihrer Wohnung eine Party geben, um sich nicht nur bei Gertrud Schiller, Sanne und Aurélie bedanken, sondern auch um noch mehr Frauen, die an der Uni arbeiteten, besser kennenzulernen und gemeinsame Ziele ins Auge zu fassen.

»Und es werden nur Frauen dabei sein?«

»Ja doch! Ich kann es immer noch nicht glauben, dass es genau das Netzwerk an Frauen, das ich ins Leben rufen wollte, längst gibt. Und dass sie gemeinsam für mich eingetreten sind.«

Jule hatte sanft gelächelt. »Das hört sich ja fast so an wie damals der Pakt«, hatte sie gemurmelt, und zum ersten Mal schienen die Erinnerungen keinen Schmerz aufzuwühlen, sondern eher für so etwas wie leise Befriedigung zu sorgen.

»Und, was hältst du nun von der Party?«

Aus dem wehmütigen Lächeln war ein verschmitztes Grinsen geworden. »Dass sie nur ein Erfolg wird, wenn ich dir beim kalten Büfett helfe.«

Seit über einer Stunde werkelten sie nun einträchtig in der Küche in Sandleiten, weil die in Katharinas Wohnung zu klein war, doch nun tat Jule deutlich ihren Unmut kund.

»Nein, nein, nein!«

»Was hast du denn?«, fragte Katharina.

»Wenn du in diesem Tempo weitermachst, gerinnt die Mayonnaise! Das Öl muss ganz langsam zum Ei hinzugefügt werden, nur tröpfchenweise und immer an derselben Stelle in der Schüssel.«

Katharina betrachtete die gelbliche Masse. Die Mayonnaise sah in ihren Augen eigentlich recht passabel aus. Und sie war überzeugt, dass daraus gemeinsam mit Schinken und Dosenspargel bald köstliche Schinkenröllchen werden würden. Doch sie hatte Jule schon die ganze Zeit kaum etwas recht machen können. Als sie die russischen Eier vorbereitete, indem sie die hart gekochten Eier halbierte und den Dotter entfernte, war sie in Jules Augen nicht gründlich genug vorgegangen, war doch zu viel vom Dotter am Eiweiß hängen geblieben. Dass die Wurstscheiben für die Gurkenschiffchen wie kleine Segel wirken sollten, erkannte man erst auf den zweiten Blick, und selbst dann legten sie die Befürchtung nahe, dass sie beim ersten Sturm umknicken würden.

»Aber dass ich die Käsewürfel schneide, das traust du mir zu?«

»Sie müssen gleich groß sein«, mahnte Jule. »Und gerade Würfel, keine Trapeze.«

Katharina war sich prompt nicht mehr so sicher, ob sie das hinbekam. »Vielleicht ist doch besser, wenn ich mich nur um die Lambrusco-Bowle kümmere?«

Jule verzog das Gesicht, ausnahmsweise nicht wegen Katharinas Unfähigkeit, sich in der Küche nützlich zu machen. »Schmeckt das denn wirklich?«

»Eigentlich nicht. Und ist trotzdem gerade der letzte Schrei.«

»Ich dachte, du willst auf der Party Allianzen schmieden. Nicht dich betrinken.«

»Schließt das eine das andere zwangsläufig aus?«

Jule rümpfte etwas missbilligend die Nase, doch bald wurde ihre Miene konzentriert, als sie daranging, mithilfe einer Tortenspritze die russischen Eier mit einer Masse aus Eigelb, Senf, Dill und klein geschnittenen Gewürzgurken zu füllen und mit etwas Paprikapulver zu bestreuen.

»Dieses Gesöff bereitest du besser in deiner Wohnung vor. Wie wär's, wenn du jetzt mit dem Hefeteig für die Sajtos rúd beginnst?«

Sie deutete auf eine Schüssel, die bereits mit Mehl gefüllt war, und die anderen Zutaten daneben.

Katharina jedoch traf keine Anstalten, das Mehl mit dem

Hefewürfel, lauwarmer Milch und weicher Butter zu vermengen. Und das nicht nur, weil sie keine Ahnung hatte, in welcher Reihenfolge das abzulaufen hatte, sondern vor allem, weil ihr nicht entging, dass Jule ein Beben unterdrücken musste.

»Sajtos rúd – ist das ein polnisches Rezept?«, fragte sie leise.

»Ein ungarisches. Vielleicht auch ein tschechisches. Jedenfalls sind es Käsestangen. Ich weiß nicht mehr genau, von wem ich es habe.«

»Aber sicher von einer der Frauen, oder?«

Kurz erstarrte ihre Mutter, dann nickte sie energisch und trat selber zur Schüssel, um den Hefewürfel zu zerkrümeln. Katharina legte ihre Hand auf die von Jule, um sie davon abzuhalten.

»Warum hast du eigentlich nie wieder diese Rezepte gekocht? Das wäre doch eine Möglichkeit gewesen, euren Pakt trotz allem zu würdigen.«

Jules Lippen wurden schmal. »Das ging nicht. Das durfte nicht sein.«

»Gut, weil du dich an ihrem Tod schuldig gefühlt hast. Aber jetzt gilt das doch nicht mehr.«

Jule zuckte die Schultern, wollte Katharinas Hand abschütteln und weitermachen, aber die hielt sie fest.

»Ich finde es wirklich schön, dass ...«

»Das hier ist eine Ausnahme«, erklärte Jule, nun wieder in strengem Ton.

»Weil immer noch etwas auf dir lastet. Aber was ist das?«

Jules Lippen wurden noch schmaler. Und schafften es schließlich doch, Worte zu formen. »Carls Tod natürlich.«

Katharina hatte das längst vermutet, dennoch wehrte sich alles in ihr dagegen. »Das ist doch Unsinn«, entfuhr es ihr heftig. »Gut möglich, dass er Hirschberg rechtzeitig hätte verlassen können, wenn du dich damals nicht der Evakuierung entzogen hättest, aber ...«

Jule riss ihre Hand fort und begann, die Hefe unters Mehl zu mischen. »Ein einziges Mal habe ich später Kontakt zu den anderen Mitarbeitern des Werks aufgenommen, die damals die Flucht angetreten haben«, fiel sie ihr ins Wort. »Sie sind alle wohlbehalten in Oberstaufen im Allgäu angekommen. Und von dort ging es für jeden zurück nach Hause.«

»In eurem Fall wäre das Wien gewesen, und wer weiß, was euch dort zugestoßen wäre. Ende Januar war der Krieg noch lange nicht vorbei. Wien hat erst am 16. April kapituliert, bis dahin richteten Luftangriffe schwere Schäden an, und eine ganze Woche lang kam es zu brutalen Bodenkämpfen, weil die Wehrmacht, die SS und der Volkssturm den russischen Truppen heftig Widerstand leisteten. Es war Krieg, eine einzige Entscheidung führte da oft ins Verderben. Dass der eine Soldat von der Front zurückkehrte und der andere nicht, war einfach nur Zufall. Du hast ihm doch nie mit Absicht schaden wollen, du hast ihn nicht persönlich nach Berlin geschickt …«

»Aber so gut wie.«

Dieses sture Beharren! Katharina hatte nicht übel Lust, sie zu packen und zu schütteln. »Jetzt hör endlich auf mit diesem Blödsinn, Mutti! Er ist gefallen!«

Endlich hielt Jule inne. Sie starrte auf den Teig vor sich, als wüsste sie nicht, was der nächste Arbeitsschritt war: nämlich ihn ruhen zu lassen.

»Das ist kein Blödsinn.« Ganz langsam wischte sie sich die Hände an der Küchenschürze ab. »Erinnerst du dich an diesen letzten Brief, den er aus Berlin geschrieben hat? Du warst gerade dabei, ihn zu entziffern, als ich dich auf der Uni besucht habe.«

Richtig, Jule hatte bei ihrem unerwarteten Besuch auf der Uni ja nicht nur das Kochbuch an sich gerissen, sondern auch dieses Schreiben. »Zeigst du ihn mir jetzt?«, fragte Katharina. »Liest du ihn mir vor?«

Kurz zögerte Jule noch, dann gab sie sich einen Ruck.

»Ich hole ihn«, sagte sie mit ausdrucksloser Stimme. »Reib du schon mal den Käse für die Käsestangen, wir haben nicht ewig Zeit.«

24. KAPITEL

1945

Der Reihe nach kamen sie zurück, die Männer. Der eine mit nur einem Bein, der andere mit nur einem Auge. Alle schwiegen sie über das, was passiert war, nur in der Nacht pressten sie zwischen zwei Albträumen ein Wort, manchmal einen Satz über den Krieg hervor. Am nächsten Morgen war das nicht vergessen, wurde aber geleugnet, als hätten sich die nächtlichen Worte in das Leben danach verirrt wie ein Kieselstein in einen Schuh. Der konnte durchaus lästig sein, aber wenn man beharrlich weiterging, gewöhnte man sich daran.

So zumindest erzählten es die anderen Frauen aus Niklasdorf. Von Carl gab es keine Spur.

Einmal war Jule zu Kristin nach Wien gefahren, von wo sie zwar ohne Neuigkeiten über Carl, aber mit einem neuen Kinderwagen zurückkehrte, den ihr die Schwiegermutter beschafft hatte. Als sie auf dem Rückweg die russische Zone verließen, wollte ein Soldat das schöne Fräulein aus dem Bus holen. Es gebe da eine wichtige Angelegenheit zu klären, sagte er mit starkem Akzent, während er ihren Ausweis musterte.

»Gehen Sie ruhig mit, der tut Ihnen nichts«, sagte ein Mann, der nervös auf dem Sitz hin- und herrutschte.

Eine alte Frau funkelte ihn wütend an. »Sie bleibt sitzen! Jeder weiß, was die Russen mit jungen hübschen Frauen machen. An der Grenze holen sie sie oft aus den Bussen. Aber wenn man sich widersetzt, geben sie auf. Sie wollen keinen Aufruhr riskieren.«

Also riss Jule dem Soldaten ihren Ausweis aus den Händen, auf dem für immer der schwarze Abdruck seines Daumens zu sehen sein würde. Danach klammerte sie sich an die Sitzlehne, bis der Soldat ausstieg und der Bus weiterfuhr. Sie lächelte der Frau dankbar zu, doch die sagte nur nüchtern: »Wir Frauen müssen doch zusammenhalten.«

Diese freundlichen Worte bohrten sich wie eine glühende Nadel in Jules Brust, und als sie Niklasdorf erreichte, riss sie ihr schmerzlich vermisstes Kind an sich und stürmte hoch ins Zimmer neben dem Dachboden, das sie mit Katharina bewohnte. Sie setzte sich mit der Kleinen auf dem Schoß an den winzigen Tisch, auf dem das Papier lag, das der Vater beschafft hatte. Darauf schrieb sie mit fliegenden Fingern, was sie in den letzten Monaten immer geschrieben hatte: ein Rezept nach dem anderen.

Für Škubánky – Nockerl – nehme man mehlige Erdäpfel und Mohn, dazu serviere man Apfelkompott.

Für die Fülle der Medovik – der Honigtorte – nehme man Honig, Sahne, Puderzucker und Vanille.

Für Gulyásleves – Gulaschsuppe – nehme man ausreichend Zwiebeln und viel Knoblauch.

Immer nur Rezepte hatte sie geschrieben.

Keinen Brief an Carl, wie Lia vorgeschlagen hatte.

Keinen Brief an die Askaniawerke, wie Kristin vorgeschlagen hatte.

Seine Mutter hatte von Carl noch einen Brief erhalten, den er am 21. März verfasst hatte. Darin hatte er berichtet, dass er Frau und Kind in den Zug gesetzt habe und seitdem hoffe und bange, sie seien heil angekommen.

»Damals war er also noch dort«, hatte Kristin hoffnungsvoll gesagt. »Vielleicht konnte er bis zum Kriegsende in Hirschberg bleiben. Als die Russen die Stadt einnahmen, hat es keine Kampfhandlungen gegeben.«

»Warum kommt er dann nicht zurück?«, hatte Jule erwidert. »Heißt es nicht, sämtliche Deutschen werden gerade aus Schlesien vertrieben?«

»Vielleicht ist er in russischer Gefangenschaft.«

Kristin flüsterte das Wort Gefangenschaft nur, weil es ihr Angst machte. Das Wort, das ihr wohl noch mehr Angst einjagte, sprach sie gar nicht erst aus: gefallen.

Ein paar Wochen später, im September 1945, erfuhr Jule, dass Carl tot war. Gefallen war er allerdings nicht.

Harald Puck brachte ihr das Kuvert. Die müde Person, die plötzlich vor ihrem Haus in Niklasdorf auftauchte, hatte nur noch vage Ähnlichkeit mit dem jungen Mann, der gemeinsam mit ihnen nach Hirschberg aufgebrochen war und der sie damals mit dem Auto nach Gebhardsdorf gebracht hatte. Sie musste zweimal hinschauen, um ihn zu erkennen.

Bis Jule etwas sagen konnte, hatte er ihr den Brief schon in die Hand gedrückt und längst wieder das Gartentor erreicht. »Herr Puck, so warten Sie doch, wollen Sie nicht reinkommen?«

Er blieb kurz stehen. »Ich hab den Brief vom Werk bekommen und wollte ihn persönlich überbringen. Das bin ich Carl schuldig. Aber besser, ich geh gleich wieder.«

Schon humpelte er davon, und Jule ließ ihn ziehen. Ihre Beine wurden jäh zu Blei, das Kuvert fühlte sich in ihrer Hand an wie ein Ziegelstein. Sie konnte spüren, dass es nicht nur einen Brief beinhaltete, sondern auch etwas Hartes, Rundes. Und sie ahnte, was das war.

Irgendwie trugen ihre Beine sie schließlich doch zurück ins Haus. Der Vater war auf der Mugel, aber Mutter und Schwester saßen in der Küche. Die Mutter strickte an etwas, weil es nun kälter wurde, aber ungeduldig, wie sie war, geriet es schief und eng. Ilse schaukelte Katharina und sang ihr mehrstrophige Lieder vor, die sie in der Lehrerinnenausbildung lernte. Sie behauptete, Katharina wisse es ganz genau, wenn sie eine Strophe weglasse.

Keiner von beiden konnte sie in die Augen schauen.

Als sie das Kuvert aufriss, schluchzte Ilse prompt auf. Denn Carls runde Erkennungsmarke fiel ihnen entgegen, drehte sich ein paarmal auf dem Tisch, blieb schließlich liegen.

Jule schluchzte nicht. Ihr seht mich nicht weinen, dachte sie, und später konnte sie nicht recht sagen, ob Trotz hinter diesem Gedanken stand oder der Wunsch, den beiden einen heftigen Gefühlsausbruch zu ersparen.

Sie zog ein Stück Papier aus dem Kuvert, ein Schreiben von einem gewissen Herrn Mattstedt, wohnhaft in der Spandauerstraße in Berlin, in unmittelbarer Nähe der Heerstraße. Dort habe er sich in den letzten Kriegswochen um die Bestattung der Gefallenen gekümmert, die überall herumlagen. Carl habe man nicht gefunden, nur seinen Helm, und darunter hätten seine Erkennungsmarke und dieser Brief gelegen.

Das alles las sie mit ruhiger Stimme vor, während Ilse schluchzte und schluchzte. Jules Hand begann erst zu zittern, als sie den Brief von Carl aus dem Kuvert nahm, auf rötlichem Reichspostpapier verfasst, aber so sauber, dass sie sich kaum vorstellen konnte, wie er da unterm Helm auf dem Boden gelegen haben sollte.

»Immerhin hast du ihm noch schreiben können, dass du es mit der Kleinen heil nach Haus geschafft hast«, sagte Lia mit belegter Stimme.

»Lies schon vor«, heulte Ilse.

»Sing weiter«, gab Jule zurück, ehe sie sich erhob. Ihre Beine waren nun noch schwerer, der Brief ebenso. Und doch schaffte sie es hoch bis zum Bänkchen im Wald, wo sie sich einst verlobt hatten.

Der Brief stammte vom 10. April 1945.

Mein geliebtes Julchen und mein geliebtes Pupperle. Ich schreibe diese Zeilen mit der festen Überzeugung, Berlin nicht lebend zu verlassen.

Sie presste die Augen zusammen, als würde dadurch das,

was sie las, nur ganz langsam, ganz behutsam in ihren Geist dringen. Aber es funktionierte nicht. Die Worte schlichen nicht auf Samtpfoten daher, sie sprangen sie an.

Carl berichtete, wie er gehofft hatte, noch evakuiert zu werden; stattdessen jedoch hatte er den Einberufungsbefehl erhalten und war nach Berlin abkommandiert worden. Über Breslau war er dorthin gefahren und am Schlesischen Bahnhof angekommen, einem der wenigen Bahnhöfe, die noch heil waren, während sonst so viel in Trümmern lag. Ganze Hausfassaden waren eingestürzt, sodass man die Bilder sehen konnte, die an den Wohn- und Schlafzimmerwänden hingen. Straßenbahnwagen wurden auf den Fahrbahnen quer gestellt, wo sie, mit Ziegeln und Schutt gefüllt, als Barrikaden dienen sollten. An wichtigen Straßenkreuzungen kontrollierte die Feldgendarmerie die Papiere.

Wenn ich wenigstens wüsste, dass ihr nicht in die Hände der Russen gefallen seid.

Aber er wusste es nicht, er hatte es nie erfahren. Und die Hoffnung war offenbar zu wenig. Zu wenig, um alle Kräfte zu mobilisieren und zu beschließen, bis zum letzten Atemzug zu kämpfen. Zu wenig, um sich zu sagen, dass er überleben musste, dass auch ihre Liebe trotz allem überleben würde, dass die Offenheit, das Vertrauen wieder zurückkehren würden. Ja, er verstand, warum sie ihn hatte belügen müssen, aber verstand auch sie, dass er sie nicht belogen hatte, als er beteuerte, nichts mit dem Tod der Frauen zu tun zu haben? Dass er niemals andere verraten hätte, um sich selbst zu retten?

So etwas hätte er nie gekonnt.

Jemanden umbringen, das konnte er eigentlich auch nicht. Und doch war im fernen Norwegen seinetwegen ein Flugzeug abgestürzt, und alle Insassen waren tot, und diese Schuld lastete furchtbar auf ihm. Mit niemandem konnte er sie teilen, sie erdrückte ihn ganz und gar.

Und sie gestattete ihm nur diese eine zaghafte Bitte an den Herrgott. Der hatte in seinem Leben nie eine besonders große

Rolle gespielt. Aber hier in Berlin, unter all den Fremden und den Verzweifelten, unter all den Fanatikern und den Resignierten, war er der Einzige, an den Carl sich wenden und dem er ein schlichtes Geschäft vorschlagen konnte:

Wenn ich mein Leben gebe, dann beschützt du die Jule und mein Pupperle und irgendwann ihre Kinder und …

Nun ja, vielleicht war es vermessen, zu weit in die Zukunft zu denken. Sein kleines Leben, das er auf die Waagschale gab, hatte schließlich nicht viel Gewicht. Aber zum Glück hatte er ja noch etwas anderes, was er dazugeben konnte – seine große Liebe.

Sie soll sich wie ein schützender Mantel um euch legen.

Jule versuchte die Tränen wegzublinzeln, doch die Worte verschwammen hinter einem Tränenschleier. Was sie bedeuteten, hatte sie trotzdem längst erfasst.

Carl war nicht gefallen.

Am Tag, nachdem er den Brief verfasst hatte, hätte er sich in der Kommandantur melden müssen, der Angriff der Russen stand unmittelbar bevor. Aber dort war er nie erschienen.

In Hirschberg hatte er überlegt, das Gas aufzudrehen. Ob es in Berlin überhaupt noch funktionierende Gasleitungen gab?

Nun, eine Kugel hatte es wohl auch getan.

Als sie heimkehrte, sang Ilse noch, und das Gebilde, an dem die Mutter strickte, erinnerte an einen riesigen Knoten. Lia pfefferte es unwirsch in die Ecke.

Fragend blickten die beiden sie an, aber Jule sagte kein Wort. Sie nahm die große Schüssel, in der sie gerne Germteig machte, außerdem eine Packung Streichhölzer.

Misstrauisch sah Lia sie an. »Was machst du denn da?«

»Ich muss was verbrennen.«

»Nein!«, rief Lia streng und sprang auf. »Das lass ich nicht zu. Dass du damals Carls Foto hast verbrennen wollen, war schlimm genug. Dass du jetzt auch noch seinen Brief …«

»Ich will doch nicht seinen Brief verbrennen«, gab Jule zurück und verließ hastig die Wohnküche, um sich in ihr kleines Zimmer im ersten Stock des Hauses zurückzuziehen.

Den Brief würde sie für immer bewahren. Irgendwann würde sie ihn Katharina zeigen, vorausgesetzt, dass sie den Mut dazu fand. Allerdings war sie nicht sicher, ob sie sich je trauen würde, ihr alles zu erzählen. Was sie getan hatte. Und was sie *nicht* getan hatte.

Sie hatte Carl nicht geschrieben, ihn nicht getröstet, ihm keine Hoffnung gegeben. Und so hatte er nicht wissen können, dass sie beide noch lebten und es wohlbehalten nach Hause geschafft hatten, dass sie ihn noch liebte und nicht länger verdächtigte.

Stattdessen hatte sie ihre Rezepte verfasst. Rezepte für Kuchen und Klöße und Aufläufe und Kohlgerichte und Suppen. Weil sie an nichts anderes hatte denken können als an ihre Frauen. Weil es nur diese eine Möglichkeit gab, ihr Vermächtnis zu ehren. Obwohl es den Frauen ja auch nichts mehr nutzte, wenn es dieses Kochbuch gab.

Carl hingegen hätte es genutzt, wenn sie ihm geschrieben hätte.

Ein Rezept nach dem anderen zündete sie nun an, hielt das Blatt Papier bis zuletzt in der Hand und ließ es erst in die Schüssel fallen, wenn die Flammen an ihren Fingern leckten. Sie spürte keine Hitze, kein Bedauern. Sie wusste nur, dass auf den Plänen, das Kochbuch zu veröffentlichen, ein Fluch lag. Dass es für den Tod stand. Den Tod der Frauen. Carls Tod.

25. KAPITEL

1976

Jule hatte beim Vorlesen von Carls letztem Brief immer wieder Pausen eingelegt, um den aufgegangenen Hefeteig zu bearbeiten. Sie hatte ihn zu Stangen geformt, diese mit Ei bestrichen, mit Käse bestreut und das Blech in den Ofen geschoben. Jetzt drückte sie Katharina den Brief in Hand und starrte mit leerem Blick auf die brutzelnden Käsestangen.

»Die müssen raus.« Rasch nahm sie den karierten Topflappen und zog das Backblech aus dem Ofen. Sofort breitete sich ein verführerischer Duft in der Küche aus. Danach gab es eigentlich nichts mehr zu tun, doch Jule flitzte geschäftig hin und her. Sie warf erst einen prüfenden Blick auf die russischen Eier im Kühlschrank und ließ dann die Spüle mit frischem Wasser volllaufen, um abzuwaschen.

Während sie den Brief vorgelesen und mit eigenen Erzählungen ergänzt hatte, war es Katharina erschienen, als hätte sie gemeinsam mit ihrer Mutter eine Welt fernab der Gegenwart betreten. Nun kehrte sie wieder ins Jetzt zurück – und fühlte sich wie ein Fremdkörper. Nur der Brief in ihren Händen war keiner. Sie hatte das Gefühl, dass er genau dorthin gehörte, weil sie ihn noch sehr oft würde lesen müssen.

Jule hielt kurz inne. »Du kannst das nicht verstehen«, murmelte sie. »Dass ich so dumm war. So gedankenlos. So egoistisch.«

Katharina nahm sich aus der obersten Schublade eine kleine

Plastiktüte, legte sorgfältig den Brief hinein und verstaute ihn in ihrer Handtasche in der stillschweigenden Übereinkunft, dass sie ihn, anders als beim letzten Mal, behalten durfte. Schließlich legte sie die Hände auf Jules Schultern, um sie sanft beiseite zu schieben.

»Lass mich abwaschen«, murmelte Katharina.

Jule sträubte sich und begann die Schüssel, in der sie den Hefeteig angerührt hatte, zu schrubben. Sie hörte selbst dann nicht auf, als sich die letzten Teigreste längst gelöst hatten. Katharina musste sie ihr entwinden, sonst hätte sie nicht davon abgelassen.

»Im Endkampf um Berlin wurden so viele Menschen gnadenlos verheizt«, sagte Katharina leise, während sie das Geschirr abtrocknete. »Er war als Soldat doch komplett unerfahren. Ich kann mir nicht vorstellen, dass er dieses Gemetzel überlebt hätte. Natürlich, dass er sich umgebracht hat, ist eine schreckliche Vorstellung. Aber ganz sicher nicht schlimmer als die, dass er irgendwo im Schützengraben mit einem Bauchschuss verblutet wäre. Den Tod in so einer Lage selber in der Hand zu haben, ist doch auch eine Gnade.«

»Wenn er wenigstens mit dem Wissen gestorben wäre, dass es uns gut geht …«

»Dazu hätte ihn der Brief, den du ihm hättest schreiben sollen, überhaupt erst mal erreichen müssen. Und das wäre sehr unwahrscheinlich gewesen. Ich glaube nicht, dass es ein Brief von dir rechtzeitig nach Hirschberg geschafft hätte, ehe er nach Berlin versetzt wurde.«

Aus dem Schweigen, das folgte, konnte Katharina nicht recht ablesen, ob sie mit ihren Beschwichtigungsversuchen etwas erreicht hatte. Jule schrubbte nun schweigend an einem Holzbrett herum – wenn auch nicht mehr ganz so verbissen. Die Hoffnung darauf, dass es half, endlich einmal alles auszusprechen und der Vergangenheit ins Gesicht zu schauen, um etwas befreiter in die Zukunft blicken zu können, lag in der Luft.

»Du hast nie wieder mit jemandem über das Kochbuch geredet?«

Das Geschirr war sauber, das Spülwasser mittlerweile so grau, dass man nicht mehr bis zum Grund zu sehen konnten. Obwohl Jule genau wusste, wo sich der Stöpsel befand, versenkte sie beide Hände im Spülwasser, um eine Weile danach zu tasten.

»Als ich damals das erste Mal nach Wien gefahren bin, um rauszufinden, ob Kristin was von Carl gehört hat, bin ich Gottfried noch nicht begegnet. Er war noch in amerikanischer Kriegsgefangenschaft. Als du anderthalb warst, bin ich dann wieder nach Wien gereist, und diesmal habe ich dich mitgenommen und ihn kennengelernt. Danach bin ich irgendwie ... hängen geblieben.«

Sechs Jahre war Gottfried im Krieg gewesen und hatte in dieser Zeit bereits oft mit seinem Leben abgeschlossen, wenn er in aussichtslose Kampfhandlungen geraten war. Und doch hatte er den Krieg überlebt – was allein schon ein viel zu großes Wunder war, um noch ein zweites erwarten zu dürfen: dass seine Verlobte Annelie auf ihn wartete. Tatsächlich besuchte sie ihn kurz nach seiner Heimkehr in Sandleiten, um ihm kleinlaut anzuvertrauen, dass sie nun mit einem anderen Mann zusammen sei. Sie habe ja nicht gewusst, dass ...

Gottfried nickte mit ernster Miene, ließ sich den Schmerz nicht anmerken und erklärte, er werde sie selbstverständlich freigeben. Förmlich reichte er ihr die Hand.

Erst als Annelie fort war, sank er am Küchentisch zusammen. »Wozu bin ich zurückgekehrt? Warum hat Carl es nicht geschafft? So eine liebe junge Frau hätte auf ihn gewartet. So ein süßes kleines Kind. Auf mich ... auf mich wartet niemand.«

Kristin konnte ihn nicht trösten. Sie hatte selber mit den Gefühlen zu hadern, die diese Frage in ihr auslösten. Nicht nur Erleichterung stieg auf, weil sie von ihren sechs Söhnen nur einen verloren hatte. Sondern ebenso viel Bitterkeit, warum es ausgerechnet den Lieblingssohn hatte treffen müssen.

Auch Jule, die das alles von Kristin im Vertrauen erzählt bekam, konnte Gottfried nicht trösten, er sprach mit ihr nicht über Annelie und sie mit ihm nicht über Carl. Aber sie gingen oft gemeinsam spazieren, damit sie die Stadt kennenlernte, und er vertraute ihr an, was er sich vom Leben wünschte: eine kleine Familie.

Die hat sich Carl auch immer gewünscht, ging es ihr durch den Kopf. Seinen Namen bekam sie nicht über die Lippen, aber sie sagte: »Ich wünsche mir das auch.«

Einmal war der Boden eisig, und als sie den Kongresspark in der Nähe ihrer Wohnung durchquerten, geriet sie ins Rutschen. Kaum hielt er sie fest, küsste sie ihn auf den Mund. Er war zu anständig, als dass er den ersten Schritt gemacht hätte. Aber er machte den zweiten. Er erwiderte den Kuss, und danach nannte er sie zum ersten Mal nicht seine Schwägerin, sondern sagte ihren Namen.

»Jule.«

Den sagte er von nun an oft. Er bedankte sich liebevoll, wenn sie ihm einen Knopf annähte, und überhäufte sie mit Lob, wenn sie Apfelstrudel backte. So lange hatte sie keinen mehr gemacht, doch nun hatte sie wieder einen Grund dazu. Und für Gottfried zu backen war eine wahre Freude. Regelrecht ausgezehrt war er nach dem Krieg, jemand musste ihn doch wieder aufpäppeln.

So wie in den Augen der übrigen Familie der Verlassene und die Verwitwete irgendwann ganz selbstverständlich zusammengehörten, gehörte Jule, die talentierte, leidenschaftliche Köchin, in die Küche. Nur, dass sie nie wieder etwas anderes zubereitete als österreichische Gerichte.

»Das riecht aber gut!«

Gottfrieds Stimme riss sie beide aus ihren Gedanken. Er steckte vorsichtig den Kopf durch den Türspalt, schien er doch

Katharina und Jule nicht stören zu wollen. Seit er seine Tochter beim Stöbern im elterlichen Schlafzimmer erwischt hatte, hatte sie nicht wieder über die Vergangenheit mit ihm gesprochen. Doch sein vielsagender Blick verriet ihr, dass er sich denken konnte, warum sie so ungewohnt vertraulich die Köpfe zusammensteckten.

Jule spürte das wohl auch. Sie wirkte kurz ertappt, warf einen nervösen Blick auf Katharinas Hände, um sich zu vergewissern, dass Carls Brief längst in ihrer Tasche verschwunden war, und stellte sich danach vor die Käsestangen, als dürfte auch die niemand sehen.

Doch gerade weil Gottfried geduldig an der Tür wartete und keine Fragen stellte, schien sich etwas in ihr zu lösen. Sie seufzte kurz, nahm dann eine der Käsestangen und trat zu ihm. »Willst du eine probieren?«, fragte sie ihren Mann. »Das letzte Mal habe ich die in Hirschberg gemacht.«

Sie führte sie direkt an seinen Mund, weil sie noch heiß war. Nachdem er vorsichtig abgebissen hatte, verzog sich sein Mund zu einem wohligen Lächeln. »Köstlich.«

Obwohl sie ihr den Rücken zuwandte, spürte Katharina, dass auch ihre Mutter lächelte.

»Ist das ein schlesisches Gericht?«, fragte er.

»Ein ungarisches.«

»In Niederschlesien hat man damals ungarische Leckereien gebacken?«

»Tja, ich hab es getan.«

Er bohrte nicht nach, obwohl ihm anzusehen war, dass ihm viele Fragen auf den Lippen lagen. Stattdessen nahm er den nächsten Bissen und dann noch einen.

Und während er aß, begann sie zu reden. »Natürlich habe ich auch ein paar niederschlesische Gerichte kennengelernt. An die Hirschberger Knacker habe ich mich nicht rangetraut. Ans Marzipan auch nicht. Aber der Schlesische Mohnkuchen! Eine Köstlichkeit! Carl hat ihn so gern gegessen!«

Sie machte vor dem Namen des ersten Mannes eine kurze

Pause, brachte ihn aber am Ende doch mit fester Stimme hervor. Nachdem das letzte Stück der Käsestange in Gottfrieds Mund verschwunden war, lächelte er immer noch. »Kann ich noch eine haben?«

»Die sind doch für Katharinas Party«, erwiderte Jule streng.

Katharina lachte. »Für meinen Frauenabend haben wir mehr als genug gemacht, die Käsestangen könnt gerne ihr haben. Probier doch auch eine, ich schaffe inzwischen die Tabletts in den Kadett.«

Während sie die russischen Eier, die Schinkenröllchen und Gurkenschiffchen aus dem Kühlschrank holte, beobachtete sie aus den Augenwinkeln, wie Jule und Gottfried sich an den Küchentisch setzten. Kurz war bloß das Splittern des knusprigen Teigs zu hören, dann sagte Jule leise: »Nur den Apfelstreuselkuchen von Frau Zingel, den mochte ich nicht. Wer backt schon Apfelstreuselkuchen, wenn er Apfelstrudel haben kann?«

»Wer war denn Frau Zingel?«

Katharina hätte gerne weiter Mäuschen gespielt, aber sie spürte, dass dieser Augenblick, da ihre Eltern ebenso unvermutet wie selbstverständlich über die Hirschberger Zeit plauderten, ihnen beiden allein gehörte. Sie hatte es ihnen ermöglicht, indem sie eine Tür geöffnet hatte, aber ihre Eltern waren es, die hindurchgehen mussten.

»Russische Eier, ach, wenn die mein Magen noch vertragen tät«, vernahm sie Kristins Stimme, als sie in den Flur trat. Die Großmutter warf einen sehnsüchtigen Blick aufs Tablett. »So gern habe ich die gegessen. Aber jetzt wird mir übel von allem, was nicht Grießbrei ist. Wenn das Leben nur mehr aus Grießbrei besteht, sollte man besser abdanken.«

Katharina musterte sie genauer und stellte beruhigt fest, dass sie trotz der Worte nicht von Schmerzen gepeinigt wirkte, ihre Wangen waren vielmehr rosig wie schon lange nicht mehr.

»Ach, Omama!«, sagte sie.

Sie wollte das Tablett absetzen, um sie zu umarmen, aber Kristin scheuchte sie Richtung Wohnungstür und öffnete sie ihr.

»Schau, dass du rauskommst aus dieser Gruft.«

»Ich bin gleich wieder da und hol die anderen Tabletts.«

Vorhin hatte sie der Großmutter kurz von ihren Plänen erzählt, und Kristins Augen hatten zu leuchten begonnen, so wie jetzt.

Aber sie wurde rasch wieder ernst. »Und dieses alte Kochbuch nimmst du dann auch gleich mit.«

»Das Kochbuch?«, entfuhr es Katharina überrascht. »Mutti hat es dir gezeigt?«

Wieder deutete Kristin energisch mit dem Kinn Richtung Tür. Und erst als Katharina sich nicht rührte, fügte sie widerwillig hinzu: »Gestern Abend hat sie mir alles erzählt. Auch dass ihr in Polen wart.«

Katharina wappnete sich gegen einen Vorwurf, weil sie ihr Versprechen gebrochen hatte. Doch Kristin haderte mit etwas ganz anderem: »Ihr hättet mich ruhig mitnehmen können, dann wär mir nicht ständig so fad.«

»Wenn du willst, können wir ...«

»Ach, Unsinn! Du hast doch gar keine Zeit, um mit mir durch die Gegend zu gondeln. Und wenn, dann will ich nach Grönland zur Gletscherspalte, nicht nach Polen. Das Kochbuch brauch ich nicht. Ich bin zu alt, um neue Gerichte zu lernen, und vertragen würde ich sie ohnehin nicht. Auch deine Mutter meint, in deinen Händen wär es besser aufgehoben. Es steht dir zu. Na los, jetzt bring das Tablett schon runter, du willst doch auf deinem eigenen Fest nicht zu spät auftauchen. Und Jule würde es ja nicht zugeben, aber ich glaube, deine Mutter findet es schon in Ordnung, wenn du das Kochbuch für deine Forschungen benutzt. Du musst mir alles darüber erzählen, aber später. Jetzt geh endlich! Verschwende nicht zu viel Zeit mit verrückten alten Leuten!«

Katharina fügte sich. Aber bevor sie die Treppe hinuntereilte, gab sie ihrer Großmutter noch einen dicken Kuss auf die Wange.

Von ihrer Mutter war sie genau instruiert worden, wie sie das kalte Büfett anrichten und wann genau sie welche Platten aus dem Kühlschrank holen sollte, doch die letzte halbe Stunde war sie vor allem damit beschäftigt, ihre Bücherstapel umzuschichten, um Platz zu schaffen. Sie war noch nicht fertig, als es an der Tür klopfte – ganze zehn Minuten vor sieben. Da sie sich darauf verlassen hatte, dass die meisten mit der üblichen akademischen Viertelstunde zu spät eintrudeln würden, hatte sie noch nicht einmal Lippenstift aufgetragen.

Zumindest ihr Zimmer sah ganz passabel aus, und während sie mit ihren Händen durch ihre Haare fuhr, musterte sie im Spiegel zufrieden ihr Ensemble aus Schlaghose und Fransenweste in knalligen Rottönen.

Vor der Tür stand Gertrud Schiller, eine Schachtel Pralinen in der Hand, in Zellophan verpackt und mit einer Schleife geschmückt. Und endlich war das große Rätsel gelöst, ob sich Frau Schiller auch in ihrer Freizeit ausschließlich in Schwarz kleidete: Tatsächlich trug sie ein dunkles Samtkostüm, und der Kragen der Bluse saß sogar noch höher und enger um den Hals als auf Arbeit.

»Frau Schiller!«

Bis zuletzt hatte Katharina nicht darauf wetten wollen, ob sie kommen würde. Dass andere ihr Wohlwollen entgegenbrachten, war schließlich eine relativ neue Erkenntnis, und als sie sie nun mit knapper Geste hereinbat, trat die Institutssekretärin denn auch nur zögerlich über die Schwelle. Durch ihre Augen betrachtet, sah die Wohnung gar nicht mehr so aufgeräumt aus wie gerade eben noch, und Katharina war froh, dass sie etwas von Vorbereitungen murmeln und in die Küche eilen konnte. Während Gertrud Schiller ihr folgte, stellte sie fest, dass die Servietten neben den Tellern nicht gefaltet waren, außerdem hatte sie ihr Gastgeschenk nicht entgegengenommen, was sie nun vorsichtig nachholte. In der Küche angekommen, blieb sie schließlich unschlüssig stehen – mit der Pralinenschachtel in Zellophan und ihrer Ratlosigkeit.

»Schön, dass Sie es möglich machen konnten.«

Das steife Nicken sollte wohl hoheitsvoll wirken. Aber Katharina witterte dahinter eine ähnliche Nervosität und Anspannung, wie sie sie selbst empfand.

»Ich möchte mich unbedingt bei Ihnen bedanken, weil Sie …«

»Es ist ja nicht so, dass es mit sonderlich großem Arbeitsaufwand einherging«, unterbrach Frau Schiller sie barsch. »Einen Urlaubsantrag nicht an den Institutsvorstand weiterzuleiten, ist eher eine Unterlassung als eine Tat. Und die Inhaberin des Antiquariats kenne ich schon lange, es genügte ein Anruf …«

»Antiquariat?«, entfuhr es Katharina. »*Ihnen* habe ich es also zu verdanken, dass die Kochbücher ihren Weg zu mir fanden?«

Nun huschte ein flüchtiges Lächeln über Gertrud Schillers Gesicht, das sie jünger und menschlicher wirken ließ – und fast ein wenig stolz. Doch sogleich hatte sie ihre Miene wieder unter Kontrolle. »Nicht der Rede wert.«

»Natürlich ist es das. Fast niemand hat damals auf die Zeitungsannonce reagiert. Ohne diese Fülle an Forschungsmaterial wäre ich aufgeschmissen gewesen.«

Ein Stirnrunzeln verriet, dass sie sich ungehörig weit von einer korrekten Ausdrucksweise entfernte.

»Und ich hätte auch nie das Kochbuch meiner Mutter …«

Diesmal machte Gertrud Schiller eine wegwerfende Handbewegung. »Fühlen Sie sich nicht verpflichtet, eine Privatangelegenheit mit mir zu besprechen.«

»Danken will ich Ihnen trotzdem.«

»Das haben Sie bereits getan.«

»Wahrscheinlich nicht genug. Kann es sein, dass Sie …« Katharina zögerte kurz. »Dass Sie mir noch öfter geholfen haben? Ich habe damals so schnell die Fernleihebücher bekommen. Und obwohl meine Lehrveranstaltung nicht im Vorlesungsverzeichnis stand, fanden sich am Ende genügend Teilnehmer.«

Gertrud Schiller brachte sie mit einer energischen Geste zum Schweigen. Aus der vielsagenden Stille, die folgte, hörte Katharina die Entschlossenheit heraus, dass sie ihre kleinen Geheimnisse niemals preisgeben würde.

Umso neugieriger war Katharina auf das eine große.

»Aber *warum* haben Sie all das für mich getan?«

Anstatt sofort zu antworten, begann Gertrud Schiller, die Servietten zu falten. Achtete sie am Anfang noch ganz genau darauf, dass die Spitzen wirklich akkurat aufeinander landeten, wurde sie immer nachlässiger. Auch ihr Entschluss zu schweigen bekam offenbar Risse. »Ach, wissen Sie, als ich studiert habe, haben so viele weibliche Studentinnen ihr Studium nicht abgeschlossen«, brach es schließlich aus ihr hervor. »Und niemand hat sich daran gestört. Die Universität wurde von etlichen Eltern wohl mit einer Heiratsvermittlung verwechselt. Hier bekam man schließlich den künftigen Akademiker auf dem Silbertablett serviert. Leider waren viele junge Fräuleins, von denen ich mich nicht auszuschließen befugt bin, auf ihr Trauscheindoktorat stolzer als auf die eigene Magisterprüfung.« Sie musterte eine der Servietten so gründlich, als gelte es, etwas Kleingeschriebenes zu entziffern.

»Sie bereuen es also, Ihr Studium abgebrochen und geheiratet zu haben?«, fasste Katharina nach.

»Ach, was heißt bereuen. Wenn man drei großartige Kinder hat, tut's einem ja nicht leid, dass es sie gibt. Nein, es ist … einfach so viel auf der Strecke geblieben.« Sie kaute auf ihrer Unterlippe, anstatt konkret zu werden, aber Katharina konnte sich denken, was sich hinter der Andeutung verbarg. All die Sehnsüchte nach beruflicher Selbstverwirklichung, nach wissenschaftlicher Betätigung, nach mehr Freiheit und Eigenständigkeit.

»Mein Mann musste sich natürlich nicht zurücknehmen«, fuhr Gertrud Schiller trocken fort. »Der konnte Karriere als Jurist machen und nebenbei trotzdem eine heile Familie haben. Und eine heimliche Geliebte obendrein. Wobei die irgendwann mehr als Heimlichkeiten wollte. Und es dann auch bekam. Wofür braucht's schon die treu sorgende Ehefrau, wenn man sie nach dreißig Jahren gegen was Jüngeres eintauschen kann?« Sie schob den bitteren Worten ein ebenso bitteres Lachen hinterher, doch bald wurde ihre Miene wieder ausdruckslos. »Wissen Sie, ich musste nicht in einer Villa leben, um glücklich zu sein. So ein Kleinkrieg um Unterhalt – der hätte mich am Ende ja doch nur meine Würde gekostet. Also habe ich es sein lassen, zumal Professor Holacek, mit dem ich damals studiert habe, so nett war, mir eine Stelle an der Uni zu beschaffen. Der konnte sich noch gut erinnern, dass ich bessere Noten geschrieben habe als er.« Nun klang das kleine Auflachen wehmütig, verstummte aber ebenso schnell. »Viel verdient man als Universitätssekretärin ja nicht. Ich würde auch lieber Bücher lesen, als sie nur einzubinden und zu den Professoren zu schleppen. Aber was soll's. Für mich ist der Zug abgefahren. Eine Karriere kann ich mir abschminken.« Sie atmete tief durch, sichtlich verärgert über sich selbst, weil ihre Lippen bebten. Energisch presste sie sie zusammen und fügte erst nach einer Weile hinzu: »Umso mehr freut es mich, wenn eine junge Frau ihre Möglichkeiten ausschöpft, statt ihre Talente vermodern zu lassen.«

Die strenge Maske der Institutssekretärin offenbarte rein gar nichts von der Freude, die sie empfand. Aber Katharina wusste jetzt, dass dies nichts mit ihr zu tun hatte. Und dass der größte Gefallen, den sie Frau Schiller tun konnte, darin lag, beharrlich ihren Weg weiterzugehen.

Sie nickte nur stumm und widersprach erst, als Gertrud Schiller verkündete, nun besser wieder zu gehen. Mit ihrem Besuch habe sie zeigen wollen, dass sie hinter Katharina stehe, aber im Grunde passe sie nicht hierher.

»Unsinn«, sagte Katharina energisch. »Natürlich passen Sie hierher. Außerdem müssen Sie allein schon deshalb bleiben, damit ein Mindestmaß an Tischmanieren eingehalten wird.«

Aurélie hatte etliche Kolleginnen aus der Germanistik und Romanistik mitgebracht, außerdem einen Kreis französischer Freundinnen, die sie hier in Wien gefunden hatte, Sanne wiederum diverse Kommilitoninnen, die sie von der Studentenvertretung kannte. Eine überreichte als Gastgeschenk ein paar Flaschen Kirschwein.

»Die machen nicht so schnell beschwipst. Die trinken wir auch immer im Frauenzentrum in der Tendlergasse.«

Als Katharina sie fragend ansah, wirkte die Studentin etwas pikiert darüber, dass sie das berühmte feministische Etablissement, in dem über die Reform des Ehe- und Familienrechts ebenso eifrig diskutiert wurde wie über den vaginalen Orgasmus, nicht kannte. Aber dann gab sie bereitwillig alle möglichen Anekdoten zum Besten, etwa dass sich regelmäßig ein paar renitente Herren vor den Räumlichkeiten zusammenfanden und die Selbsterfahrungsseminare störten, indem sie Türen und Fenster des Frauenzentrums anpinkelten.

Gertrud Schiller verzog das Gesicht und murmelte kaum hörbar, dass es schlimm genug sei, wenn so etwas passiere, darüber reden müsse man nun wirklich nicht, zumal besagte Herren mit solch bodenlosem Verhalten ihr eigenes Urteil sprächen. Katharina war nicht entgangen, dass sie bis jetzt jedes Häppchen verweigert hatte, und sie vermutete, dass sie auch nicht dazu bereit war, den Kirschwein aus der Flasche zu trinken, womit die anderen sorglos begonnen hatten.

»Ich schau mal nach, ob ich ein paar Gläser auftreiben kann«, versprach sie, obwohl sie befürchtete, dass in ihren Schränken keine auch nur ansatzweise angemessenen zu finden waren. Aus diesem Grund hatte sie sich vorhin auch gegen die Lambrusco-Bowle und stattdessen für einen Kasten Bier und einen Kasten Limonade entschieden.

Bevor sie in die Küche eilen konnte, winkte Frau Schiller ab. »Ach, was soll's. Wenn man schon den Boden der Zivilisation verlässt, dann sollte man es richtig tun«, erklärte sie, und zu Katharinas Erstaunen biss sie nun doch noch von einem russisches Ei ab, nahm einen Schluck direkt aus der Kirschweinflasche und setzte sich danach zur ausgeflipptesten Studentin, die nicht nur Jeans mit Riesenschlag trug, sondern von einem längeren Aufenthalt in Goa einen Nasenring mitgebracht hatte. Weniger später waren die beiden in eine lebhafte Diskussion vertieft.

Katharina wusste gar nicht, wo sie zuerst hinhören sollte bei all den anregenden Gesprächsfetzen, die sie aufschnappte. Nicht länger ging es nur um das Frauenzentrum, das auch bekannt dafür war, Frauenfeste im Palais Liechtenstein auszurichten, sondern auch um die Pläne, eine Frauenzeitschrift zu gründen, in der sowohl ausgebildete Akademikerinnen mit Abschluss als auch Studentinnen ihre wissenschaftlichen Erkenntnisse veröffentlichen sollten.

»Die werden dann bei einem regelmäßigen Frauentreff diskutiert«, sagte eine Bekannte von Aurélie. »Wir wollen da einen Vortragsklub etablieren.«

»Und wo soll das Ganze stattfinden?«, warf eine weitere ein. »In der Langen Gasse gibt es neuerdings das Frauenzimmer – eine Buchhandlung mit Café. Das wäre doch perfekt.«

Katharina hatte bis jetzt das Gefühl gehabt, Neuland zu betreten, und war nun stolz darauf, auch etwas beisteuern zu können. »In Amerika war ich bei ein paar solchen Veranstaltungsreihen. Die standen unter dem Motto *sisterhood*. Frauen aus allen Forschungsdisziplinen haben sich da ausgetauscht, gegenseitig unterstützt und interdisziplinäre Projekte aus dem Boden gestampft.«

Ein Klopfen an der Tür unterbrach sie. Verwundert blickte sie Aurélie und Sanne an, doch die zuckten die Schultern – all ihre Begleiterinnen waren bereits hier.

Gerade war die Flasche mit dem Kirschwein bei ihr angekommen, aber sie reichte sie direkt weiter, um die Tür zu öffnen.

Als sie sah, wer davorstand, bereute sie augenblicklich, sich nicht mit ein bisschen Alkohol gestärkt zu haben: Florian

Bruckmann erwiderte ihren Blick nicht, sondern starrte auf die vielen Schuhe ihrer Gäste, die im Treppenhaus standen.

»Anscheinend komme ich ungelegen.«

»Und ob.«

In den letzten beiden Wochen waren sie sich im Neuen Institutsgebäude immer mal wieder über den Weg gelaufen, doch jedes Mal, wenn er an die Vertraulichkeiten jener Nacht anknüpfen wollte, hatte Katharina ihn eiskalt abblitzen lassen. Wie sie sich geärgert hatte, dass er sich dabei jedes Mal so verdutzt gab, als hätte er nicht den geringsten Grund, ein schlechtes Gewissen zu haben! Vor ein paar Tagen war ihr schließlich die Hutschnur gerissen, und sie hatte ihm auf den Kopf zugesagt, dass sie wusste, was er getan hatte: nämlich Pokorny von ihren Familienangelegenheiten erzählt und damit eiskalt eine Schwachstelle genutzt, um gegen sie zu intrigieren. Was für ein Fehler, dass sie ihn kurz als Verbündeten betrachtet hatte, nicht als Rivalen, dass sie erwartet hatte, er würde sie unterstützen, anstatt nur nach Mitteln und Wegen zu suchen, um sie auszutricksen.

Ausnahmsweise war ihm bei dieser Ansage das überhebliche Lächeln aus dem Gesicht gerutscht.

Er schien es seitdem auch nicht wiedergefunden zu haben. »Ich wusste nicht, dass du Gäste hast. Aber was ich dir zu sagen habe, dauert ohnehin nicht lange.«

Katharina lauschte dem fröhlichen Stimmengewirr, das aus ihrer Wohnung drang. Sie hatte keine große Lust darauf, sich diesen Moment von Florian kaputt machen zu lassen.

In Socken trat sie auf den kalten Steinboden des Gangs und zog die Tür hinter sich zu, um ihm zu signalisieren, dass er in ihrer Welt nichts verloren hatte. »Also, was ist?«

Ganz ernst blickte er sie an. »Ich habe meine Bewerbung zurückgezogen.«

Scharf sog sie den Atem ein. Als sie ihn schließlich entweichen ließ, entwich ihr ein Prusten. »Lass mich raten: weil Pokorny eingesehen hat, dass er im Fakultätskollegium keine

Mehrheit zusammenkriegt? Weil es dir für die Zukunft nützlicher ist, deinen Namen nicht als Zweitplatzierter zu verbrennen?«

Nun atmete auch er tief durch. »Nein. Weil ich beschlossen habe, der Uni Wien vorerst den Rücken zuzukehren. Ich werde bei einem Forschungsprojekt in Münster mitarbeiten, das sich der *Oral History* widmet.«

Ihre Augen weiteten sich. »Du hast deine Assistentenstelle gekündigt?«, platzte sie heraus.

Er zuckte die Schultern, als wäre das nicht weiter der Rede wert. »Wie gesagt, in Münster ...«

»Ist denn das was Dauerhaftes, Fixes?«

Wieder zuckte er die Schultern. »Zunächst mal habe ich einen befristeten Vertrag für ein Jahr. Ist nichts Großes. Pokorny meinte, ich hätte mir die Karriere gründlich ruiniert. Aber es ist eben genau das ... genau das ...«

»Genau das, was du immer wolltest«, beendete sie seinen Satz.

Sein unbekümmertes Lächeln erweckte den Eindruck, als wäre die Entscheidung nicht nur eine leichte, sondern auch eine selbstverständliche gewesen. In Wahrheit opferte er viel mehr als nur die bisherigen beruflichen Ziele und die Aussicht auf den Beamtenstatus, auch die Heimat und das vertraute Umfeld.

Katharina schüttelte fassungslos den Kopf. »Ich hätte dir niemals zugetraut, dass ausgerechnet du ...«

Diesmal war er es, der den Satz zu Ende brachte. »Dass ausgerechnet ich Rückgrat beweise?«

Sie wollte nicht offen zugeben, dass sie ihm das tatsächlich in etlichen Situationen abgesprochen hatte. »Dass die Leidenschaft für dein Fach, für deine Forschung am Ende so groß ist. Dass du so viel Mut aufbringst, einfach ins kalte Wasser zu springen.«

»Tja ...« Er wich ihrem Blick aus und starrte wieder auf die vielen Schuhe, als müsste er sie zählen. »Diese Sache mit deinem Kochbuch, mit der Geschichte deiner Mutter ... mit uns ...«

Obwohl seine Entschlossenheit sie gerade tief beeindruckt hatte, konnte sie nicht anders, als skeptisch die Brauen hochzuziehen. »Was heißt denn *uns*? Zwischen uns war nie etwas und wird nie etwas sein, und ich glaube nicht …«

»Darf ich dich trotzdem als meine Inspiration bezeichnen?«

»Ist das nicht ein bisschen zu viel der Ehre? Ich finde es wirklich bewundernswert, dass du deinem Forscherherzen folgst. Aber ob ich so einen kompromisslosen Schnitt gesetzt hätte, kann ich nicht sagen.«

»Du bist dir sowieso immer treu geblieben. Ich nicht. Und deswegen brauche ich einen radikalen Schnitt.«

Wieder musterte sie ihn verblüfft. »Du warst doch bereit, alles Mögliche für deine Ziele zu tun. Du hast dich jahrelang bei Pokorny angebiedert. Du bist mir in den Rücken gefallen, hast ihm nämlich erzählt, dass ich nicht die Richtige für die Stelle bin, weil ich mit meinem Kopf ständig woanders, nämlich bei einer Privatangelegenheit bin.«

»Ja eben!« Er schrie es fast, was ihm sofort peinlich schien. Kaum war seine Stimme verhallt, plätscherte sein verlegenes Lachen durch den Gang. »Dass ich das getan habe, hat mir am Ende die Augen geöffnet«, fügte er deutlich leiser hinzu. »Bis dahin habe ich mit der Rolle des miesen kleinen Opportunisten nur kokettiert. Aber in diesem Moment habe ich mich auch genau wie einer gefühlt. Und mich gefragt, ob es das alles wert ist. Und als ich dann erfahren habe, dass du einfach so nach Polen gefahren bist, konnte ich an nichts anderes mehr denken, als dass ich das auch so gerne täte. Also, nicht unbedingt nach Polen fahren. Aber einfach ausbrechen, mich an einem Thema festbeißen, das mich durch und durch interessiert. Nicht ständig darauf achten müssen, wem ich auf die Füße steigen könnte und vor wem ich einen Diener machen muss. Hätte ich nur Pokorny gründlich sattgehabt, hätte ich das irgendwie runterschlucken können. Aber nach dem Gespräch mit ihm … da hatte ich mich selber satt.«

Bis jetzt hatte sie sich insgeheim dagegen gewappnet, dass sich alles, was er sagte, am Ende in einem Scherz auflösen würde. Reingelegt, ha, ha. Aber als sie jetzt seinen Blick suchte und er ihn fest erwiderte, wusste sie, dass er es ernst meinte. Und das bewegte sie tief – was nicht hieß, dass sie das auch zugeben würde.

»Wenn du weiterhin Aussicht auf die Stelle gehabt hättest, dann hättest du dich wahrscheinlich schon dran gewöhnt. Aber so haben dich nicht nur hehre Ideale, sondern auch ein wenig Trotz zu diesem Schritt bewogen, oder?«

Er lachte, doch es klang nicht länger verlegen, nur befreit. »Erwischt!«, gestand er und zwinkerte ihr grinsend zu. Sie kannte diesen leicht spöttischen Gesichtsausdruck. Nur dass er heute nicht überheblich wirkte, sondern ihm etwas Jungenhaftes verlieh. Und sie daran erinnerte, was für ein attraktiver Mann er war. So souverän sie sich gerne weiterhin geben wollte, konnte sie das ebenso wenig ignorieren wie das leichte Kribbeln in ihrem Bauch.

Er geht nach Münster, sagte sie sich schnell. Der völlig falsche Zeitpunkt, um solche Gefühle aufkommen zu lassen.

»War noch was?«, hörte sie sich fragen.

Sein Grinsen schwand. »Nein, ich will dich auch nicht länger stören, dir nur alles Gute wünschen.«

Während er sprach, wandte er sich ab und ging den Gang entlang. Er hatte ihn kaum die Hälfte hinter sich gebracht, als sie ihrem Instinkt folgte, ihm nachlief und ihn an der Hand packte.

Erinnerungen an jene Nacht, da sie zusammen getanzt und nach und nach einen gemeinsamen Rhythmus gefunden hatten, stiegen in ihr hoch. Auch daran, wie gut sich das angefühlt hatte. »Glaub nicht, dass ich dich so einfach abhauen lasse.«

Wieder ein Zwinkern. »Erwartest du etwa einen Abschiedskuss?«

Röte schoss ihr ins Gesicht, und rasch ließ sie seine Hand wieder los. »Ich muss dir doch noch so viel erzählen. Von Polen, meiner Mutter, diesem Kochbuch. Heute geht das nicht, bei mir findet eine reine Frauenveranstaltung statt, aber ...«

»Du lädst mich zu dir ein?«

»Klar doch. *Ich* muss mich ja auch noch bei dir bedanken. Wenn du mich nicht provoziert hättest, wäre ich nie auf die Idee gekommen, meine Übung zum Thema Kochbücher abzuhalten.«

Jetzt wurde sein Grinsen doch wieder überheblich. Der Historiker in ihm mochte gerade dabei sein, eine wichtige Lektion in Sachen Demut und Ehrlichkeit zu lernen. Der Mann noch nicht.

»Freu dich nicht zu früh«, sagte sie schnell, ehe der die Oberhand gewann. »Wenn ich dich einlade, wage ich mich an ein paar Gerichte aus dem Kochbuch. Und das ganz ohne die Hilfe meiner Mutter.« Sie machte eine kurze Pause, ehe sie belustigt hinzufügte: »Ich kann dir also nicht versprechen, dass du es ohne Magenverstimmung überlebst. Aber Strafe muss nun mal sein.«

HISTORISCHE ANMERKUNG

Als Kind und Jugendliche habe ich stets einen Teil meiner Sommerferien bei meinen Großeltern im steirischen Niklasdorf verbracht. Während meine Großmutter in der Küche zugange war, um die üppige Ernte aus ihrem Garten zu verarbeiten – aus Äpfeln wurde Mus, aus Ribiseln Saft, aus Himbeeren Marmelade –, las ich ihr oft aus meinen historischen Sachbüchern vor, die ich damals schon verschlungen habe, vorzugsweise über Persönlichkeiten wie Kaiserin Maria Theresia. Geschichte hat auch meine Großmutter immer interessiert, und trotz fehlender Schulbildung verfügte sie über einen außergewöhnlichen Wissensschatz. Als ich älter wurde, begannen sich die Gespräche dann immer häufiger um ihre eigene Geschichte zu drehen.

Und so erfuhr ich recht früh von der abenteuerlichen Flucht meiner Großmutter und ihrer neugeborenen Tochter – meiner Mutter – aus dem heutigen Polen. Während sie jedoch über die Gefahren und das Grauen der letzten Kriegstage ziemlich offen gesprochen hat, auch über die Ablehnung des Nationalsozialismus, die die meisten Familienmitglieder teilten, gab es in der Familiengeschichte einen blinden Fleck, ein Tabu, an das niemand rührte.

Der Mann, den ich über Jahre für meinen Großvater hielt, war in Wahrheit mein Großonkel. Über meinen leiblichen Großvater Karl wurde nie gesprochen – vordergründig, um den

Familienfrieden zu wahren, insgeheim aber wohl auch, um Schuldgefühle zu betäuben. Die plagten meine Großmutter nämlich zeitlebens. Und sie hatten nicht nur mit ihrer Mitverantwortung zu tun, nicht rechtzeitig die Flucht Richtung Westen angetreten zu haben, sondern auch mit der Tatsache, dass sie ihrem Mann nach der sicheren Ankunft in Österreich nicht geschrieben, sich vielmehr nur aufs Überleben konzentriert hatte. Wie sein letzter Brief aus Berlin beweist, hat das meinen Großvater in große Verzweiflung gestürzt – und wohl in den Selbstmord getrieben.

Artikuliert hat meine Großmutter ihre Schuldgefühle lange Zeit nicht. Erst als sie älter wurde, brach manchmal die Wahrheit aus ihr heraus – und weil ich damals schon eine leidenschaftliche Historikerin war, habe ich heimlich ihren Kleiderschrank durchforstet, um nach Zeugnissen der Vergangenheit zu stöbern und manch alten Brief in Sütterlinschrift mühsam zu entziffern.

Ich bin froh, dass ich mit meiner Großmutter vor ihrem Tod noch viele Gespräche führen und offene Fragen klären konnte. Versäumt habe ich es leider, mit ihr noch einmal nach Jelenia Góra – Hirschberg – zurückzukehren. Insbesondere nach dem Fall des Eisernen Vorhangs 1989 hat sie durchaus mit dem Gedanken gespielt, aber am Ende war die Angst vor den Erinnerungen doch zu groß, um sich daran zu wagen. Diese Reise habe ich nun immerhin 2022 als Vorbereitung für diesen Roman nachgeholt. Mit meiner Mutter und meiner Tochter habe ich vor jenem Haus in der Morcinka (ehemals Uhlandstraße) gestanden, in dem meine Großeltern lange gelebt haben und meine Mutter im Januar 1945 geboren wurde. Heute befindet sich darin ein Kindergarten.

Sie sehen also: Viele Elemente dieses Romans sind nicht erfunden, sondern basieren auf der Geschichte meiner Familie – nebst der meiner Großeltern auch der meiner Urgroßmütter, die, ob in Niklasdorf oder Wien, sehr außergewöhnliche, bildungshungrige, teilweise exzentrische Frauen waren.

Dennoch ist dieses Buch keine reine Biografie, und Szenen, in denen ich die Erinnerung an einstige Erzählungen angezapft habe, wechseln sich mit solchen ab, bei denen ich meiner Fantasie freien Lauf ließ. An dieser Stelle könnte ich Dichtung und Wahrheit sorgfältig voneinander trennen, doch weil beides dermaßen verbunden ist – manchmal beginnt ein Satz mit einer wahren Begebenheit und endet mit Erfundenem –, wäre das ähnlich sinnlos, als wollte man einen fertigen Kuchen wieder in Mehl, Zucker und Eier zerlegen. Das Endergebnis schmeckt ja nicht zuletzt darum, weil sich die Zutaten perfekt miteinander verbunden haben. Insofern bleibt die genaue »Rezeptur« für dieses Buch mein Geheimnis.

Wichtig ist mir jedoch zu betonen, dass ich dort, wo ich die Zutaten nicht meiner Familiengeschichte entnahm, alles gründlich geprüft habe. Sprich: Auch fiktionale Elemente beruhen auf sehr akribischer Recherche und den Berichten von Zeitzeuginnen. Das betrifft insbesondere das Thema Zwangsarbeiterinnen in Niederschlesien. Sowohl die Schrecken des Lagerlebens als auch die Versuche, diesem zu trotzen – zum Beispiel, indem man sich mit fiktionalen Menüfolgen vom steten Hunger ablenkte –, sind belegt.

Auch in den Handlungsstrang, der in den Siebzigerjahren spielt, sind viele persönliche Erfahrungen eingeflossen – diesmal allerdings aus meiner eigenen Lebensgeschichte, genauer gesagt jener Zeit, da ich als wissenschaftliche Mitarbeiterin an der Universität Salzburg gearbeitet habe. Das war ungefähr um die Jahrtausendwende, und man sollte annehmen, dass Frauen in der akademischen Welt damals längst gleichberechtigt waren. Doch auf der Katholisch-Theologischen Fakultät tickten die Uhren anders, in bestimmten Fächern wähnte man nicht nur eine gläserne Decke über seinem Kopf, sondern eine dicke, steinerne Mauer – mit ein Grund, warum ich meine Ambitionen auf eine Hochschulkarriere ad acta gelegt habe.

Damals sind mir viele Professorinnen begegnet, die vom langen und harten Kampf um ihren Platz in Forschung und Lehre erzählt haben. Auch nach den Achtundsechzigern blieben gerade österreichische Unis oft Biotope reaktionärer Männer, die die wissenschaftliche Teilhabe von Frauen gerne auf die Rolle der Helfershelferin an der Schreibmaschine beschränkt wissen wollten (übrigens in Röcken, Frauen in Hosen galten damals tatsächlich vielerorts als verpönt).

Umso beeindruckender sind jene Frauen, die das mit viel Kampfgeist änderten und nicht nur jahrhundertealte Strukturen aufbrachen, sondern auch neue Forschungsdisziplinen erschlossen, so wie die österreichische Emigrantin Gerda Lerner, die in den USA der Siebziger zur Pionierin der »Women's History« wurde: Nachdem Frauen bis dahin meist nur in Fußnoten Erwähnung gefunden hatten, bestenfalls als Gattin, Schwester und Tochter wahrgenommen worden waren, richtete Lerner erstmals den Fokus der Geschichtsforschung auf sie.

Bald fanden sich auch diesseits des Großen Teichs Wissenschaftlerinnen, die ihrem Beispiel folgten. Es war 1976 – das Jahr, in dem auch mein Roman spielt –, als an einer deutschen Universität zum ersten Mal eine Übung zu einem frauenspezifischen Thema stattfand: »Frauen in der NS-Zeit«. Eine Gruppe Studentinnen hatte sich dafür starkgemacht, allerdings lange nach einer Professorin suchen müssen, die bereit war, die Lehrveranstaltung zu leiten. Am Ende war es nicht einmal eine Expertin aus dem Feld der Neueren Geschichte, sondern eine Professorin fürs Mittelalter. Das zeigt, welch blinder Fleck Frauengeschichte damals noch war – und tatsächlich sollte es noch weitere zehn Jahre dauern, bis in Deutschland der erste Lehrstuhl für Frauenforschung besetzt wurde.

Die Frauen- beziehungsweise die heutigen Genderstudien haben sich mittlerweile fest an den Universitäten etabliert. Was aber weiterhin speziell in der Geschichtswissenschaft zu beklagen ist, ist die Vernachlässigung von typischen Quellen aus weiblicher Feder, wie zum Beispiel Koch- und Wirtschaftsbücher. Erst in den letzten Jahren wuchs das Bewusstsein dafür, dass sich zwischen den Zeilen immens viel über die Alltags- und Sozialgeschichte von Frauen herauslesen lässt. Insofern liegt die Hoffnung auf vielen echten Katharinas, die frei von Scheuklappen, Vorurteilen und Denkzwängen auch diese Zeugnisse der Vergangenheit erschließen.